国家社科基金
后期资助项目
GUOJIA SHEKE JIJIN HOUQI ZIZHU XIANGMU

# 六朝佛教
# 灵验类小说研究

Research on Buddhist Miracle Novels
of the Early Medieval China

谷文彬　著

社会科学文献出版社
SOCIAL SCIENCES ACADEMIC PRESS (CHINA)

# 国家社科基金后期资助项目
## 出版说明

  后期资助项目是国家社科基金设立的一类重要项目，旨在鼓励广大社科研究者潜心治学，支持基础研究多出优秀成果。它是经过严格评审，从接近完成的科研成果中遴选立项的。为扩大后期资助项目的影响，更好地推动学术发展，促进成果转化，全国哲学社会科学工作办公室按照"统一设计、统一标识、统一版式、形成系列"的总体要求，组织出版国家社科基金后期资助项目成果。

全国哲学社会科学工作办公室

# 序

王齐洲

　　谷文彬副教授的国家社科基金后期资助项目结项成果《六朝佛教灵验类小说研究》即将在社会科学文献出版社出版，她请我为这本书写篇序，我愉快地答应下来。文彬的这个研究课题，是她在武昌桂子山跟随我攻读博士学位时与我商量定下来的，在研究过程中遇到问题时，我也做过必要的指导，或者与她进行过讨论，因此知道其中甘苦。她的博士学位论文《六朝灵验类小说研究》顺利通过盲审和答辩，并获得2015年华中师范大学优秀博士论文，盲审专家和答辩老师对其研究的肯定意见和修改建议，我自然也都知道。毕业后，她在此论文基础上，做了进一步修改、补充、完善和深化，于2019年申请国家社科基金后期资助项目并获得立项，说明评审专家们认可她的这项研究成果的学术价值。"十年辛苦不寻常"，这项研究成果终于出版，的确值得庆贺。我一直关注着她的相关研究，也向某些刊物推荐过她的研究成果。在这里介绍一些有关她和这一课题的情况，便于大家阅读本书时参考，这是我义不容辞的责任。

　　2012年春季博士生复试，我第一次见到文彬，她的轻言细语、文质彬彬给我留下较深印象。秋季入学后，与文彬交流多了，发现她读书常常能够注意一些大家忽略的细节，且思维比较缜密，文笔比较清丽，适合做一些窄而深的研究。记得她在向我汇报读书心得时，提到关于口脂在文学中的表达，所述不失细腻和生动，于是我鼓励她将自己的想法写出来，她写好初稿后交给我，我觉得基础不错，便提出了很具体的修改意见，强调"好文章是改出来的"，鼓励她进一步提高研究水平和写作质量。经过几个来回，最后由我改定，以《崔莺莺们的唇膏——关于口脂的文学考察》为题，推荐给《光明日报》。《光明日报》2013年7月29日以"国学"版头条刊出，这是她第一篇公开发表的文章，可以反映出她进行研究和写作的特点。后来她在《光明日报》"国学"版和"雅趣"专栏发表过一些文章，延续了她的这一特点。尤其是 2020 年 6 月 26 日在《光明日报》发表的《书香到底是什么香》一文，用大量文献资料证明书香是古人用来驱除书虫的芸香，它由芸香草制成，从而纠正了人们以为书香是书墨之香的"通识"。此文由《新华文摘》（2020 年第 18 期）全文转载，产生了较大影响。

"六朝灵验类小说研究"是 2013 年春季我与文彬商量制订博士生培养计划时确定下来的她的学位论文研究方向。因为她报考的学科大类是中国古代小说研究，而具体研究小说的什么问题则需要她自己选择。我曾告诉她，中国古代小说大体可以分为两类，一类是正史艺文志或经籍志著录的子部文言小说，一类是正史艺文志或经籍志不予著录的流行于民间的白话小说。"新文化运动"以来，由于文言文的主流地位被白话文所取代，文言小说的主流地位也被白话小说所取代，因此，关于近百年中国古代小说的研究，白话小说研究比文言小说研究成果更丰富，取得的成绩也更大。例如，白话小说中的宋元"话本"、明代"四大奇书""三言二拍"、清代《儒林外史》《红楼梦》以及近代"四大谴责小说"等，都有颇为充分的研究，而文言小说中的"志人小说""志怪小说""唐宋传奇"仅有少数作品，如清朝的《聊斋志异》，其他作品研究的人很少，有的无人涉猎。从总体上看，文言小说主要服务对象是士人，其所体现的主要是士人的思想价值观念和艺术审美情趣，白话小说主要服务对象是市民，其所体现的主要是市民的思想价值观念和艺术审美情趣。而最值得注意且研究得最不充分的，是那些介于文言小说和白话小说之间的小说，它们的思想价值观念和艺术审美情趣是普通民众的，服务对象也主要是普通民众，而所使用的语言却是文言，似乎应该归入文言小说一类。这可以六朝的佛教灵验类小说为代表。这些小说主要是为了宣传佛教灵验，用以引导和感化民众，自然会以服务民众为首务。不过，那时佛教与道教、儒教争夺意识形态主导权，对士人的争夺自然是佛教普及的重要任务，以文言小说形式宣传佛教灵验以争取士人响应，显然是这类小说生产的目的之一。因此，研究此类小说，既可以补古代小说研究之阙，又能够沟通两类古代小说，还有助于对社会信仰的演变做深入细致的观察，解释许多思想文化现象，可谓一举多得。《观世音应验记三种》（傅亮《光世音应验记》、张演《续光世音应验记》和陆杲《系观世音应验记》）便属于这类小说。它们不仅集中保存了六朝有关观世音信仰的第一手资料，反映出佛教借助宣传观世音信仰改变民情风俗的具体路径，同时还是中国小说史上灵验类小说的肇始之作，从而成为中国佛教史和小说史发展过程中不可或缺的重要环节。这类小说在中土失传甚久，后来在日本发现再传回国内。近年来，随着学术界对六朝志怪小说的重视，这类小说也被学者们纳入研究视野，取得了一些成果。不过，相关研究主要集中在基础文献整理、小说史定位和叙事学研究等方面，还缺少全方位的深入细致的专题研究。如果感兴趣，此类小说是可以作为博士学位论文研究课题的，具体先从《观世音应验记三种》入手，做深入细致的专题研究，打下专业基础，今后学有余力，再做进一步拓展研究。只是这种研究不仅涉及文献学、文艺学、文化学、社会学、政治学、历史学等众多领域，而且涉及人们一般不太熟悉的宗教学和民俗学等领域，难度比较大。并且，这类小说是"辅教之书"，长期被人指责为宣扬宗教迷信，因而少有学者涉足，研究成果发表也会困难些。不过，宗教并不等于迷信，强调事物之间的普遍联系和因果报应，不能说完全没有道理；尤其是观音菩萨救苦救难在今天仍然是民间信仰，肯定涉及中华民族的宗教心理和文化性格。中国古代小说从一开始就被定位为"君子弗为"的"小道"，我们研究小说更要自觉地眼睛向下，去揭示隐藏在民间的文化密码、生命意识、宗教信仰和生活逻辑。因此，研究这类小说不仅有学术价值，有现实意义，而且很有发展前途。听了我的分析，文彬知难而上，决定以"六朝灵验类小说研究"作为自己的博士学位论文方向，我自然赞成。

在其后两年多时间里，文彬阅读了大量与《观世音应验记三种》相关的文献资料，包括历史的、文化的、社会的、宗教的、民俗的，努力从小说史、宗教史、思想史、社会史、文化史、民俗史等多重视野中对《观世音应验记三种》做更为细致深入的理解。她的博士学位论文集中进行了四个方面的研究。一是对《观世音应验记三种》编撰者编撰情况的研究，包括对编撰者个人生平事迹、家学家风和佛教信仰的细致梳理，较好地呈现他们所处的时代背景和个人的生活细节；同时进一步考察三书编撰者的编撰动机、编撰旨趣以及编撰体例和材料来源，揭橥了各书的编撰特色，指出三书之间既有传承之实，又有出入变革之迹。传承道出了三者之间认知和理念上的相通，变革则更能体现时代变迁和编撰者个性旨趣对灵验类小说的影响。二是对《观世音应验记三种》的著录、流传、发现、整理和被征引情况进行详细考察，让人们更好地了解它们在六朝及六朝以后的传播情况，揭示出它们作为六朝重要的灵验类小说如何通过《冥祥记》《高僧传》《续高僧传》和正史的征引，促进这一时期观世音灵验传说的大量涌现，使得观世音信仰和灵验故事成为小说家、僧侣家、史学家都无法回避的时代母题。三是对《观世音应验记三种》所体现的观世音信仰与六朝社会文化生活的关系进行了深入探讨，认为六朝时期佛教经典的陆续输入和观世音信仰在社会各阶层的广泛流行，为《观世音应验记三种》提供了坚实的理论依据和良好的创作氛围。而作为六朝观世音信仰实态呈现的《观世音应验记三种》，又充分反映了六朝民众的生存环境和心理诉求，由此观察到日常的灵验体验是如何上升为历史话语和宗教情景的。正是宗教传播和社会需求的相辅相成，共同推动了观世音信仰在民众中的传播，乃至促使其最终成为"半个亚洲地区"的信仰，从而展现佛教观世音信仰从谋求推广到建构成功的全过程。四是以诵经灵验与经典崇拜以及六朝"四月八"祈子习俗为中心探讨《观世音应验记三种》与六朝世俗社会生活之间的关系，通过对这些社会现象的详细解读，既可以看到外来文化与本土文化冲突、碰撞、整合的过程，又可以窥视到这些现象背后所蕴含的民众心态和信仰心理，凸显《观世音应验记三种》在社会文化史和宗教思想史方面的价值。显然，这样的研究是具体而深入的，结论也平实而可靠。

文彬的"六朝灵验类小说研究"并未到此止步。在毕业后的数年时间里，她不仅承担了教学任务，接受站稳大学讲台的现实考验，而且结婚生子，承担起家庭主妇的责任，其压力可想而知。即便如此，她仍然坚持继续推进原来的研究。她在博士学位论文《六朝灵验类小说研究》的基础上，汲取评审专家和答辩老师的修改建议，抽出一切可以利用的时间，修改完善相关研究，形成现在即将出版的《六朝佛教灵验类小说研究》一书。该书不仅对六朝佛教灵验类小说生成的社会历史背景、文化土壤以及与本土宗教文化的冲突和融合做了更为深入细致的研究，阐释了此类小说的小说史意义、宗教史意义、社会史意义，而且全面考察了六朝佛教灵验类小说的发展，还以附录形式对所有六朝佛教灵验类小说加以叙录，以便感兴趣的朋友做进一步的了解和研究。所有这些，都可看出文彬的此项研究在博士学位论文基础上更加完善，展现了她在这一研究领域的长足进步。至于本书中的论证及其所下结论是否可以成立，对于读者了解和认识六朝佛教灵验类小说是否有所帮助，对民间观音信仰的形成是否有更深入的理解，读者诸君才是真正的评判者，我就不在这里饶舌了。

是为序。

癸卯白露日于武昌桂子山两学轩

# 目　录

# 绪　论

六朝以来，佛教凭借自身相对完善的宗教组织和相对成熟的传教经验，其佛理、教义为越来越多的本土人士所接受，而佛教及其所承载的佛教文化亦对当时的文学产生了巨大的影响，尤其是志怪小说对佛教的接受表现得更为直接和明显：不仅在内容、技巧、立意、情节方面浸润颇深，而且还衍生出一种以"称道灵异"为主旨的新的类型小说——佛教灵验类小说，如谢敷《光世音应验》、傅亮《光世音应验记》、张演《续光世音应验记》、陆杲《系观世音应验记》、刘义庆《宣验记》、萧子良《宣明验》、王琰《冥祥记》、颜之推《冤魂志》等，皆是这类小说的代表。这类小说有 20 余种，约占六朝志怪小说总数的 1/4，足见这类小说在当时的兴盛。

作为特定历史条件下所产生的一种小说类型和文化现象，六朝佛教灵验类小说对当时的社会生活、思想观念、道德伦理等方面均产生了重要影响。鉴于此，本书在前贤时彦研究成果的基础上，对六朝佛教灵验类小说这一文学与文化现象进行系统的梳理和探讨，还原其产生的历史文化语境，阐明其背后所隐含的价值意义及其对后世文学的影响，以期推动学术界对这类小说的研究向纵深发展。

## 一　六朝佛教灵验类小说的名义界定及其理论阐释[①]

作为一种小说类型，佛教灵验类小说已经深深融入古代小说大家族之中，不断滋养古典文学的精神。但究竟什么是佛教灵验类小说，它和志怪小说又有哪些异同，如何区别佛教灵验类小说和非佛教灵验类小说，却众说纷纭，缺乏源流梳理和科学界定。从范围上看，佛教灵验类小说是志怪

---

[①]　该处主体部分已发表，参见谷文彬《六朝灵验类小说名义界定及其理论阐释》，《中南大学学报》（社会科学版）2017 年第 6 期。

小说的一个分支；从逻辑上来看，佛教灵验类小说是志怪小说中的一个类型，具有志怪小说的一般属性，但也有自身的独特之处。因此，我们要论述佛教灵验类小说，就须从一般意义上的志怪小说定义着手，并在此基础上进一步分析这类小说的主要特质，只有这样方能真正厘清起源，廓清边界，还原其本来面貌。

**（一）佛教灵验类小说的定义与佛教灵验类小说的构成要素**

**1. 当前学术界关于佛教灵验类小说的定义**

（1）学术界关于志怪小说的定义

在古小说研究中，常常用到"志怪小说"这一概念。"志怪"一词，最早见于《庄子》之《逍遥游》：

> 齐谐者，志怪者也。谐之言曰："鹏之徙于南冥也，水击三千里，抟扶摇而上者九万里，去以六月息者也。"①

成玄英疏曰："姓齐，名谐，人姓名也。亦言书名也，齐国有此俳谐之书也。志，记也。……齐谐所著之书，多记怪异之事。"② 需要说明的是，"志怪"在这里只是一个动宾词组，不是一种文体判断。不过，后世把记异语怪的小说书称为"志怪"，正是由此发展而来。比如魏晋南北朝时期，孔约、祖台之、曹毗、许氏、殖氏等人均将其著作命名为"志怪"。到了唐代，段成式在《酉阳杂俎·序》中则明确地称其书为"志怪小说之书"。③ 明人胡应麟则进一步提出"志怪小说"一词："古今志怪小说，率以祖夷坚、齐谐。"④ 至此，明确赋予"志怪"以小说分类学的含义。由此可见，"志怪"一词经历了一个历时性的演变过程。

需要指出的是，这些源远流长的志怪小说如《搜神记》《幽明录》《冥祥记》等一大批作品最初并未被列入史志目录小说家类，而是作为杂史杂传被归入史部，直到《新唐书·艺文志》中才重新被归入子部小说家类。⑤

---

① （清）郭庆藩：《庄子集释》，王孝鱼点校，中华书局，2016，第5页。
② （清）郭庆藩：《庄子集释》，王孝鱼点校，中华书局，2016，第5页。
③ （唐）段成式著，许逸民校笺《酉阳杂俎校笺》，中华书局，2015，第1页。
④ （明）胡应麟：《少室山房笔丛》，上海书店出版社，2001，第362页。
⑤ 至于欧阳修等人为何要将这些志怪小说归入子部小说家类，可参阅王齐洲《在子史之间寻找位置——史志所反映的中国传统小说观念》，载王齐洲《中国文学观念论稿》，湖北教育出版社，2004，第417~449页；王齐洲《论欧阳修的小说观念》，《齐鲁学刊》1998年第2期。

即便如此，这些志怪小说在史志目录中也并未以"志怪小说"名之，如《四库全书总目·子部·小说家类·小序》："迹其流别，凡有三派：其一叙述杂事，其一记录异闻，其一缀辑琐语也"，① 即以"异闻"冠之，可见，志怪小说自身的发展和在史志目录中的地位并不是一致的。直到现代鲁迅著《中国小说史略》，"志怪小说"这一概念才得以确立：

> 中国本信巫，秦汉以来，神仙之说盛行，汉末又大畅巫风，而鬼道愈炽；会小乘佛教亦入中土，渐见流传。凡此，皆张皇鬼神，称道灵异，故自晋迄隋，特多鬼神志怪之书。其书有出于文人者，有出于教徒者。文人之作，虽非如释道二家，意在自神其教，然亦非有意为小说，盖当时以为幽明虽殊途，而人鬼乃皆实有，故其叙述异事，与记载人间常事，自视固无诚妄之别矣。②

鲁迅指出志怪小说兴起的原因、编撰者、编撰目的、内容，并在《中国小说的历史的变迁》的讲稿中，将《搜神记》等小说称为"志怪的小说"，将《世说新语》等小说称为"志人的小说"。此后，"志怪小说"这一说法为学界广泛接受。如范烟桥的《中国小说史》、谭正璧的《中国小说发达史》、郭箴一的《中国小说史》、侯忠义的《汉魏六朝小说史》、王枝忠的《汉魏六朝小说史》、李剑国的《唐前志怪小说史》等均沿用鲁迅这一论断，认为志怪小说以记叙神异鬼怪故事传说为主体内容。志怪小说被大致分为三类，一是地理博物类，如托名东方朔的《神异经》、张华的《博物志》；二是杂史杂传类，如托名班固的《汉武故事》《汉武帝内传》；三是记怪异事类，如干宝的《搜神记》、曹丕的《列异传》、葛洪的《神仙传》、刘义庆的《幽明录》等。有学者则在此基础上进一步细分为神、仙、鬼、怪、妖、异六类。③ 此外，也有学者根据志怪小说作品的信仰倾向，将其分为佛教志怪小说、道教志怪小说和古代宗教志怪小说三类，④ 可备为一说。

---

① （清）永瑢等：《四库全书总目》，中华书局，1965，第 1182 页。
② 鲁迅：《中国小说史略》，上海古籍出版社，1998，第 24 页。
③ 具体详情可参阅李剑国《唐前志怪小说史》，人民文学出版社，2011，第 14 页。
④ 参见张庆民《魏晋南北朝志怪小说通论》，首都师范大学出版社，2000，第 15 页。

（2）志怪小说的特点

关于志怪小说的特点，王国良在其著作《六朝志怪小说考论》一书中概括为如下几点。"（一）篇幅简短。少者十余字至数十字，一二百字的最常见，三百字以上的较为稀罕；像搜神记卷十三'崔少府墓'一则，记卢充与女鬼成婚事，长达八百余字，可说是绝无仅有了。（二）结构单纯。情节跟着事件的推进而平铺直叙下去，井井有条。鲜有经由作者匠意安排，致使结构产生更大变化的情况出现。至于像拾遗记、洞冥记等书，偶有类似插叙的情形，则是作者自注，后世传写误连正文所造成的。（三）布局紧凑。短章小语，但求达意。长篇文字之什，在起承转合上，纯熟自然，大都能达到明快紧密的要求，毫无松散板滞的毛病。（四）叙述直接。记事记人，往往粗陈梗概，适可而止，很少细腻地刻画，也不节外生枝。与当时崇尚巧构形似之言的诗文，可谓大异其趣。（五）交代出处。撰者叙述鬼神异事，为取信时人，往往注明见闻所自，尤其以佛教应验录最为普遍。"① 应该说上述这些特点，较详细地说明了志怪小说与其他小说的区别，故得到学界的认同。

（3）当前学术界比较流行的几种关于佛教灵验类小说的称名及定义

简要地介绍完志怪小说的概念及其特点之后，我们再来看佛教灵验类小说。

就"灵验"一词而言，在早期的文献记载中，"灵"与"验"二字并未连用。"灵"，最初的意思是指巫师。如《说文解字·玉部》："灵，巫也，以玉事神。"② 《楚辞·九歌·东皇太一》："灵偃蹇兮姣服，芳菲菲兮满堂。"王逸注："灵，谓巫也。"③ 至于"验"，最初的本义是马的名字，如《说文解字》谓："验，马名。从马金声。"④ 后来在此基础上引申出检查、验佐之意，如《史记·商君列传》："商君之法，舍人无验者坐之。"⑤ 《后汉书·张衡传》："验之以事。"⑥ 魏晋以后"灵"与"验"连用，则有神奇效应之意。如晋孙绰《游天台山赋》："睹灵验而遂徂，忽乎吾之将

① 王国良：《六朝志怪小说考论》，台湾文史哲出版社，1988，第13~14页。
② （清）许慎著，（清）段玉裁注《说文解字注》，上海古籍出版社，1981，第19页。
③ （南宋）洪兴祖：《楚辞补注》，白化文等点校，中华书局，1983，第56页。
④ （清）许慎著，（清）段玉裁注《说文解字注》，上海古籍出版社，1981，第464页。
⑤ （汉）司马迁：《史记》，中华书局，1959，第2236页。
⑥ （南朝宋）范晔：《后汉书》，中华书局，1965，第1909页。

行。"① 南朝齐陆杲《系观世音应验记》："永祖既见灵验，益增至到。"②
北魏郦道元《水经注》卷三十三："峡中有瞿塘、黄龛二滩，夏水回复，
沿溯所忌。瞿塘滩上有神庙，尤至灵验。"③ "灵验"被征引到佛教典籍
中，则又被赋予宗教心理体验之意涵。如《大日经疏》卷九："持金刚
者，大力威猛所不敢隐弊，谓此尊有灵验，故所作善事皆成。"④ 僧祐
《出三藏记集》卷十三《安世高传》："此庙旧有灵验。"⑤《法苑珠林》卷
六十："夫咒是三世诸佛所说，若能至心受持，无不灵验。"⑥ 由此可见，
"灵验"指的是灵妙不可思议的效验，祈求诸佛、菩萨或持诵经典，而获
得不可思议的验证。它与"感应"相似，又有细微的差别。"灵验"强调
的是人所闻见的灵妙应验效果，而"感应"则注重的是人神交会的经验过
程。换言之，前者强调客观，后者偏重主观。

　　然而，在现代学术研究范式中，对术语的运用并不像以上论述那样简
单。它必须有科学的界定。但是由于受人们的认知水平和知识结构等条件
的限制，即便是面对同一事物，不同的学者站在不同的立场得出的结论也
未臻一致。关于这类小说的称名和定义问题亦如此，学者们就这类小说的
称名及定义所给出的答案大致可归纳为如下几种。

　　第一，以此类小说的社会功能为中心来称名和定义，我们可称之为功
能性命名、定义。这种称名和定义以鲁迅为代表。鲁迅在《中国小说史
略》之"六朝之鬼神志怪书（下）"中将其冠为"释氏辅教之书"：

　　　　释氏辅教之书，《隋志》著录九家，在子部及史部，今惟颜之推
　　《冤魂志》存，引经史以证报应，已开混合儒释之端矣，而余则俱佚。
　　遗文之可考见者，有宋刘义庆《宣验记》，齐王琰《冥祥记》，隋颜
　　之推《集灵记》，侯白《旌异记》四种，大抵记经像之显效，明应验
　　之实有，以震竦世俗，使生敬信之心，顾后世则或视为小说。⑦

---

① （南朝梁）萧统编《文选》，李善注，上海古籍出版社，1986，第496页。
② 董志翘译注《〈观世音应验记三种〉译注》，江苏古籍出版社，2002，第135页。
③ （北魏）郦道元著，陈桥驿校证《水经注校证》，中华书局，2007，第778页。
④ 〔印〕善无畏、（唐）一行：《大日经疏》，《大正藏》第39册，台湾财团法人佛陀教育
　　基金会出版部，1990，第679页。
⑤ （南朝梁）释僧祐：《出三藏记集》，苏晋仁、萧炼子点校，中华书局，1995，第509页。
⑥ （唐）释道宣著，周叔迦、苏晋仁校注《法苑珠林校注》，中华书局，2003，第1774页。
⑦ 鲁迅：《中国小说史略》，上海古籍出版社，1998，第32页。

　　鲁迅论断虽简，但已触及此类小说的题材、性质、功用、著录及文本存佚情况，大致勾勒出此类小说的轮廓及特征，极大地推进了这一专题的研究，并为不少学者所认可。如李剑国、王枝忠、侯忠义、张瑞芬、吴海勇、孙昌武等人均承袭了这一说法，或称之为"释氏辅教之书"，或称之为"释氏辅教类小说"。客观而言，这种称名和定义注意到了此类小说是当时社会风气的产物，反过来又对社会起促进作用。所以从小说功能而言，确实能点明此类小说的某些特征和属性。但如果仅从小说的社会功能角度来概括此类小说的本质，为其下定义，是不够的。因为这种称名和定义很明显忽略了此类作品的内在形式，甚至存在把小说的社会功能无限夸大的倾向。

　　第二，以此类小说的信仰倾向为中心称名，即佛教小说，又称佛教志怪小说。称名虽略有差异，但考察其定义之内容并无多大区别，都是着眼于此类小说的信仰倾向性。其中以杜贵晨的观点最具代表性。他在《汉魏晋南北朝佛教与小说》一文中指出："入南北朝后，这类作品骤然增多，刘义庆《宣验记》以下，有傅亮《应验记》、张演《观世音应验记》、王延秀《感应传》、朱君台《征应传》、萧子良《冥验记》、王琰《冥祥记》、佚名《祥异记》等，都是专为弘扬佛法而作，在佛教为典籍，在文学则可视之为小说，似可称为佛教小说。这类小说在南北朝数量之大，一方面见出作者们为弘教而撰述的热情之高，另一方面也可看出这类小说对传布佛教的作用之大。"[①] 又说："这里所谓佛教小说非指一般佛教题材或受佛教思想影响的小说，也不是指汉译佛经中的文学故事，而是指古代中国人为佛教目的创作、旨在使读者发生并保持佛教感情和信仰的小说。这类作品在当时的作者和读者或以为是实事，而从今天的观点看来，则是志怪小说的一种。"[②] 王昊则进一步分析佛教小说的含义："这些作品以'三世轮回'、'因果报应'思想为基础，借动人的神异故事来宣扬佛教的灵验，诱使人们遵循佛教的价值标准和行为规范，……或以'记'称，或以'传'名，多采用了小说的表现手法，有具体的人物、完整的情节、虚幻的想象、传奇的色彩，以期通过生动、形象的故事，使一般庶众更易接受

---

　　① 杜贵晨：《传统文化与古典小说》，河北大学出版社，2001，第75页。
　　② 杜贵晨：《传统文化与古典小说》，河北大学出版社，2001，第77页。

佛教教义。"① 郑欣、刘惠卿、薛慧琪、李希运、张庆民等人，也在其相关论述中运用了这种或近似这种的称名和定义。然而这种称名和定义虽然看到了此类小说的信仰倾向性在编撰过程中占据主要地位等情况，并为我们研究此类小说的编撰目的提供了某种视角，但由此称名和定义此类小说，是缺乏说服力的，它单纯地强调了信仰倾向而忽视了其他要素，未免有狭隘之嫌。

第三，以信仰的对象为中心来称名、定义，即观音感应故事，又称观音灵应故事。我们称这种命名或定义为实质性命名、定义。因为这种称名和定义强调的是信奉者与信奉对象（比如观音）之间的感应。持这种说法的人有楼宇烈、王青、林淑媛、王建等人，他们认为此类小说主要是"关于观世音菩萨神力灵验的宣扬"，② 指出此类小说题材上的特点是观音灵验。应该说，较之"释氏辅教之书""佛教志怪小说"而言，"观音感应故事"对题材及主题的界定更为清晰、明确。然而，这种命名亦存在不少缺陷。首先，将此类具有志怪特征的小说与宗教通俗宣传作品混为一谈，仅以"故事"概而言之，模糊了此类小说的性质。其次，以"观音灵验"来概括此类小说之题材也不准确。自六朝以后，佛风高涨，此类作品中关于佛、菩萨的灵验现象，已不仅局限于《观世音经》和观世音，还包括《华严经》《法华经》《金刚经》等经书及相关菩萨，譬如《大方广佛华严经感应传》《阿弥陀经灵验记》《金刚般若经集验记》等。若仅以"观音应验"总括此类小说题材特征，似乎亦失之偏颇。

第四，以信仰者的情感体验为中心来称名、定义，即佛教灵验类小说或应验类小说。③ 这部分学者应该是受西方宗教心理学的启发来阐述此类小说的本质属性，强调的是信徒的个人宗教情感体验在社会生活中的价值和意义。这类研究者的代表有王国良、郑阿财、夏广兴、黄东阳等人。郑

---

① 王昊：《敦煌小说及其叙事艺术》，安徽人民出版社，2005，第58页。
② 楼宇烈：《东晋南北朝"志怪小说"中的观世音灵验故事杂谈》，载楼宇烈《中国佛教与人文精神》，宗教文化出版社，2003，第68页。
③ 这里稍费笔墨，对"灵验"和"应验"的区别以及笔者为何选择"灵验"一词进行一个简要说明。"灵验"和"应验"意思相近，但也存在细微的区别。"应验"一词的含义是指后来发生的事实与之前所预测的结果相符，而"灵验"除了证实之前的预测外，还强调了灵妙不可思议的效果。而联系六朝时期的这些小说来看，大都有称道灵异的意思在其中。鉴于此，笔者采用"灵验"一词来总括这类小说的特征。

阿财在其著述《见证与宣传——敦煌佛教灵验记研究》中，认为此类小说"是佛教信众的宗教见证，也是僧人的宗教宣传。因此，自来将之归属于佛教史传部。又因其传说性质，文士听闻之后辄加采录，而发为笔记小说，故有将之归属于子部小说类"，可见此类小说"具宗教与文学之双重特性"。① 此外，他还指出此类小说不受重视的原因，"但因非关教理，以致未受佛学研究者之重视；纵有小说志怪、灵异之姿，唯一般视为辅教之具，故于文学研究之中，也未能给予应有之关注"。② 夏广兴则进一步指出："这些作品从一个侧面反映了当时强烈的宗教意识，是佛教中国化、通俗化历程的具体表现。"③ 郑、夏二人看到了佛教灵验类小说产生的心理要素，看到了个人情感体验在当时民众精神生活中的重要地位，又抓住了此类小说题材上的特点，突出了其文学价值。但如果深入探究，就可以发现，这种定义仅仅回答了佛教灵验类小说是什么，但对其类型并未做出详细的说明，这一点需要我们进一步完善。

以上仅列举了四种具有代表性的称名和定义，其实还有其他学者对此类小说做出了称名和定义，如报应小说、报应故事、观音题材小说等。然而，直到目前，学术界对此类小说的称名和定义仍然歧见迭出。为何如此难于给此类小说命名和定义呢？原因可归纳为两点。一是此类小说属性复杂，即具有宗教与文学的双重性质。这种特殊属性导致学者们在下定义的时候无法做到周全。二是学者们给佛教灵验类小说命名和下定义时，往往从自身的立场出发，这就可能有失公允。这也从侧面说明了此类小说研究还不够成熟。正是上述原因导致称名和定义问题含混不清，而含混的定义，会给我们实际的研究工作带来许多不便。

那么我们如何才能准确地总结佛教灵验类小说所具备的特征和内在本质，区分佛教灵验类小说与非佛教灵验类小说呢？我们不妨从结构入手，并结合此类小说的具体内容来寻找脉络。换言之，即对佛教灵验类小说的构成要素进行结构性分析以明确其定义。

---

① 郑阿财：《见证与宣传——敦煌佛教灵验记研究》，台湾新文丰出版公司，2010，第1页。
② 郑阿财：《见证与宣传——敦煌佛教灵验记研究》，台湾新文丰出版公司，2010，第1页。
③ 夏广兴：《试论六朝隋唐的应验类小说》，《上海师范大学学报》（哲学社会科学版）2004年第3期。

### 2. 佛教灵验类小说的名义界定和理论阐释

到底应如何确定佛教灵验类小说的要素？我们不妨回到佛教灵验类小说这一概念本身。我们在上文已说过佛教灵验类小说是志怪小说的一个分支，是其中的一个类型。因此，我们或许可以从文学类型学的相关理论中寻找解决问题的办法。所谓"类型是我们比较许多不同的个体、抓住在它们之间可以普遍发现的共同的根本形式，按照固定不变的本质的各种特征把它们全部作为一个整体来概括"。① 类型学即"研究事物的共同性特征与区别性特征及其相互关系、构成方式与变化过程的学问。作为类型学的一门分支，文学类型学是研究文学现象的共同性特征与区别性特征及其相互关系、构成方式与变化过程的学问"。②

佛教灵验类小说，很显然是一种以题材、主题为主要特征的文学类型。那么我们又该如何来区分文学类型呢？英国美学家夏夫兹博里（Shaftesbury）的一段话或许会给我们不少的启发："体裁形式本身不能构成类型，只有'内在形式'与外在形式的统一，某一独立的类型的个别'尺度'唯一比例才能得以说明。而且，根据一种标准是无法把握这种'内在形式'的。"③ 这意味着，对于文学类型，须从研究对象的多个方面来把握。基于此，姚斯又进一步说明用四种形式来描述不同的文学类型："一作者与本文（叙述）、二表现形式（Modus dicendi）、三结构与意义层次（表现的统一性）、四接受方式与社会功能。"④ 美国学者雷纳·韦勒克（René Wellek）和奥斯汀·沃伦（Austin Warren）继承了这一论点，在两人合著的《文学理论》中，将其分为"外在形式（如特殊的格律或结构等）"和"内在形式（如态度、情调、目的以及较为粗糙的题材和读者观众范围等）"。⑤

---

① 〔日〕竹内敏雄：《艺术理论》，卞崇道等译，中国人民大学出版社，1990，第80页。

② 郭英德：《文学类型研究的成功尝试——读徐龙飞〈晚明清初才子佳人文学类型研究〉》，载徐龙飞《晚明清初才子佳人文学类型研究》，文化艺术出版社，2010，"序言"，第2页。

③ 〔联邦德国〕H. R. 姚斯、〔美〕R. C. 霍拉勃：《接受美学与接受理论》，周宁、金元浦译，辽宁人民出版社，1987，第103～104页。

④ 〔联邦德国〕H. R. 姚斯、〔美〕R. C. 霍拉勃：《接受美学与接受理论》，周宁、金元浦译，辽宁人民出版社，1987，第105～110页。

⑤ 〔美〕雷纳·韦勒克、奥斯汀·沃伦：《文学理论》，刘象愚等译，生活·读书·新知三联书店，1984，第263页。

葛红兵、肖青峰则在《小说类型理论与批评实践——小说类型学研究论纲》一文中，明确指出类型小说应具备四个方面的特点："第一，作品形成一定规模，具有一定的时间跨越度。……第二，具有较一致的态度、情调、目的，或具有连续的主题、题材。……第三，具有较为特定的审美风貌：特有的语符选择和编码方式。……第四，从读者的接受而言，能产生某种定型的心理反应和审美感受。"①

笔者借鉴和吸收上述诸家观点，认为佛教灵验类小说要素的构成应符合如下几个原则：一是每一种要素都是这类小说必备的，不能有所遗漏；二是每一种要素都应有明确的划分，具备独特的内容及形式；三是不同要素之间有明确的结构关系，不能将不同级别的要素混为一谈。这三点与叶圣陶在《作文论》之《文体》篇提出的三项标准——包举、对等和正确是相一致的。②

鉴于此，并结合上文已论述的相关定义以及小说具体内容，我们可以大致归纳出其核心要素：第一，在题材特征上，宣扬观音等菩萨的法力是其恒定的主题，在其发展的过程中具有一定的延续性；第二，在表现特征上，继承志怪小说的表现形式，具有篇幅短小、结构单一、布局紧凑、务求真实、结局圆满等特点，并由此形成较为稳定的叙事模式和叙事结构："遭遇困厄→获致灵验→平安脱险"；第三，在思想特征上，佛家的因果观和三世观是其主导思想，在传播的过程中又吸收了本土文化的"报应说"，从而形成因果报应思想，并以此类小说为媒介，迅速在民众中流行开来；第四，在功用特征上，劝善惩恶，宣扬佛教义理，吸收信徒，是其不变的意图，故此类小说的社会功能较之其他功能更明显。关于这一点，诚如韩国学者李东乡所言："宗教文学最终要依附于教义的宣传，艺术表现不是它的根本目的。"③ 对于完整的佛教灵验类小说来说，以上这些要素是必不可少的，否则就不能称之为佛教灵验类小说。

需要指出的是，佛教灵验类小说不是凭空产生的，而是在特定的历史

① 葛红兵、肖青峰：《小说类型理论与批评实践——小说类型学研究论纲》，《上海大学学报》（社会科学版）2008 年第 5 期。
② 叶圣陶：《作文论》，北京教育出版社，2014，第 22 页。
③ 〔韩〕李东乡：《唐代传奇小说丛考》，转引自夏广兴《试论六朝隋唐的应验类小说》，《上海师范大学学报》（哲学社会科学版）2004 年第 3 期。

文化环境下形成和发展起来的，必然会受当时政治、思想和文化的影响，因此我们对佛教灵验类小说的名义界定还需综合考量上述因素。对此，张兴龙《"扬州小说"概念界定的理论阐释》一文，从创作主体、叙事内容和发展空间三个方面来界定其研究对象，① 给笔者不少的启示，笔者借鉴其研究范式，从创作主体、叙事内容和佛教文化倾向性等方面来界定佛教灵验类小说。

首先，就创作主体而言，什么样的人讲述灵验类故事，才是最具合法身份的佛教灵验类小说作者，这是我们必须明确的问题。已有的研究，关于佛教灵验类小说的作者问题，大多含混其词，并未进行清晰的学理性界定。这就容易导致对佛教灵验类小说的创作主体产生误解：一方面以为这类小说的创作者都是佛教徒，另一方面认为这类小说仅仅与小说的背景、题材和内容有关，而与创作主体的佛教素养关联不大，甚至无关。

那么究竟哪些人才是佛教灵验类小说的最具合法身份的创作者呢？对此，陈寅恪在《王观堂先生挽词并序》中所提出的"凡一种文化值衰落之时，为此文化所化之人必感苦痛，其表现此文化之程量愈宏，则其所受之苦痛亦愈甚"② 的观点，或许可以给我们思想上的启发。凡是表现"此文化之程量愈宏"的人，是"为此文化所化之人"。沿着这一思路出发，我们可以将佛教灵验类小说的创作者称为"为佛教文化所化之人"。换言之，"为佛教文化所化之人"更多地强调置身于当时佛教文化的大背景下，对佛教信仰有着长期的生活体验或者深切的体悟，对佛教文化有着强烈的文化认同感，以佛教徒的心态、立场对佛教生活进行观照、反思的人，他们是当时佛教文化理念和精神的传承者。因此，"为佛教文化所化之人"就不仅仅局限于虔诚的佛教信徒，还包括深受佛教文化影响，与佛教关系密切的士人，他们亲身经历或者十分熟悉佛教生活，自觉地去传承佛教文化理念和精神。

不过需要指出的是，"为佛教文化所化之人"存在程度上的差异，这种差异会导致两种情况的出现：一为"钦服灵异"之作，一为"慕其风旨"之作，即"虔诚"与"赏心"之别。这一点，在唐以后的佛教灵验

---

① 张兴龙：《"扬州小说"概念界定的理论阐释》，《明清小说研究》2016 年第 3 期。
② 陈寅恪：《寒柳堂集》，上海古籍出版社，1980，第 6 页。

类小说中表现得尤为明显。究其缘由，一方面是创作主体受佛教文化影响程度的深浅和对佛教文化认同感的强弱差异导致，另一方面则是六朝人"非有意为小说"，而是把它们当作事实记录下来。

以上是对创作主体而言，它启发着我们对佛教灵验类小说创作主体的界定，既要注意到佛教灵验类小说创作主体的双重性，又要注意到佛教灵验类小说创作主体的独特性。而这些归根结底还是源于创作主体对佛教文化的体认。

其次，就叙事内容而言，什么样的灵验故事才是真正意义上的佛教灵验小说呢？对此，笔者认为需要从两个层面加以观照。

一是形式层面，佛教灵验类小说创作群体以佛教灵验事迹为主要描写内容，聚焦"灵验"的直观效果，并严格依循纪传体来撰述，不惮其烦地交代人物、地点、时间、事件及出处，从而营造一个具有叙事学意义的空间，力求予人以真实感。关于这一点，我们不妨举张演《续光世音应验记》之"毛德祖"为例：

> 毛德祖始归江南，出关数里，虏便遣人骑追寻之。其携持家累十余口，闻追在近，便伏道侧蓬莱之中，殆不自容。且徒骑相悬，分无脱理。唯阖门共归念光世音菩萨。有顷，天忽骤云，始如车盖，仍大骤雨。追者未及数丈，遇雨不得进，便返。德祖遂合家免出。①

小说叙述了毛德祖在归江南的路上，突遭困厄，进而呼唤观音名号来寻求观音的救助，最终脱离险境。在这个叙事环境里，主人公毛德祖是历史上真实存在的，《晋书》《宋书》有其传记。真实的历史人物与荒诞的灵验事迹结合起来，就形成一种特殊的空间环境，在传递一种真实感和现场感的同时，又营造出一种特殊的佛教文化氛围。这样的例子在佛教灵验类小说中比比皆是。这既可以看出创作主体听闻这类灵验传闻时是抱以实录的态度记下，又可以看出创作主体在宣扬佛学理念和遵循本土固有的史学创作传统之间努力寻求一种平衡：一方面依靠灵验的传闻来想象观音的威神之力，另一方面又要不露痕迹地与本土史传写作传统相融合。这种努力无疑具有示范作用，此后同类小说均继承这一体例。

---

① 董志翘译注《〈观世音应验记三种〉译注》，江苏古籍出版社，2002，第51～52页。

二是意识层面，佛教灵验类小说通过对人的行为的叙述，来展示当时民众的社会心态和信仰心理、习俗，构建当时的社会空间，从而构成佛教灵验类小说的深入形态。比如，陆杲《系观世音应验记》之"孙钦"条：

> 孙钦，建德郡人也，为黄龙国典炭吏。亦减耗应死。诵《观世音经》，得三百遍，觉身意自好，不复愁，锁械自宽，随意得脱。自知无他，所以不走。少时遇赦得散。钦性好畋鱼杀害，从此精进。①

孙钦本是失职，依照律法应当处死，但由于他诵《观世音经》，竟然得到观音救助，平安脱险。像这样的事例在佛教灵验类小说中还有很多，如"高荀""僧苞道人所见劫""高度""王谷""唐永祖"等条。由此可以看出，为了获得更多民众的支持和信奉，观音信仰不惜与传统伦理道德发生冲突，这种冲突的背后是民众渴求神人救赎的心理，更是民众寻求一种不分阶级、善恶等条件的精神诉求。

最后，就佛教传播的倾向性而言，什么样的灵验传闻更容易受到创作主体的青睐呢？这也是我们需要明确的。六朝佛教灵验类小说主要围绕《法华经·观世音菩萨普门品》（简称《普门品》）展开，宣扬观音灵验事迹，这一点可以从《观世音应验记三种》（《光世音应验记》《续光世音应验记》《系观世音应验记》的统称）、《冥祥记》中看出。六朝以后，佛教灵验类小说宣扬神迹的范围则不仅包括观音菩萨和《观世音经》，还包括弥勒佛、地藏菩萨和《金刚经》等。由此也可以窥见佛教在本土传播的过程。

### （二）六朝佛教灵验类小说的文化内涵与研究范围

#### 1. 六朝佛教灵验类小说的文化内涵

阐明佛教灵验类小说的称名、定义、构成要素和边界之后，我们再回过头来看六朝佛教灵验类小说。在这里我们还须对"六朝"一词加以说明。"六朝"一词，最初见于唐许嵩《建康实录·序》：

> 今质正传，旁采遗文，始自吴起汉兴平元年，终于陈末祯明三

---

① 董志翘译注《〈观世音应验记三种〉译注》，江苏古籍出版社，2002，第134页。

年。……总四百年间，著东夏之事，勒成二十卷，名曰《建康实录》，具六朝君臣行事。①

据此可知，在许嵩这里，"六朝"的范围上迄东汉末年下至陈朝。本书的"六朝"概念采取文学史一贯所指涉的范围——从魏晋到隋末时期，与李剑国《唐前志怪小说史》研究的范围大体相同，与之相对应的六朝佛教灵验类小说也主要是这一时间段内所有的佛教灵验类小说。

综观整个佛教灵验类小说，六朝佛教灵验类小说只是其中的一部分。六朝佛教灵验类小说和六朝以降佛教灵验类小说一样，都具备一般佛教灵验类小说的要素，体现佛教灵验类小说的本质。然而，我们也要看到六朝佛教灵验类小说是在六朝的社会历史和文化环境下形成和发展起来的，必然会受到当时政治、思想、文化等诸多因素的影响。与六朝以降佛教灵验类小说相比较，六朝佛教灵验类小说有着独特的文化内涵。

第一，这一时期的创作主体宗教情感更深厚，宗教色彩更浓厚。如上所述，佛教灵验类小说的创作主体是"为佛教文化所化之人"。他们对佛教信仰有着长期的生活体验或者深切的体悟，对佛教文化有着强烈的文化认同感。六朝时期的《观世音应验记三种》，是当时有名的佛教灵验类小说，后世也将其视为佛教灵验类小说的典范之作。② 从这些佛教灵验类小说对当时灵验事迹的记录情形来看，没有对佛教信仰尤其是观音信仰的亲身体验，没有对佛教文化的强烈认同感，仅凭个人想象或者查阅相关典籍，是很难融入佛教文化尤其是观音信仰文化的，更不会如此深情地去创作佛教灵验类小说。孙昌武在谈到六朝佛教信仰时感慨道："就信仰冲动的强烈与诚笃、信仰心的普及与热烈、宗教信仰在人们生活中所起的作用之广泛与深刻说，历史上没有其他时期可与之相比拟的。"③

第二，这一时期的信仰对象和信仰仪式单一。六朝佛教灵验类小说主

---

① （唐）许嵩：《建康实录》，张忱石点校，中华书局，1986，第1页。

② 比如唐人唐临《冥报记·序》云："昔晋高士谢敷、宋尚书令傅亮、太子中舍人张演、齐司徒从事中郎陆杲，或一时令望，或当代名家，并录《观世音应验记》，及齐竟陵王萧子良作《宣验记》、王琰作《冥祥记》，皆所以征明善恶，劝戒将来，实使闻者深心感寤。"[（唐）唐临：《冥报记》，方诗铭辑校，中华书局，1992，第2页。] 可以看出，《观世音应验记三种》已被后人视为典范之作了。

③ 孙昌武：《中国佛教文化史》，中华书局，2010，第793页。

要围绕《普门品》展开，宣扬观世音菩萨灵验事迹。这一点可以从《观世音应验记三种》看出。当然，也有关于《首楞严经》的，如《冥祥记》中的"谢敷"条、"董吉"条。但那属于个别现象，主要还是渲染观世音法力无边。六朝以后佛教灵验类小说则不仅局限于观世音菩萨和《观世音经》，还包括弥勒佛、地藏菩萨和《金刚经》等，如唐临的《冥报记》和郎余令的《冥报拾遗》就是很好的例子。段成式则索性在《酉阳杂俎·续集》中单列一卷关于《金刚经》的灵验事迹。① 这一方面反映了六朝时期《观世音经》和观世音信仰在民众间的盛行，另一方面也反映了当时的民众信仰较之六朝以后，呈单一化倾向。这一点与佛教本土传播的过程是相吻合的。

第三，六朝佛教灵验类小说宣扬观音神力表现在"济七难""满二求"上。其中"济七难"，是指《普门品》所宣扬的水、火、罗刹、刀杖、恶鬼、枷锁、怨贼；"满二求"则是指求男得男，求女得女。考察这一时期的佛教灵验类小说内容，"济七难"是最突出的，而这"七难"之中的刀杖和枷锁反复出现，展示了这一时期的社会状况和心理诉求，也为我们从佛教文化层面判断六朝佛教灵验类小说提供了一个直观的路径。

六朝以后的佛教灵验类小说则不然，宣扬观音神力也有关于"济七难"方面的，但重点逐渐转移到了"满二求"上，这一点在明清时期的佛教灵验类小说里表现得尤为突出。这种现象的出现，一方面与所处时代的社会环境分不开，另一方面与佛教世俗化密切相关。于是救苦救难的观音转变为大众喜闻乐见的送子观音，而这些变化也为我们提供了一个很好的研究视角。因为"只有通过他们的生活方式和生存式样，从那些不为人们所重视而又被人们反复实践着的日常生活中，从那些视而不见、行而不觉的风俗习惯中，去发现那些隐蔽的心理特征和行为动机，去探讨他们的真实的思想观念和价值观念，才是更科学更可靠的途径"。②

以上是对六朝佛教灵验类小说特点的一个简单概括。它启发我们：只有从特定的历史文化语境出发，对其进行深入解读，才能把握住六朝佛教灵验类小说的文学属性、思想内涵以及它在历史发展进程中所发挥的作

---

① （清）段成式著，许逸民校笺《酉阳杂俎校笺》，中华书局，2015，第1959~2008页。

② 王齐洲：《论文学与文化——兼析对中国古代文学进行文化分析的必要性》，《湖北大学学报》（哲学社会科学版）1997年第6期。

用。与此同时，六朝佛教灵验类小说的定义也就出来了：佛教灵验类小说是指六朝以来小说创作主体是"为佛教文化所化之人"，对佛教信仰有着长期的生活体验或者深切的体悟，出于对佛教文化的认同，以宣扬佛法灵验为主要内容，以因果报应观为主导思想，旨在劝善惩恶、弘扬佛理、吸收信徒，风格、意趣相近的志怪小说。佛教灵验类小说的叙事内容由形式和意识两个层面构成：形式层面严格依循纪传体来撰述，交代人物、地点、时间、事件及出处，从而营造一个具有叙事学意义的空间，力求予人以真实感；意识层面则从佛教灵验类小说对人的行为的叙述，来展示当时民众的社会心态和信仰心理、习俗，构建当时的社会空间。

**2. 本书的研究范围**

就研究范围而言，究竟哪些作品属于六朝佛教灵验类小说，这也是我们需要明确的。虽然，鲁迅的《中国小说史略》中列举了一些佛教灵验类小说，但就目前所掌握的资料来看，鲁迅仍遗漏不少，如王延秀的《感应传》、朱君台的《征应传》、王曼颖的《补续冥祥记》等，此外受当时条件的限制，鲁迅未能见到傅亮的《光世音应验记》、张演的《续光世音应验记》以及陆杲的《系观世音应验记》等。① 从上述这些佛教灵验类小说的著录情况来看，它们在传统史家目录中归于史部杂传类或子部小说类，这就与一般的宗教宣传品区分开来。值得注意的是，这些小说的创作主体大致可分为两大类，一类是佛教信徒，另一类是士人。佛教信徒较多记述佛、菩萨、高僧灵迹，自神其教，以邀布施；士人则注重对佛理的认知和敬信，作品主要阐明佛家的因果报应之说，较少记述礼佛的灵异。质言之，一为"虔诚"之作，一为"赏心"之作。这种认知和创作意图上的分歧，导致作品的宗教气息亦存在细微的差别，但有一点是毋庸置疑的，他们都推动了佛教义理的传播。

由上观之，我们在使用佛教灵验类小说这一概念的时候，不仅涵盖了那些有关礼佛灵异传说的笔记小说，而且还包括向来被简单地视为佛经宣传品的应验记。历史上，正是这些作品构成了佛教灵验类小说。正是有了这些佛教灵验类小说，中国的志怪小说才显得丰富多彩。

---

① 这三种《观世音应验记》久佚，直到 20 世纪 40 年代在日本青莲院发现其手抄本，并于 90 年代初由孙昌武带回国。具体详情可参阅（南朝宋）傅亮等《观世音应验记三种》，孙昌武点校，中华书局，1994。

　　需要说明的是，在对六朝佛教灵验类小说进行研究的时候，由于时间和精力的限制，我们只能选择一些在我们看来能够代表这一时期佛教灵验类小说特点的小说，而无法对所有的小说给予同样多的关注，不能将我们观察到的一切都加以阐述。我们只能从一些典型的佛教灵验类小说入手，去追寻掩藏在这类小说背后的思想意识和文化心理，捕捉该时期的文化灵魂。而傅亮的《光世音应验记》、张演的《续光世音应验记》以及陆杲的《系观世音应验记》这三部相续的佛教灵验类小说为我们了解该时期的佛教信仰尤其是观音信仰提供了相当集中的资料。这三种《观世音应验记》不同于《世说新语》《搜神记》记述的主要是"特选阶层人物"，而是把普通民众推向文学舞台的中心，这不仅能够更直接地反映六朝民众的精神和生存状态，更体现了对于苦难民众的重视，在思想史上的意义自不待言。此外，这三种《观世音应验记》的编撰体例、编撰旨趣、叙事结构和叙事语言不仅对同时期此类小说——如刘义庆的《幽明录》、王琰的《冥祥记》、刘义庆的《宣验记》等产生了直接的影响，而且对六朝以后的佛教灵验类小说亦意义深远。故《观世音应验记三种》不仅是此类小说的肇始之作，亦是此类小说的典范之作，其地位及意义不言而喻。鉴于此，本书选取六朝时期的三种《观世音应验记》为研究对象，旁及王琰的《冥祥记》、刘义庆的《宣验记》、佚名的《祥异记》、唐临的《冥报记》等著述，以期对该时期的佛教灵验类小说在小说史上的地位和意义做一客观的评价。

## 二　六朝佛教灵验类小说研究回顾与检视

　　六朝佛教灵验类小说虽出现较早，但一直属于边缘文类，历来研究较为薄弱。明人胡应麟虽指出"魏、晋好长生，故多灵变之说；齐、梁弘释典，故多因果之谈"，① 但也只是简单粗略地概述了这类小说产生的时代背景，尚缺少系统的探讨。直至 20 世纪初期学术界才开始真正意义上的研究。纵观近百年来海内外学术界关于六朝佛教灵验类小说的研究成果，主要是在文学领域，旁涉宗教学领域。研究者从文献整理、学术史定位、题材主题、表现手法等文学史的维度建立起研究的基础。

---

① （明）胡应麟：《少室山房笔丛》，上海书店出版社，2001，第 283 页。

　　首先，六朝佛教灵验类小说的辑佚与整理工作取得的成果最为突出。这方面的成果包括小说辑佚与校注、小说成书与本事、小说书目与索引、资料汇编等。

　　就小说辑佚与校注而言，六朝佛教灵验类小说散佚情况较为严重，不少小说原书已佚，只有部分佚文幸赖《法苑珠林》和《太平广记》等类书保存，对这类小说的辑佚与校注便成为首要任务。鲁迅的《古小说钩沉》便是这方面的奠基之作。该书在《汉书·艺文志》《隋书·经籍志》《新唐书·艺文志》等史志目录的基础上辑录出自周至隋的古小说 36 种 1400 余则，共计 20 余万字。其中，《幽明录》《宣验记》《冥祥记》《祥异记》《旌异记》等一批重要的佛教灵验类小说失而复得，重新展现在世人面前，为后来的研究者提供了基础性资料。

　　新中国成立以来，这方面的成果显著，就单篇文献整理而言，举其要者有周法高的《颜之推〈还冤记〉考证》①、牧田谛亮的《六朝古逸观世音应验记研究》②、郑晚晴辑注的《幽明录》③、王国良的《颜之推〈冤魂志〉研究》④ 和《〈冥祥记〉研究》⑤、衣川贤次译注的《傅亮〈光世音应验记〉译注》⑥、罗国威校注的《〈冤魂志〉校注》⑦ 等。尤其是孙昌武点校的《观世音应验记三种》⑧ 和董志翘译注的《〈观世音应验记三种〉译注》⑨，前者由孙氏于 1984～1986 年日本访学期间发现、带回并点校出版，使人们重新看到了在中古时期影响颇广后一度失传的三种《观世音应验记》，对全面认识和解读该时期的佛教灵验类小说和救苦观音信仰意义重大；后者系董氏从语言文化学角度，对该书进行详细的注释，注释严谨、准确，且纠正了之前孙昌武点校上的不少错误，是目前三种《观世音应验

①　周法高：《颜之推〈还冤记〉考证》，《大陆杂志》1961 年第 9～11 期。
②　〔日〕牧田谛亮：《六朝古逸观世音应验记研究》，京都平乐寺书店，1970。
③　郑晚晴辑注《幽明录》，文化艺术出版社，1988。
④　王国良：《颜之推〈冤魂志〉研究》，台湾文史哲出版社，1987。
⑤　王国良：《〈冥祥记〉研究》，台湾文史哲出版社，1999。需要说明的是，牧田谛亮和王国良等人的著述虽名"研究"，实际上仍以目录、版本、辨伪等文献整理为主。
⑥　〔日〕衣川贤次译注《傅亮〈光世音应验记〉译注》，《花园大学文学部研究纪要》1996 年第 29 号。
⑦　（北齐）颜之推著，罗国威校注《〈冤魂志〉校注》，巴蜀书社，2001。
⑧　（南朝宋）傅亮等：《观世音应验记三种》，孙昌武点校，中华书局，1994。
⑨　董志翘译注《〈观世音应验记三种〉译注》，江苏古籍出版社，2002。

记》较好的校注本。

李剑国辑释的《唐前志怪小说辑释》[①] 广求群书，详尽比勘，校释名物，印证史志，考订细密，对六朝志怪小说进行了系统全面的文献整理，并依照时代发展编排，使该时期的志怪小说发展脉络得以清晰展现，是治志怪小说尤其是治六朝佛教灵验类小说的案头必备之作。

就小说成书与本事而言，成书方面的研究，主要体现在张庆民的《魏晋南北朝志怪小说通论》[②] 一书。张氏指出佛教志怪成书的途径大致可分为三种：摭拾传闻、轶事，杂取前代典籍，改编佛经故事。张传东的《魏晋南北朝志怪小说集成书研究》涉及这类小说的成书特征，他指出以"应""验""祥"等入名，体现了"释氏辅教之书"的宣教特征。[③] 本事方面的研究，代表性的成果有王国良的《六朝志怪小说考论》[④]、谢明勋的《六朝志怪小说故事考论》[⑤]，材料宏富，论证翔实，将佛教灵验类小说研究推向一个新的层次。

就小说书目与索引而言，书目方面比较有影响力的有程毅中的《古小说简目》[⑥]，袁行霈、侯忠义的《中国文言小说书目》[⑦]、宁稼雨的《中国文言小说总目提要》[⑧] 和石昌渝主编的《中国古代小说总目（文言卷）》[⑨] 等，收罗宏富，著录较为详细，是治古小说不可缺少的工具书。索引方面则有金荣华的《六朝志怪小说情节单元分类索引（甲编）》[⑩]、宁稼雨的《先唐叙事文学故事主题类型索引》[⑪]，这两部索引使得相关研究从即兴翻检和个别积累的无序状态成为可系统检索的有序工作，影响较大。此外，侯忠义编的《中国文言小说参考资料》[⑫] 亦是一部重要的资料汇编作品。

---

① 李剑国辑释《唐前志怪小说辑释》，上海古籍出版社，1986。
② 张庆民：《魏晋南北朝志怪小说通论》，首都师范大学出版社，2000。
③ 张传东：《魏晋南北朝志怪小说集成书研究》，博士学位论文，山东大学，2018。
④ 王国良：《六朝志怪小说考论》，台湾文史哲出版社，1989。
⑤ 谢明勋：《六朝志怪小说故事考论》，台湾里仁书局，1999。
⑥ 程毅中：《古小说简目》，中华书局，1981。
⑦ 袁行霈、侯忠义：《中国文言小说书目》，北京大学出版社，1981。
⑧ 宁稼雨：《中国文言小说总目提要》，齐鲁书社，1996。
⑨ 石昌渝主编《中国古代小说总目（文言卷）》，山西教育出版社，2004。
⑩ 金荣华：《六朝志怪小说情节单元分类索引（甲编）》，中国文化大学中文研究所，1984。
⑪ 宁稼雨：《先唐叙事文学故事主题类型索引》，南开大学出版社，2011。
⑫ 侯忠义编《中国文言小说参考资料》，北京大学出版社，1985。

　　总之，前人这些基础性研究为六朝佛教灵验类小说研究提供了便利。

　　其次，六朝佛教灵验类小说研究集中在学术价值的讨论和学术史的评骘上。

　　由于受传统认知的束缚，① 加上六朝佛教灵验类小说自身存在叙事结构单一化、程式化等缺陷，故其不为学界所重视。早期几部重要的文学史著作，如林传甲的《中国文学史》②、谢无量的《中国大文学史》③、郑振铎的《插图本中国文学史》④、谭正璧的《中国小说发达史》⑤ 均未曾将其纳入研究视野。直至鲁迅的《中国小说史略》才在"六朝之鬼神志怪书（下）"部分，将其置于小说发展演变体系中，并名之为"释氏辅教之书"，对这类小说进行了较为全面的论述，强调其价值主要体现在"大抵记经像之显效，明应验之实有，以震耸世俗，使生敬信之心，顾后世则或视为小说"。⑥ 稍后，陈寅恪亦指出："至灭罪冥报传之作，意在显扬感应，劝奖流通。远托法句譬喻经之体裁，近启太上感应篇之注释，本为佛教经典之附庸，渐成小说文学之大国。盖中国小说虽号称富于长篇巨制，然一察其内容结构，往往为数种感应冥报传记杂糅而成。若能取此类果报文学详稽而广征之，或亦可为治中国小说史者之一助欤。"⑦ 可谓独具慧眼，一语道出了佛教灵验类小说对后世长篇章回小说的巨大影响，指明了这类小说在中国古代小说史上的地位与价值。

　　此后，不少学者均沿着鲁迅、陈寅恪等人的思路，从宏观角度对其做

---

① 传统思想固执地认为这类小说是"宗教迷信的产物"，对这类"张皇鬼神，称道灵异"的作品持否定态度，如顾炎武《日知录》："若夫怪力乱神之事，无稽之言，剿袭之说，谀佞之文，若此者，有损于己，无益于人，多一篇，多一篇之损矣。"［具体可见（明）顾炎武著，（清）黄汝成集释《日知录集释》，上海古籍出版社，1985，第 1429 页。］就是这方面最具代表性的观点。不仅如此，还有不少以儒家道统自居的史家认为佛教是"千年佛老贼中国"，如欧阳修就曾专门删除《旧五代史》和《旧唐书》中的佛教记录。像这样的事例在历史上绝不是个案，无怪乎陈寅恪在《陈垣明季滇黔佛教考·序》中感叹道："中国史学莫盛于宋，而宋代史家之著述，于宗教往往疏略，此不独由于意执之偏蔽，亦其知见之狭陋有以致之。"（陈寅恪集《金明馆丛稿二编》，生活·读书·新知三联书店，2001，第 272 页。）对待佛教尚且如此，更遑论"张皇神异"的佛教灵验类小说。
② 林传甲：《中国文学史》，上海科学书局，1914。
③ 谢无量：《中国大文学史》，中华书局，1918。
④ 郑振铎：《插图本中国文学史》，北平朴社，1932。
⑤ 谭正璧：《中国小说发达史》，上海光明书局，1935。
⑥ 鲁迅：《中国小说史略》，上海古籍出版社，1998，第 32 页。
⑦ 陈寅恪集《金明馆丛稿二编》，生活·读书·新知三联书店，2001，第 291～292 页。

学术史的定位。如李剑国的《唐前志怪小说史》①、侯忠义的《汉魏六朝小说史》②、吴志达的《中国文言小说史》③、王枝忠的《汉魏六朝小说史》④、欧阳健的《中国神怪小说通史》⑤、李小荣的《晋唐佛教文学史》⑥等，都肯定了这类小说存在的价值，并取得一定的成就，比如明确地将此类小说划入志怪小说旗下，这就使佛教灵验类小说的文体归属更为清晰。

此外，也有学者从宗教史的角度来研究这类小说，这方面的研究以日本学者用力最勤，代表者有小南一郎。他充分肯定了《观世音应验记》在宗教史上的地位，指出："那个时代，在以东晋王朝的首都建康为中心的地区，士人们玩弄着所谓'格义佛教'的高级哲学议论；或者在宫廷里，像皇族当权者司马道子一样沉溺于淫祠似的低级佛教。但是在离开首都远一些的会稽郡地区，士人们正在酝酿着新的内容的佛教信仰。这种信仰注重心情的纯粹性。也许可以说，以这种内容为特点的佛教总与信仰一词相称。谢敷所撰、傅亮再编的这本《光世音应验记》，就是反映这种佛教思想史上的新动态的作品。"⑦　在评价陆杲的《系观世音应验记》时他又说："相对于此，陆杲的信仰是注重于家常生活中的个人行为和心情的，换言之，是作为一种生活规范的佛教。这种佛教，跟中国从古以来的儒教等规范没有尖锐对立，莫如说两者已融成一体并从背面支持着当时士人们的生活，赋予人们的生活以意义。"⑧　小南一郎注意到东晋以来佛教发展的新动向，即士人阶层开始从对佛学义理方面的探讨向注重信仰实践的转变，肯定了《观世音应验记三种》在宗教社会史上的意义。联系相关史实，这种颇有新意的看法，诚为目捷。篠原亨一则通过比较《冥祥记》等佛教灵验类小说与慧皎传记，了解这类小说在中国佛教传记发展

① 李剑国：《唐前志怪小说史》，南开大学出版社，1984。
② 侯忠义：《汉魏六朝小说史》，春风文艺出版社，1989。
③ 吴志达：《中国文言小说史》，齐鲁书社，1997。
④ 王枝忠：《汉魏六朝小说史》，浙江古籍出版社，1997。
⑤ 欧阳健：《中国神怪小说通史》，江苏教育出版社，1997。
⑥ 李小荣：《晋唐佛教文学史》，人民出版社，2017。
⑦ 〔日〕小南一郎：《〈观世音应验记〉排印本跋》，载（南朝宋）傅亮等《观世音应验记三种》，孙昌武点校，中华书局，1994，第72页。
⑧ 〔日〕小南一郎：《〈观世音应验记〉排印本跋》，载（南朝宋）傅亮等《观世音应验记三种》，孙昌武点校，中华书局，1994，第79页。

中的作用。①

再次，六朝佛教灵验类小说内容方面的研究主要聚焦在作者身份、形象、故事类型及来源的考证和划分上。

作者身份研究，始于鲁迅的《中国小说史略》。他依据六朝佛教灵验类小说作者出身将其分为"其书有出于文人者，有出于教徒者"，② 指出"文人之作，虽非如释道二家，意在自神其教，然亦非有意为小说，盖当时以为幽明虽殊途，而人鬼乃皆实有。故其叙述异事，与记载人间常事，自视固无诚妄之别矣"。③ 作者身份的分类是各类研究的基础，因为作者身份的认知，往往隐含着一个重要的问题，即小说由什么人来写，它又是如何体现书写者的立场和观点的。此后，有不少学者沿着鲁迅的这一思路继续探讨，比如王青、吴正岚、于君方、康儒博（Robert Ford Campany）等人进一步留意到该时期的佛教灵验类小说的代表作——《观世音应验记三种》的作者皆来自当时奉佛名族，但上述诸人皆只注意到这一现象，尚未进行深入研究。

就形象研究而言，主要是侧重于佛教灵验类小说中的菩萨形象，探讨它们的演变过程和传播过程中的社会文化意义，其中又以观音形象研究居多。举其要者，有孙昌武的《中国文学中的维摩与观音》④、王青的《魏晋南北朝时期的佛教信仰与神话》⑤、李利安的《古代印度观音信仰的演变及其向中国的传播》⑥ 和于君方的《观音——菩萨中国化的演变》⑦。孙氏选择维摩与观音这两位在民众中最具知名度的菩萨，分析了维摩与观音形象的演变，从文学与文化学角度分析了维摩与观音信仰的传播，并将其置于具体的历史文化背景下，考察维摩、观音与文学艺术之间的关系，加深了佛教与文学的关系。王氏则从传播学角度，分析了观音信仰的流传。

---

① 〔美〕篠原亨一、李巍：《中国佛教传记的两个来源：塔碑铭和神异故事》，《佛学研究》2022 年第 2 期。
② 鲁迅：《中国小说史略》，上海古籍出版社，1998，第 24 页。
③ 鲁迅：《中国小说史略》，上海古籍出版社，1998，第 24 页。
④ 孙昌武：《中国文学中的维摩与观音》，高等教育出版社，1996。
⑤ 王青：《魏晋南北朝时期的佛教信仰与神话》，中国社会科学出版社，2001。
⑥ 李利安：《古代印度观音信仰的演变及其向中国的传播》，博士学位论文，西北大学，2003，第 26 页。
⑦ 〔美〕于君方：《观音——菩萨中国化的演变》，陈怀宇、姚崇新、林佩莹译，商务印书馆，2012。

李氏对古代印度观音信仰的起源和演变进行了缜密的追溯，同时对观音形象的演变亦予以细致的梳理。于氏则综合运用文化、艺术、社会和历史等跨学科领域的研究方法，并将应验记、朝圣故事、寺志与山志、民间文学、田野调查以及造型艺术等纳入研究视野，深入探讨了观音是如何深刻地影响了中国人的生活和信仰，该书是目前最为全面讨论观音信仰的著作。

就故事类型研究而言，可分为两大类：众多故事类型研究和单一故事类型研究。前者代表性研究成果有周次吉的《六朝志怪小说研究》①、薛惠琪的《六朝佛教志怪小说研究》② 以及张二平的《中古志怪小说中的佛教故事与外来文化摭谈》。周氏将六朝志怪小说受佛教观念影响的相关条目，分为因果、报应、轮回、感应、佛经改写五种类型；薛氏则将其分为因果报应类、沙门僧尼神通类、死而复生——地狱类、佛道巫争胜类、佛经佛像灵验类和佛经改写类六大类；张氏除了对这些佛教志怪小说进行分类外，还着重对观音救难型故事予以细致分析，指出"观音救难故事在中古志怪小说中是很独特的一个类型，它打破了仙道传奇与鬼怪故事分割题材的局面，引进了现世救济的主题"。③ 后者代表性论文有郑筱筠的《观音救难故事与六朝志怪小说》和范军的《佛教"地狱巡游"故事母题的形成及其文化意蕴》。郑氏认为观音救难故事"创造了全新的救难者观音的神灵形象，丰富了中国小说中的典型形象群体。……观音救难故事发展了小说艺术的表现力，它是理解六朝文化的宝贵材料"。④ 范氏则认为"六朝志怪小说中大量反映地狱观念的'入冥'故事，是在佛教地狱观念的影响下形成的"，对《冥祥记》进行集中分析可以了解到"佛教地狱观念为中国冥界思想增添的新内容，以及佛教地狱观与中国固有文化相融合的轨迹"。⑤ 江明渊则从功能序总结出"遭难—诚念—感应—解难"的故事形态。⑥

---

① 周次吉：《六朝志怪小说研究》，台湾文史哲出版社，1984。

② 薛惠琪：《六朝佛教志怪小说研究》，台湾文津出版社，1995。

③ 张二平：《中古志怪小说中的佛教故事与外来文化摭谈》，《牡丹江大学学报》2007 年第6 期。

④ 郑筱筠：《观音救难故事与六朝志怪小说》，《社会科学》1998 年第 2 期。

⑤ 范军：《佛教"地狱巡游"故事母题的形成及其文化意蕴》，《华侨大学学报》（哲学社会科学版）2005 年第 3 期。

⑥ 江明渊：《论六朝观音应身形象及其故事形态——以三本观音应验记为例》，《中极学刊》2016 年第 10 期。

　　此外，还有学者对这类小说的故事来源进行探讨。譬如海外汉学家周宗德（Donald E. Gjertson）明确将这类故事的源头之一追溯到譬喻，并指出佛教灵验故事与汉地传统志怪故事的区别在于前者包含了因果报应的道德教诫，这是受到了譬喻因缘故事的影响。法国学者傅飞岚（Franciscus Verellen）也认为灵验故事是对佛经中本土与譬喻故事传统的延续与发展。他提出的理由是：灵验故事与本土譬喻故事都是训诫性的故事，诠释轮回中的因果业报。他又以《道教灵验记》中尹言念诵《阴符经》而"忽了忆前生之事"为例，来证明譬喻故事对佛道两教灵验故事的影响。这一点亦得到本土学者的认可，比如普慧、张进就指出佛教故事是五朝志怪小说的一个叙事源头。① 康儒博则强调这类故事发端自本土固有的文献传统，只是在处理的主题上与譬喻故事略有重合，即因果报应。他还详细分判了二者之间的区别。譬喻故事中虽也有恶有恶报的例子，且有专门的"饿鬼故事"，但绝大部分内容却是宣扬即使微末的供养，也能在未来世获得极大的果报。报应的时限往往很长，经历数劫之久。许多故事称扬敬拜佛塔、舍利的功德。相较而言，灵验故事更强调罪业与惩罚，劝世人奉法行善，以避免死后或下一世受苦，提到舍利与佛塔的故事也相对较少。②

　　陆帅则注意到晚渡北人与当时观世音信仰的关系，其事迹甚至还多于南方，并可以太元八年（383）、泰始五年（469）两个关键时间来分期，统整相关历史与人物事迹。③ 佐野诚子探讨陆杲《系观世音应验记》在一系列应验故事中的特殊性，分析其如何从北方素朴的记载转化为有规则的记载。④ 上述学者无疑做了大量启发性的工作。

　　最后，六朝佛教灵验类小说的形式研究，主要成就在叙事学与文化学的研究方面。

　　从叙事学角度来研究古代小说，是当下小说研究领域的一大热点，六朝佛教灵验类小说也不例外。较有影响的著述有蒋述卓的《佛经传译与中

---

① 普慧、张进：《佛教故事——中国五朝志怪小说的一个叙事源头》，《中国文化研究》2001 年第 1 期。

② 此处转引自范晶晶《缘起：佛教譬喻文学的流变》，中西书局，2020，第 139～140 页。

③ 陆帅：《晚渡北人与南朝的观世音信仰——以三种〈观世音应验记〉为线索》，中国中古史集刊编委会编《中国中古史集刊》第 6 辑，商务印书馆，2020。

④ 〔日〕佐野诚子：《〈系观世音应验记〉的构成与观世音应验谭的南北》，《中国古典小说研究》2018 年第 21 期。

古文学思潮》①，此书运用比较文学的相关理论，对中古志怪小说和印度佛典进行比较，指出中古志怪小说对佛经故事的接受，包括故事的基本形式、故事情节和故事类型等方面；韩云波的《唐代小说观念与小说兴起研究》② 对唐前佛教小说的宗教叙事进行研究；吴海勇的《中古汉译佛经叙事文学研究》③ 则分析了佛教观念对中古叙事文学的影响。

　　代表性论文则有刘惠卿的《释氏辅教之书：六朝志怪小说的叙事新风》，认为"释氏辅教之书"与此前的志怪小说相比，其叙事风格"在所表现的人物、所采用的叙事笔法、叙事视角等方面呈现新变的态势"。④探寻这种变化的原因有张二平的《佛经叙事对中古志怪小说文体特征的渗入与冲击》，张二平认为佛经故事的虚构性与叙事性使中古志怪故事开始变为成熟的小说。⑤ 林淑媛的《慈航普度——观音感应故事叙事模式及其宗教义涵》则细致分析了此类小说的叙事结构、叙事类型，指出此类小说的叙事结构呈现三种叙事特征：第一，以叙事情节为主；第二，人物只具有叙事功能，人物性格不是叙事的重点；第三，叙事时间以顺序法为主，呈现出线性结构。⑥ 刘苑如的《追忆与交通——六朝三种观世音应验记叙事研究》运用后经典叙事学理论，并结合传统评点，探讨三书如何以叙事作为记忆的中介，将散漫的事件构造成一个有意义的整体。⑦

　　此外，还有不少硕士论文亦涉及这一领域，或是将这类小说进行比较，挖掘其叙事策略的异同，如谢宜君的《比较观世音灵验记与地藏菩萨灵验记的说服策略》⑧；或是分析这类小说的叙事方式，如蒋勇的《唐前

---

①　蒋述卓：《佛经传译与中古文学思潮》，江西人民出版社，1990。

②　韩云波：《唐代小说观念与小说兴起研究》，四川民族出版社，2002。

③　吴海勇：《中古汉译佛经叙事文学研究》，学苑出版社，2004。

④　刘惠卿：《释氏辅教之书：六朝志怪小说的叙事新风》，《西南民族大学学报》（人文社科版）2005 年第 10 期。

⑤　张二平：《佛经叙事对中古志怪小说文体特征的渗入与冲击》，《天水师范学院学报》2005 年第 3 期。

⑥　林淑媛：《慈航普度——观音感应故事叙事模式及其宗教义涵》，博士学位论文，台湾"中央大学"，2001。

⑦　刘苑如：《追忆与交通——六朝三种观世音应验记叙事研究》，《清华中文学报》2022 年第 28 期。

⑧　谢宜君：《比较观世音灵验记与地藏菩萨灵验记的说服策略》，硕士学位论文，台湾清华大学，2008。

报应小说叙事研究》①；或是探讨这类小说的叙事方法，如刘冠芳的《六朝佛教灵验类志怪小说叙事研究》②，在内容和方法上显示出丰富性。

文化学方面的研究者主要有俄罗斯的 M. 叶尔马克，他在《感应传等四种书》的序言中探讨了佛教灵验类小说产生的历史渊源。他认为："佛教的严格的理论体系受到了中国平民佛教自发性的抵制。佛教传统在进入中国的文化——意识形态语境的时候，失去了与印度文化范畴的直接联系。佛教传入前，中国传统信仰中的灵魂观念成了平民佛教的意识形态基础之一。依公元前 500 年形成的这种观念，人是天上的实体'魂'和地上的实体'魄'的结合物。魄产生于受孕之时，魂则在出生时产生。这两种实体的和谐结合在人生病、做梦和死的时候遭受破坏。人死后，魄与尸体一起入地，成为恶灵——鬼；魂升到天上变成善灵——神。这种观念的余绪在佛教小说中可以观察到。"③ 他进一步指出这种观念可追溯至《左传》"人生始化曰魄，既生魄，阳曰魂。用物精多则魂魄强，是以有精爽至于神明"。④ 他的这一论断，虽然不少地方有可商榷的余地，但指出传统观念对佛教灵验类小说的影响还是很有见地的。

刘亚丁的《佛教灵验记研究——以晋唐为中心》⑤ 一书，亦是从文化学角度入手研究佛教在中国的传播和本土化过程，分析了佛教灵验记的源出、途径、依附（舍利、佛像、地狱、净土、天花等），以及灵验记等文字出现的意义和该类思想的传播对社会习俗的影响。全书结构合理，但在具体分类主题上的研究揭橥有待深入。

邱学志的《形神空间的观看、显应与冥游——六朝观音感应故事研究》则引入空间理论，探知六朝观音感应故事之空间状况，在现实空间框架下，分析观音救济力是如何显应的，不乏新意。⑥

--------

① 蒋勇：《唐前报应小说叙事研究》，硕士学位论文，西南大学，2011。
② 刘冠芳：《六朝佛教灵验类志怪小说叙事研究》，硕士学位论文，河南师范大学，2012。
③ 〔俄〕M. 叶尔马克：《感应传等四种书》，圣彼得堡东方学出版中心，2000，第 24 ~ 25 页。
④ （唐）孔颖达疏《春秋左传正义》，载《十三经注疏》，中华书局，1980，第 2050 页。
⑤ 刘亚丁：《佛教灵验记研究——以晋唐为中心》，巴蜀书社，2006。
⑥ 邱学志：《形神空间的观看、显应与冥游——六朝观音感应故事研究》，硕士学位论文，台湾中兴大学，2012。

李心苑的《两晋南北朝观音经典感应信仰研究》① 从宗教学角度研究观音经典感应信仰以及观音信仰中的一些基本问题，比如汉译观音经典体系的形成、汉译观音经典神圣性结构建构、汉地观音经典感应信仰的特征及其宗教文化定位等，从而有助于我们认识中国化的菩萨信仰，并为全面把握中国特色佛教文化提供一个重要的视角。

综览相关研究可知，近年来有关六朝佛教灵验类小说的研究日渐勃兴，但总体来看，依然存在不少缺憾。

其一，目前学术界虽已注意到这类小说的存在，并在相关的小说史著述中有所论及，但尚未形成体系，对这类小说的产生、发展、流变及影响没有做出细致的梳理，其相应的学术价值亦未能很好地凸显出来。

其二，已有的研究偏重这类小说的文学性，虽然在主题、形象和叙事学等方面的研究有一定的进展，但由于这类小说自身的文学性发育不成熟，因此仅从文学性角度无法提供一个恰当的阐释和合理的框架。

其三，目前有不少研究者对这类小说张皇神异的内容多持轻视甚至鄙夷的态度，认为这类小说充满主观想象、迷信思想，如此忽略了这类小说具体产生的历史语境和知识的传承背景，这就很难还原这类小说自身原有的价值判断系统。

此外，六朝佛教灵验类小说的材料来源和编撰体例有待继续深入研究，对相关作者的佛学素养的考辨亦应加强。

因此，这就启发我们在具体的研究过程中，要转变已有的研究范式和研究思路，既要有文学史的视野，也要有宗教史、文化史、知识社会史的视野，这是由这类小说的特殊性质决定的，因为它们既是志怪小说，也是佛教宣传品。这类小说所呈现的张皇神异的特点，"并非出于文学性的求异式的独创，而是一种为大众所普遍运用的讲述手段"。② 它所涉及的种种获知灵验方式，其实都是在传递某种知识或者经验见解。不仅如此，它还是古人对佛教信仰与历史记忆的生动诠释，反映的是当时大众的思想世界。因此还需要我们将其置于所产生的历史文化语境中，"着眼于史料记载背后所反映的思想观念，以及从这种思想观念中所投射出的当时人们的

---

① 李心苑：《两晋南北朝观音经典感应信仰研究》，博士学位论文，中央民族大学，2020。
② 王昕：《志怪"小说"研究一百年——以文学、史学与文化史的研究转向为线索》，《中国人民大学学报》2017 年第 4 期。

思想和行为模式"。① 在荒唐、夸诞的面目之下窥视当时人的知识结构、思想观念、行为方式，唯有此，才能更好地把握古人的知识构成、文化观念以及小说与政治、社会、宗教信仰之间的互动关系。职是之故，六朝佛教灵验类小说仍是一个颇具张力的研究课题。

### 三　六朝佛教灵验类小说的研究意义及研究路径②

上文已检讨了相关的学术研究成果，接下来我们需要明确如何进一步深入研究六朝佛教灵验类小说。思路和方法是首先要解决的。鉴于此，本部分对研究意义及研究路径略做阐述。

#### （一）六朝佛教灵验类小说的研究意义

六朝佛教灵验类小说既是一种文学、文化现象，又是古人认识世界的载体，它曾经深刻影响着六朝民众的生活方式、思想行为、价值观念、民俗风情等各个方面。研究六朝佛教灵验类小说，不仅可以挖掘其历史价值，而且还为当下的精神文明建设提供不少启发。笔者认为，其研究意义具体可归纳为四个方面。

第一，就小说史层面而言，有助于对六朝佛教灵验类小说进行整体考察，以更好地理解它在古小说发展史上的作用。

六朝佛教灵验类小说是一种以记载礼佛灵验事迹为主要内容的志怪小说，不仅拓展了志怪小说的题材，而且还丰富了志怪小说的类型，随着时间的推移沉淀下来，成为小说史上一股不能忽视的力量。如《冥报记》《广异记》《冥报拾遗》《报应传》《劝善录》《劝戒录》《夷坚志》《观音经持验记》等，都是有一定影响的作品。

除此之外，六朝佛教灵验类小说对古代小说发展的影响还体现在两个层面。一是六朝佛教灵验类小说促进了小说地位的提升。自先秦以来，"小说"这种文体在传统文化中的地位并不高，《庄子·外物》篇曰："饰小说以干县令，其于大达亦远矣。"③ 将"小说"与"大达"相对，其隐

---

① 〔美〕薛爱华：《撒马尔罕的金桃：唐代舶来品研究》，吴玉贵译，社会科学文献出版社，2016，第 10 页。

② 本节主体内容已发表，参见谷文彬《论六朝灵验类小说的文化价值及研究态度》，《华中学术》2017 年第 3 期。

③ （清）郭庆藩：《庄子集释》，王孝鱼点校，中华书局，2016，第 926 页。

含的学术价值判断不言而喻。到了汉代，班固《汉书·艺文志》云"小说家者流，盖出于稗官。街谈巷语，道听涂说者之所造也"，并指出"是以君子弗为也"。① 这种观点在很长的时间内影响并制约小说的发展。然而，到了六朝佛教灵验类小说家这里，撰写佛教灵验类小说不再是"街谈巷语""君子弗为"，而是一项神圣的功业。关于这一点，我们可以从张演的《续光世音应验记·序》中窥知："演少因门训，获奉大法，每钦服灵异，用兼绵慨。窃怀记拾，久而未就。曾见傅氏所录，有契乃心。即撰所闻，继其篇末，传诸同好云。"② 此外，陆杲在《系观世音应验记》中亦反复申论："今以齐中兴元年，敬撰此卷六十九条，以系傅、张之作，故连之相从，使览者并见。若来哲续闻，亦即缀我后。神奇世传，庶广淾信，此中详略，皆即所闻知，如其究定，请俟淾识。"③ 如此一来，便提升了小说的地位。唐人唐临即在《冥报记·序》中云："昔晋高士谢敷、宋尚书令傅亮、太子中舍人张演、齐司徒从事中郎陆杲，或一时令望，或当代名家，并录《观世音应验记》，及齐竟陵王萧子良作《宣验记》、王琰作《冥祥记》，皆所以征明善恶，劝戒将来，实使闻者深心感寤。临既慕其风旨，亦思以劝人，辄录所闻，集为此记，仍具陈所受及闻见由缘，言不饰文，事专扬确，庶人见者能留意焉。"④ 唐氏如此不惮其烦地列举三种《观世音应验记》编撰者的身份，其目的就是在暗示编撰这类小说并非为君子所不齿，而是"一时令望""当代名家"所为，而要追溯到这种风气，六朝佛教灵验类小说家之功不能忽视。二是六朝佛教灵验类小说丰富了小说的叙述角度。六朝佛教灵验类小说较之以往的小说最大的特点，是它特别强调见闻的真实性，甚至为了突出这一点，小说家们还会在文末明确指出传闻的来源。如《系观世音应验记》"释道汪法师"条："释道汪法师，北冀州长乐人，本姓潘。……上定林道仙道人即是汪公弟子，尔时正同行，为杲说之。"⑤ 又《冥祥记》"晋抵世常"条："晋抵世常，中山人也。家道殷富。太康中，禁晋人作沙门。世常奉法精进，潜于宅中起

① （汉）班固：《汉书》，中华书局，1962，第1745页。
② 董志翘译注《〈观世音应验记三种〉译注》，江苏古籍出版社，2002，第28页。
③ 董志翘译注《〈观世音应验记三种〉译注》，江苏古籍出版社，2002，第59～60页。
④ （唐）唐临：《冥报记》，方诗铭辑校，中华书局，1992，第2页。
⑤ 董志翘译注《〈观世音应验记三种〉译注》，江苏古籍出版社，2002，第167～168页。

立精舍，供养沙门；于法兰亦在焉。……兰以语于弟子法阶，阶每说之，道俗多闻。"① 这种写法，一方面是为了证实传闻的真实性、客观性，另一方面也丰富了小说的叙述角度。"尽管这种角度的意义可能还没有达到后世小说家有意识自我限制全知叙述的程度，但它的个人化特点，还是为小说的叙述提供了一种与人们自身体验更为切近的题材及叙述方式"，② 这一点无疑对后来的志怪小说产生了强烈的影响。另外，六朝佛教灵验类小说中的人物趋向平民化、世俗化。对此，孙昌武先生的相关著作中已有论列，③ 无须笔者置喙了。

第二，就佛教史层面而言，有助于较深入地了解六朝时期佛教尤其是观音信仰传播的具体情况，以及观音信仰建构的过程。

自清末学者梁启超提出"佛法确立，实自东晋"④ 这一说法后，再加之汤用彤、任继愈、方立天等人纷纷著书立说阐明东晋以来佛教发展历史进程，佛教在东晋以来的重要性已为学界所认同。荷兰学者许里和（Erich Zurcher）甚至评价东晋是"佛教征服中国"⑤ 之时代。许氏用"征服"一词来概括佛教之于六朝的影响尚有待商榷，但他的确道出了东晋以来佛教发展的主要特点，正是自东晋开始，佛教成为"上流士夫思潮之中心"，南朝则"殆已成'社会化'"。⑥ 故六朝与佛教之间的关系成为当前学界关注的焦点，并取得丰硕的成果。

不过，需要指出的是，目前学术界研究重心大多放在东晋以来重大历史事件上，或者是那些具有起承转合意义的学术思潮、卓越突出的重要人物上，故研究对象的最终落脚点还是在统治精英和佛教思想精英身上，而对于那些处于社会边缘地带的普通民众对待佛教态度的观照则远远不够。

然而，历史清楚地表明，一种文化的传播不局限于上流社会，还包括下

① （南朝齐）王琰：《冥祥记》，载《鲁迅全集》第 8 卷，人民文学出版社，1973，第 574 ~ 575 页。
② 刘勇强：《中国古代小说的叙事学研究反思》，《明清小说研究》2011 年第 2 期。
③ 孙昌武：《中国文学中的维摩与观音》，天津教育出版社，2005，第 123 页。
④ 梁启超：《中国佛法兴衰沿革说略》，载梁启超《佛学研究十八篇》，上海古籍出版社，2001，第 4 页。
⑤ 〔荷〕许里和：《佛教征服中国》，李四龙等译，江苏人民出版社，1998，第 4 页。
⑥ 梁启超：《佛教教理在中国之发展》，载梁启超《佛学研究十八篇》，上海古籍出版社，2001，第 160 页。

层社会，唯有此，这种文化才能取得长足的生命力。佛教亦不例外，佛学义理固然重要，但它并不能等同于佛教的全部。有学者指出："一个时代的佛学义理与这个时代的佛教信仰，两者关系密切，但并不能相互取代。某类经典的传入，某项义理主张的提出，可能会对当时信仰者产生重大影响，但也可能并不被世人所重视。我们了解一个时代的佛教史，如果对当时广大信徒最为流行的信仰内容不甚了解，不能不说是一个遗憾。"① 作为"集中反映六朝观音信仰具体实态的"② 《观世音应验记三种》，则很好地弥补了上述研究的缺憾，该书不仅提供了大量有关观音信仰的丰富细节，还有编撰者们所处的时代景象以及他们自身对观音的诠释。这让我们一方面可以了解到观音信仰在六朝时期传播的途径、方式和策略，另一方面则可以了解到六朝时期下层民众的信仰动机和心理诉求，以及六朝观音信仰机制的建构过程。因此就这个角度而言，以《观世音应验记三种》为代表的六朝佛教灵验类小说不仅具备了小说史的意义，同时还具备了宗教史的意义。

第三，就社会史层面而言，有助于了解六朝时期世俗社会生活乃至佛教中国化的进程。

一定时期的文学作品都是一定时期的社会文化的产物，它虽然不能直接提供给人们理性思考的结果，但是可以展示一定时期内人们的生活方式、生存状态、思想意识、价值观念、心理活动等。"虚构的历史事件中也可以体现某种成熟的历史观念。"③ 六朝佛教灵验类小说也不例外，它

---

① 张雪松：《中华佛教史·汉魏两晋南北朝佛教史卷》，山西教育出版社，2014，第6页。
② 孙昌武：《中国佛教文化史》第2册，中华书局，2010，第806页。
③ 陆扬：《解读〈鸠摩罗什传〉：兼谈中国中古早期佛教文化与史学》，载刘东主编《中国学术》，商务印书馆，2007，第33页。需要指出的是，像这种"虚构的历史事件中也可以体现某种成熟的历史观念"的观点已成为当下学术界研究志怪小说的一大趋势，举其要者，国外有〔美〕康儒博的《述异：中国中古早期的异事记录》（Strange Writing: Anomaly Accounts in Early Medieval China）和《看不到的场域：魏晋南北朝的佛教灵验故事》（Unseen Realm: Buddhist Miracle Tales from Early Medieval China）、〔英〕杜德桥（Glen Dubridge）的《唐代的宗教体验与世俗社会——对戴孚〈广异记〉的解读》（Religious Experience and Lay Society in T'ang China: A Reading of TaiFu's Kuang-ichi）、〔美〕韩森的《变迁之神：南宋时期的民间信仰》（包伟民译，浙江人民出版社，1999）。国内则有辛德勇《〈冥报记〉报应故事中的隋唐西京影像》，《清华大学学报》（哲学社会科学版）2007年第3期；孙英刚《想象中的真实：隋唐长安的冥界信仰和城市空间》，载荣新江《唐研究》，北京大学出版社，2009，第163~167页；孙英刚《两个长安：唐代寺院的宗教信仰与日常饮食》，《文史哲》2019年第4期；王东杰《探索幽冥：乾嘉时期两部志怪中的知识实践》，巴蜀书社，2022。

作为六朝社会文化的产物，不仅提供了六朝宗教信仰的文献资料，还保存了大量有关六朝民众的社会生活细节。我们选择《观世音应验记三种》作为重点考察对象，对那些富有生活气息的细节予以细致入微的解读。譬如六朝佛教灵验类小说记录了大量的诵念灵验的现象，通过对这种现象的历史渊源的梳理以及对这种社会文化现象的意义和价值的阐述，我们不难看出这一现象的背后实际上是一个文化整合的过程。在这个过程中佛教自身注重诵经的传统和中国本土所具备的经典崇拜等习俗被选择、吸收进来，并逐渐规范化、制度化，成为本土所独有的获致灵验的方式，无论对当时还是后来的社会、文化、思想均产生了深远的影响。又如六朝佛教灵验类小说中载有数则求子的故事，虽是为了宣扬观音神力，但通过对这些材料背后的习俗及社会心理的解读，我们不仅认识到民俗节日的复合性和包容性的特点，而且能够观察到六朝时期民间信仰的复杂性，进而理解祈子习俗所反映出的社会文化心理，在节日的深层底蕴下，隐藏着民众对承宗续嗣的殷切期盼。由此，我们也可以观察到日常的灵验体验是如何成为历史话语和情景的，而"佛教中国化"便是在这些看似习以为常的生活细节里悄然地完成了它的转变。

第四，就当下文化建设而言，有助于更好地发挥佛教的现实作用。

中国的佛教存在如下的特点：佛教信仰派别多，信徒人数多，信仰历史久远。如何充分挖掘佛教中的合理思想，发挥佛教积极的社会作用，是一个值得深入思考的问题。就信仰而言，历史上关于它的负面评价较为明显，一个最突出的原因是它很多时候是被统治者拿来作为愚弄民众的精神工具。同时，信仰强调的人神感应又与现代科学相冲突，不利于科学健康发展。然而，如果我们把信仰问题置于传统文化大背景下考察，则不难看出它实际上也具有一定的正能量。主要表现为两点：一是佛教信仰强调惩恶扬善，具有一定的道德伦理约束作用；二是佛教信仰通过静心、安心和反省来缓解紧张、焦虑等情绪，从而实现个人心灵的净化，具有一定的心理学作用。

**（二）"同情之默应"：六朝佛教灵验类小说研究路径之思考**

以上论述了六朝佛教灵验类小说的文化价值和现实意义，接下来我们还需要明确的是如何去研究六朝佛教灵验类小说。

当前，学术界关于六朝佛教灵验类小说的研究思路大致可归于两种。

一种是以西方的理论为准则，用现代人的眼光去衡量古人的观点，这种思路也是目前学界普遍采用的思路。虽然可能会给古人的著述带来新的解读，但是这种解读往往偏离了古人的本意，再加上研究者的主观能动性，对研究对象所持的态度和取舍，所以对古人著述的解读无一不烙上现代人的观念。这种研究思路不仅不能让今人真正地理解古人，反而会对古人产生隔阂。以"感应"为例，它在千百年以前本来是一件很寻常的事，是古人把握世界的一种方式。但是到了近代，由于实证主义的兴起，人们把感应当作巫术，当作封建迷信，其在学术殿堂里没有一席之位。另一种则是主张采用还原的视角，从还原历史的本来面目出发，尽可能收集已有的文献材料，联系特定的社会文化背景，去探寻这些现象所反映出来的古人的生活状态和精神面貌，从而准确把握文学研究的历史发展进程，而不是采取居高临下的态度。因为研究的最终目的是还原历史之本来面貌，故我们首先应客观证实历史事件、再现历史生活，然后在此基础上揭示出历史的意义。"我们只有先理解那个社会的情感与理智的主要动机，我们才能理解这些行为所采取的形式。"① 应该说，在这种研究思路下进行的研究所得出来的结论，较之前一种思路得出的结论，要客观公允得多，也更令人信服。

明确研究路径的过程，实际上也就是探寻研究目标的过程。为了达到我们的目标，我们应运用一切有效的研究方法。关于小说和宗教的研究方法，前贤名彦都撰文探讨过。这对六朝佛教灵验类小说研究来说有一定的借鉴意义。因此，我们拟在前人已论述的基础上稍加说明。

佛教灵验类小说首先是一种宗教小说，这类小说的作者大多数是佛教信徒，由于信仰的关系，他们撰述这类小说的目的和其他小说完全不同，大多数为了宣传佛教义理，这种编撰动机尤为明显。这类小说的读者也与其他小说的读者不同。就这类小说涉及的人物而言，大多数是僧侣，或者是与佛教关系密切的民众，"佛教这种宗教占有了他们精神生活的绝大部分或者是全部，外界这个变动不居的世界全然让位于内心的观念世界，这些也不是非教徒所能想象的"。② 要之，由于佛教信仰的影响，信徒对

---

① 〔美〕露丝·本尼迪克特：《文化模式》，王炜等译，生活·读书·新知三联书店，1988，第48页。

② 纪赟：《慧皎〈高僧传〉研究》，上海古籍出版社，2009，第9页。

于世界万物的观察和理解都与非信徒者存在迥然的不同。佛教灵验类小说亦如此。它牵涉到的最突出的问题就是佛教信仰问题。信仰不同于其他问题，它是无法证实或证伪的，它客观地存在于人的大脑意识中，并只为信仰它的人所体验。因此，站在不同的立场持不同的态度，比如站在信仰主义的立场或者采用否定信仰的态度去研究它，得出的结论是不同的，甚至是截然相反的。完全否定信仰的学术态度，无法深入佛教信仰，得出的观点无疑是隔靴搔痒，因而这种研究立场应该为我们所摒弃。而站在信仰主义的立场又"只能看到在木雕泥塑的偶像面前五体投地的跪拜"。① 基于此，为了更好地研究佛教灵验类小说，我们应该站在一个客观的立场，即一方面要深入佛教中去体会佛教信仰，分析其信仰建构的机制；另一方面又要跳出佛教信仰来看问题。关于这一点，治佛名家汤用彤在《汉魏两晋南北朝佛教史·跋》中强调要持"同情之默应"之态度，这很值得我们借鉴。

> 中国佛教史未易言也。佛法，亦宗教，亦哲学。宗教情绪，深存人心，往往以莫须有之史实为象征，发挥神妙之作用。故如仅凭陈迹之搜讨，而无同情之默应，必不能得其真。②

这里需要特别指出的是，"同情之默应"并不是说我们要成为信徒去信奉佛教，而是指我们作为研究者应该在具体的研究行为中去接触、领会佛教，这是从事六朝佛教灵验类小说研究的基本前提。

宗教学本来就是一门开放性的学科。学者们可以从不同的角度，如人类学、社会学、文化学、心理学、哲学、历史学等进行研究，"这说明宗教本身也是社会性的综合文化现象，几乎包罗了社会的各个方面。各种文

---

① 吕大吉：《宗教学通论新编》，中国社会科学出版社，2010，第22页。

② 汤用彤：《汉魏两晋南北朝佛教史》，北京大学出版社，2011，第487页。"同情之默应"之说与美国学者崔默所倡导的"现象主义的方法"有异曲同工之妙。崔氏说："现象主义的方法，不谈价值与真理这方面的问题。它着重在人们以宗教的名义，所真诚相信和所作的事物，而不在他们所相信或所作的是否为'真'，观察到他们信以为'真'的现象就足够了。其目的就是要去领会信仰者所认定的宗教的有效性，而不论它是哪一种形式。"（〔美〕崔默：《宗教学导论》，妙法净译，台湾桂冠图书公司，2000，第12～13页。）两者都强调对待信仰这种宗教现象，应持"了解之同情"的态度。

化，其实都和宗教有密切的关系"。① 因此，对六朝佛教灵验类小说就不能站在纯文学的角度来研究，这样往往会陷入作茧自缚、画地为牢的困境中。而是应该将目光投向六朝时期的各个领域，坚持整体性原则。所谓整体，就是既要看到过去，又要看到现在；既要看到平凡的现象，又要看到不平凡的现象；既要看到普通民众，又要看到社会上层名流；既要看到有理性的行为，又要看到非理性的行为。这就要求我们在对六朝佛教灵验类小说进行分析的时候，所选择的每一个研究对象的每一个行为，不仅是当时最具个性特征的行为，而且还是代表某一类群体共同心理、共同性格的范例，是"有着深厚的文化渊源和历史继承性，同时又有着丰富的现实内容和人的发展规律性的人类活动的标本"。② 因此，我们对最微小细节的关注，不仅是可行的，而且是必要的。

此外，对六朝佛教灵验类小说研究还要注重客观性原则。所谓客观，就是要坚持实事求是的科学态度，一切从实际出发，不肆意夸大事实，也不恶意贬低对象，因为只有这样才能如实地反映六朝佛教灵验类小说的本来面目。要做到客观，就必须回到当时的历史文化语境中，充分掌握佛教灵验类小说的第一手资料，只有掌握了第一手材料，我们的分析才不会浮于表面，才能做到客观的研究。鉴于此，我们应秉持实事求是的态度和怀疑精神，要充分尊重历史、尊重事实，因为只有在实事求是的基础上，我们研究六朝佛教灵验类小说时所下的结论才有可靠性，才能经受住时间的检验。与此同时，还要具备怀疑精神和问题意识。孟子曰："尽信书，则不如无书。"③ 怀疑精神和问题意识才是深入研究的动力。当然，这种怀疑精神和问题意识是建立在确凿可靠的证据和事实之上的，而不是无根据的猜疑，否则就谈不上客观了。因此，我们要在研究的过程中把这两者结合起来。

上述原则的确立，只是为科学研究六朝佛教灵验类小说奠定了思维的基石，指出一个正确的研究方向。要想沿着这一方向顺利实现研究的目标，我们还需掌握一些更具体的研究方法。

① 楼宇烈：《宗教研究方法讲记》，北京大学出版社，2013，第90页。
② 王齐洲：《四大奇书与中国大众文化》，湖北教育出版社，1991，第21页。
③ （清）焦循：《孟子正义》，中华书局，1987，第959页。

### 1. 材料与观点统一的方法

傅斯年认为"史学即史料学",此说虽不乏片面性,但也强调了史料的重要性。由于历史生活是永远不能重演的,我们无法起古人于地下而问之,只能从历史文献记载中去追寻古人的思想演变轨迹,每一条史料,都可以或大或小地反映古人的思想情感、心理诉求。因此,我们对六朝佛教灵验类小说的研究,实际上就是建立在对史料的深入挖掘和分析基础之上。一旦脱离了史料,我们构建出来的理论就只是空中楼阁。

当然,对史料的占有,不能仅仅局限于对文献材料的简单罗列,否则就是柯林伍德所批评的"剪刀加糨糊的历史学",还必须在庞杂的材料中提炼出自己的观点。对六朝佛教灵验类小说生成机制与当时社会思潮之间关系的梳理,以及对历史地位、作用进行准确的评价,须材料和观点相统一,唯有此方能更深入地研究六朝佛教灵验类小说。此外,材料与观点相统一,还可以帮助我们去解决六朝佛教灵验类小说中的盲点、难点、争议点,发现有待发掘的研究领域。以《观世音应验记三种》为例,它们的编撰者谢敷、傅亮、张演、陆杲等人,皆出身于六朝时期奉佛较早的士族阶层,这实在是一个耐人寻味的现象。又如,观世音信仰在六朝时期并未占据主流地位,当时的僧侣名流们更感兴趣的是净土信仰,那为何谢敷等人会搜集、记录观音信仰灵验传说呢?类似这些问题,我们就可以运用材料与观点相统一的方法来解决。因此我们倡导材料与观点相统一的方法,两者缺一不可,材料为构成观点做铺垫,观点则为材料做统率。

### 2. 逻辑与历史统一的方法

所谓逻辑的方法,就是在历史事实的基础上,对材料进行判断、归纳和推演,从而提升对研究对象认知水平的方法。六朝佛教灵验类小说经历了较为长期的发展历史,留下了许多文献材料,加之又涉及佛经及相关注疏等材料,其史料可谓汗牛充栋。这就需要我们充分运用逻辑的方法,对其进行分类、排比、归纳、加工,厘清它们之间的内在联系和发展脉络。不仅如此,我们还可以借此考察六朝佛教灵验类小说与当时社会、文化、政治之间的互动关系以及六朝佛教灵验类小说与六朝后佛教灵验类小说之间的纵向联系,阐明六朝佛教灵验类小说的内在属性和发展规律。换言之,我们不仅要运用逻辑的方法来厘清材料之间的内在联系,还要在实际的研究过程中建构一套属于自己的逻辑话语体系。

对上述材料进行逻辑推演的同时，还要对这些材料的历史语境加以观照，因为这些材料是在特定的社会历史环境下产生的，反映的是特定时期内人们的思想行为和意识形态。因此，解读这些文献材料时，就必须把这些文献资料放到具体的社会历史环境中予以考察，具"了解之同情"，设身处地地理解，这样方能较准确地把握它应有的价值和意义。如果脱离了当时的历史语境，运用现代的学术眼光来对待这些材料，不仅不能深入而全面地了解它们存在的意义，甚至会扭曲其面貌，这不符合我们的研究目标。

总之，逻辑与历史的统一，是"带有历史性的人文学科的一个非常重要的方法问题"，[①]它主要是针对历史是不是可知的、历史是不是有规律可循的这样的疑问而提出的，我们运用这种方法，其实质就是为了考察六朝为何会出现佛教灵验类小说以及佛教灵验类小说的发展规律。

### 3. 比较的方法

比较方法是学术研究中普遍运用的一种研究方法，一切认识在比较中才存在，所谓有比较才有鉴别。比较作为一种方法，可进一步细分为内比和外比。所谓内比，就是同一领域内部的比较。以六朝佛教灵验类小说为例，《观世音应验记三种》与同时期的《冥祥记》《宣验记》《还冤记》就存在着区别，前者是佛教信徒所作，后者是对礼佛灵迹感兴趣的文人所作，一为"虔诚"之作，一为"赏心"之作，故作品的宗教色彩和文学色彩亦存在着细微的区别。再进一步比较，谢敷的《光世音应验》和傅亮的《光世音应验记》的时代环境和学术背景就存在着不同，而傅亮的《光世音应验记》和张演的《续光世音应验记》又不一样，不仅时代背景不同，而且编撰者的个人境遇亦不同，到了陆杲的《系观世音应验记》就更有特色了。

我们再进一步缩小范围，缩小到同一时期不同佛理之间的比较。以谢敷《光世音应验》所记述的观音灵验事迹为例，它们充分体现了大乘佛教宣扬的普遍平等的救济精神，但是其中所体现的大乘佛教精义又与印度的大乘佛教精义存在着区别。其中最突出的一个特点是将"人人可以成佛"说改造成"人人可以得救"，这是为了适应本土思维特征和一般

---

① 楼宇烈：《宗教研究方法讲记》，北京大学出版社，2013，第125页。

民众需求，是佛教文化与本土文化相交融的产物。以上列举的都是内比，它可以层层深入下去。从不同时期的佛教灵验类小说到同一时期的不同佛教灵验类小说，再到同一佛教学说的不同特点，都可以进行比较。

除了内比，还有外比。所谓外比，就是把六朝佛教灵验类小说和同一时期其他的非佛教灵验类小说进行比较，即鉴别佛教灵验类小说和非佛教灵验类小说有什么相同之处以及有什么不同之处等。对"存在于不同类型之间的过渡（混合）形式，以及同一类型的各种变体（包括讽刺性摹仿之作）"① 进行细致的比较研究，可以使我们较为准确地考察六朝佛教灵验类小说发生、发展、嬗变的细微迹象，从而如实描述六朝佛教灵验类小说史。

此外，还有纵比、横比、同比、异比等等。比较方法的运用，其最终目的一方面是寻找共同的规律和各自的特性，以相互取长补短，共同发展；另一方面是寻找不同文化之间对话的可能。当前社会都在追求和平共处，要达到和平共处就必须互相尊重和了解，而互相尊重、了解就需要对话，要对话就要找到对话点。

不过需要指出的是，在比较研究中，不能将价值判断带入比较中，如果想在比较中得出谁好谁坏、谁是谁非，那就不合适，比较应当是为了促进相互了解、相互尊重、相互认同，而非排他性的比较。它真正的价值在于找出事物的不同，找出这差异背后的原因。

### 4. "知识考古式"的方法

张雪松在其《中华佛教史·汉魏两晋南北朝佛教史卷》一书中，将现有的研究范式归纳为三种：上层建筑式、"中国化"式和"知识考古"式。"'上层建筑'范式和'中国化'范式，研究立场常常是从人民大众出发，但在实际研究过程中却更关心统治精英和佛教思想精英；而'知识考古'范式则更偏爱'一般思想史'，乃至边缘人群。'上层建筑'范式和'中国化'范式，都长于宏大叙事，特别关注重大历史事件，或有起承转合意义的思潮、重要人物具有独特贡献的观点；而'知识考古'范式，现阶段所做的工作，则解构多于建构，对于思想史上的'进化论'持强烈

---

① 陈平原：《小说史：理论与实践》，北京大学出版社，1993，第157页。

的怀疑态度，更倾向于差异、断裂等碎片化特征。"①

　　因此，要对六朝佛教灵验类小说的研究有所突破，采取"知识考古"的研究范式不失为一种明智之举。如前所述，六朝佛教灵验类小说还是古人认识世界、感知世界的载体，它或多或少地保留了中古时期的社会生活资料，尽管这种资料绝大多数是隐藏在荒诞不经的故事背后，但只要通过细致的分析、解读也可以窥见这一时期的民俗风情和民众心理。因此，研究六朝民众对佛教信仰的传播与接受，细致辨析民众对观世音信仰的回应也是非常重要的。因为探讨东晋以来民众对佛教信仰传播所做出的回应，不仅可以帮助我们更深层地了解佛教在民众中所表现出的选择性传播的内在原因，还可以帮助我们从更深层的观念因素方面去探讨佛教文化是如何影响民众生活的。

　　以上简要地概述了研究过程中要用到的几种方法，事实上我们很少单一地使用某一种方法，而是综合性地运用。

　　由上观之，六朝佛教灵验类小说是我国古代小说史上一种重要的小说类型和文学创作现象，持续时间长，数量繁多，与六朝的政治、社会、民俗、信仰等息息相关。在它的身上，不仅承载着六朝士人与民众的历史记忆，而且还蕴含着深切的人文关怀，是我们了解和把握六朝佛教灵验类小说在古小说发展史上的地位及作用、了解六朝佛教尤其是观音信仰传播方式和途径、窥知六朝时期世俗社会生活的重要媒介。当然，一味地拔高与一味地贬低同样不可取，对于六朝佛教灵验类小说存在的不足，亦应引起足够的重视。总之，只要我们运用历史的眼光，采取还原的视角，秉持"同情之默应"的研究态度，就可以从中汲取到对当下文化建设有利的营养成分。作为一种历史社会文化现象，它本身就值得关注；而作为古小说发展进程中的一个重要环节，更是不容忽视。正是这些佛教灵验类小说，让我们窥见了佛教与古小说的密切联系。

---

① 张雪松：《中华佛教史·汉魏两晋南北朝佛教史卷》，山西教育出版社，2014，第12页。

# 第一章　六朝佛教灵验类小说生成的
## 历史文化语境

上文我们讨论了六朝佛教灵验类小说的名义界定问题，对其研究范围和研究意义进行了梳理，为继续对这类小说的生成研究提供了便利。本章将开始探讨六朝佛教灵验类小说生成的历史文化语境及相关的时代背景，以便更好地理解这类小说的内部和外部渊源。从语境的作用来看，任何小说都是产生于一定的历史文化语境中的，我们若想深入了解某类小说的文化内涵，就需要合理地还原它所产生的深层历史文化语境。小说中包含的文化并不是孤立存在的，这正如著名文化学者克利福德·格尔茨（Clifford Geertz）所指出的，文化"实质上是一个符号学（semiotic）的概念"，是"人自己编织的意义之网"。① 既然文化是人为构建的网络结构，那么对小说的解读就离不开它所产生的文化网络，就要进入小说文本产生的历史文化语境中去，发现事实真相，才能真正实现与小说对话，六朝佛教灵验类小说也不例外。因此，对六朝佛教灵验类小说的理解离不开对其生成语境的了解，它可以帮助我们建立基于小说文本及文化的内部视角，使读者真正了解这类小说的性质和意义，因此从历史文化语境入手探讨六朝佛教灵验类小说的生成机制和动因是题中应有之义。

## 第一节　六朝佛教灵验类小说生成的文化语境

东晋以来，为了缩短佛教与民众之间的心理距离，将"抽象虚幻的释家义理广泛地渗透到国人的灵魂深处"，② 于是诸多带有幻异色彩的六朝

---

① 〔美〕克利福德·格尔茨：《文化的解释》，韩莉译，译林出版社，1999，第5页。
② 俞晓红：《佛典流播与唐代文言小说》，人民出版社，2017，第138页。

佛教灵验类小说便成为这一时期最重要的小说类型。六朝佛教灵验类小说之所以在这一时期取得长足的发展，不仅得益于佛教文化和佛经故事的孳乳，还深受中国自身文化传统的影响。鉴于此，笔者将从两个维度对这类小说生成的文化语境予以观照。

## 一　六朝佛教灵验类小说与佛教文化渊源

六朝佛教灵验类小说以佛家的因果报应观念为理论基础，借助荒诞不经的故事宣扬佛法灵验、佛教教义，以赢得和坚定民众的佛教信仰。它从本质上来说是佛教文学的一种，更准确地说是佛教文学中"弘传文学"[①]的分支，因此沿波讨源、寻根究底，六朝佛教灵验类小说的产生与发展的源头首先要上溯至佛教文化。具体而言，包括以下几个方面。

### （一）佛教譬喻说法的传统：佛教灵验类小说的渊薮

佛教理论体系博大深邃，然而经、律、论三藏所涉及的佛理抽象高深，不便于下层民众理解。于是佛教创立者释迦牟尼吸收印度本土各种生动活泼的寓言故事、譬喻故事、历史传说、民间笑话和神话故事等，采用通俗易懂的语言，借助生动、形象的故事形式，向民众宣讲佛学义理，使教义传播深入人心，由此形成了佛教譬喻说法的传统。比如在《大般涅槃经》卷三十二《师子吼菩萨品》中，佛陀巧用比喻说法：

> 善男子，譬如有王告一大臣："汝牵一象以示盲者。"尔时大臣受王敕已，多集众盲，以象示之。时彼众盲各以手触。大臣即还而白王言："臣已示竟。"尔时大王即唤众盲，各各问言："汝见象耶？"众盲各言："我已得见。"王言："象为何类？"其触牙者，即言象形如芦菔根；其触耳者，言象如箕；其触头者，言象如石；其触鼻者，言象如杵；其触脚者，言象如木臼；其触脊者，言象如床；其触腹者，言象如瓮；其触尾者，言象如绳。善男子，如彼众盲不说象体，亦非不说。若是众相悉非象者，离是之外，更无别象。善男子，王喻如来

---

① 郑阿财根据"中国佛教文学的实际情形，从文学在宗教所呈现的'功能'性出发，将之分为以赞颂佛教内容为主的'赞颂文学'，以释徒自身修道、证道经验为主的'自证文学'，以形式内容作为传教弘法之用的'弘传文学'"，具体详情可参见郑阿财《论敦煌文献对中国佛教文学研究的拓展与面向》，《长江学术》2014年第4期。

应正遍知也，臣喻方等《大涅槃经》，象喻佛性，盲喻一切无明众生……如彼盲人各各说象，虽不得实，非不说象，说佛性者亦复如是。①

此即著名的盲人摸象的故事。佛陀巧设比喻，叙述形象，旨在说明佛性与众生的关系：虽然众人见不到自身的佛性，但他们也没有离开自身的佛性。这让人容易理解又发人深省，布道语言既通俗生动又富有哲理。譬喻作为佛教传播的一种重要"方便"法门，② 有意象譬喻、说理譬喻、故事譬喻等形式，其中以故事譬喻影响最大。它一般由完整的寓题、寓体和寓意组成，对佛教的传播具有重要意义。季羡林就曾指出："佛教发展之所以能这样迅速，影响之所以这样大，与这种说法方式可能有些关系。"③

佛法东渐，这种譬喻说法亦流入中土。比如著名高僧鸠摩罗什，他除了有译经大师的身份，还有"说书人兼讲经家"的身份。有学者统计出鸠摩罗什注《维摩诘经》时共讲了近 30 个故事，所引故事"篇幅长短不一，长者一千多字，短者不过数十言"，悉可归为"讲经方便"。所讲的故事"一般都在阐释经文中的要点"，而"宗教意图几乎毫无例外地都是要发起听众的信仰心，劝谕听众皈依我佛"。有时"是借类似事件来介绍经文中人物的一些背景"，有时"会借用故事来说明经文中提到的品德"，偶尔也"专为阐释佛学概念而发"。④ 凡此种种，都是鸠摩罗什在翻译《维摩诘经》时的副产品，即他边主译经文、边讲故事来引导信众。

譬喻对应的梵文有 upamā、drstānta、avadāna，其中 upamā 和 avadāna 分别是修辞之义和例证之义，drstānta 是文体之义。据范晶晶考证，"大约从公元 1、2 世纪起，譬喻（avadāna）开始形成单独的文类"，⑤ 我们熟悉

---

① 《大般涅槃经》，（北凉）昙无谶译，《大正藏》第 12 册，台湾财团法人佛陀教育基金会出版部，1990，第 556 页。
② 关于譬喻及譬喻文学，学界对此已有充分的讨论，比如郭良鋆的《佛教譬喻经文学》、丁敏的《佛教譬喻文学研究》，此外，陈允吉主编的《佛经文学研究论集》、陈洪的《佛教与中古小说》、李小荣的《汉译佛典文体及其影响研究》，亦涉及这一领域。目前关于这一领域，最新的研究成果可参阅范晶晶的《缘起：佛教譬喻文学的流变》。
③ 季羡林：《印度历史与文化》，载王树英等编《季羡林学术著作选集》，新世界出版社，2016，第 113 页。
④ 劳悦强：《从〈维摩诘经注〉看中古佛教讲经》，载葛晓音主编《汉魏六朝文学与宗教》，上海古籍出版社，2005，第 521～524 页。
⑤ 范晶晶：《缘起：佛教譬喻文学的流变》，中西书局，2020，第 38 页。

的汉译佛经《旧杂譬喻经》《撰集百缘经》《贤愚经》《法句譬喻经》等就是这类譬喻经文的代表。甚至还出现了一批专门采集故事来教化大众的僧人，他们将佛经中的故事进行改造，"使其主旨从阐释律条变为阐释业报"，① 这类僧人被称为譬喻师（dārstāntika 或 avadānika）。本土则由唱导师兼任，对此慧皎《高僧传》卷十三有相应记载。

值得注意的是，"比起本生传说来，由于譬喻故事取材与现实生活关联更为密切，内容往往能够更直接地反映故事产生当时的社会世相，更多体现社会批判内涵，往往也能够更明晰地表达一定的政治理想"。② 比如三国支谦译《撰集百缘经》卷九《海生商主缘》，叙富商之子海生入海采宝，被大黑风吹至罗刹鬼国，后被佛解救，脱离鬼难。他后来皈依佛陀成为一名僧人，得知原来他于过去世时因为相信释迦佛的前身——五通仙人，危难之际"咸共一心，称仙人名"③ 从而脱险。故事的结尾，释迦佛点明了海生前世今生的事迹和身份，海生的崇佛之心更加坚定。

又如慧觉等译《贤愚经·波斯匿王女金刚品》，述波斯匿王女儿，名叫金刚女，虽然生于王公贵族之家，相貌却极为丑陋。后国王为其挑选了一位贫困贵族男子为驸马，但叮嘱他要自掌钥匙，把妻子锁在家中，不要让她外出见人。驸马常和大臣聚会，其他人都是夫妇一同前往，只有驸马总是一个人参加，众人难免心存疑惑：要不公主美貌绝伦，要不奇丑无比。与此同时，金刚丑女"恒见幽闭，处在暗室，不睹日月及与众人"，④ 感叹命运悲苦，于是焚香祈祷、虔诚礼佛。佛陀见此，用法力将她变得美貌绝伦、体态端严。故事结尾点明金刚女之所以由丑变美，是因为她前世侮辱辟支佛，所以招致今世果报。"好在依据佛理，业因可以转变，所以当她虔心求佛之时，也就是她外缘的转好，佛陀以悲悯之心、神奇法力，改变了她的容貌，由大丑到大美，命运为之翻转，众人为之倾倒。"⑤ 这一故事亦见于佛经《撰集百缘经·波斯匿王丑女缘》《杂宝藏经·丑女赖

① 范晶晶：《缘起：佛教譬喻文学的流变》，中西书局，2020，第124页。
② 孙昌武：《佛教文学十讲》，中华书局，2014，第59页。
③ 《撰集百缘经》，（三国吴）支谦译，《大正藏》第4册，台湾财团法人佛陀教育基金会出版部，1990，第244页。
④ 《贤愚经》，（北魏）慧觉等译，《大正藏》第4册，台湾财团法人佛陀教育基金会出版部，1990，第357页。
⑤ 秦丙坤：《本生因缘故事里的佛教命运观》，《博览群书》2017年第2期。

提缘》《经律异相》。

　　类似例子还有很多，通过宣扬因果报应警惕人心，无疑让劝惩更加有力。佛教譬喻说法及譬喻故事对六朝佛教灵验类小说产生了深远的影响，[①]简言之，主要表现在两个方面。第一，为其提供丰富的素材以及讲述故事的方法。小说家为宣扬佛法，也采用了浅显易懂、接近口语的语言，通过讲故事的形式，把抽象晦涩的佛教义理具体化、形象化，方便世人接受。这一点在《观世音应验记三种》《冥祥记》《宣验记》中俯拾即是。第二，这类故事所蕴含的轮回、果报等观念极大地拓宽了这类小说的发展空间，关于这一点，相关论述甚多，此不赘述。笔者在这里更多的是想强调本土作家在编撰这类小说的时候，并不是简单地照搬照抄印度佛典，而是根据需要进行了再创作。具体表现为以下几点。

　　其一，将故事的时空场域、传主身份、内容情节进行本土化改造。比如《系观世音应验记》"海盐一人"条，与前引《撰集百缘经·海生商主缘》中商人海生脱厄有相似之处，主人公也是在海上遭遇困厄，一心称名，平安脱险，最后虔诚礼佛。作者陆杲虽然吸纳了印度佛教故事的类型和大体情节，但将故事的时间和空间变为本土的时空浙江海宁。这种灵验故事的本土化、生活化，不啻增强了受众的亲切感，淡化了文化隔阂，还为六朝佛教灵验类小说打开了一个更贴近现实的题材空间。不仅如此，在这类小说中传主多为中下层官吏、寡妇、猎人等社会弱势群体，而且内容多集中在祛病、消灾等更为现实的利益之上。关于这一点，具体可参见本书第三章第二节，此不赘。

　　其二，与政治关系更加紧密。以《观世音应验记三种》为例，其中有不少故事是以历史上真实的政治事件为背景，如"冉闵杀胡""苻坚兵败""卢循之乱"等等，这是因为在当时的社会中，文人对政治大多抱有极大的关心。这种佛教灵验类小说的编撰者一方面笃信佛教，另一方面又大多处在精英阶层，小说创作还承担着政治教化的重任。正如东汉学者王

---

① 关于这一点，海外汉学家周宗德亦曾注意到。他将佛教灵验故事的源头之一追溯到譬喻，并指出佛教灵验故事与汉地传统志怪故事的区别在于，前者包含了因果报应的道德教诫，而这是受到了譬喻因缘故事的影响。傅飞岚也认为灵验故事是对佛经中本土与譬喻故事传统的延续与发展。此处转引自范晶晶《缘起：佛教譬喻文学的流变》，中西书局，2020，第139~140页。

充所言："夫文人文章，岂徒调墨弄笔，为美丽之观哉？载人之行，传人之名也。善人愿载，思勉为善；邪人恶载，力自禁裁。然则文人之笔，劝善惩恶也。"① 此外，作为一种外来宗教，佛教要想在本土发展，就不得不依附统治者并为政治服务，正如道安所言，"不依国主，则法事难立"，所以编撰者们有意在灵验故事中强调"护国护生"功能，体现了佛教文学的政治性。

其三，采用文化过滤方式，摒弃了印度佛教譬喻故事因果报应持续数劫之久的元素。有学者指出佛教中"与中土史书不同的是，佛教的劝惩意旨是全面的，不光在'劝'，而且还冲破了早期儒家'不语怪力神'的规诫，以较大篇幅展示了个体行为所产生的负面结果——'惩'。因此，佛教类书以相当大的类别和篇幅，突出了作恶所受惩罚，以及这种惩罚的必然性、严重性"。② 六朝佛教灵验类小说之所以在当时风靡一时，在很大程度上是缘于这类故事所具有的劝惩教化的价值。但是不同于印度佛教譬喻故事所涉及的因果报应持续时间较长，本土这类小说中的"报应往往就在眼前，集中在今世，偶尔跨越前世、今生与来世三世"。③

总之，佛教譬喻说法在六朝佛教灵验类小说体制生成过程中具有极为重要的意义，它不仅为这类小说提供了素材和言说的方式，也拓宽了这类小说的表现空间。

**（二）佛经文学：佛教灵验类小说的母体**

事实上，六朝佛教灵验类小说除了深受佛教譬喻说法的影响外，它还根植于佛经文学。所谓佛经文学，又名佛典翻译文学、翻译文学，是佛教文学的一个分支，指佛教经典中富有文学性的作品，包括佛传文学、赞佛文学（含本生）、譬喻和譬喻经、因缘经四类。众所周知，"佛教从它诞生起，就包含了非常丰富的文学材料。同时，佛教的创造者与传播者又十分清楚文学感染人心的魅力，他们在宣传和扩大佛教影响力的时候，非常注重利用文学手段来为其服务"。④ 因此也形成了佛经文学独特的艺术魅

---

① 黄晖：《论衡校释》，中华书局，1990，第 868～869 页。
② 王立：《中古佛教类书编纂与传统文学文献主题类分》，载赵敏俐、〔日〕佐藤利行主编《中国中古文学研究——中国中古（汉—唐）文学国际学术研讨会论文集》，学苑出版社，2005，第 268 页。
③ 范晶晶：《缘起：佛教譬喻文学的流变》，中西书局，2020，第 140 页。
④ 普慧：《佛教文学刍议》，《郑州大学学报》（哲学社会科学版）2007 年第 4 期。

力，故事生动、文字优美、情节起伏、表现手法丰富多样，艺术感染力强，为本土文学创作提供了源源不断的养料。鲁迅就曾指出："魏晋以来，渐译释典，天竺故事亦流传世间，文人喜其颖异，于有意或无意中用之，遂蜕化为国有。"① 具体而言，佛经文学对六朝佛教灵验类小说的影响主要体现在以下几个方面。

第一，佛经文学结构对六朝佛教灵验类小说产生直接的影响。对此，陈寅恪早已指出。我们不妨以《撰集百缘经》为例。从结构上看，其以现世、来世或现世、前世为故事框架，因果报应贯穿始终。采用三段式，开头以对佛的描述来展开，中间描述求子、生子、佛的微笑、佛口中的光芒等，结尾则是对因果报应的揭示和总结。综观六朝佛教灵验类小说，基本上也是依循这一结构，以现世、前世为框架，业报因缘贯穿始终。比如《冥祥记》"向靖"条、"羊祜"条、"王练"条皆是其例。这一结构一直沿袭到明清小说，我们在《西游记》《醒世姻缘传》《说岳全传》中还能看到其中的影子。

不仅如此，六朝佛教灵验类小说通常还采用双层组合，即"作品的叙事有两个层级，一个架设外围，一个构建内核；前者是外结构层，后者是内结构层"。② 主要有闻见式、自述式、见证式三种。高华平认为"魏晋南北朝的'志怪小说'有时会在叙事中让'叙事人'站出来，告诉你这个故事为其亲见或从某人那里所亲闻。这种叙事方式就与先秦两汉中国文言小说固有的叙事方式不同，显然是受了佛经文体的影响"，③ 可谓知言。佛经如《金刚经》《般若波罗蜜多心经》《妙法莲华经》等皆用"如是我闻"开头，然后叙佛陀说法的缘起，再叙本生故事、譬喻故事，以此揭示深层道理。俞晓红从文本生成的角度指出这种独特结构"与佛典本身的结集特点密相关涉"。④ 六朝佛教灵验类小说自觉或不自觉地接受这种叙事结构，突显了小说文本的真实感和现场感，从而达到弘扬佛法的目的。

第二，六朝佛教灵验类小说继承了佛经文学夸诞之风。对此，晚清学

---

① 鲁迅：《中国小说史略》，上海古籍出版社，1998，第 30 页。
② 俞晓红：《佛典流播与唐代文言小说》，人民出版社，2017，第 223 页。
③ 高华平：《论佛教对中国古代文学体裁的影响》，《世界宗教研究》2008 年第 1 期。
④ 俞晓红：《佛典流播与唐代文言小说》，人民出版社，2017，第 223 页。

者狄平子《论文学上小说之位置》曾予以总结:"佛经说法,每一陈设,每一结集,动辄瑰玮连犿,绵亘数卷,言大必极之须弥铁围五大部洲三千小千中千大千世界。……二者皆文章之极轨也。然在传世之文,则与其繁也,毋宁其简;在觉世之文,则与其简也,毋宁其繁。同一义也,而纵说之,横说之,推波而助澜之,穷其形焉,尽其神焉,则有令读者目骇神夺、魂醉魄迷、历历然,沉沉然,与之相引、与之相移者矣。是则小说之能事也。"①《法华经》又称《妙法莲华经》,是印度大乘佛教的重要经典,集大乘佛教思想之大成,有"经中之王"之美誉。该经旨在强调"三乘归一",即声闻、缘觉、菩萨之三乘归于一佛乘,认为一切众生皆能成佛。其中最具文学性的描述莫过于"法华七喻",即火宅、穷子、药草、化城、系珠、凿井、医师七个譬喻故事,对大乘佛教深奥的义理做形象的阐发,故事情节跌宕起伏,叙事极尽铺排夸张,文字细腻生动。最著名的当属"火宅喻",偈颂和譬喻相结合,大量运用排比手法,竭力敷演火宅之险境和大火焚烧之混乱,凸显出当时形势的紧迫,由此可以窥见佛经文学偏好铺陈夸诞的脾性。

对此,六朝佛教灵验类小说中亦可见这种张皇神异、铺陈夸诞之风。比如《光世音应验记》"邺西寺三胡道人"条,故事发生在冉闵杀胡的背景下,邺城西寺有三位胡僧,被官兵围得水泄不通,他们诵经祈求观音庇佑,结果刀折不中。又《系观世音应验记》"池金罡"条,述池金罡少事佛精进,年十八,为人诱杀,弃于空冢。贼人离开后,池金罡居然苏醒过来,默念观音。须臾,有一双手将他拉出坟穴。凡此种种,皆可以看出佛教灵验类小说家们天真好夸的本性。值得注意的是,在唐代佛教灵验类小说中这种夸诞的文风依然延续,比如张读《宣室志》"鸡卵呼菩萨"条,叙唐文宗认为"浮屠氏不得有补于大化,而蠹于物为甚,可以斥去"。诏命将行之时,恰逢宫中厨师准备御膳,"以鼎烹鸡卵,方措火于其下,忽闻鼎中有声极微,如人言者,迫而听之,乃群卵呼观世音菩萨也。声甚凄咽,似有所诉。尚食吏异之,具其事上闻。文宗命左右验之,如尚食所奏。文宗叹曰:'吾不知浮屠氏之力乃如是耶!'翌日,敕尚食吏勿以鸡卵

---

①　陈平原、夏晓虹:《二十世纪中国小说理论资料(1897~1916)》第1卷,北京大学出版社,1989,第79页。

为膳。因颁诏郡国，各于精舍塑观世音菩萨之像，以彰感应"。①

　　第三，佛经文学塑造的普救众生的艺术形象为六朝佛教灵验类小说所继承并进一步发扬光大。兹以《妙法莲华经·观世音菩萨普门品》为例，该卷通过佛陀与无尽意菩萨的对话，刻画了大慈大悲、宽广仁厚的观世音菩萨形象，他发愿救一切处于困厄中的众生。"若有无量百千亿众生，受诸苦恼，闻是观世音菩萨，一心称名，观世音菩萨即时观其音声，皆得解脱。"② 经文还列举了大量观音救济的故事，旨在强调观世音的无所不在与有难必救的神格。"《普门品》这份宗教关怀同现实情势之间的巨大反差，成了孕育本土无以数计观音传说的温床，这些采用想象性愿望形态出现的再生故事，无疑替中国通俗文学增辟了一大门类新颖题材。"③ 六朝佛教灵验类小说即这一文化现象的产物，它通过一系列简赅生动的观音灵验传闻，按照大火、水漂、罗刹、刀折等顺序，将观音种种救难因缘刻画得活灵活现。虽然叙事尚未摆脱对《观世音菩萨普门品》经文敷演的痕迹，讲述技巧尚显生涩，情节结构较为单一，但其中寄托了当时人们热切的期盼。正是依靠这些浅显易懂的小说，观世音名字家喻户晓，"无妨信众经历、秉性和从事职业的不同，但只要一听到观音显灵的事迹，都立刻会激起欣怿和景仰之情，好像慈爱无比的菩萨就站立在他们的身边一样"。④ 观音这种闻声即救、大慈大悲的形象一直延续到明清时期。

　　此外，一些大乘佛经极力宣扬诵经、造像的功德，如支娄迦谶译《道行般若经》云："譬如佛般泥洹后，有人作佛形像，人见佛形像无不跪拜供养者。其像端正姝好如佛无有异，人见莫不称叹，莫不持华香缯彩供养者。贤者呼佛，神在像中耶？"⑤ 又《小品般若经》云："佛告释提桓因言：'憍尸迦！若有善男子善女人，教阎浮提众生令行四禅四无量心四无

---

① （唐）李冗、（唐）张读：《独异志·宣室志》，张永钦、侯志明点校，中华书局，1983，第96页。
② 〔印〕鸠摩罗什：《妙法莲华经》，《大正藏》第9册，台湾财团法人佛陀教育基金会出版部，1990，第56页。
③ 陈允吉、卢宁：《什译〈妙法莲华经〉里的文学世界》，载陈允吉主编《佛经文学研究论集》，复旦大学出版社，2004，第37页。
④ 陈允吉、卢宁：《什译〈妙法莲华经〉里的文学世界》，载陈允吉主编《佛经文学研究论集》，复旦大学出版社，2004，第28页。
⑤ （汉）支娄迦：《道行般若经》，《大正藏》第8册，台湾财团法人佛陀教育基金会出版部，1990，第476页。

色定五神通。是人以是因缘，得福多不？'释提桓因言：'甚多，世尊！'佛言：'憍尸迦！不如善男子善女人，以般若波罗蜜经卷，与他人令得书写读诵，其福甚多。'"① 这些把造像、诵经、抄经作为佛教信仰的助缘，为六朝佛教灵验类小说的兴起提供了理论依据和舆论支持。

由上观之，六朝佛教灵验类小说直接来源于印度佛教譬喻传统，根植于印度佛经文学，彼此融合、交汇，让本土佛教文学之花绽放得绚丽多姿。

## 二 六朝佛教灵验类小说与本土文化渊源

六朝佛教灵验类小说之所以能在本土取得长足的发展，除了深受佛教文化的影响外，它还离不开本土厚重深沉的文化传统的助力。

### （一）天人感应：佛教灵验类小说的文化基础

本土传统的天人感应观念，是六朝佛教灵验类小说在这一时期大行其道的文化基础和心理依据。本土的感应理论起源甚早，可上溯至商周时期，见载于儒、道、墨、阴阳等家的著述，如《礼记·表记》云："夏道尊命，事鬼敬神而远之，近人而忠焉，先禄而后威，先赏而后罚，亲而不尊；其民之敝：蠢而愚，乔而野，朴而不文。殷人尊神，率民以事神，先鬼而后礼。"② 古人认为有天神存在，负责掌管人间，并将许多自然现象视为天神对人间的启示或警告。故而《墨子·尚同中》云：

> 夫既尚同乎天子，而未上同乎天者，则天菑将犹未止也。故当若天降寒热不节，雪霜雨露不时，五谷不孰（熟），六畜不遂，疾菑戾疫，飘风苦雨，荐臻而至者，此天之降罚也。③

《礼记·中庸》亦云："国家将兴，必有祯祥；国家将亡，必有妖孽。"④ "人们相信地上发生的一切事情或后果，都是天神意志的体现；而

---

① 〔印〕鸠摩罗什：《小品般若经》，《大正藏》第 8 册，台湾财团法人佛陀教育基金会出版部，1990，第 546 页。
② （汉）郑玄注，（唐）孔颖达正义《礼记正义》，载《十三经注疏》，中华书局，1980，第 1641～1642 页。
③ （清）孙诒让：《墨子间诂》，上海书店，1986，第 49～50 页。
④ （汉）郑玄注，（唐）孔颖达正义《礼记正义》，载《十三经注疏》，中华书局，1980，第 1632 页。

天神意志与情绪，依世人对他崇拜的程度以及行为的善恶而作出报应。"①
这种朴素的天命观为后来的宗教灵验说奠定了基调。针对先秦时期的这种
思想状况，李泽厚用"巫史传统"加以概括。他认为上古思想史的最大秘
密就在"巫史传统"中，而巫史文化在春秋战国开始分化：一方面沿着方
士神仙说、谶纬等在道教、民间而成为小传统；一方面沿着儒学的仁、礼
得以理性化而成为大传统。但无论小传统还是大传统，都在一定程度上沿
袭了"天人"模式的原始思维。② "这种原始思维，也是一种神话思
维。"③ 它不仅影响了先秦思想家的思维方式，还进一步将其荒诞的想象
和形象与后来的神通感应观相结合。

　　西汉时期，董仲舒在继承先秦天命论的基础上，结合阴阳五行说，形
成了一套完备的天人感应理论体系。如《春秋繁露·同类相动》中曰：
"帝王之将兴也，其美祥亦先见；其将亡也，妖孽亦先见。物故以类相召
也，故以龙致雨，以扇逐暑，军之所处以棘楚，美恶皆有从来，以为命，
莫知其处所。"④ 又《汉书·董仲舒传》引对策云："善治则灾害日去，福
禄日来。《诗》云：'宜民宜人，受禄于天。'为政而宜于民者，固当受禄
于天。"⑤ 君权神授、天人感应成为当时最流行的思想，蔓延于王侯将相、
贩夫走卒之间。《后汉书·光武帝纪》"地祇灵应而朱草萌生"⑥ 之类的记
载在历代史书中大量存在，比如《魏书》载文帝延康元年（220）三月
"黄龙见谯"⑦ 一事就被视为魏王受禅代汉之征验。故宗教神迹内容也被
当作事实而记录下来。

　　魏晋南北朝时期佛法东渐，民众对佛教表现出极大的热情。关于这
一点，我们从当时的佛教造像记中便可以窥见，即佛教已经渗透到本土

① 李养正：《道教简史》，中国道教学院出版社，1988，第3页。
② 李泽厚：《历史本体论·己卯五说》，生活·读书·新知三联书店，2003，第156~188页。
③ 刘维邦：《〈神仙传〉中天人感应故事的原型研究》，《宗教学研究》2020年第1期。
④ （清）苏舆：《春秋繁露义证》，钟哲点校，中华书局，1992，第358~359页。
⑤ （汉）班固：《汉书》，中华书局，1962，第2505页。
⑥ （南朝宋）范晔：《后汉书》，中华书局，1965，第82页。
⑦ 《三国志》卷二载："初，汉熹平五年（176），黄龙见谯。光禄大夫桥玄问太史令单飏：'此何祥也？'飏曰：'其国后当有王者兴，不及五十年，亦当复见。天事恒象，此其应也。'内黄殷登默而记之。至四十五年，登尚在。三月，黄龙见谯，登闻之曰：'单飏之言，其验兹乎！'"参见（晋）陈寿《三国志》，中华书局，1959，第58页。

各个角落。这一时期伴随佛教的广泛传播，果报思想开始与本土的报应观相结合，大乘佛教宣扬的感应义理，① 与中古"天人感应"思想及民众的现实需求相契合。在本土"天人感应"观念的铺垫下，佛教信仰的感应顺理成章地被接纳，此即六朝佛教灵验类小说之滥觞，这类"感应征验"故事应运兴起。如陆杲《系观世音应验记》"释开达"条、"韩睦之"条、"彭城妪"条，王琰《冥祥记》"康法朗"条、"孙稚"条、"张崇"条等，皆是因斋戒奉佛或孝行感动上天而得福报的例子。

除诚敬感通之外，六朝佛教灵验类小说中也不乏"天示冤情"的例子。比如颜之推《冤魂志》"太乐伎"条，述宋元嘉中秣陵县令陶继之擒拿贼人李龙等，因"不详审"而将一太乐的歌伎"为作款列，随例申上"。事后，陶县令"知枉滥，但以文书已行，不欲自为通塞，遂并诸劫十人，于郡门斩之"。因为歌伎在当时地位卑微，在官员眼里，即便错杀也不算什么。太乐伎临刑前义正词严地表明："我虽贱隶，少怀慕善，未尝为非，实不作劫，陶令已当具知。枉见杀害，若死无鬼则已，有鬼必自陈诉。"故事结尾是太乐伎"'诉天得理，今故取君'。便入陶口，仍落腹中，陶即惊寤，俄而倒绝，状若风颠，良久方醒。有时而发，辄夭矫头反著背，四日而亡"。陶令不仅自身命绝，且祸及子孙，"二儿早死，余有一孙，穷寒路次"。② 类似这样的例子还有很多。颜之推本人既是一名虔诚的佛教信徒，又是一名博学的儒家学者，他主张"三世之事，信而有征……内外两教，本为一体"。③ 鲁迅指出他的《冤魂志》"引经史以证报应，已开混合儒释之端矣"。④ 颜氏指出"好杀之人，临死报验，子孙殃

---

① 如《六度集经》卷五《睒道士本生》，叙迦夷国有一菩萨，名慈慧，投胎为一对盲人夫妻的儿子，父母喜爱甚重，取名为睒子。十岁时睒子扶二老人山修行，侍奉双亲，至仁至孝。一日，睒子为了不惊动山中鹿类动物，身披鹿皮汲水，不料被迦夷国国王误射。国王从生命垂危的睒子那里知道一切，悔恨交加，誓养睒子父母。国王向睒子父母解释了一切。二老悲痛万分，哀伤和哭声直冲三十三天，感动天神，最后天帝"以天神药灌睒口中"救活了睒子。具体参见（三国吴）康僧会《六度集经》，《大正藏》第3册，台湾财团法人佛陀教育基金会出版部，1990，第24~25页。

② （北齐）颜之推著，罗国威校注《〈冤魂志〉校注》，巴蜀书社，2001，第64~66页。

③ 王利器集解《颜氏家训集解》，中华书局，1996，第364~368页。

④ 鲁迅：《中国小说史略》，上海古籍出版社，1998，第32页。

祸，其数甚多"。① 因果报应多以现报为主。"世有魂神，示现梦想，或降
童妾，或感妻孥，求索饮食，征须福祐，亦为不少矣。"② 他不仅相信因
果，也相信轮回，在他看来，一个人的灵魂不会在死后消失，而是伴随着
各种现象出现感应，甚至还会"念念随灭，生生不断"。③

总之，这一时期的小说家借诚敬感通、天人感应以及善恶感报等，正
反面以"天人感应"形式宣扬佛教义理所言非虚，以招徕更多的信徒。而
这类小说也表现了佛教的效能及灵验："毫厘之功，锱铢之衅，报应之期，
不可得而差矣。历观古今祸福之证，皆有由缘，载籍昭然，岂可掩哉"，④
强化了民众对佛教通过善恶报应劝惩功能的信仰。也正是出于佛教灵验类
小说编撰者们强烈的弘法目的，宣扬因果报应的"感应征验"母题得以经
久流传，并成为中国文学中重要的母题之一。

**（二）史传文学：佛教灵验类小说的温床**

日本学者小南一郎认为："如果说历史书是依据某一意识形态，赋予
看似杂乱无章的现实世界里种种现象以意义、秩序，那么我们也可以说：
魏晋南北朝时期的志怪小说也是依据把'怪异'导入现实的记录的内部的
方式，为现实确定意义、秩序。"⑤ 这一说法颇有启发性，总体上而言，
六朝佛教灵验类小说是"虚实相生"的，在虚构和真实之间游移。曹道衡
也认为《冥祥记》"虽记诞妄迷信之事，但涉及一些历史人物和事件时，
对故事发生的时间、地点往往比较准确"。⑥ 这也表明了以《冥祥记》为
代表的六朝佛教灵验类小说脱胎于史传文学。具体而言，表现在以下三
方面。

首先，从编撰动机来看，史传文学追求"实录"的精神深刻影响了这
类小说编撰者的认识，"不仅肯定这些超越现实世界的怪异现象是一个真
实的存在，并且更进一步将这些怪异现象纳入历史写作的领域"。⑦ 比如

---

① 王利器集解《颜氏家训集解》，中华书局，1996，第399页。
② 王利器集解《颜氏家训集解》，中华书局，1996，第395页。
③ 王利器集解《颜氏家训集解》，中华书局，1996，第395页。
④ （南朝梁）僧祐著，李小荣校笺《弘明集校笺》，上海古籍出版社，2013，第147页。
⑤ 〔日〕小南一郎：《论颜之推〈冤魂志〉——六朝志怪小说的性格》，载刘世德、石昌
渝、竺青主编《中国古代小说研究》第1辑，人民文学出版社，2005，第92页。
⑥ 曹道衡：《论王琰和他的"冥祥记"》，《文学遗产》1992年第1期。
⑦ 逯耀东：《魏晋史学的思想与社会基础》，中华书局，2006，第168页。

张演在《续光世音应验记·序》中称："每钦服灵异，用兼绵慨。窃怀记拾，久而未就。"① 在他看来，奉佛灵验之事是实有的。事实上，除了张演外，这一时期的其他佛教灵验类小说编撰者也表达了类似的观点。陆杲在《系观世音应验记·序》中云："睹近世书牒及智识永传其言，威神诸事，盖不可数。益悟圣灵极近，但自感激。申人人心有能感之诚，圣理谓有必起之力。以能感而求必起，且何缘不如影响也。善男善女人，可不勖哉！"② 强调自己的撰述有所依据，是一种可信、真实的记述。王琰在《冥祥记·序》中言："循复其事，有感深怀；沿此征觌，缀成斯记。夫镜接近情，莫逾仪像；瑞验之发，多自此兴。"③ 很显然，他也认为《冥祥记》所载之事都是真实的，是属于记录史实的作品。因此，他们用"记""录""志"等命名，在一定程度上也体现出当时文人是将这类作品看作实录性质的历史著作。

其次，从故事生成过程来看，史传文学的"实录"精神还影响着这类编撰者对故事材料的真实性严格把控，特别强调见闻的真实性，甚至为了突出这一点，小说家们还会在文末明确指出传闻的来源。比如《冥祥记》"晋抵世常"条："晋抵世常，中山人也。家道殷富。太康中，禁晋人作沙门。世常奉法精进，潜于宅中起立精舍，供养沙门；于法兰亦在焉。……兰以语于弟子法阶，阶每说之，道俗多闻。"④ 另外，这类灵验故事"口耳相传，流传中会出现多个身份各异的叙述者，他们像'传声筒'一样，将故事扩散出去"，⑤ 难免会出现失真、扭曲的现象。为此，编撰者们采取对同一则传闻不同的说法一并录入的策略，以保证故事的"信而有征"。如陆杲的《系观世音应验记》"郭宣"条：

> 太原郭宣、蜀郡文处茂俱以义熙十一年随杨孜敬在梁州。孜敬以辄杀人十一，以此得罪。事逮宣、处茂，并系荆州狱。宣乃心口念

① 董志翘译注《〈观世音应验记三种〉译注》，江苏古籍出版社，2002，第28页。
② 董志翘译注《〈观世音应验记三种〉译注》，江苏古籍出版社，2002，第59~60页。
③ （南朝齐）王琰：《冥祥记》，载《鲁迅全集》第8卷，人民文学出版社，1973，第564页。
④ （南朝齐）王琰：《冥祥记》，载《鲁迅全集》第8卷，人民文学出版社，1973，第574~575页。
⑤ 尹策：《传承与新变：论六朝志怪小说的"自觉"》，《青海社会科学》2019年第4期。

言："常闻观世音救人苦，我今归命。"作此密念，便昼夜专诚。得十日后，忽夜三更中，梦见观世音，甚相慰喻道："汝忧无所。"眠觉，便见两脚锁械自脱床上。恐至晓人见，乃潜还著之。处茂问宣："何以得尔？"宣具以事告。处茂曰："卿既能作感，即兼得见济。"宣曰："卿但如我至念，自应降神。若得解脱，当各出十万钱，与上明西寺作福事也。"言此后，于兴厉心，经得少何，事遂并散。一说宣于眠未眠之间，见一道人好形，长八尺许，当空立，向宣微笑，不见菩萨也。人世已远，遗书两传。①

不仅如此，与前述诸书比较，王琰、陆杲收集、整理这些灵验传闻时还有其显著的特点——多有关于亲身参验的记录。例如，王琰在《冥祥记·序》中就详细地交代了自己供奉佛像而获致灵验之事。陆杲则通过亲自验证肯定并补充了一则关于外祖张畅在谯王之乱中诵念《观世音经》而被赦免的传说，这显得神奇而又可信，较之单纯书写灵验传闻有所进步。这说明此时这些编撰者们已经不满足于仅仅记载传说，于前人著述中寻撷例证，而是每每强调自己亲身所验，让这些"希闻异事"变得不"异"，即具有较高的可信度。

最后，从小说成书体例来看，史传文学的"实录"精神还影响着这类编撰者对成书体例的编排。综观这类小说，通常采用史传体例，先交代传主姓名、籍贯，再叙述其亲历佛教灵验之事，结尾还不忘补充传闻的来源，以便给人留下"信而有征"的印象。此外，编撰者还创造性地运用了传统史传的"互见"写法，这一点主要见于陆杲《系观世音应验记》第六条"释道冏"条末："冏又尝采钟乳有瑞应，事亦见于后。"② 随后在第六十条"释道冏"条开头又曰："释道冏道人，已有渡河事在前。"③ 这种注重剪裁的创造性运用，无疑提供了一个复杂而有深度的阐释框架。我们从中既可以看出以陆杲为代表的编撰者在整理灵验传闻及叙事过程中的尝试、探讨，又可以看出他对文本叙事详略的有意安排和对材料分配的熟练运用。

---

① 董志翘译注《〈观世音应验记三种〉译注》，江苏古籍出版社，2002，第 112 页。
② 董志翘译注《〈观世音应验记三种〉译注》，江苏古籍出版社，2002，第 71 页。
③ 董志翘译注《〈观世音应验记三种〉译注》，江苏古籍出版社，2002，第 185 页。

## （三）民间信仰传说：佛教灵验类小说丰厚的文化遗存

鲁迅《中国小说史略》称："中国本信巫，秦汉以来，神仙之说盛行，汉末又大畅巫风，而鬼道愈炽；会小乘佛教亦入中土，渐见流传。凡此，皆张皇鬼神，称道灵异，故自晋讫隋，特多鬼神志怪之书。"[1] 这就提醒我们对六朝佛教灵验类小说文化渊源的考察，还离不开对民间信仰的关注。民间信仰"介于原始崇拜和成熟宗教之间，是对原始图腾、祖先崇拜的升华。但与成熟宗教相比，它没有正规的仪式和规则，通常也没有经书来支撑其信仰理论。它主要靠人们营造的信仰氛围以及文化的传承来延续生命"。[2] 它主要表现为鬼神信仰、自然崇拜以及神灵崇拜。民间信仰最突出的特点是功利性很强，下层民众受教育程度较低，无法真正在精神、思想层面上认同宗教教义，民众并不关心"神"的性质与来源，他们更在乎的是信仰能否带来现实的利益，只要对人有帮助，"应时有验"，人们便愿意信奉。民间信仰往往借助具体可感的民间传说而留存于民众的记忆之中，由此衍生出大量的民间信仰传说。比如东汉应劭的《风俗通义》载鲍君神一事：

> 汝南铜阳有于田得麠者，其主未往取也。商车十余乘经泽中行，望见此麠著绳，因持去。念其不事，持一鲍鱼置其处。有顷，其主往，不见所得麠，反见鲍君，泽中非人道路，怪其如是，大以为神，转相告语，治病求福，多有效验。因为起祀舍，众巫数十，帷帐钟鼓，方数百里皆来祷祀，号鲍君神。[3]

正是因为人们"治病求福，多有效验"，才会"转相告语"，"起祀舍"，以至于方圆百里的人们都来祈祷。类似这样的情况还有同书的李君神、石贤士神等，皆因应验有效，而为民众所信奉。六朝以来，像这样的传说频繁出现，比如《列异传》载："豫宁女子戴氏久病，出见小石曰：'尔有神，能差我疾者，当事汝。'夜梦人告之：'吾将祐汝。'后渐差。

---

① 鲁迅：《中国小说史略》，上海古籍出版社，1998，第 24 页。

② 曾维加：《汉魏六朝道教与民间信仰的关系——以志怪小说为中心》，《西南民族大学学报》2008 年第 10 期。

③ （汉）应劭著，王利器校注《风俗通义校注》，中华书局，2010，第 403 页。

遂为立祠，名石侯祠"。① 又《搜神记》卷五载"吴望子"一事，也是因为其有神力，"流闻数里，颇有神验，一邑共事奉"。② 我们从中可以看到民众信仰的前提是信仰对象是否灵验，"灵验乃是维持时人已有之信仰以及确立新信仰的重要标准"。③ 如果信仰对象灵验，民众就会趋之若鹜，反之就会弃之如敝屣。因此对于民间大众而言，佛教的意义在于它是一种生活的依据，一种在生活中可以帮助自己解困脱厄以及通过祈福获庇佑的对象而已。佛教灵验类小说编撰者应该意识到民间信仰传说所蕴含的巨大影响力，在收集、整理佛教灵验类传闻的时候，尽可能借鉴和吸收了这类传说，并显示出超越其他信仰的神奇灵验，以此来吸引信众，实现弘法宣教的目的。具体而言，体现在以下三方面。

其一，六朝佛教灵验类小说直接袭用民间信仰传说。比如颜之推《冤魂志》"杜伯"条：

> 杜伯名曰恒，入为周大夫。宣王之妾曰女鸠，欲通之，杜伯不可。女鸠诉之宣王曰："窃与妾交。"宣王信之，囚杜伯于焦，使薛甫与司空锜杀杜伯。其友左儒，九谏而王不听。杜伯既死，为人见王曰："恒之罪何哉？"王召祝，而以杜伯语告。祝曰："始杀杜伯，谁与王谋之？"王曰："司空锜也。"祝曰："何不杀锜以谢之？"宣王乃杀锜，使祝以谢之。伯犹为人而至，言其无罪。司空锜又为人而至，曰："臣何罪之有？"宣王告皇甫曰："祝也为我谋而杀人，吾杀者又皆为人而见诉，奈何？"皇甫曰："杀祝以谢，可也。"宣王乃杀祝以兼谢焉。又无益，皆为人而至。祝亦曰："我焉知之，奈何以此为罪而杀臣也。"后三年，宣王游圃田，从人满野。日中，见杜伯乘白马素车，司空锜为左，祝为右，朱冠起于道左，执朱弓彤矢，射王中心，折脊，伏于弓衣而死。④

实采自《墨子·明鬼》篇"杜伯"故事：

---

① （三国魏）曹丕：《列异传等五种》，郑学弢校注，文化艺术出版社，1988，第23页。
② （晋）干宝：《搜神记》，汪绍楹校注，中华书局，1979，第60页。
③ 侯旭东：《佛陀相佑：造像记所见北朝民众信仰》，社会科学文献出版社，2018，第58页。
④ （北齐）颜之推著，罗国威校注《〈冤魂志〉校注》，巴蜀书社，2001，第1~2页。

周宣王杀其臣杜伯而不辜，杜伯曰："吾君杀我而不辜，若以死者为无知，则止矣。若死而有知，不出三年，必使吾君知之。"其三年，周宣王合诸侯而田于圃，田车数百乘，从数千，人满野。日中，杜伯乘白马素车，朱衣冠，执朱弓，挟朱矢，追周宣王，射之车上，中心折脊，殪车中，伏弢而死。①

此则杜伯冤死、鬼报仇的故事，旨在"明鬼神之实有也"，② 同时警醒君王"戒之慎之，凡杀不辜者，其得不祥，鬼神之诛，若此之憯遬也！"③ 这种朴素的鬼神报应观与佛教宣扬的惩恶扬善观颇为吻合，故为佛教灵验类小说家所采用。类似这样的例子在《冤魂志》中还有很多，"宋皇后"条、"王敦"条、"于吉"条、"王凌"条、"韦载"条，皆是民间传说影响六朝佛教灵验类小说的显例，便于进一步传播宣扬佛教教义。

其二，六朝佛教灵验类小说与民间传说书写的同构性。如前所述，民间传说在民众中影响很大，故六朝佛教灵验类小说借鉴了民间传说书写的模式，显示出同构性的特点，这一点在冥界地府书写上比较突出。比如《列异传》"胡母班"条，叙胡母班游历冥府，目睹其父"著械徒作"。故事延续了"泰山治鬼"的观念，为读者展示了一个较为系统、完备的冥府体系。六朝佛教灵验类小说沿袭了这一模式，不过六朝佛教灵验类小说家进一步凸显了地狱的恐怖。如王琰《冥祥记》"赵泰"条，述赵泰目睹地狱情形是："或针贯其舌，流血竟体。或被头露发，裸形徒跣，相牵而行。有持大杖，从后催促。铁床铜柱，烧之洞然；驱迫此人，抱卧其上。赴即焦烂，寻复还生。或炎炉巨镬，焚煮罪人。身首碎堕，随沸翻转。有鬼持叉，倚于其侧。有三四百人，立于一面，次当入镬，相抱悲泣。或剑树高广，不知限量，根茎枝叶，皆剑为之。人众相訾，自登自攀，若有欣意。而身首割截，尺寸离断。"④ 这显示出编撰者借小说"以震耸世俗，使生敬信之心"⑤ 的宣教意图。

---

① （清）孙诒让：《墨子间诂》，上海书店，1986，第139～140页。
② （清）孙诒让：《墨子间诂》，上海书店，1986，第138页。
③ （清）孙诒让：《墨子间诂》，上海书店，1986，第141页。
④ （南朝齐）王琰：《冥祥记》，载《鲁迅全集》第8卷，人民文学出版社，1973，第568页。
⑤ 鲁迅：《中国小说史略》，上海古籍出版社，1998，第32页。

其三，六朝佛教灵验类小说还表现出佛教信仰与民间信仰较量，这一点主要体现在佛教与鬼神信仰的冲突上。如张演《续光世音应验记》"惠简道人"条、"释僧融"条，从表面上看叙僧人降服鬼怪一事，实际上反映了佛教与民间信仰的对立态度，其背后隐藏的寓意是佛教是正教，而民间信仰是妖邪。由此可见，在这类小说家眼中民间信仰处于下风，不如佛教灵验。

### 三　小结

绾结而论，六朝佛教灵验类小说一方面积极利用佛教文化资源，运用讲故事的形式推广佛教信仰，并积极吸纳佛经文学的叙事结构、夸诞的文风以及救难菩萨形象，引导并巩固本土民众的佛教信仰；另一方面又借用本土资源如"天人感应"思想、史传文学、民间信仰及传说以助成其事，从而让佛教灵验类小说成为深入六朝人民心中的重要突破口。由此观之，这类小说"表现出杂糅而多源的文化品格"。①

## 第二节　六朝佛教灵验类小说生成的历史语境

佛教灵验类小说之所以兴盛于六朝这一时期，除却上述的佛教文化渊源、传统文化的助力外，社会环境因素同样不可忽视。梳理这一时期的历史语境，有助于我们更深入了解文学与世变的关联。

### 一　统治者对佛教的大力提倡

六朝以来佛教发展迅速，寺塔频建，高僧辈出。就上流社会而言，帝王与佛教的关系较之东晋更为密切，他们不仅在精神上倡导佛教，也在实际行动中给予扶持。具体表现在以下三点。

一是厚待僧人，礼遇备至。比如宋武帝刘裕称帝前就与僧人交往密切，对慧义"礼遇弥深"，② 敬重慧远，"遣使赍书致敬，并遗钱米"。③ 宋文帝即位以后，亦敬重僧人。《高僧传》载求那跋摩行至建康后，宋文

---

① 阳清：《古小说"释氏辅教之书"叙事范式探究》，《兰州学刊》2014 年第 11 期。
② （南朝梁）释慧皎：《高僧传》，汤用彤校注，中华书局，1992，第 266 页。
③ （南朝梁）释慧皎：《高僧传》，汤用彤校注，中华书局，1992，第 216 页。

帝"劳问殷勤","供给隆厚"。① 不仅如此,他还让慧琳"参权要,朝廷大事,皆与议焉",② 以致慧琳被时人讥为"黑衣宰相"。③

南朝皇室崇佛之风盛行,诸位皇子自幼就耳濡目染,汤用彤曾统计出南朝皇室礼佛之人有40余位。④ 其中最典型的莫过于竟陵王萧子良,史书称"少有清尚,礼才好士"。⑤ 齐武帝时,倾心佛教,与僧人交往,态度虔诚,礼遇有加。如他在撰写《涅槃义疏》时,得知宝亮以涅槃学著称,便亲自前往宝亮的住处,执弟子之礼迎请为师。宝亮不得已答应了萧子良的请求,跟随其来到西邸,"文宣接足恭礼,结菩提四部因缘"。⑥ 后来宝亮圆寂,萧子良还专门画了一幅宝亮的画像供奉在普弘寺。他对潜修禅定的慧明亦是"频遣三使,殷勤敦请","敬以师礼"。⑦

北方君王亦积极倡导佛教,敬重僧人。如北魏孝文帝元宏敬重道登,"恒侍讲论",⑧ 对备贯众典的释昙度是"遣使征请"。⑨ 后赵石勒事高僧佛图澄弥笃,"益加尊重,有事必咨而后行,号大和上"。⑩ 后秦姚兴则对高僧鸠摩罗什"待以国师之礼,甚见优宠。晤言相对,则淹留终日,研微造尽,则穷年忘倦"。⑪

二是听讲经义,研讨佛理。《高僧传》卷十三《宋京师祇洹寺释道照》叙宋武帝刘裕邀请释道照于内殿斋说法,"照初夜略叙百年迅速,迁灭俄顷。苦乐参差,必由因召。如来慈应六道,陛下抚矜一切,帝言善久之。斋竟,别赠三万"。⑫ 宋孝武帝征请僧导讲经,僧导"以孝建之初,三纲更始,感事怀惜,悲不自胜"。⑬ 齐高帝萧道成曾幸庄严寺,听僧达讲《维摩经》。萧子良于永明元年(483),召集京城名僧,在府邸精舍开

---

① (南朝梁) 释慧皎:《高僧传》,汤用彤校注,中华书局,1992,第108页。
② (南朝梁) 沈约:《宋书》,中华书局,1974,第2391页。
③ (唐) 李延寿:《南史》,中华书局,1975,第1964页。
④ 汤用彤:《汉魏两晋南北朝佛教史》,北京大学出版社,2011,第253~254页。
⑤ (南朝梁) 萧子显:《南齐书》,中华书局,1974,第694页。
⑥ (南朝梁) 释慧皎:《高僧传》,汤用彤校注,中华书局,1992,第337页。
⑦ (南朝梁) 释慧皎:《高僧传》,汤用彤校注,中华书局,1992,第426页。
⑧ (北齐) 魏收:《魏书》,中华书局,1974,第3040页。
⑨ (南朝梁) 释慧皎:《高僧传》,汤用彤校注,中华书局,1992,第304页。
⑩ (南朝梁) 释慧皎:《高僧传》,汤用彤校注,中华书局,1992,第348页。
⑪ (南朝梁) 释慧皎:《高僧传》,汤用彤校注,中华书局,1992,第52页。
⑫ (南朝梁) 释慧皎:《高僧传》,汤用彤校注,中华书局,1992,第510页。
⑬ (南朝梁) 释慧皎:《高僧传》,汤用彤校注,中华书局,1992,第281页。

讲席。对此沈约《齐竟陵王发讲疏并颂》有较为详细的记载:"竟陵王殿下,神超上地,道冠生知,树宝业于冥津,凝正解于冲念。"① 另外,他还与文惠太子一道招致名僧讲说佛法,《南齐书》本传评价"道俗之盛,江左未有也"。② 北魏宣武帝元恪亦"雅爱经史,尤长释氏之义,每至讲论,连夜忘疲"。③

宋文帝刘义隆则重视对佛教义理的探讨,并躬身钻研佛理:"帝自是信心乃立,始致意佛经。及见严、观诸僧,辄论道义理。"④ 诸多佛理之中,他非常重视竺道生的"一阐提人皆得成佛"佛性顿悟说。《高僧传》谓竺道生去世后,"宋太祖尝述生顿悟义,沙门僧弼等皆设巨难,帝曰:'若使逝者可兴,岂为诸君所屈'"。⑤ 宋文帝于是访求道生弟子道猷,"延入宫内,大集义僧,令猷申述顿悟。时竞辩之徒,关责互起。猷既积思参玄,又宗源有本,乘机挫锐,往必摧锋,帝乃抚机称快"。⑥

三是积极参与佛教活动,铸像、抄经、修建佛寺、开设斋会等等。如北魏文成帝在位期间,修建云冈石窟。宋孝武帝建药王寺、新安寺;宋明帝修湘东寺、兴皇寺;西魏文帝元宝炬造般若寺、大中兴寺。竟陵王萧子良则以很大的精力投入抄写经文中,《新集抄经录》收录了萧子良抄写的经典多达 36 部,数量可谓众多,其中最具代表性的当推《抄成宝论》九卷。不仅如此,萧子良还经常在西邸开设斋会,对此,《南齐书》本传云:

> 与文惠太子同好释氏,甚相友悌。子良敬信尤笃,数于邸园营斋戒,大集朝臣众僧,至于赋食行水,或躬亲其事,世颇以为失宰相体。⑦

萧子良亲自赋食行水,以致招致"失宰相体"之讥评。至于这些斋

---

① (南朝梁) 僧祐、(唐) 道宣:《弘明集·广弘明集》,上海古籍出版社,1991,第239 页。
② (南朝梁) 萧子显:《南齐书》,中华书局,1974,第698 页。
③ (北齐) 魏收:《魏书》,中华书局,1974,第215 页。
④ (南朝梁) 释慧皎:《高僧传》,汤用彤校注,中华书局,1992,第262 页。
⑤ (南朝梁) 释慧皎:《高僧传》,汤用彤校注,中华书局,1992,第257 页。
⑥ (南朝梁) 释慧皎:《高僧传》,汤用彤校注,中华书局,1992,第299～300 页。
⑦ (南朝梁) 萧子显:《南齐书》,中华书局,1974,第700 页。

会，据《齐太宰竟陵文宣王法集录》介绍，有"述羊常弘广斋""华严斋""述放生东宫斋""八日禅灵寺斋""龙华会并道林斋"等，不过文献匮乏，关于这些斋会的具体情形，无法得知。

这一时期的帝王崇佛呈现了两大特点。一是帝王崇信佛教大多是出于政治上的需求。如宋武帝刘裕，之所以礼敬僧人，主要是看重僧人在当地的社会影响力，以便更好地获得民心，平稳局势。出身寒门的刘裕为获得更多的社会舆论支持，充分利用佛教这一有力武器，借用僧人及其僧团的影响力，而僧人在与帝王的接触中亦明白"不依国主，则法事难立"，[1]故两者互利互助。这种帝王与高僧共赢的关系，我们可以从高门之后王谧的经历窥知。《高僧传》载"司徒王谧尝入台，见东掖门口有寺人掷樗戏。樗所著处，辄有光出，怪令掘之，得一金像，合光趺长七尺二寸。谧即启闻，宋高祖迎入台供养，宋景平末送出瓦官寺，今移龙光寺"。[2]王谧竟然也借助佛教力量制造刘裕称帝的神话。刘裕对佛教的认识和态度，对后来的宋文帝影响甚大，文帝在此基础上进一步认识到佛教的社会作用，提出"若使率土之滨，皆纯此化，则吾坐致太平，夫复何事"，[3]对佛教有助于巩固皇权进行了深刻的阐释。不仅如此，僧人在与帝王阶层接洽的过程中，也逐渐意识到"释氏之化，无所不可。适道固自教源，济俗亦为要务"。[4]如何最大范围吸收这些民众，也是摆在他们面前的一道难题，六朝时期层出不穷的佛教灵验类小说或许可被视作对"济俗亦为要务"的回应。

二是由于文化程度的差异，南北朝帝王呈现不同的特点。南朝统治者大多雅爱文义，文化修养较高，故对佛教义理很感兴趣，多次组织佛教义理讨论，影响较大的有"神不灭""沙门不敬王者"等，他们还主持编撰佛学著述。而北朝统治者多为游牧民族，文化水平不高，艺术造诣较低，虽也是出于维护统治的需要，竭力扶植佛教，在凉州、长安、洛阳、邺城等地建立了庞大的佛教中心，但他们更看重佛教的实际效用，如译经、功德、布施、祈福、造像等。这也是现存的六朝佛教灵验类小说故事的发生

① （南朝梁）释慧皎：《高僧传》，汤用彤校注，中华书局，1992，第178页。
② （南朝梁）释慧皎：《高僧传》，汤用彤校注，中华书局，1992，第481页。
③ （南朝梁）僧祐、（唐）道宣：《弘明集·广弘明集》，上海古籍出版社，1991，第70页。
④ （南朝梁）释慧皎：《高僧传》，汤用彤校注，中华书局，1992，第262页。

地为何以北方为主的原因之一。

由上观之，六朝以来"由于帝王居于这一文化氛围的制高点，其嗜好势必会影响到朝野臣民意识形态的调整与文化心理的变化"。① 这种调整和变化有利于佛教的蓬勃发展，从而为六朝佛教灵验类小说的成书营造了一个良好的社会环境和文化氛围。

## 二　佛教信仰尤其是观音信仰的盛行

魏晋南北朝时期佛教在统治阶层和士大夫阶层迅速发展、广泛传播，高僧辈出，皈依者也进一步延伸到了民众阶层。正如唐道宣《释迦方志》所言："自晋、宋、梁、陈、魏、燕、秦、赵，国分十六，时经四百，观音、地藏、弥勒、弥陀，称名念诵，获其将救者，不可胜纪。"② 其中，诸多菩萨信仰中，以观音信仰最为盛行。观音自产生之初就被赋予了救苦救难的神格，故很快在印度流行开来。东晋时期的名僧法显的《佛国记》就记载了古印度人供奉观音之事。东晋以来，有关观世音信仰的经典被大量翻译过来。这一时期的观世音信仰经典的输入可分为四个系统：救难系统、净土系统、华严系统和密宗系统。其中，又以救难系统对东晋南北朝观音信仰影响最大。观音信仰之所以能在中国传播和发展起来，首先应归功于佛经的译传。鉴于此，笔者对救难系统的观世音经典翻译情况进行考察。

救难观音教义集中体现在《法华经·观世音菩萨普门品》，而《法华经·观世音菩萨普门品》的译传，主要依赖竺法护、鸠摩罗什等佛典翻译名家。竺法护译的《正法华经·光世音菩萨普门品》是目前已知最早的版本。竺法护祖籍月氏，世代居住在敦煌，有"敦煌菩萨"之美誉。青年时期游遍西域诸国，搜集了大量的梵文经典，三国末期首次来到中国。东晋太康四年（283）重回长安翻译佛经，其间共译出佛经154部322卷。其中，《正法华经》系竺法护于太康七年（286）译出的。

《正法华经》中卷十的第二十三品《光世音菩萨普门品》后来被抽出以《光世音经》之名流行。关于《光世音菩萨普门品》的译出，李利安

① 俞晓红：《佛典流播与唐代文言小说》，人民出版社，2017，第12页。
② （唐）道宣：《释迦方志》，范祥雍点校，中华书局，2000，第109页。

给予了高度的评价："《普门品》汉译本的出现在中国观音信仰传播和发展史上具有重要的意义。该经对在古代印度占主流地位的观音救难信仰进行了完整的表述，而这则成为后世中国观音信仰最基本的信念。……可以说此经的翻译基本上完成了观音救难信仰的经典输入。"①

不过，竺法护译本存在不少问题，如对个别之处的经文解释模糊，受当时玄学风气的影响译文过于质朴。鉴于此，高僧鸠摩罗什于后秦弘始八年（406）夏，对此经重新翻译，名为《妙法莲华经》。客观而言，和竺法护的译本相比，鸠摩罗什的译本不仅译文更加流畅典雅，增加了应化身相的数目，而且还对观世音予以新的解释，即"世有危难，称名自归，菩萨观其音声即得解脱也。亦名观世念，亦名观自在也"。② 这种解释比竺法护的"若有众生，遭亿百千垓困厄、患难、苦毒无量，适闻光世音菩萨名者，辄得解脱，无有众恼"③ 更加突出观世音称名救难的特征，得到了时人的认同，救难观音信仰很快流行开来，《光世音菩萨普门品》也以《观世音经》④ 之名风行于世。

这里还需对《请观世音菩萨消伏毒害陀罗尼咒经》稍做补充说明，因为陆杲的《系观世音应验记》中有少量的故事涉及《请观世音菩萨消伏毒害陀罗尼咒经》。《请观世音菩萨消伏毒害陀罗尼咒经》又称《请观世音消伏毒害陀罗尼经》《消伏毒害陀罗尼经》《请观世音经》。此经主要叙述观世音为毗舍离国人民解除疾病困厄，教其称念三宝及观世音菩萨名号，并说十方诸佛救护众生神咒、破除业障消伏毒害陀罗尼等。《请观世音经》之所以在当时能得以流行，一个最重要的原因在于它宣扬的咒术不

---

① 李利安：《古代印度观音信仰的演变及其向中国的传播》，博士学位论文，西北大学，2003，第100页。

② （晋）僧肇：《注维摩诘经》，《大正藏》第38册，台湾财团法人佛陀教育基金会出版部，1990，第331页。这句话在敦煌文献《维摩诘经·序》里略有出入："观世音菩萨，什曰：世有危难，称名自归，菩萨观其音声即得解脱也。亦名观世念，亦名观世自在。"

③ （晋）竺法护：《正法华经》，《大正藏》第9册，台湾财团法人佛陀教育基金会出版部，1990，第128页。

④ 如释僧祐《出三藏记集》卷四云："《观世音经》一卷，出《新法华》。"［参见（南朝梁）释僧祐《出三藏记集》，苏晋仁、萧炼子点校，中华书局，1995，第128页。］又法经《众经目录》卷二亦云："《提婆达多品经》一卷、《观世音经》一卷，右二经出《妙法莲华经》。"［参见（隋）法经《众经目录》，《大正藏》第55册，台湾财团法人佛陀教育基金会出版部，1990，第124页。］

需要费心力去理解、体悟，只要虔诚受持，至诚皈依，便可发生作用。故吸引越来越多的信徒，促使观音信仰的进一步流传。

观音信仰的盛行，除了依靠上述经典的翻译与传播外，还通过一系列观音灵验传闻被广泛宣传。从现有的文献记载来看，最早进行宣扬的应是僧侣。他们把观音灵验传闻当作实事来宣传，反映的是他们真挚的宗教体验。如东晋法显《法显传》载其西行求法、浮海东还的途中，从师子国到婆提国时：

> 东下二日，便值大风，船漏水入……法显亦以君墀及澡罐并余物弃掷海中，但恐商人掷去经像，唯一心念观世音及归命汉地众僧："我远行求法，愿威神归流，得到所止。"如是大风昼夜十三日，到一岛边。①

此外，《高僧传》卷三《宋黄龙释昙无竭》及《宋京师中兴寺求那跋陀罗》、卷五《晋山阴嘉祥寺释慧虔》、卷十三《宋长干寺释昙颖》皆有不少因身处险境，心念观音名号，乞求观音脱厄，最终获致灵验、平安脱险的记载。这些僧人以亲身经历来宣讲，无疑更进一步扩大了观世音信仰的传播。

需要指出的是，这一时期还出现了比附《孝经》的现象：由于统治阶层的大力弘扬，《观世音经》取得同儒家经典《孝经》同等重要的地位。佛教徒宣称《观世音经》能够救助世间一切苦难，故行孝之人在双亲遇到疾病等灾难时，或诵《观世音经》以拟《孝经》之效，或诵《孝经》以拟《观世音经》之意。对此《梁书》卷四十七、卷四十八有相关记载。

总之，我们通过对六朝观音信仰情况的梳理，不难看出当时的社会无论是统治阶层还是僧俗大众都对观音信仰十分推崇，甚至出现了将《观世音经》比附《孝经》的现象，《观世音经》获得了其他佛经难以企及的地位，这些无疑推动了观音信仰在六朝的发展和确立。与此同时，大量的观音灵验传说也为这一时期的小说家提供了丰富的素材和创作动力。

### 三　渴求精神抚慰的民众

魏晋南北朝作为一个"中华崩溃与扩大"②的时代，伴随着秦汉帝国

---

① （晋）法显著，章巽校注《法显传校注》，上海古籍出版社，1985，第167页。
② 此语出自川本芳昭的《中华的崩溃与扩大：魏晋南北朝》一书的书名。具体见〔日〕川本芳昭《中华的崩溃与扩大：魏晋南北朝》，余晓潮译，广西师范大学出版社，2014。

的土崩瓦解，依附于帝国政权的儒家思想体系亦随之坍塌，人们摆脱了礼教的束缚，所谓"时俗放荡，不尊儒术"。① 民众的精神生活相应地也发生了重要变化。而当时的社会长期处于南北割据、战争频仍的状态，以后赵末年的冉闵之乱为例，可以看出当时动荡不安的社会状态。羯人石勒于319 年在襄国（今河北邢台一带）称王，后赵建立。333 年，石勒死，次年石虎继位。349 年石虎死，后赵内部发生大乱，自相残杀，史称"子孙争国，上下乖乱。中国之民，坠于涂炭"。② 其养孙汉人冉闵后逐一击败对手，坐揽大权，自号大魏。为得到汉人的支持，冉闵对羯人展开大屠杀。"令城内曰：'与官同心者住，不同心者各任所之。'敕城门不复相禁。于是赵人百里内悉入城，胡羯去者填门。闵知胡之不为己用也，班令内外赵人，斩一胡首送凤阳门者，文官进位三等，武职悉拜牙门。一日之中，斩首数万。闵躬率赵人诛诸胡羯，无贵贱男女少长皆斩之，死者二十余万，尸诸城外，悉为野犬豺狼所食。"③ 这场滥杀，导致胡人"高鼻多须至有滥死者半"。④ 352 年，冉闵与前燕慕容隽对战，兵败被俘，"将士死者十余万人"。⑤ 此后，中原陷入一片混乱之中。史书称这一时期是"贼盗蜂起，司冀大饥，人相食。自季龙末年而闵尽散仓库以树私恩。与羌胡相攻，无月不战。青、雍、幽、荆州徙户及诸氐、羌、胡、蛮数百余万，各还本土，道路交错，互相杀掠，且饥疫死亡，其能达者十有二三"。⑥

不仅如此，这一时期天灾频发，次数堪称历史之最。据统计，这一时期共发生各类灾害 619 次。仅以刘宋王朝为例，宋文帝"元嘉二十七年八月，不雨，至二十八年三月"。⑦ 宋孝武帝大明七年至八年，"东诸郡大旱，甚者米一升数百，京邑亦至百余，饿死者十有六七"。⑧ 伴随着天灾、战乱，瘟疫也肆意流行。史书载北魏献文帝皇兴二年十月，"豫州疫，民死十四

---

① （唐）房玄龄：《晋书》，中华书局，1974，第 1044 页。
② （北宋）司马光：《资治通鉴》，（元）胡三省音注，中华书局，1956，第 3092 页。
③ （唐）房玄龄：《晋书》，中华书局，1974，第 2791～2792 页。
④ （唐）房玄龄：《晋书》，中华书局，1974，第 2792 页。
⑤ （唐）房玄龄：《晋书》，中华书局，1974，第 2795 页。
⑥ （唐）房玄龄：《晋书》，中华书局，1974，第 2795 页。
⑦ （南朝梁）沈约：《宋书》，中华书局，1974，第 912 页。
⑧ （南朝梁）沈约：《宋书》，中华书局，1974，第 143 页。

五万"。① 梁武帝末年，侯景之乱导致建康城内"横尸满路，无人埋瘗，臭气熏数里，烂汁满沟洫"。② 南朝陈"疠疫大行，百姓毙者，殆其过半"。③ 人们在颠沛流离中饱尝生活的艰辛，普遍感到人世的无助与前途的迷茫，迫使他们从宗教中寻求精神慰藉。"既然对物质上的解放感到绝望，就去追寻精神上的解放来代替，就去追寻思想上的安慰，以摆脱完全的绝望处境。"④ 佛教所宣扬的救难思想、悲悯情怀极大地满足了当时民众的精神诉求，僧人不仅积极救治患病百姓，"有沙门惠怜者，自云咒水饮人，能差诸病。病人就之者，日有千数。灵太后诏给衣食，……使于城西之南，治疗百姓病"，⑤ 还对贫民百姓广施恩惠，"设供饭僧，施诸贫乏，狱囚系畜，咸将济之"，⑥ 甚至还劝诫统治者"因事言谴，协以劝善"。⑦ 佛教迅速传播开来，"于是人人赞善，莫不从风。或刺血洒地，或刺血书经，穿心然灯，坐禅不食"。⑧ 普通百姓将精神寄托于佛教信仰成为社会常态，佛教赢得了大批信众，佛教信仰也成为当时民众生活的重要组成部分。

　　需要指出的是，佛教面向底层民众宣讲的时候，不需要高深的教义，只要借助灵验的法术与浅显的道理来获取他们的信任。譬如《冥祥记》"沙门释法安"条，叙僧人释法安于义熙末年游方至阳新县，当地"虎暴甚盛，县有大社树，下有筑神庙，左右民居以百数。遭虎死者，夕必一两。法安尝游其县，暮投此村，民以惧虎，早闭门闾，且不识法安，不肯受之。法安遥之树下，坐禅通夜，向晓，有虎负人而至，投树之北，见安，如喜如跳，伏安前，安为说法授戒，虎据地不动，有顷而去。至旦，村人追死者至树下，见安大惊，谓其神人，故虎不害。自兹以后，而虎患遂息。众益敬异，一县士庶，略皆奉法"。⑨

---

① （北齐）魏收：《魏书》，中华书局，1974，第 2916 页。
② （唐）李延寿：《南史》，中华书局，1975，第 2006 页。
③ （唐）道宣：《续高僧传》，郭绍林点校，中华书局，2014，第 1209 页。
④ 《马克思恩格斯全集》第 19 卷，人民出版社，1963，第 334 页。
⑤ （唐）李延寿：《北史》，中华书局，1974，第 717 页。
⑥ （唐）道宣：《续高僧传》，郭绍林点校，中华书局，2014，第 35 页。
⑦ （南朝梁）释慧皎：《高僧传》，汤用彤校注，中华书局，1992，第 388 页。
⑧ （唐）李延寿：《南史》，中华书局，1975，第 225 页。
⑨ （南朝齐）王琰：《冥祥记》，载《鲁迅全集》第 8 卷，人民文学出版社，1973，第 602 页。

这则故事生动地描述了高僧伏虎，顺应了当时村民求事验、重征祥的需求，从而博得了民众的支持和信奉。正如慧皎在《高僧传》中所说："若为悠悠凡庶，则须指事造形，直谈闻见。若为山民野处，则须近局言辞，陈斥罪目。凡此变态，与事而兴。可谓知时知众，又能善说。虽然故以恳切感人，倾诚动物，此其上也。"① 强调要依据教化对象的差异，随时变化说法的内容和方法，以求收到理想的弘法效果。因此僧人在宣讲佛法时通常以轮回报应之说等诱导民众，恰如慧琳《黑白论》云"叙地狱则民惧其罪，敷天堂则物欢其福"。② 如前所述，六朝民众饱受各种天灾人祸的折磨，人生充满种种风险和不确定性，他们只好寄希望于未来。佛家所宣扬的因果报应说和六道轮回观，给予世人以心理上的慰藉与希望。正如颜之推所言："今人贫贱疾苦，莫不怨尤前世不修功业。"③ 这些无疑为六朝佛教灵验类小说提供了庞大的目标读者规模。

目标读者作为小说接受者具备什么特点呢？汉斯·罗伯特·姚斯（Hans Robert Jauss）等人认为读者"并不是被动的部分，并不仅仅作为一种反应，相反，它自身就是历史的一个能动的构成。一部文学作品的历史生命如果没有接受者的积极参与是不可思议的。因为只有通过读者的传递过程，作品才进入一种连续性变化的经验视野。在阅读过程中，永远不停地发生着从简单接受到批评性的理解，从被动接受到主动接受，从认识的审美标准到超越以往的新的生产的转换"。④

海德格尔（Heiderger）认为，前结构是历史文化在接受主体头脑中的反映，通常由"先行具有"（vorhabe）、"先行看见"（vorsicht）和"先行把握"（vorgriff）构成。⑤ 因此，目标读者与前结构的契合程度越高，小说文本就越容易被接受。就六朝佛教灵验类小说而言，目标读者的教育背景、社会地位等因素决定了他们的阅读动机，决定了目标读者在文本表现形式上的偏好——语言浅白、形式亲切的小说文本。这一群体文学素养有

① （南朝梁）释慧皎：《高僧传》，汤用彤校注，中华书局，1992，第521页。
② （南朝梁）沈约：《宋书》，中华书局，1974，第2389页。
③ 王利器集解《颜氏家训集解》，中华书局，1996，第395页。
④ 〔联邦德国〕H. R. 姚斯、〔美〕R. C. 霍拉勃：《接受美学与接受理论》，周宁、金元浦译，辽宁人民出版社，1987，第24页。
⑤ 〔德〕海德格尔：《存在与时间》，陈嘉映、王庆节译，生活·读书·新知三联书店，1987，第183～184页。

限，渴望寻求精神出口，但受到现实中种种力量限制，只能寄希望于佛教信仰建构的虚拟世界。"先行看见"的阅读经验使读者形成"先行把握"的惯性，影响读者对阅读文本的选择，这在以"钦服灵异"为目标的接受群体中表现得尤为明显。民众大多出于现实需要而阅读，追求一种毫不费力的满足和愉悦。而他们阅读这类小说的深层动因，是希望从小说中找寻理想的"另类现实"，象征性地解决现实危机或实现个人某些目的，获得心理慰藉。因此，这类小说必须关涉到大众切身的社会境况，才能引发他们的精神共鸣。而这类小说所展示出的种种"灵验"奇迹所导致的直接的心理需求在于以曲折离奇的情节获得精神上的满足，而深层的心理需求是以阅读弥补现实。因此，多以遭遇困厄、获致灵验、平安脱险的叙事"套路"保证直接"灵验"的实现：主角多为中下层民众，凭借奉佛的诚心，最终获得佛的神力相助，摆脱困境。

## 四　小结

综上所述，佛教灵验类小说在六朝的兴起并不是偶然。从文化脉络中加以审视，就会发现六朝佛教灵验类小说的生成，无不存有相对应的深层文化渊源。六朝佛教灵验类小说强烈的宣教弘法意图、追求信而有征的史传体例和夸张荒诞的叙述方式等，均可在更为宽广的佛教文化传统和本土文化传统中得到更为充分的理解。而从社会语境中考察，则又可以窥见它与当时社会、政治风向密切纠合的状态，其思想内容、题材特征、表现形式无不见证和参与了当时历史的变迁。

# 第二章　六朝佛教灵验类小说
# 编撰及成书考察

上一章我们对六朝佛教灵验类小说生成的历史文化语境及相关的时代背景进行了考察，有助于我们深入了解这类小说的文化内涵。本章则对这类小说的发展概况、内容类型、文体特征、美学意蕴、编撰成书等问题进行探讨，无疑会帮助我们更好地理解六朝佛教灵验类小说。

## 第一节　六朝佛教灵验类小说发展概况及内容类型

东晋以来，佛法大兴，佛教灵验类小说应运而生，谢敷、傅亮、张演肇其端，刘义庆、陆杲、王琰等接其绪，颜之推、侯白等绍其波，一脉相承，连绵不断。

### 一　六朝佛教灵验类小说发展概况

综观整个六朝佛教灵验类小说的发展概况，大致可以分为三个阶段：①对佛教相关经文的简单敷演；②叙事性得到加强，借佛教灵验故事形象而生动地阐述佛教教义；③将儒家的报应观和佛教的因果观有机地结合起来，开儒释证信的先河。以下详论之。

#### （一）谢敷《光世音应验》的开创意义

从现有的文献材料来看，谢敷《光世音应验》是目前已知最早专录观音灵验传闻的著述，对六朝的佛教灵验类小说产生了深远的影响。此后，傅亮根据记忆重录《光世音应验记》，张演撰《续光世音应验记》，陆杲著《系观世音应验记》。在这个由前后相续的三种《观世音应验记》所构成的观音信仰体系中，傅亮、张演、陆杲固然起到了重要作用，但谢敷的导夫先路之功亦不容忽视。

　　关于谢敷的生平事迹和佛学修养，史书阙载，吴正岚、纪志昌等人曾予以考订。① 综合学界已有的研究，我们大致可以勾勒出他的生平轨迹：谢敷，出身于会稽谢氏家族，与当时的名士高僧郗超、傅瑗、于道邃、竺法旷等人往来密切，并热衷于与他们探讨佛理。但是由于个人学识和家学学风的束缚，他未得到擅长佛理的声誉。于是他转而研习《安般守意经》《首楞严经》这两部重要的修行禅数之经典，并取得一定的成绩。这些经历促使他修行胜于研究义理。这样的特点，也让他能够不为时风所囿，搜集、整理、记录观音信仰灵验传闻并编撰为《光世音应验》，显示出他迥异于佛教主流的兴趣点和对时代风气的敏锐感知。

　　谢敷《光世音应验》，本为一卷十余事，后在孙恩之乱中遗失，现存七条，分别记竺长舒、沙门帛法桥、邺西寺三胡道人、窦傅、吕竦、徐荣和沙门竺法义，是《观世音菩萨普门品》"济七难"的具体体现，宣扬观音无所不在和有难必救的神格。《光世音应验》对后来的佛教灵验类小说影响很深，它虽然只是对《观世音菩萨普门品》简单敷演，存在不小的局限，但其创立的佛教灵验类小说的写作范式依然为后来者沿袭，这也是它得以流传广远的根本原因。具体可归纳为两点。

　　一是采用日常生活视角，贴近现实生活。与早期的《穆天子传》《吴越春秋》《汉武故事》《世说新语》等偏重帝王将相不同的是，《光世音应验》运用日常生活书写来观照社会现实，表现的是普通百姓的生存状态和精神面貌。作为佛教灵验类小说的开山之作，《光世音应验》带来了叙述上的变革，一改之前小说以帝王将相为主导的叙事，把当时处于水深火热的普通民众推向文学表现舞台的中心。这在小说史上是颇有意义的事件。《光世音应验》中灵验传闻的主人公大多是来自社会下层的民众，谢敷站在大众的角度将这类故事置于真实的历史背景下，来述说礼佛灵验中人们的行为表现和精神观念，从而将大乘佛教宣扬的"人人可以成佛"改造成"人人可以获救"的信仰。

　　对此，孙昌武进行了高度的评价："真正体现了大乘等慈、普度的精神的。……是佛教教义与中土意识相交流、融合的结果。这种在中土思想

① 具体可参见吴正岚《六朝江东士族的家学门风》，南京大学出版社，2003，第65页；纪志昌《东晋居士谢敷考》，《汉学研究》2002年第1期。

土壤上被改造、发挥了的大乘佛教精神，体现了对平凡众生的关爱和对于他们由本性决定的得救前途的信心，真正显示了大乘的精义，发展了中土传统的仁爱观念，在当时是十分难能可贵的思想意识。以这种思想意识为核心建立起来的观音信仰，带着宗教的执著和狂热，形成为民众间巨大的精神力量。这种汹涌于社会上下的信仰潮流，其直接的、间接的作用和影响是远较一般的估计更为巨大、深远的。"①

此后，这类小说在整体上把目光投向日常生活和普通百姓。这是佛教与小说发展的结果，丰富了文言小说的类型。此外，这种对佛教经文作敷陈演绎、用文学创作来表现的做法，对后来俗讲的兴起产生了最直接的影响，而俗讲又在一定程度上推动了明清时期通俗小说、戏曲、宝卷的产生。

二是开启个人经验的客观记述。谢敷的《光世音应验》开以传主个人视角书写奉佛灵验的先河，"那个时代，在以东晋王朝的首都建康为中心的地区，士人们玩弄着所谓'格义佛教'的高级哲学议论；或者在宫廷里，像皇族当权者司马道子一样沉溺于淫祠似的低级佛教。但是在离开首都远一些的会稽郡地区，士人们正在酝酿着新的内容的佛教信仰。这种信仰注重心情的纯粹性。也许可以说，以这种内容为特点的佛教总与信仰一词相称。谢敷所撰、傅亮再编的这本《光世音应验记》，就是反映着这种佛教思想史上的新动态的作品"。② 就《光世音应验》这七则故事来看，谢敷并不曾涉及对高深佛学义理的探讨，只是单纯记录灵验传闻。为保证这种传闻的客观性和真实性，他从描述普遍转向描述具体，从描述群体转向描述个别。他在每则灵验传闻的结尾处都会交代具体的来源，或是来自亲朋好友的听闻，或是游方僧人的亲历。这些交代将读者原本陌生的人物熟悉化了，增添了这些故事的亲切感。由于谢敷并不在故事发生的第一现场，为了证明这些故事是真实可信的，他选择将叙述的任务交给故事的讲述者。比如"冉闵杀三胡"条，三个胡人的神奇经历通过道壹和尚的讲述，从而实现了虚构与真实之间的平衡。这种运用个人经验的客观记述亦

---

① 孙昌武：《六朝小说中的观音信仰》，载《游学集录孙昌武自选集》，南开大学出版社，2004，第306~307页。
② 〔日〕小南一郎：《〈观世音应验记〉排印本跋》，载孙昌武点校《观世音应验记三种》，中华书局，1994，第72页。

为后继者所承袭并进一步发扬光大。

不过需要指出的是，谢敷的《光世音应验》尚处于这类小说的发轫期，没有特定的内容分类，这一点直到后来陆杲的《系观世音应验记》才得以完善。关于这一点，本章的第三节将会展开讨论，此不赘。

**（二）王琰及其《冥祥记》**

六朝佛教灵验类小说发展到了齐梁时期，又有了新的变化，其中最显著的一个标志是这时期的佛教灵验传闻较之谢敷等人的《观世音应验记三种》，叙事更加曲折、绵密，诸书之中以王琰的《冥祥记》最为出色。

王琰，史书无传，今人王青据《冥祥记自序》、《高僧传》、《宋书》、《系观世音应验记》、王僧虔《为王琰乞郡启》、唐王方庆编《万岁通天进帖》、《隋书·经籍志》等材料，对其生平履历考订如下：王琰，郡望为太原晋阳王氏家族，为王宝国之曾孙，其家族与佛教关系密切。入齐后担任过三年的太子舍人、义安左郡太守，梁时曾任吴兴令。著有《宋春秋》20卷，见《隋书·经籍志》古史类。

《冥祥记》在《隋书·经籍志》、《旧唐书·经籍志》及《通志·艺文略》皆有著录，共十卷。《新唐书·艺文志》小说家类作一卷，疑伪。原书不存，后人有辑本，重编《说郛》及《古今说部丛书》收，共七则，皆从《太平广记》辑出；鲁迅后又从《三宝感通录》《法苑珠林》《辨正论》《太平广记》等书中辑出，计有自序1篇和正文131则。台湾学者王国良《冥祥记研究》则在鲁迅辑本的基础上又补辑了两条，是目前较完备者。

据作者自序，其著《冥祥记》是因其观世音金像两次显灵，"有感深怀，沿此征观，缀成斯记"，① 遂成此书。关于此书的成书时间，李剑国根据《冥祥记》中"王四娘"条记永明三年（485）事，推定出此书当在永明年间，并评价"南北朝'释氏辅教之书'，此为翘楚"。② 如前所述，这一时期佛教灵验类小说数量颇丰，但前作存在过于简略之弊，后人往往需要查漏补缺，重新构撰。如陆杲之所以撰《系观世音应验记》，即嫌《宣验记》《幽明录》等书记述过于简略。由于明确了前作的不足，后作

① （南朝齐）王琰：《冥祥记》，载《鲁迅全集》第8卷，人民文学出版社，1973，第564页。
② 李剑国辑释《唐前志怪小说辑释》，上海古籍出版社，2011，第558页。

往往具有后出转精的优势，从而在佛教灵验类小说史上占据更为重要的位置。笔者认为，该书较之前作，有两处优点。

第一，内容上以全、详、真见长，叙事性和虚构性增强。比如该书"赵泰"条、"程道惠"条、"蒋小德"条等等，这类故事主要叙述传主在梦中或死后游历冥府的所见所闻，形象而生动地阐述了佛教教义，证明佛教所宣扬的因果报应和地狱是真实存在的。叙事水平已不逊于后来的唐代同类小说，这就较之早期谢敷、傅亮等人单纯敷演佛经教义，更具弘法的说服力。

第二，细节描绘有所增饰，更具艺术性和可读性。兹以该书的"程道惠"条为例，述不信佛教而信道教的程道惠，死后游历地狱，目睹地狱情景："人众巨亿，悉受罪报。见有掣狗，啮人百节，肌肉散落，流血蔽地。又有群鸟，其喙如锋，飞来甚速，鸩然血至，入人口中，表里贯洞；其人宛转呼叫，筋骨碎落。"① 刻画入微，令人触目惊心。类似这样的例子还有很多。《冥祥记》对地狱的细致描摹，既拓展了小说的表现空间，又丰富了作品的表现力，对后世小说影响很大。

**(三) 颜之推《冤魂志》及其他佛教灵验类小说**

颜之推（约531~591以后），字介，琅琊（今属山东）人。出身于儒学世家，博览群书，无不该洽，词情典丽，历仕梁、北齐、北周、隋四代。《北齐书》卷四十五、《北史》卷八十三皆有传。

《冤魂志》又名《还冤志》，或作《还冤记》。《隋书·经籍志》、颜真卿《颜家庙碑》、《旧唐书·经籍志》、《新唐书·艺文志》、《崇文总目》、《通志》、《宋史·艺文志》、《四库全书总目》皆云三卷，《直斋书录解题》《文献通考》则云二卷，明刊本《法苑珠林·传记篇·杂集部》题为一卷，唯高丽藏本作二卷。原书佚于明代。后世辑刻者，有《宝颜堂秘笈》、《续百川学海》、《唐宋丛书》、重编《说郛》、《五朝小说》、《四库全书》、《增订汉魏丛书》、《诒经堂藏书》、《古今说部丛书》等刻本、抄本，均为一卷。敦煌出土的文献中有题为《冥报记》的，经王重民、关德栋以及日本学者重松俊章等人考订，确为《冤魂志》之残本，共存原文

---

① （南朝齐）王琰：《冥祥记》，载《鲁迅全集》第8卷，人民文学出版社，1973，第595页。

五十则。罗国威《〈冤魂志〉校注》辑文共计六十六条，为当前整理本最佳者。

　　该书是颜氏以佛教信徒之立场，集录历代经传子史所载鬼魂报冤故事，阐释因果报应之理，以为劝诫者也。《四库全书总目》云："自梁武以后，佛教弥昌，士大夫率皈礼能仁，盛谈因果。之推《家训》有《归心篇》，于罪福尤为笃信。故此书所述，皆释家报应之说。然齐有彭生，晋有申生，郑有伯有，卫有浑良夫，其事并载《春秋传》；赵氏之大厉，赵王如意之苍犬，以及魏其、武安之事，亦未尝不载于正史。强魂毅魄，凭厉气而为变，理固有之，尚非天堂地狱，幻杳不可稽者比也。其文词亦颇古雅，殊异小说之冗滥，存为鉴戒，固亦无害于义矣。"① 所论颇为中肯。从现有的佚文来看，其所载之事上起先秦下至于北周，时间跨度很大。有不少是取自他书，还有一些是颜氏耳闻目见。内容多涉及现实，惩恶扬善，至为深刻，叙事惨烈痛切，触目惊心。

　　该书较之前的同类小说，最大的不同是，开启了儒释证信的模式。如何看待颜之推这种儒释证信的阐释模式？或许如周裕锴所言："正如翻译一样，讲解也有一个语境问题。一方面，讲解者是按自己的知识经验所理解的来讲，而这知识经验来自他生活的语境。另一方面，讲解者必须把自己的理解置入接受者（听者或读者）所生活的语境中，使接受者借助于自己的知识经验来尽可能领悟。特别是一种外国宗教和学说刚刚被介绍进来，还缺乏相应的知识经验的铺垫，更不得不借助本土的学术思想底子去理解和阐释。对于早期的中国佛教讲师们来说，就是把自己本土原有的儒道学说与印度佛教作比较，即所谓'格义'、'配说'或'连类'。"② 这一论断与牟子的观点不谋而合。牟子《理惑论》云："道为智者设，辨为达者通，书为晓者传，事为见者明。吾以子知其意，故引其事。"③ 颜之推意识到弘扬佛法要充分考虑到受众的知识背景和文化语境，要借用民众所熟知的本土典故阐述教义，这样就可以让受众避免文化冲突，也让佛教信仰接受水到渠成。"可以说，中国文化是一个巨大

① （清）永瑢等：《四库全书总目》，中华书局，1965，第1208~1209页。
② 周裕锴：《义解：移花接木——中国佛教阐释学研究》，《四川大学学报》（哲学社会科学版）2003年第6期。
③ （南朝梁）僧祐、（唐）道宣：《弘明集·广弘明集》，上海古籍出版社，1991，第5页。

的熔炉，将外来佛教融入其中，佛教也因其与中国文化的融合才得以生根发芽，并结出新的文学果实。"① 这一点对后来的唐临《冥报记》、孟献忠《金刚般若经集验记》等书影响很大。比如孟献忠《金刚般若经集验记·序》称："夫积善余庆，积恶余殃。李耳年为，入重玄之境；彭铿久寿，还游众妙之门，况乎不去不来，固超于三际；不生不灭，岂计于千龄。如能四偈受持，一念清信，积尘积劫，喻寿量而非多；无数无边，等虚空而共永。"②

除此之外，这一时期的佛教灵验类小说还有侯白《旌异记》、王劭《舍利感应记》、释亡民《验善知识传》等。据费长房《历代三宝记》的记载，多为"拟陆杲《系观世音应验记》"之作，惜乎已佚，具体内容不可知也。

## 二　六朝佛教灵验类小说内容类型

六朝佛教灵验类小说虽以佛家的因果报应思想为理论基础和宣介归旨，却将佛典原有的模糊、抽象、枯燥的经文置换成一个个具体可感的故事，传主远离种种兵灾贼难、躲避洪水烈火、能解各种毒害、可通鬼神幽明且受诸神加护等等。这些故事又成为后世通俗小说具体情节的萌蘖。接下来我们将从情节的异同性出发，大致将这类小说分为三种类型：礼敬三宝，效验灵异；生死轮回，游历冥府；因果报应，善恶自取。

### （一）礼敬三宝，效验灵异

这类故事大多是借佛僧、佛经、佛像等神通瑞应之事，宣扬只要虔诚敬信就能够得脱苦难。如《系观世音应验记》"释僧洪道人"条，叙释僧洪私自铸造金铜佛像，还未开模，就被官府知晓，判为违法作奸罪，理应处死。僧洪就一心诵念《观世音经》，这样持续了一个月，忽然有一天梦见他所铸的那尊佛像来到狱中，告诉他无须担忧。释僧洪在梦中隐约看到佛像胸前有一尺大小的铜色似乎还没有凝固。后来到了临刑问斩的这一天，拉监斩官所坐车的牛怎么也不肯就范，好不容易套住了，却把车子撞

---

① 刘九令：《日本佛教说话文学中的〈金刚经〉灵异记》，《东北亚外语研究》2018 年第 3 期。

② （唐）孟献忠：《金刚般若经集验记》，载〔日〕前田惠云、〔日〕中野达慧《卍新纂续藏经》第 87 册，国书刊行会，1988，第 452～453 页。

得粉碎，一直到天黑监斩官还没有来。于是释僧洪被赦免，他从狱中一回来，就查看模子，果然佛像胸前如梦中所见一样。类似这样的例子，还有很多。如《冥祥记》"董吉"条，叙董吉过河"以囊经戴置头上，径入水中，量其深浅，乃应至颈。及吉渡，正著膝耳。既得上岸，失囊经，甚惋恨。进至晃家，三礼忏悔，流涕自责。俯仰之间，便见经囊在高座上。吉悲喜取看，浥浥如有湿气。开囊视经，尚燥如故"。① 这些故事的主人公，都有虔诚礼佛的行为，或是诵经念佛，或是写经造像，最终或是脱离困厄，或是疾病痊愈，或是心想事成。故事结尾还不忘点明这些灵验传闻的传播促使奉佛者亲身体验灵验，不事佛者则因为目睹灵验，于是"敬信异常"，从而实现了弘法的目的。

这类故事叙事模式基本遵循"遭遇困厄—获致灵验—平安脱险"的结构，传主主要通过诵经、称名、写经、造像、斋会等便于操作的方式礼佛，其中又以观音救难故事最多。有学者曾对这一时期的观音救难故事进行过统计，指出"临刑"获救最多，其次是"身陷贼营而得逃""遭逢水难""疾病""遇火难""遇盗贼抢夺"。② 我们以《观世音应验记三种》为例，其中 23 条为天灾，其余的 63 条则为人祸，由此可见当时民众生存处境之艰难。正如基辛（M. R. Keesing）所指出的，"在遭逢悲剧、焦虑和危机之时，宗教可以抚慰人类的心理，给予安全感和生命意义，因为这个世界'从自然主义的立场而言，充满了不可逆料、反复无常的和意外的悲剧'"。③

有的作品还通过对比的方式，写出了敬佛则获致福报，不信佛则招致恶报。如《宣验记》"吴主孙皓"条，述孙皓性甚暴虐，做事不近人情。与宫女看治园地，得一金像，形相丽严。孙皓不仅不虔诚接待，反而尿于佛像头上，并戏言："今是八日，为尔灌顶。"结果导致"阴囊忽肿，疼痛壮热，不可堪任。自夜达晨，苦痛求死"。后在宫人的提醒下，他认真供养佛像，"具香汤，手自洗像，置之殿上，叩头谢过，一心求哀。当夜

---

① （南朝齐）王琰：《冥祥记》，载《鲁迅全集》第 8 卷，人民文学出版社，1973，第582 页。
② 陈登武：《地狱·法律·人间秩序——中古中国宗教、社会与国家》，台湾五南图书出版股份有限公司，2009，第 28～37 页。
③ 〔美〕基辛：《当代文化人类学概要》，北晨译，浙江人民出版社，1986，第 215 页。

痛止，肿即随消"。① 总之，六朝佛教灵验类小说家通过这些富有艺术感染力的灵验故事，凸显了佛法的神妙奇异，让民众直观感性地认识到佛理，唤醒他们的礼佛之心。

**（二）生死轮回，游历冥府**

这类故事大致可分为两种，一种是讲述"前世今生"之事，另一种则是叙说"游冥复活"之事，旨在宣扬释家六道轮回之说，并通过因果业报观和泥犁地狱的存在，来促发世人形成祛恶行善的观念。

"前世今生"故事又可以分为两种，一种是单纯为证明轮回实有，多是凭借传主前生记忆和物品来证明，如《冥祥记》"羊祜"条：

> 晋羊太傅祜，字叔子，泰山人也。西晋名臣，声冠区夏。年五岁时，尝令乳母取先所弄指环。乳母曰："汝本无此，于何取耶？"祜曰："昔于东垣边弄之，落桑树中。"乳母曰："汝可自觅。"祜曰："此非先宅，儿不知处。"后因出门游望，径而东行。乳母随之。至李氏家，乃入至东垣树下，探得小环。李氏惊怅曰："吾子昔有此环，常爱弄之。七岁暴亡。亡后不知环处。此亡儿之物也，云何持去？"祜持环走。李氏遂问之。乳母既说祜言，李氏悲喜，遂欲求祜，还为其儿。里中解喻，然后得止。②

此外，同书的"向靖女"条、"王练"条、"陈秀远"条亦属此类。另一种是和因果报应相结合，以"幻变动物"偿债的形式来证明轮回实有，旨在劝人向善。这方面的例子有《宣验记》"天竺有僧"条，述一天竺僧人，养了二牸牛，一日有人乞乳，牛忽然开口说话："我前身为奴，偷法食；今生以乳馈之。所给有限，不可分外得也。"③

"游冥复活"故事，主要叙传主在梦中或死后魂游冥府，目睹已逝亲人受苦或遇到故人、贵人点拨，最后归家复生，做法事或更为笃信佛教甚

---

① （南朝宋）刘义庆：《宣验记》，载《鲁迅全集》第 8 卷，人民文学出版社，1973，第 554～555 页。

② （南朝齐）王琰：《冥祥记》，载《鲁迅全集》第 8 卷，人民文学出版社，1973，第 565～566 页。

③ （南朝宋）刘义庆：《宣验记》，载《鲁迅全集》第 8 卷，人民文学出版社，1973，第 553 页。

至皈依佛门，或改掉恶习，终身不再犯。代表篇目有《幽明录》"巫师舒礼"条。又以《冥祥记》中最多，比如"赵泰""沙门支法衡""李清""唐遵""程道惠""沙门慧达""陈安居""李旦""蒋小德""沙门智达"等等。这类作品通常依循"入冥未殓—数日复活—讲述见闻"的叙事模式。如"陈安居"条，小说叙述陈安居死而复生，游历冥府，后遇府君为自己洗清罪名。再如"沙门僧规者"条，亦叙僧人僧规游历冥府所闻所见。概言之，作者通过一个个普通人死而复生的故事，极尽描摹地狱之种种惨状，采用对比的手法旨在宣扬崇信佛教的好处，引导民众信奉佛法佛理。这类游冥复活的故事流播于僧俗之口耳，浮动于文人墨客之笔端，以集中书写的方式，成为文言小说重要的题材，拓宽了古代小说的表现空间。

### （三）因果报应，善恶自取

这类故事主要述传主或遵守或违反佛教戒律，而招致善报或恶报的故事。《根本说一切有部毗奈耶》卷四十六云："不思议业力，虽远必相牵。果报成熟时，求避终难脱。"[①] 佛教有五戒，即不杀生、不偷盗、不邪淫、不妄语、不饮酒。其中又以杀生罪孽尤为深重，《大智度论》即云："诸余罪中，杀业最重。诸功德中，不杀第一。"[②] 如《宣验记》中的"沛国周氏有三子"条：

> 沛国周氏有三子，并暗不能言。一日，有人来乞饮，闻其儿声，问之；具以实对。客曰："君有罪过。可还内思之。"周异其言，知非常人。良久乃云："都不忆有罪过。"客曰："试更思幼时事。"入内，食顷，出曰："记小儿时，当床有燕窠，中有三子，母还哺之，辄出取食。屋下举手得及，指内窠中，燕子亦出口承受。乃取三葜藜，各与之吞，既皆死。母还，不见子，悲鸣而去。恒自悔责。"客变为道人之容曰："君即自知悔，罪今除矣！"便闻其儿言语周正，即不见道人。[③]

---

① （唐）释义净：《根本说一切有部毗奈耶》，《大正藏》第 23 册，台湾财团法人佛陀教育基金会出版部，1990，第 879 页。

② 〔印〕龙树菩萨：《大智度论》，《大正藏》第 25 册，台湾财团法人佛陀教育基金会出版部，1990，第 155 页。

③ （南朝宋）刘义庆：《宣验记》，载《鲁迅全集》第 8 卷，人民文学出版社，1973，第 552～553 页。

从这则故事中可以看到，佛教对杀生的惩罚相当重，轻者殃及己身，重者则殃及子女。《冤魂志》记录了不少这方面的事例，譬如"弘氏""张绚""太乐伎"等等。小说编撰者试图通过这类显明个案，以怖吓和利诱两种方式，使杀生得报的佛教理念深入人心，以此来唤醒世人的向善之心。

## 三　小结

总之，佛经中所宣扬的"前世今生""因果业报""六道轮回"等思想，借由各种各样天马行空的佛教灵验故事得到迅速传播，民众由此接受佛教的思想浸润、勤修善业，这也为我们勾勒了一幅千姿百态的六朝佛教信仰画卷。

## 第二节　六朝佛教灵验类小说文体特征及美学意蕴

### 一　六朝佛教灵验类小说文体特征

"文体是文化传播的符号和载体，是为满足人们社会生活的实际需要而产生的语言形式。"① 佛教灵验类小说在长期的创作实践中逐渐发展为一种具有较为鲜明的文体形式、不同于一般志怪小说的独特性。

#### （一）以功能性为核心导向

六朝佛教灵验类小说是佛教文化传播的重要载体，是以宣扬佛教及其理念为根本目的的宗教文学文体。因此，这类小说的编撰大多具有明确的功用性创作意图，充分体现出以功能性为核心导向的特点。

一是一些书名中直接出现"灵验""应验""感应"等字样，比如《光世音应验记》《感应传》《舍利感应记》《金刚经灵验记》等，其他不以"灵验"命名的小说集如《宣验记》《冥祥记》等，同样包含宣扬佛法灵验的意图。二是借助序言表明宣扬教义的目的，或是为论证某一佛教教义，如傅亮、张演、陆杲等撰《观世音灵验记》是为了论证信奉观音获致灵验；或是为宣扬"因果轮回、善恶报应"的佛教理论，如王琰《冥祥

---

① 张慕华：《敦煌写本佛事文体结构与佛教仪式关系之研究》，《中山大学学报》（社会科学版）2013 年第 1 期。

记》、颜之推《冤魂志》等。为了论证这些佛理理论，六朝佛教灵验类小说编撰者会精心挑选合适的事例，竭力增强故事的真实性或有意营造荒诞离奇故事的现场感。为了实现这一点，编撰者们主要采取三种方式，或是在故事结尾处交代来源，或是假借故事主人公之口叙述始末，或是通过故事细节的描绘加以凸显，从而表现出极强的辅教目的。

这种以功能性为核心导向的特点，也让佛教灵验类小说在漫长的历史发展过程中成为一个独立的小说流派，也成为佛教文学史上一道独特的风景线。前代此类小说与后代小说呈现继承与新变的关系，后起之作或在内容选择上，或在编撰体例上，或在成书理念上，或在语言表达上，有意仿效和继承前作，从而形成文体形态的稳定性。但不可否认的是，不同时期的佛教灵验类小说也会尽力去展现自己的独特之处。它们或是在文本内容上更具丰富性和多样性，或是在叙事手法上文学性和可读性更强。总之，在文本内容、编撰方式、叙事体例、叙事手法及情感倾向等方面，都统一地指向并服务于弘扬佛法的目标，从而确立了六朝佛教灵验类小说文体的独立性。

### （二）以重复性为修辞技巧

出于弘教的意识和目的，六朝佛教灵验类小说前后相承，从而呈现以重复性为修辞技巧的现象，"而重复既是内容上的体现，也是叙事手法的选择和叙事观念的反映"。① 概括而言，大致有以下三种方式。

第一，同一个菩萨或同一部佛经被历代佛教灵验类小说反复叙写。比如观世音菩萨，不仅在《观世音应验记三种》中被集中书写，在《宣验记》《冥祥记》中也频繁出现，观音这种闻声即救的神格被反复渲染。值得注意的是，六朝佛教灵验类小说中的观音形象或为一道"火光"，② 或为"一道人好形，长八尺许，当空立，向宣微笑"，③ 或"足趺及踝间金色照然"，④ 或"状若将帅者，可长丈余，著黄染皮裤褶"，⑤ 或是"两人

---

① 李蕊芹、许勇强：《道藏仙传的文体生成和文体特征》，《江苏科技大学学报》（社会科学版）2017 年第 2 期。
② 董志翘译注《〈观世音应验记三种〉译注》，江苏古籍出版社，2002，第 19 页。
③ 董志翘译注《〈观世音应验记三种〉译注》，江苏古籍出版社，2002，第 112 页。
④ 董志翘译注《〈观世音应验记三种〉译注》，江苏古籍出版社，2002，第 41 页。
⑤ 董志翘译注《〈观世音应验记三种〉译注》，江苏古籍出版社，2002，第 44 页。

著黑衣，捉乌信幡"，① 或为 "两白鹤"，② 或为 "小儿"，③ 或为 "白狼"。④ 总之，与后来小说中的观音形象不一样，比如《西游记》第十二回描写了唐太宗等人眼中的观音形象："瑞霭散缤纷，祥光护法身。九霄华汉里，现出女真人。那菩萨，头上戴一顶：金叶纽，翠花铺，放金光，生锐气的垂珠璎珞；身上穿一领：淡淡色，浅浅妆，盘金龙，飞彩凤的结素蓝袍；胸前挂一面：对月明，舞清风，杂宝珠，攒翠玉的砌香环佩；腰间系一条：冰蚕丝，织金边，登彩云，促瑶海的锦绣绒裙；面前又领一个飞东洋，游普世，感恩行孝，黄毛红嘴白鹦哥；手内托着一个施恩济世的宝瓶，瓶内插着一枝洒青霄，撒大恶，扫开残雾垂杨柳。玉环穿绣扣，金莲足下深，三天许出入，这才是救苦救难的观世音。"⑤ 相形之下，佛教灵验类小说里的观音形象是模糊和不确定的，这也间接表明观音信仰最初传入本土，世人对它的认知还没有摆脱印度佛典的束缚，观音的中国化还未完成。

　　第二，某一情节或细节反复出现于多种佛教灵验类小说中。小说对菩萨、僧人形象的塑造，往往离不开宗教想象，从而表现出一定程度的模式化。比如某些佛教灵验类小说传主奉佛到一定程度，会出现 "刀砍不折"的特异性。如《宣验记》"沈甲"条："吴郡人沈甲，被系处死。临刑市中，日诵观音名号，心口不息。刀刃自断，因而被放。一云，吴人陆晖系狱，分死，乃令家人造观音像，冀得免死。临刑，三刀，其刀皆折。官问之故，答云：'恐是观音慈力。'及看像，项上乃有三刀痕现；因奏获免。"⑥ 这一情节后又在《系观世音应验记》"高荀"条、"杜贺敕妇"条以及《祥异记》"孙敬德"条出现，这种 "刀砍不折"类型化的表达，演变出数量颇丰的传说群。⑦ 其实这类故事的出现和发展，与真实的历史息

---

① 董志翘译注《〈观世音应验记三种〉译注》，江苏古籍出版社，2002，第 69 页。
② 董志翘译注《〈观世音应验记三种〉译注》，江苏古籍出版社，2002，第 142 页。
③ 董志翘译注《〈观世音应验记三种〉译注》，江苏古籍出版社，2002，第 149 页。
④ 董志翘译注《〈观世音应验记三种〉译注》，江苏古籍出版社，2002，第 155 页。
⑤ （明）吴承恩：《西游记》，人民文学出版社，1955，第 157 页。
⑥ （南朝宋）刘义庆：《宣验记》，载《鲁迅全集》第 8 卷，人民文学出版社，1973，第551 页。
⑦ 关于 "刀砍不折"这类故事，蒋家华在《中国佛教瑞像崇拜研究：古代造像艺术的宗教性阐释》第五章《瑞像的灵验》中曾予以梳理，具体详情可参阅蒋家华《中国佛教瑞像崇拜研究：古代造像艺术的宗教性阐释》，齐鲁书社，2016，第 278～293 页。

息相关。如前所述，魏晋南北朝时期社会动荡不安，战乱频繁，人们朝不保夕，在这样的背景下，"刀砍不折"的情节无疑反映了当时民众对社会的恐惧和想象。

第三，叙事模式高度程式化。比如观音灵验故事，大多依循"陷入困厄—归心释氏—菩萨显灵"的模式，又如游历冥府故事，则按照"入冥未殓—数日复活—讲述见闻"的模式进行，如《冥祥记》"沙门释昙典""王淮之""蒋小德""沙门智达""袁廓""王氏"等等。叙事模式的反复出现，从而形成一种固定的叙述格套，而"格套之所以成为格套，表明它们'深得人心'，也因此而证明了其真实性，至少是心理上的真实；而熟知这些格套的人们，亦往往不由自主地按照现成的方式来应对他们所遭遇的事件，致使生活也'倾向于'按照人们所熟悉的样子发生"。[1] 换言之，这种高度程式化的叙事背后，往往传达着佛教信仰的文化诉求和政治秩序建构的理想。关于这一点，具体可参考本书第五章第三节。

以上这三种类型的重复性修辞技巧，不仅在内容上具有相辅相成的特点，而且在创作风格上也是一脉相承。它们既有对叙事情节的模仿和借鉴，又有叙事手法的移植，因而在内容和叙事上都烙上了佛教灵验类小说的独特印记。康儒博认为这样的重复可以有效地深化听众或读者的印象，强化他们对宗教信息的接受，从而形成累积性效果来证明佛教教义的真理性。[2]

### （三）以通俗性为表达方式

六朝佛教灵验类小说是佛教传播实践的产物，实质上是佛教宣传的文本表现形式，如前所述，它的产生与佛教弘法传统有着直接的渊源。佛教传教一直提倡语言通俗易懂的策略，比如龙树所造《方便心论》就提到说法者面对不同听众如何选择合适语言传法的问题：

　　问曰：何语能令世人信受？答曰：若为愚者分别深义，所谓诸法

---

[1]　王东杰：《探索幽冥：乾嘉时期两部志怪小说中的知识实践》，巴蜀书社，2022，第 11 页。

[2]　Robert Campany, *Signs from the Unseen Realm: Buddhist Miracle Tales from Early Medieval China*, Hawaii: University of Hawaii Press, 2012, pp. 47 - 48.

皆悉空寂，无我无人如幻如化，无有真实，如斯深义，智者乃解。凡夫若闻，迷没堕落，是则不名应时语也。若言诸法有业有报，及缚解等作者、受者，浅智若闻，即便信受。如钻燧和合，则火得生。若所演说应前众生，则皆信乐，如是名为随时而语。①

此外，鸠摩罗什译《成实论》亦强调"佛随俗语"。② 佛教追求这种通俗易懂的语言观，其根本原因如北宋元照律师在《四分律行事钞资持记》第八卷中所指出的那样："口言方俗之语，使人易解。"③ 为了使世俗信众更好地理解佛教义理，应使用他们所能理解的语言，采取他们所喜闻乐见的形式，选择他们所能理解的内容。佛教的语言观规范了六朝佛教灵验类小说的表现方式和适用场合。这主要表现在两个方面。

一是语言平易浅切，追求"言不饰文""词质而俚"的文风。兹以《续光世音应验记》"张展"条为例："张展者，广宁郡人也，为县吏。时大军经过，督敛租税。展县阙不上，军制当死。同事并伏法，次将至展。时司刑者乘马奏事，展奏当入，仍独思念归诚光世音。忽见骑马者两旁有二道人，与骑俱入。既出，便特原展命，罚而赦之。余人及骑者并不见也。"④ 我们从中可以看出，语言运用质朴无华，叙述简洁明晰。

二是保留了不少的口语方言，兹以《系观世音应验记》"邢怀明"条为例：

> 邢怀明，河间人也。宋元嘉中为大将军参军，随荆州刺史朱修之北伐。军败，虏生得之。于是结侣叛归。夜行昼伏，已经三日，犹惧见迫，乃分人觇候。信去，遂数日不还。后天暗欲雨，觇信还至。至，大惊曰："向遥见火光，故来投之，那得至更反暗？"同等愕然，不解所以。怀本事佛，头上恒戴《观世音经》，尔夕正谙诵之，存念

① 《方便心论》，（北魏）吉迦夜、（北魏）昙曜译，《大正藏》第32册，台湾财团法人佛陀教育基金会出版部，1990，第25页。
② 《成实论》，〔印〕鸠摩罗什译，《大正藏》第32册，台湾财团法人佛陀教育基金会出版部，1990，第242页。
③ （北宋）元照律师：《四分律行事钞资持记》，《大正藏》第40册，台湾财团法人佛陀教育基金会出版部，1990，第243页。
④ 董志翘译注《〈观世音应验记三种〉译注》，江苏古籍出版社，2002，第34~35页。

甚至。方悟向光是威神之力，相勖祈心，遂以得免也。①

这则故事使用了当时不少口语，比如"生得之""那得""更"等，正是为了追求宣教的有效性。

缩结而论，作为佛教传播实践的产物，佛教灵验类小说编撰者多出于极强的弘法目的，因而在具体构撰过程中，在材料选择和叙事模式上，彼此之间存在交叉影响，从而表现出修辞上的重复性。与此同时，受佛教通俗易懂语言观影响，这类小说在语言上亦呈现通俗易懂的特点。这些独特的文体特征归根结底是由于佛教传播实践的需要，佛教灵验类小说从诞生之日起就是配合佛教宣传的，其文体的内容和形式都要紧随佛教传播的需要和佛教教义的变化而变化。佛教在本土传播实践中的创新和发展，赋予了这类小说更加丰富多彩的活力。佛教灵验类小说的产生发展自有其特殊的规律，这种特殊性在于这类小说弘教的内容和形式都受到佛教传播的影响。佛教传播活动的多样性，同时也增强了佛教灵验类小说文体结构的多样性，体现了佛教"随其方俗"的传法原则。

## 二　六朝佛教灵验类小说的美学意蕴

六朝佛教灵验类小说虽然以信奉佛法灵验为题材来源，但由于编撰目的在于获取更多的信众，故不得不迎合当时一般民众的文化心理和审美口味，所以编撰者就不可能仅依佛典经文记载，而是尽可能地在史传体的框架内进行大胆的夸张和虚构，加进新奇、怪诞的故事情节，甚至不惜改动佛理、历史，以求达到耸人听闻、宣扬佛法的目的。如此一来，这些故事便在不同程度上被神异化、传奇化了，从而收到独具特色的审美效果。具体表现为以下两点。

一是就人物塑造而言，在六朝佛教灵验类小说出现之前，小说形象系统主要由帝王、将相、士人阶层构成。六朝佛教灵验类小说则塑造了一大批奉佛崇敬的一般民众。兹以《观世音应验记三种》为例，其中以僧尼为主要人物，或以僧尼为故事发生之不可或缺的辅助性人物的条目，共有34条，约占全书的40%。可以说这些僧尼是该时期佛教灵验类小说的主要人

---

① 董志翘译注《〈观世音应验记三种〉译注》，江苏古籍出版社，2002，第177页。

物，他们通常以"笃志泛爱""精苦有宗行"和善神通、有法力的形象出现。为了凸显他们非同寻常的经历、性格，编撰者难免夸大其词，张皇神异。比如《光世音应验记》"沙门帛法桥"条：

> 沙门帛法桥，中山人也。精勤有志行，常欲讽诵众经，而为人特乏声气。每不称意，意常愤然。谓同学曰："光世音菩萨能令人现世得愿，今当至心祈求。若微诚无感，宿罪难消，与其无声久在，不若舍身更受。"言卒，闭心不食，唯专心致诚。三四日中，转就羸顿。诸弟子共谏请之曰："声音秉受有定，非一生所及。和上当爱身行道，何有甚于取弊？"桥性刚决，造内弥厉，曰："吾意久了，请勿相乱。"至五六日，气势弥绵，裁有余息。师徒忧惋，谓其待尽。而犹闭目叉手，至诚不辍。至七日朝，晓然开目，如有悦色。谓弟子曰："吾得善应。"索水盥洗，因抗声作三偈，音气激高，闻二三里外。村落士女，咸共惊骇，不知寺中是何异音，皆崩腾来观，乃桥公之声也。后遂诵五十余万言，声音如钟，初无衰竭。于是皆疑其得道人也。石虎末犹在，年九十余乃终。比来沙门多诚之者。竺僧扶，桥沙弥也。①

传主帛法桥，天生声音气势不足，念经常常不符合心意。后来专心向观音祈求，七天之后，声音激越高亢，竟传到了二三里之外。附近的百姓"咸共惊骇"，纷纷前来观看，原来是桥公诵经之声。《续光世音应验记》"惠简道人"条，讲述荆州刺史官府厅堂的东面有三间单独建造的偏房，一直闹鬼，无人敢居住。只有惠简道人有胆识，独自去住。某一个夜晚，一个黑衣无目的鬼怪从墙壁出来，惠简道人"独专念光世音"，鬼怪遂还入壁中。为了进一步渲染惠简道人有神通，作者还在末尾补充了一句："简住弥年安稳，余人犹无能住者。"② 可以看出佛教灵验类小说家们天真好夸的本性。

另外，他们还爱将这些人物的经历神异化。比如《光世音应验记》"邺西寺三胡道人"条，故事发生在冉闵乱杀胡人的背景下。邺城西寺有

---

① 董志翘译注《〈观世音应验记三种〉译注》，江苏古籍出版社，2002，第7页。
② 董志翘译注《〈观世音应验记三种〉译注》，江苏古籍出版社，2002，第36页。

三位胡僧，被官兵围得水泄不通，他们诵经祈求观音庇佑。当官兵拔刀进门，打算杀死三个胡僧时，奇异的事情发生了：第一个官兵进来对着胡僧砍，但砍中了堆积的木料，刀被砍得弯曲如钩，怎么都拔不出来；跟着进来的官兵上前砍胡僧，虽一下砍中，但刀却成了两段，一段飞到空中，一段回过头来飞向自己；最后一个官兵见此情形，赶紧将刀丢在地上，向胡僧磕头谢罪。类似这样的例子，还有很多。其中又以《冥祥记》"沙门佛调"条最为传奇：

> 晋沙门佛调，不知何国人。往来常山，积年，业尚纯朴，不表辞饰；时咸以此重之。常山有奉法者兄弟二人，居去寺百里。兄妇病甚笃，载出寺侧，以近医药。兄既奉调为师，朝昼常在寺中，咨询行道。异日，调忽往其家，弟具问嫂所苦，并审兄安否。调曰："病者粗可，卿兄如常。"调去后，弟亦策马继往，言及调旦来。兄惊曰："和尚旦初不出寺，汝何容相见？"兄弟争问调，调笑而不答，咸共异焉。调或独入深山，一年半岁，赍干饭数升，还恒有余。有人尝随调山行数十里。天暮大雪，调入石穴虎窟中宿。虎还横卧窟前。调语曰："我夺汝居处，有愧如何！"虎弭耳下山，随者骇惧。调自克亡期，远近悉至。乃与诀曰："天地长久，尚有崩坏；岂况人物，而欲永存？若能荡除三垢，专心真净；形数虽乖，而神会必同。"众咸涕流。调还房端坐，以衣蒙头，奄然而终。终后数年，调白衣弟子八人，入西山伐木，忽见调在高岩上，衣服鲜明，姿仪畅悦。皆惊喜作礼，问："和尚尚在此耶？"答曰："吾常自在耳。"具问知故消息，良久乃去。八人便舍事还家，向同法者说，众无以验之。共发冢开棺，不见其尸。[①]

该条讲述了僧人佛调三件神通之事，分别为分身治病、降伏猛虎以及临终自知、来去自在等。其中临终自知、来去自在在后世的明清小说中还经常出现，比如《水浒传》中鲁智深的临终偈语。这些描述，用现代人的眼光来衡量，显然是荒诞不经的，但在当时民众的心目中，信奉观音的僧

---

① （南朝齐）王琰：《冥祥记》，载《鲁迅全集》第 8 卷，人民文学出版社，1973，第573～574 页。

人就是这样与神相通的。

不过，僧尼们虽然有法力、神通，但他们同样也有普通人的情感，比如害怕、恐惧，编撰者通过对僧尼们内心情感及其艰险处境的有意渲染，使当时的受众不知不觉地走进了僧尼们的精神世界，与他们的悲剧命运紧密联系在一起，从而获得精神共鸣。比如《系观世音应验记》"释慧标"条，说释慧标外出游学，正巧遇上赫连勃勃攻克冀州，滥杀百姓。慧标"怖急"，手足无措，只有诚心诵念观世音。为了逃脱这次劫难，他用血涂抹在身上，躺在乱尸下装成死人。像这样的心理描写，一方面拉近了与受众的距离，从而营造出亲近感和现场感；另一方面也让笔下的僧人形象更加丰满真实，充分展示了人性之多面和对宗教的虔诚。

二是就故事情节的编排和建构而言，六朝佛教灵验类小说的编撰者有意识地将事件故事化、奇异化。具体而言有两种途径。一种是敷演历史名人经历，提高故事的可信度。譬如，据《宋书·朱龄石传》记，朱龄石，字伯儿，沛郡沛人，家世将帅，甚有武略吏干，军功显赫。东晋义熙初年，担任吴兴武康令时，"武康人姚系祖招聚亡命，专为劫盗，所居险阻，郡县畏惮不能讨。龄石至县，伪与系祖亲厚，召为参军。系祖恃其兄弟徒党强盛，谓龄石必不敢图己，乃出应召。龄石潜结腹心，知其居处途径，乃要系祖宴会，叱左右斩之。乃率吏人驰至其家，掩其不备，莫有得举手者，悉斩系祖兄弟，杀数十人，自是一郡得清"。① 客观而言，这件事本无多少故事性而言。但六朝佛教灵验类小说的编撰者却以此事为基础，进行虚构、敷演：

> 朱龄石，沛人也，为宋高祖功臣。晋义熙初，作吴兴武康令，时县有凶猾，龄石诛杀过多，朝廷使张崇之检校其事，遂被收录，系在狱中，当死。家人讼诉，是非未辨。时有道人释惠难与龄石有旧，乃往告，入狱看之。因教其念观世音，又留一人像与供养。龄石本事佛，并穷厄意专，遂一心系念。得七日，即锁械自脱。狱吏惊怪，以故白崇。崇疑是愁苦形瘦，故锁械得脱。试使还著，永不复入。犹谓偶尔，更钉著之。又经少日，已得如前。凡三过，崇即启以为异。尔

---

① （南朝梁）沈约：《宋书》，中华书局，1974，第1422页。

时都下前论详其事，已破中。会崇启至，即还复县，龄石亦终能至
到，兄弟有功名。①

　　叙朱龄石因为"诛杀过多"，而被指控下狱，判为死刑。在僧人释惠
难的点拨下，朱便一心一意地反复念诵观世音，这样念了七天之后，身上
戴的枷锁就自行脱落了。看守的人大为惊讶，将此事汇报给了上司，上司
认为是朱龄石身体变瘦的缘故，重新给他戴上。没想到过了几天，朱身上
的枷锁又脱了下来，如此反复了好几回，上司便把这件事当作怪异现象向
朝廷汇报。在此之前，朝廷已审查评判了朱龄石案件，否定了对朱龄石乱
杀无辜的控告，于是朱龄石不仅无罪释放，还当场恢复了官职。朱龄石后
来始终至诚信佛，兄弟都立功扬名。类似这样的例子还有《宣验记》中的
"毛德祖"条、《系观世音应验记》中的"张会稽使君"条等，可见，原
本是一段平淡无奇的历史，经过小说家的敷演、编排，在增强故事神秘感
的同时，也增强了故事的真实性。
　　另一种则是将普通民众经历传奇化，增强作品的说服力。譬如《冥祥
记》"晋王懿"条：

　　　　晋王懿，字仲德，太原人也。守车骑将军。世信奉法。父苗，符
　　坚时为中山太守，为丁零所害。仲德与兄元德，携母南归。登陟峭
　　崄，饥疲绝粮。无复余计，惟归心三宝。忽见一童子，牵青牛，见懿
　　等饥，各乞一饭。因忽不见。时积雨大水，懿前望浩然，不知何处为
　　浅，可得揭蹠。俄有一白狼，旋绕其前，过水而反，似若引导。如此
　　者三。于是逐狼而渡，水才至膝。俄得陆路，南归晋帝。后自五兵尚
　　书，为徐州刺史。尝欲设斋：宿昔洒扫，敷陈香华，盛列经像。忽闻
　　法堂有经呗声，清婉流畅。懿遽往观：见有五沙门在佛坐前，威容伟
　　异，神仪秀出。懿知非凡僧，心甚欢敬。沙门回相瞻眄，意若依然。
　　音旨未交，忽而竦身飞空而去。亲表宾僚，见者甚众。咸悉欣跃，倍
　　增信悟。②

　　　　────────────

　　① 董志翘译注《〈观世音应验记三种〉译注》，江苏古籍出版社，2002，第124页。
　　② （南朝齐）王琰：《冥祥记》，载《鲁迅全集》第8卷，人民文学出版社，1973，第
　　　594页。

该条叙传主王懿携母南归的途中，因虔诚礼佛而获致一系列福报之事。相似的例子，在六朝佛教灵验类小说中还有不少。编撰者们在虚实相生、真幻交织中肆意地进行文学演绎，也让这类小说的神秘诡谲的审美意蕴得以尽情地展示出来，给读者带来了一种瑰丽奇幻的时空观感，引人入胜。不仅如此，编撰者还运用对比的手法，揭示奉佛会得到福报，不奉佛则会遭受惩罚，以此来强调佛教的权威。比如《系观世音应验记》"刘澄"条，叙刘澄携带母亲随行，途中遭遇大风，船上有两尼姑，当即呼唤观音菩萨，"忽见有两人著黑衣，捉乌信幡，在水上倚而挟其船边。船虽低昂，而终不肯覆"。① 而刘澄妻子在另一条船上，未能顺利过河。

### 三　小结

总之，六朝佛教灵验类小说是以宣扬佛教及其理念为根本的宗教文体，它一方面具备了以功能性为核心导向、以重复性为修辞技巧以及以通俗性为表达方式等文体特征。另一方面，这类小说的编撰者们又以其强烈的宗教情感发挥佛教长于想象的特点，在叙述过程中极力将人物和事件传奇化、故事化，在虚实相生、真幻交织中肆意地进行文学演绎，使这类故事的情节内容大多曲折离奇，玄妙诱人，故而六朝佛教灵验类小说一般富有浓郁的文学色彩，可读性较强。

## 第三节　六朝士族家学文化、佛教信仰
## 与佛教灵验类小说创作
### ——以吴郡张氏、陆氏为中心

六朝佛教灵验类小说家譬如谢敷、张演、陆杲、刘义庆、王琰、颜之推等，皆出自六朝高门且奉佛较早的士族阶层。不仅如此，张演所代表的吴郡张氏和陆杲所代表的陆氏还一度在江东地方文化中扮演"首望"角色。为何六朝佛教灵验类小说的编撰者皆为奉佛较早的士族阶层？它们又

---

① 董志翘译注《〈观世音应验记三种〉译注》，江苏古籍出版社，2002，第69页。

是如何体现书写者的立场和观点的？对这些问题，学界虽有人留意，① 但仍有未发之覆，有待进一步探讨。

笔者以为六朝佛教灵验类小说家皆为奉佛较早的士族阶层不是偶然，它实际上深受汉晋以来学术变迁的影响。对此，陈寅恪的论断已为学界共识：

> 故东汉以后学术文化，其重心不在政治中心之首都，而分散于各地之名都大邑。是以地方之大族盛门乃为学术文化之所寄托。中原经五胡之乱，而学术文化尚能保持不坠者，固有地方大族之力，而汉族之学术文化变为地方化及家门化矣。故论学术，只有家学之可言，而学术文化与大族盛门常不可分离也。②

他指出这一时期学术文化最突出特征是家族化、地方化。不仅如此，士族阶层与佛教传播存在密切的互动关系，钱穆就曾指出："门第与佛教自有一种相互紧密之关系。门第为佛教护法，佛教赖门第为檀越。"③ 因此，这就启发着我们对这类小说编撰者身份的考察，既要观照其个人生平经历，还需结合家族文化与佛教信仰等层面。可以说，六朝佛教灵验类小说是家族文化、佛教信仰与编撰者思想智慧的结晶。

基于这样的考虑，本节拟以吴郡张氏、陆氏为中心，尝试从东晋以来

---

① 例如美国学者康儒博在《述异：中国中古早期的异事记录》一书中提出，为何这些常居高位、受过良好传统教育的作者，会制造出如此大量的记异文本？（Robert Campany, *Strange Writing : Anomaly Accounts in Early Medieval China*, Albany : State University of New York Press, 1996.）于君方在《观音——菩萨中国化的演变》第四章"感应故事与观音的本土化"中提及，"显然这三部感应录的作者都属于某个特定的社会阶层，他们都是饱读诗书的佛教居士，且出身名门士族"。（〔美〕于君方：《观音——菩萨中国化的演变》，陈怀宇、姚崇新、林佩莹译，商务印书馆，2012，第168页。）王青的《魏晋南北朝时期的佛教信仰与神话》第四章"观世音信仰与相关神话的源起与发展"写道："谢敷、傅亮、张演、陆杲四人无一例外，都是具有深厚佛教信仰的贵族士大夫。"（王青：《魏晋南北朝时期的佛教信仰与神话》，中国社会科学出版社，2001，第170页。）此外，吴正岚在《六朝江东士族的家学门风》第二章"六朝江东士族文化总论"中亦曾指出："《观世音应验记三种》分别出于奉佛较早的谢氏、张氏和陆氏，这实在是一个耐人寻味的现象。"（吴正岚：《六朝江东士族的家学门风》，南京大学出版社，2003，第68~69页。）但上述论著皆只指出这一现象，并未做更深入的展开。

② 陈寅恪：《金明馆丛稿初编》，生活·读书·新知三联书店，2001，第147~148页。

③ 钱穆：《略论魏晋南北朝学术文化与当时门第之关系》，载《中国学术思想史论丛（三）》，生活·读书·新知三联书店，2009，第206页。

的广阔历史文化背景之中去考察时代思潮与家族文化之间错综复杂的关系，为深入研究六朝佛教灵验类小说家身份探寻一种可能的路径。这里稍做说明，笔者之所以选择吴郡张氏、陆氏作为个案研究，是因为这两个家族既是文化望族，又是奉佛世家，家族文化对六朝佛教灵验类小说的持续发展及其特点的形成有着重要的影响。因此借由对他们的考察，可以帮助我们更好地了解士族家学文化、佛教信仰如何影响六朝佛教灵验类小说创作，它们三者之间是如何交融、互动的。

## 一 吴郡张氏、陆氏家族文化概况

《续光世音应验记》的作者张演，一作张寅，字景玄，[①] 出身于六朝江东地区的文化望族——吴郡张氏家族。追寻其家族历史，《宋书》称其是张良的后代，大约于东汉初年迁入吴地。[②] 从现有的文献记载来看，张温是其家族最早为正史所载之人，一度为孙权所"信重"担任太子太傅，后又因牵涉"暨艳案"被幽禁。永嘉南渡，司马政权开始重用江东士族，张氏家族抓住良机，政治处境得以改善，社会地位也有所提升。张玄、张凭是这一时期张氏家族的代表人物。晋宋以后，张敞之子张裕、张祎、张邵三支人才辈出，允文允武，积极跻身政治，担任要职，有学者统计出这一时期吴郡张氏列入《宋书》《南史》列传者多达 20 余人。[③] 在两百多年间的沉浮盛衰中，吴郡张氏最终成为六朝著名的高门大族，也逐渐形成了独有的家族文化。关于其家学最突出的特点，以《世说新语·赏誉》总结得最具代表性，其云：

> 吴四姓旧目云："张文、朱武、陆忠、顾厚。"[④]

此处的"旧目"是指当时江东人士对当地四姓家学的品评。以"张

---

① 日本青莲院本《续光世音应验记》作"景弘"，而陆杲《系观世音应验记》及陆澄《法论目录》"张景胤与从弟景玄书"皆写作"景玄"，则应为"景玄"，青莲院本《续光世音应验记》或为抄人笔误。

② 具体详情可参阅程章灿《世族与六朝文学》，黑龙江教育出版社，1998，第 89~90 页；何启民《中古南方门第——吴郡朱张顾陆四姓之比较研究》，载何启民《中古门第论集》，台湾学生书局，1982，第 84 页。

③ 王永平：《六朝家族》，南京大学出版社，2008，第 369 页。

④ 余嘉锡笺疏《世说新语笺疏》，中华书局，1983，第 491 页。

文"来概括张氏家学,可谓应允。主要表现为两方面:文学上善文辞、学术上儒玄双修。论之如下。

吴郡张氏家族善文辞滥觞于孙吴时期,兴盛于晋宋之际。张温"文章之采,论议之辨,卓跞冠群,炜晔曜世,世人未有及之者也"。① 张敦,早年和卜静、陆逊齐名。张纯、张俨幼年即有文名,裴松之注《三国志》引《文士传》载张纯与张俨及朱异一起去拜访当时担任骠骑将军的朱据。朱据想试探一下这三位孩童的才华,要求这三人选择一个主题作赋,作出赋来才能坐下。于是"三人各随其目所见而赋之,皆成而后坐,据大欢悦"。② 另外,张俨还著有《默记》三卷,《张俨集》一卷,《隋书·经籍志》皆有著录。

晋宋以来,张氏家族善文辞之人彬彬称盛。如张翰,列入《晋书·文苑传》,史称其"文笔数十篇行于世"。《世说新语》评价他"博学善属文,造次立成,辞义清新"。③ 钟嵘《诗品》将其列为中品,刘勰《文心雕龙》亦赞其"辩切于短韵",足见其文学成就得到世人的认可。

此后,张氏家族尚文之风流脉绵长,张凭、张玄之、张敷、张演、张镜、张畅、张悦、张永、张辨等人皆有文集传世,④ 诸张之中以张永最为突出,《南史》本传称其"涉猎书史,能为文章,善隶书,骑射杂艺,触类兼善"。⑤ 钟嵘《诗品》认为其"虽谢文体,颇有古意"。⑥ 该时期代表性人物还有张融、张率等人。张融主张文学创新求变,反对盲目崇拜古人。其说主要见于《门律·自序》:"吾文章之体,多为世人所惊,汝可师耳以心,不可使耳为心师也。夫文岂有常体,但以有体为常,政当有其体。丈夫当删《诗》、《书》,制礼乐,何至因循寄人篱下。""吾文体英变,变而屡奇,岂吾天挺,盖不隤家声。汝可号哭而看之。"⑦ 由此可见,张融是把文学视为"不隤家声"的重要事业,并希冀后人将其传承下去。至于张率,史书称"率年十二,能属文,常日限为诗一篇,稍进作赋颂,

① (晋)陈寿:《三国志》,(南朝宋)裴松之注,中华书局,1959,第1332页。
② (晋)陈寿:《三国志》,(南朝宋)裴松之注,中华书局,1959,第1316页。
③ 余嘉锡笺疏《世说新语笺疏》,中华书局,1983,第393页。
④ (唐)魏征、(唐)令狐德棻:《隋书》,中华书局,1973,第1074页。
⑤ (唐)李延寿:《南史》,中华书局,1975,第805页。
⑥ (南朝梁)钟嵘著,曹旭集注《诗品集注》,上海古籍出版社,2011,第568页。
⑦ (唐)李延寿:《南史》,中华书局,1975,第837页。

至年十六，向二千许首"。① 张率以其典雅文风为梁武帝和昭明太子赏识，入直文德待诏省。

以上是就"善文辞"而言，其于玄学上的造诣亦引人瞩目。据《世说新语·夙愿》云：

> 司空顾和与时贤共清言，张玄之、顾敷是中外孙，年并七岁，在床边戏。于时闻语，神情如不相属。瞑于灯下，二儿共叙客主之言，都无遗失。顾公越席而提其耳曰："不意衰宗复生此宝。"②

张玄之七岁便在顾和的指点下接触清谈。又《世说新语·言语》"张玄之、顾敷是顾和中外孙"条引《续晋阳秋》曰："张玄之字祖希，吴郡太守澄之孙也。少以学显，历吏部尚书，出为冠军将军、吴兴太守，会稽内史谢玄同时之郡，论者以为南北之望。"③ 考之以史，太元十一年前后，张玄的清谈水平就可以和谢玄并举。

不过需要说明的是，当时的侨姓士族占据着统治地位，故玄学清谈亦为其阶层所垄断。因此土著士族要想提高玄学上的造诣，就必须积极与侨姓士族接触，比如张凭就曾不惧羞辱拜访清谈名士刘惔，"言约旨远，足畅彼我之怀，一坐皆惊"。④ 这为其带来良好的声誉。

正是通过主动与当时的清谈名家交流，张氏的玄学水平不断提升，一大批善于清谈之士接踵而至。譬如张敷与精于名理的南阳宗少文谈《周易》之《系辞》《象传》，敷辩才无碍，令宗少文感慨"吾道东矣"。⑤ 又如张镜与客人清谈，"辞义清玄"，令"延之心服，谓客曰：'彼有人焉。'由是不复酬叫"。⑥ 张镜之后以张演之子绪造诣最高，史书载"少知名，

---

① （唐）姚思廉：《梁书》，中华书局，1973，第475页。
② 余嘉锡笺疏《世说新语笺疏》，中华书局，1983，第591页。
③ 余嘉锡笺疏《世说新语笺疏》，中华书局，1983，第110页。
④ 余嘉锡笺疏《世说新语笺疏》，中华书局，1983，第235页。此外，张玄之与王敦之事，也可以说明这一点。《世说新语·方正》云："张玄与王建武先不相识，后遇于范豫章许，范令二人共语。张因正坐敛衽，王孰视良久，不对。张大失望，便去。范苦譬留之，遂不肯住。范是王之舅，乃让王曰：'张玄，吴士之秀，亦见遇于时，而使至于此，深不可解。'王笑曰：'张祖希若欲相识，自应见诣。'范驰报张，张便束带造之。遂举觞对语，宾主无愧色。"参见余嘉锡笺疏《世说新语笺疏》，中华书局，1983，第342页。
⑤ （唐）李延寿：《南史》，中华书局，1975，第826页。
⑥ （唐）李延寿：《南史》，中华书局，1975，第804页。

清简寡欲，叔父镜谓人曰：'此儿，今之乐广也。'"张绪深得宋明帝、齐高祖的赏识，"宋明帝每见绪，辄叹其清淡"。"吏部尚书袁粲言于帝曰：'臣观张绪有正始遗风，宜为宫职。'""绪善言，素望甚重，太祖深加敬异。"侨姓显贵王俭甚至将张绪与东汉末年的玄学名士陈寔、黄宪相提并论，称誉："过江未有人，不知陈仲弓、黄叔度能过之不耳？"① 可见其玄学造诣已得其三昧。史书又称"绪长于《周易》，言精理奥，见宗一时。常云何平叔所不解《易》中七事，诸卦中所有时义，是其一也"。② 由此可见，这一时期张氏玄学已经完成了由模仿侨姓士族清谈向自出机杼探索的转变。此外，张绪之从弟张融、绪之子充亦善清谈。③ 张氏一族玄学造诣颇高，故其子弟仕途顺坦。我们不妨仍以张绪为例。史书载永明七年，竟陵王萧子良领国子祭酒，"世祖敕王晏曰：'吾欲令司徒辞祭酒以授张绪，物议以为云何？'子良竟不拜，以绪领国子祭酒，光禄、师、中正如故"。④ 对此，程章灿指出，"作为一个政治上的重要世族，吴郡张氏在文学上的崛起也是有目共睹的。文学与政治两方面相辅相成，进一步扩展了这一家族的影响，并奠定了吴郡张氏在文化史上的地位"，⑤ 肯定了文学活动促进张氏家族政治地位的提升，可谓灼见。

以上是对吴郡张氏家世和家学特征的论述。我们可以看出吴郡张氏家学特点主要是"尚文"，它既包括了文学方面，又包括了学术方面。从文学层面而言，诸张善文辞不胜枚举；就学术方面而言，张氏家族成功地完成了从儒学向玄学的转型，其玄学造诣江东士族无有能出其右者。至于其家学变迁的原因，学界已多有探讨，此不赘。⑥

需要特别指出的是，吴郡张氏在注重玄学的同时也重视儒学的建设，如张镜撰《宋东宫仪记》，张绪参与永明七年的修撰新礼，张充则与沈约、

---

① （南朝梁）萧子显：《南齐书》，中华书局，1972，第 600～601 页。

② （南朝梁）萧子显：《南齐书》，中华书局，1972，第 601 页。

③ 《南齐书》卷四十八《刘绘传》载张融与汝南周颙、彭城刘绘并为三大家。参见萧子显《南齐书》，中华书局，1972，第 841 页。《梁书》卷二十一《张充传》则云："充长于义理，登堂讲说，皇太子以下皆至。"参见（唐）姚思廉《梁书》，中华书局，1973，第 330 页。

④ （南朝梁）萧子显：《南齐书》，中华书局，1972，第 601 页。

⑤ 程章灿：《世族与六朝文学》，黑龙江教育出版社，1998，第 102 页。

⑥ 具体可参阅吴正岚《六朝江东士族的家学门风》，南京大学出版社，2003，第 110 页。

徐勉奉敕于天监初年共同修订五礼。因此，其家学应是儒玄双修，在家风上表现为既重视道德实践，强调忠义，又倡导清虚淡泊、任性自适。故吴正岚用"忠义昊天"与"清虚好尚"来概括张氏家风，验之以史，应当说是恰如其分的。

陆杲来自当时声名赫奕的吴郡陆氏家族，其家族与上文的吴郡张氏皆为江东士族杰出代表，也是文化望族与奉佛世家。据相关史料记载，吴郡陆氏早在西汉时期就已居于吴地，东汉便已是"世江东大族"。① 孙吴时期，吴郡陆氏首次在政治上达到高峰，出现了"二相、五侯、将军十余人"② 的盛况，其中陆逊、陆抗父子最具典型性。西晋时期，吴郡陆氏虽有名重一时的陆机、陆云兄弟，但在政治上的表现始终不尽如人意，与孙吴时期相比不可同日而语。东晋以来，随着陆玩一支的崛起，陆氏重振家声。吴郡陆氏终于与张氏齐名。

从东晋到南朝的这二百多年间，吴郡陆氏允文允武、代不乏人，仅见于正史传记的就有十代共八十余人，甚至不乏掌握朝政大权者。正如何启民指出的，"在吴四姓中，陆氏人才最盛，入传者也最多，且早在东晋年间，已有著声誉者"，③ 最终成为江东第一盛门。吴郡陆氏在数百年间的兴衰沉浮中亦形成了独具一格的家学门风，以下将详细论之。

就其家学而言，吴郡陆氏呈现以儒学为根底、崇儒博学、会通三家的特点，在经学和文学方面造诣很深。早在汉魏之际，其家族就已开始接受较为系统的儒学文化的熏染，比如陆绩，《三国志》本传称其"容貌雄

---

① （晋）陈寿：《三国志》，（南朝宋）裴松之注，中华书局，1959，第1343页。

② 《世说新语·规箴》载："孙皓问丞相陆凯曰：'卿一宗在朝有几人？'陆曰：'二相、五侯、将军十余人。'皓曰：'盛哉！'陆曰：'君贤臣忠，国之盛也。父慈子孝，家之盛也。今政荒民弊，覆亡是惧，臣何敢言盛！'"这里所说的"二相"当指陆逊和陆凯二人；"五侯"应指陆逊、陆抗、陆晏、陆景、陆凯、陆胤六人，其中陆逊先后被封为华亭侯、娄侯、江陵侯，陆抗、陆晏分别承袭父爵，陆景被封为毗陵侯，陆凯则被封为封都乡侯、嘉兴侯，陆胤则为都亭侯；"将军十余人"盖指逊、抗、景、晏、凯、绩、胤、式、炜等人。陆氏一族如此英才荟萃，无怪乎连吴主孙皓都心生艳羡之心，发出"盛哉"的感叹。（余嘉锡笺疏《世说新语笺疏》，中华书局，1983，第551页。）至于为何会出现上述情况，已有不少学者对此进行了研究，如田余庆《孙吴建国的道路》、方北辰《魏晋南朝江东世家大族述论》第二章、王永平《孙吴政治与文化史论》皆可以参详。

③ 何启民：《中古南方门第——吴郡朱张顾陆四姓之比较研究》，载《中古门第论集》，台湾学生书局，1982，第87页。

壮，博学多识，星历算数无不该览"。① 陆氏家族善易学的学术传统亦由此
形成，如陆凯撰《扬子太玄经》十三卷，陆德明撰《周易并注音》七卷、
《周易大义》二卷，等等。不仅如此，吴郡陆氏还注重《诗经》研究，如
陆玑撰《毛诗草木鸟兽虫鱼疏》，《四库全书总目》云："虫鱼草木，今昔
异名；年代迢遥，传疑弥甚。玑去古未远，所言犹不甚失真。《诗正义》
全用其说，陈启源作《毛诗稽古编》，其驳正诸家，亦多以玑说为据。讲
多识之学者，固当以此为最古焉。"② 这给予了陆玑高度的肯定。

　　两晋以来，习玄蔚然成风，江东士族如顾、张等大族为了能与北人合
作，开始濡染玄学。陆氏子弟虽有习玄者，如陆机、陆云兄弟，但总体而
言，陆氏兄弟对玄学沾溉不深，至于陆玩，自称"竟不能敷融玄风"。③
之所以会产生上述现象，在很大程度上是由于陆氏自身的儒学观念束缚了
对玄学的领会。故其家族这一时期在政治上的表现相对沉寂，也与此有很
大的关系。比及南朝，社会思潮发生了变化，玄学不再占据主导地位，佛
教迅速传播并发展，儒学也逐渐恢复其原有的地位。④ 这种思潮的变动，
促使其家族继续保持儒学的传统，从而获得良好的发展机遇。

　　需要特别指出的是，吴郡陆氏虽然继续保持儒学的传统，但其家学并
非墨守成规。恰好相反，陆氏在社会思潮的变迁中与时俱进，形成了儒、
释、道三家会通的思想体系。这种家学新特点一方面可以继续保持其家族
崇尚儒学的文化传统，"不陨家声"；另一方面又可以积极地吸收新思想与
新学术，有助于形成创新而又不媚于时俗的家族文化特点。这方面代表人
物首推陆澄，他认为"玄不可弃，儒不可缺。谓宜并存"。⑤

---

① （晋）陈寿：《三国志》，（南朝宋）裴松之注，中华书局，1959，第1328页。
② （清）永瑢等：《四库全书总目》，中华书局，1965，第120页。
③ （唐）房玄龄：《晋书》，中华书局，1974，第2025页。
④ 宋高祖刘裕有意识恢复儒学，他有感于"自昔多故，戎马在郊，旌旗卷舒，日不暇给。
　　遂令学校荒废，讲诵蔑闻，军旅日陈，俎豆藏器，训诱之风，将坠于地"。于永初三年
　　（422）下令："便宜傅延胄子，陶奖童蒙，选备儒官，弘振国学。主者考详旧典，以时
　　施行。"［参见（南朝梁）沈约《宋书》，中华书局，1974，第58页。］惜乎刘裕在位短
　　促，未能实现就卒。儒学恢复的使命便落到了其子宋文帝身上。元嘉十五年（438）文
　　帝下令设立"四学"（即儒学、玄学、史学、文学），并"征次宗至京师，开馆于鸡笼
　　山，聚徒教授，置生百余人"，这一事件标志着南朝儒学的复兴。［参见（南朝梁）沈约
　　《宋书》，中华书局，1974，第2293页。］
⑤ （南朝梁）萧子显：《南齐书》，中华书局，1972，第684页。

此外，陆倕"冠众善而贻操，综群言而名学。折高、戴于后台，异邹、颜乎董幄。采三《诗》于河间，访九师于淮曲。术兼口传之书，艺广铿锵之乐"。① 陆庆"少好学，遍知《五经》，尤明《春秋左氏传》，节操甚高"。② 二人皆是这一时期家学代表。

论及吴郡陆氏家族文化，当然还少不了对其文学成就的梳理。孙吴时期，吴郡陆氏便表现出善文学的特点，不仅文集数量庞大，③ 而且还涌现出一大批重要的文学家、文学批评家。陆机、陆云自不必赘言，《世说新语·文学》对此早有评价："潘文烂若披锦，无处不善；陆文若排沙简金，往往见宝。"④ 陆厥、陆倕亦颇有文名。《南齐书·文学传》称陆厥"少有风概，好属文，五言诗体甚新变"。他与沈约通过书信，探讨永明体的利弊得失，他指出"一人之思，迟速天悬；一家之文，工拙壤隔。何独宫商律吕，必责其如一邪?"⑤ 他得到了沈约的重视。陆倕，字佐公，据《梁书》本传载："少勤学，善属文……高祖雅爱倕才，乃敕撰《新漏刻铭》，其文甚美。迁太子中舍人，管东宫书记。又诏为《石阙铭记》。奏之。敕曰：'太子中舍人陆倕所制《石阙铭》，辞义典雅，足为佳作。'"⑥ 萧统评价陆倕"才学罕为邻"。⑦ 萧纲则在《与湘东王书》一文中将其与谢朓、沈约、任昉等人并举："斯实文章之冠冕，述作之楷模。"⑧

不仅如此，诸陆还积极预列当时著名的文学集团。如陆慧晓、陆厥预西邸文学集团，陆倕、陆杲预西邸文学集团、武帝衍文学集团和昭明太子统东宫文学集团，陆琏、陆云公预武帝衍文学集团，厥弟陆襄预昭明太子统东宫文学集团。这些或是父子相承，或是兄弟同好，皆可以说明吴郡陆氏家族文学彬彬称盛。

---

① （唐）姚思廉：《梁书》，中华书局，1973，第402页。
② （唐）姚思廉：《陈书》，中华书局，1972，第450页。
③ 吴郡陆氏著述情况，《隋书·经籍志》有相关记载，但仍存在著录不完备的情况，或是遗漏，或是亡佚。陈家红博士《六朝吴郡陆氏家族文化与文学研究》之《六朝吴郡陆氏家族成员著述表》（陈家红：《六朝吴郡陆氏家族文化与文学研究》，博士学位论文，上海师范大学，2013，第139~154页）对此进行了补充完善，值得参阅。
④ 余嘉锡笺疏《世说新语笺疏》，中华书局，1983，第261页。
⑤ （南朝梁）萧子显：《南齐书》，中华书局，1972，第899页。
⑥ （唐）姚思廉：《梁书》，中华书局，1973，第401~402页。
⑦ 逯钦立：《先秦汉魏晋南北朝诗》，中华书局，1983，第1795页。
⑧ （唐）姚思廉：《梁书》，中华书局，1973，第691页。

就家风而言，吴郡陆氏最显著的特点是"忠义"，前引《世说新语·赏誉》曾以"陆忠"二字高度概括，可谓公允。如以"义烈称"的陆康，在汉末大乱之时誓死效忠朝廷，遣使贡献，内修战备，坚守城池，抵御僭伪之人袁术的进攻，虽"宗族百余人，遭离饥厄，死者将半"，① 代价惨重，但关键时刻保持了忠义名节。又如陆凯在当时皇权昏庸腐败、众人"皆莫敢迕"的情况下，以正直相抗，痛斥孙皓的胡作非为："诸公卿位处人上，禄延子孙，曾无致命之节，匡救之术，苟进小利于君，以求容媚，荼毒百姓，不为君计也。"② 陆凯这种忠义得到史家的肯定，陈寿云："忠壮质直，皆节概梗梗，有大丈夫格业。"③

东晋以降陆氏成员仍保持这种崇尚忠义的家风，如"少有清操，贞厉绝俗"的陆纳。《晋书》本传云："时会稽王道子以少年专政，委任群小，纳望阙而叹曰：'好家居，纤儿欲撞坏之邪！'朝士咸服其忠亮。"④ 又如陆杲的祖父陆徽"身亡之日，家无余财，太祖甚痛惜之。诏曰：'徽厉志廉洁，历任恪勤，奉公尽诚，克己无倦。'"⑤ 甚至连陆杲自身也以忠正不阿著称。山阴令贪污数百万，杲收治之，梁武帝佞幸中书舍人黄睦之以此托杲，杲拒绝。梁武帝又引见黄睦之，杲谓："君小人，何敢以罪人属南司？"睦之失色。不仅如此，陆杲对其从舅张稷亦铁面无私，曾以公事弹劾张稷："稷因侍宴诉高祖曰：'陆杲是臣通亲，小事弹臣不贷。'高祖曰：'杲职司其事，卿何得为嫌！'"⑥ 陆杲因而获得不畏强御的赞许。类似这样的事例在其他陆氏成员中亦可寻见，皆是其家族忠义家风的具体表现。

不仅如此，吴郡陆氏家族还表现出"博学善政"⑦的家风特征。如陆

---

① （南朝宋）范晔：《后汉书》，中华书局，1965，第1114页。
② （晋）陈寿：《三国志》，（南朝宋）裴松之注，中华书局，1959，第1401~1402页。
③ （晋）陈寿：《三国志》，（南朝宋）裴松之注，中华书局，1959，第1410页。
④ （唐）房玄龄：《晋书》，中华书局，1974，第2027页。
⑤ （南朝梁）沈约：《宋书》，中华书局，1974，第2268页。
⑥ （唐）姚思廉：《梁书》，中华书局，1973，第399页。
⑦ 关于"博学善政"的家风特征，最初见于《后汉书》卷三十一《陆康传》，参见（南朝宋）范晔《后汉书》，中华书局，1965，第1114页。也有学者将其概述为"文武兼修"，如何启民就曾指出"与其门风有极大的关系，此即文武兼修"，参见何启民《中古南方门第——吴郡朱张顾陆四姓之比较研究》，载《中古门第论集》，台湾学生书局，1982，第88页。

逊为海昌屯田都尉并领县事时，"县连年亢旱，逊开仓谷以赈贫民，劝督农桑，百姓蒙赖"。又领兵平定丹杨山越，"遂部伍东三郡，强者为兵，羸者补户，得精卒数万人"，得到吕蒙赏识。吕蒙认为陆逊"意思深长，才堪负重，观其规虑，终可大任"。此后陆逊官拜偏将军右部都督、辅国将军、荆州牧，军功显赫。顾雍去世后，又领相位。孙权对陆氏这一门风给予了高度的评价："有超世之功者，必应光大之宠；怀文武之才者，必荷社稷之重。"① 陆逊曾对人说："子弟苟有才，不忧不用，不宜私出以要荣利；若其不佳，终为取祸。"② 他所言及的"才"是就文武才干而言，而不是指浮夸之学。故在这一思想的指导下，陆氏子弟非常注重政治才能的培养。以六朝为例，史书所载陆氏成员皆以精于吏事、武事著称，以积极进取为目标，较少出现颓废、浮夸之人。这在当时玄风高涨、崇尚清谈的社会风气中，与侨姓、旧姓诸族相比，是显而易见而又极富个性的。究其缘由，家风使然。

以上简要论述了吴郡陆氏家世和家族文化的形成及特征，我们不难发现吴郡陆氏不仅是政治世族，还是文化名门，其家学以儒学为根底，崇儒博学，会通三家，在经学、史学和文学方面颇有建树，一门之中将近30人有文集流传于世，形成了世代相承的家族文学群体。吴郡陆氏之所以累世显贵，正得益于他们家族文化深厚，故英才辈出。这种以儒学为根底的家学反映在家风上则是崇尚忠义和博学善政，故一门之中多出忠义之士和精于吏事、军事之人，这正是受儒学长期熏染的结果。这种家族文化对其佛教信仰亦产生深远影响，以下将详细论之。

## 二 吴郡张氏、陆氏家族的佛教信仰表现及特点

从现有的文献记载来看，吴郡张氏与佛教渊源颇深。元嘉二十年（443），何尚之在《答宋文帝赞扬佛教事》中列举了东晋以来的奉佛名士："度江以来，则王导、周颛、庾亮、王濛、谢尚、郗超、王坦、王恭、王谧、郭文、谢敷、戴逵、许询，及亡高祖兄弟、王元琳昆季、范汪、孙绰、张玄、殷颛，或宰辅之冠盖，或人伦之羽仪，或置情天人之际，或抗

---

① （晋）陈寿：《三国志》，（南朝宋）裴松之注，中华书局，1959，第1353页。
② （晋）陈寿：《三国志》，（南朝宋）裴松之注，中华书局，1959，第1353页。

迹烟霞之表。并禀志归依，厝心崇信。"① 在这份名单中，吴郡张氏成员赫然在列。吴郡陆氏奉佛时间上略晚于张氏，结合相关文献记载，至少元嘉年间，吴郡陆氏已与佛教关联。东晋以来，士族与佛教关联甚密，也正是由于这一群体的介入，佛教才能在东晋全面兴盛。吴郡张氏、陆氏信奉佛教既是这一时期社会文化转变的反映，也是这一时期文化风尚的典型，他们在推动佛教文化传播的进程中不断发挥至关重要的作用。具体而言，张、陆二族奉佛表现在如下几个方面。

**（一）结交僧人，研习佛法**

佛教以佛、法、僧为"三宝"，不过佛和法都是抽象的存在，往往有赖于僧人的宣讲，故从某个角度而言，僧人就是佛教信仰的具体代表。因此，士人与僧人结纳，是东晋以来接受佛教最常见的一种方式，吴郡张氏、陆氏亦不能免。

从现有材料来看，吴郡张氏家族中最早与僧人交游的是张裕，《高僧传》卷七《宋蜀武担寺释道汪》载有"吴国张裕请为戒师"一事。不仅如此，张裕之子张永、张辨、张岱皆与僧人有交往。《高僧传》卷七载有张永与谢庄、刘虬、吕道惠对释梵敏"承风欣悦，雅相叹重"，他对精通大小乘的释玄运亦礼遇有加，升堂问道。张辨与释僧旻交情颇深，张岱与释僧隐交往，并与山阳王刘休祐向其咨禀戒法。

张裕之侄张敷、张畅、张悦亦好结识高僧。《高僧传》卷七载张敷与张畅、戴颙、戴勃等人慕德结交僧诠，并崇以师礼。此外，张演之子张绪、之侄张融亦与僧人过往密切。张绪与颜延之钦崇僧人释慧亮、释昙斌，曾感叹道："安汰吐珠玉于前，斌亮振金声于后，清言妙绪，将绝复兴。"②

张融则是诸张之中与僧人关系最为密切之人，与释玄运、道慧、僧远、慧基、法安、昙斐、法献七人有联系，且多为义学沙门。张融与之交游，或是结为法友，或是"崇其义训，申以师礼"，或是探讨佛理。其中"猛尝讲《成实》，张融构难重叠，猛称疾不堪多领"。③ 此事虽是为了突出道慧的过人之处，但也可以看出张融深厚的佛学修养，与之前的诸张相

① （南朝梁）释慧皎：《高僧传》，汤用彤校注，中华书局，1992，第261页。
② （南朝梁）释慧皎：《高僧传》，汤用彤校注，中华书局，1992，第292页。
③ （南朝梁）释慧皎：《高僧传》，汤用彤校注，中华书局，1992，第305页。

比，已经有了一个明显的飞跃。

陆氏家族则有陆徽、陆澄、陆慧晓、陆倕、陆瑜、陆杲等人。其中，陆徽与释道汪、陆杲与释法通交游，陆澄、陆慧晓与释僧若"深相待接"。陆倕则"密相器重"僧旻，陆瑜则曾向僧滔法师学习《成实论》，"并通大旨"。①

**（二）兴建佛寺，襄助造像**

吴郡张氏、陆氏家族还积极参与兴建佛寺、襄助造像等佛事活动，个别成员甚至还有极端的宗教狂热行为。《高僧传·宋吴闲居寺释僧业》载张邵因钦佩释僧业的品行，特意为他兴建闲居寺。② 张邵之侄张永亦为僧人释道营建造闲心寺。③

不仅如此，张邵还积极协助僧人释僧亮铸造佛像，此事见于《高僧传》卷十三《宋京师释僧亮》："释僧亮，未知何人。少以戒行著名。欲造丈六金像，用铜不少，非细乞能办。闻湘州界铜溪伍子胥庙多有铜器，而庙甚威严，无人敢近，亮闻而造焉。告刺史张邵，借健人百头，大船十艘。邵曰：'庙既灵验，犯者必毙。且有蛮人守护，讵可得耶？'亮曰：'若果福德，与檀越共。如其有咎，躬自当之。'邵即给人船，三日三夜行至庙所。"④ 慧皎点明此事发生在张邵任湘州刺史期间，史书对此有明确记载："武帝受命，以佐命功，封临沮伯。分荆州立湘州，以邵为刺史。"⑤ 张邵担任此职则应在永初年间（420～422）。

唐人陆广微的《吴地记》则记载了梁天监二年（503），陆杲舍宅为龙光寺一事。

**（三）辩护佛理，撰写佛学著述**

吴郡张氏、陆氏与佛教的关系，不仅体现在结识名僧、兴建佛寺等实践活动中，在辩护佛理和撰写佛学著述方面也堪称翘楚。譬如针对谯王刘义宣对因果报应说的质疑，张镜撰《张新安答》（又作《答谯王论孔释书》）予以反驳："圣灵辍轨，斯文莫载。靡得明征，理归指斥。宗致只

① （唐）姚思廉：《陈书》，中华书局，1972，第463页。
② （南朝梁）释慧皎：《高僧传》，汤用彤校注，中华书局，1992，第429页。
③ （南朝梁）释慧皎：《高僧传》，汤用彤校注，中华书局，1992，第434页。
④ （南朝梁）释慧皎：《高僧传》，汤用彤校注，中华书局，1992，第485页。
⑤ （南朝梁）沈约：《宋书》，中华书局，1974，第1394页。

以微显婉成，潜徙冥远。好生导三世之源，积善启报应之辙；网宿昭仁，搜苗弘信。既以渐渍习成，吝滞日祛，然后道畅皇汉之朝，训敷永平之祀。物无鞞茨，人斯草偃，实知放华犹昏，文宣未旭。"① 张镜认为佛教的报应说不但信而有征，而且比周孔的教化更高明，可见其服膺佛法甚深。他这一观点得到了不少奉佛人士的赞同，如颜之推在《颜氏家训·归心》中即云："三世之事，信而有征，家世归心，勿轻慢也。其间妙旨，具诸经论，不复于此，少能赞述；但惧汝曹犹未牢固，略重劝诱尔。"② 天监六年梁武帝颁发《敕答臣下神灭论》，对范缜再次发起论战，共有60余人参与论战，其中陆氏家族就有陆杲、陆煦、陆任、陆倕、陆琏五人。此事足以说明这一时期的陆氏家族中佛学人才济济。

在佛学著述方面数量亦相当可观，比如张融永明年间撰《门律》，目的在于规劝子弟："所以制是门律，以律其门，非佛与道，门将何律？"③其宗旨是会通佛道，在他看来佛教与道教只是说教的方式不同，就其本质而言是一致的。纪志昌认为《门律》"就学术思想史的意义来说，可视为道教面对佛教的普及与佛理教义的强势威胁，并在'夷夏争论'的紧张关系中，尝试于理论上提升与转型的自觉表现，就其与佛理思维应对的迹象来看，这当中亦蕴涵道教义理向'重玄学'发展过渡的因素"。④

又如陆澄于刘宋泰始年间奉敕编《法论目录》，搜集汉末以来的佛学著作共计103卷，分法性、觉性、般若、法身、解脱、教门、戒藏、定藏、慧藏、杂行、业报、色心、物理、缘序、杂论、邪论16帙。陆倕曾受梁武帝之敕为神僧释宝志、释慧初禅师制碑铭。陆杲的《系观世音应验记》对六朝观音文化影响深远。陆襄则与陆杲之子陆罩受命参与《法宝联璧》的编撰工作。《法宝联璧》是南北朝时期重要的佛学类书，有学者考证其"始纂时间应在523至529年之间，至534年书成，其编纂时限少则五年多则十一年"，⑤参与者皆为当时之贤人。可见吴郡陆氏佛学人才云集。

---

① （南朝梁）僧祐著，李小荣校笺《弘明集校笺》，上海古籍出版社，2013，第643页。
② 王利器集解《颜氏家训集解》，中华书局，1996，第364页。
③ （南朝梁）僧祐著，李小荣校笺《弘明集校笺》，上海古籍出版社，2013，第332页。
④ 纪志昌：《南齐张融的道佛交涉思维试释——以〈门律·通源〉中与周颙的对话为主》，《中国文哲研究集刊》2009年第9期。
⑤ 吴福秀：《论南北朝图书编纂及其时代观念——以〈法宝联璧〉为中心》，《湖北成人教育学院学报》2010年第3期。

此外，还有不少张氏、陆氏子弟出家为僧。如竺道壹，《高僧传》卷五云："竺道壹，姓陆，吴人也。少出家，贞正有学业，而晦迹隐智，人莫能知，与之久处，方悟其神出，琅琊王珣兄弟深加敬事。"① 道壹博通内外，又复律行精严，四远僧尼，咸附依之，时人号为"九州都维那"。又释道超，《续高僧传》卷六云："姓陆，吴郡吴人，吴丞相敬风之六世也。祖昭，尚书金部。父遵，散骑侍郎。超少以勤笃知名，与同县慧安早投莫逆，俱游上京，共契请业。"道超"内外坟典，常拥膝前，而手不释卷，加以尘埃满屋，蟋蟀鸣壁"。中书郎吴郡张率曾对他说："虫鸣聒耳，尘土埋膝，安能对此而无忤耶？"道超回答："时闻此声，足代箫管，尘随风来，我未暇扫。"② 道超精于佛典而又超然放达，可见一斑。

以上是对吴郡张氏、陆氏家族奉佛事迹的一个简要回溯，我们不难看出吴郡张氏、陆氏家族奉佛之炽热与虔诚，无怪乎汤用彤感叹道："盖自晋末以来，吴国张氏，累世贵显，而镜、绪、敷、畅、融并以玄谈擅名，奉佛著称。南朝佛教于士大夫阶级之势力，以及其与玄学关系之密切，即此亦可知矣。"③ 综观其家族奉佛表现，我们可以总结出如下几个特点。

第一，吴郡张氏、陆氏家族奉佛人数之多，与僧人交往之密切，可谓空前绝后，与谢敷、傅亮等呈现个人化相比较，张演、陆杲家族奉佛已成为风气。这是佛教势力扩张的具体表现。张氏、陆氏家族信仰家族化的原因是多方面的。其中最突出的原因与当时的帝王实施崇佛政策密不可分。东晋以来皇帝大多崇佛，如晋元帝、孝武帝，南朝的宋高祖、宋文帝、宋明帝等则逐渐将其从精神信仰层面提升到政治教化层面，即佛教政治化。对此，胡三省指出："殊不思上有好者下必有甚者焉，释教盛行，可以媒富贵利达，江东人士孰不从风而靡乎。"④ 可知统治者的崇佛政策带动了世族佛教信仰，吴郡张氏、陆氏为谋求政治上的发达自然不能例外。

第二，吴郡张氏、陆氏对佛教采取的是义理与实践并重的态度。不同于当时王谢等侨姓大族对佛教的接受是注重佛学义理的探讨，吴郡张氏、陆氏对佛教采取的是义理与实践并重的态度。一方面，他们重视对佛学义理

① （南朝梁）释慧皎：《高僧传》，汤用彤校注，中华书局，1992，第206页。
② （唐）道宣：《续高僧传》，郭绍林点校，中华书局，2014，第197～198页。
③ 汤用彤：《汉魏两晋南北朝佛教史》，北京大学出版社，2011，第239页。
④ （北宋）司马光：《资治通鉴》，（元）胡三省音注，中华书局，1956，第4810页。

的学习，如张敷听释道温讲经并感叹"义解足以析微，道心未易可测"；张永邀请僧人讲《涅槃经》、"佛性义"；张融与释慧基讲论《成实论》；等等。另一方面，他们也重视佛教实践、推崇律学，如张岱向释僧隐咨禀戒法，张融向"律行精纯，德为物范"的法献"投身接足，崇其诚训"。有学者统计过《高僧传》著录的僧人情况："共记僧人 532 名，其中义解僧人 266 人，占总数的一半，而习禅者仅 33 人，《明律》一类仅录僧人 21 名。张氏与僧人交游者计 11 人，其中礼敬'明律'僧人者就有张永、张邵等四位，而《明律》篇中的僧徒所交游的侨姓士人仅蔡兴宗、袁粲和何尚之三人。"① 张氏之推崇律学由此可知。此外，张邵遗命祭以菜果、苇席为辆车，张融遗命薄葬、不设祭、不制新衾，皆为身体力行的例证。吴郡张氏、陆氏家族之所以呈现这样的奉佛特点，很大程度上与其家族文化有关。如前所述，张氏、陆氏家族在玄学方面造诣很高，故较同时期的顾氏、虞氏、朱氏等土著世族更容易接受佛教义理，与此同时重视儒学又使得他们尤重道德实践，进而影响到他们对佛教的兴趣点——重视修行实践，从而呈现上述特征。

第三，吴郡张氏家族尤为重视观音信仰。吴郡张氏、陆氏佛教信仰具有多样化的特点，既有维摩信仰者，如张绪；也不乏弥陀信仰之人，如张敷曾与张演论西方弥陀，② 张辨还为信奉弥陀的僧人释昙鉴写赞。无疑，张氏家族观音信仰的氛围更为浓郁。在与他们结纳的僧侣中，有不少人善《法华经》且亲身体验过观音灵验。如张悦所礼敬的释道汪，《高僧传》本传云："尝行梁州，道为羌贼所围，垂失衣钵，汪与弟子数人，誓心共念观世音。有顷，觉如云雾者覆汪等身。群盗推索不见，于是获免。"③ 又如张畅所结纳的求那跋陀罗，《高僧传》本传载："既有缘东方，乃随舶泛海。中途风止，淡水复竭，举舶忧惶，跋陀曰：'可同心并力念十方佛，称观世音，何往不感。'乃密诵咒经，恳到礼忏。俄而，信风暴至，密云降雨，一舶蒙济，其诚感如此。"④ 再如释昙颖，《高僧传》本传称：

———

① 吴正岚：《六朝江东士族的家学门风》，南京大学出版社，2003，第 73 页。
② 此事具见（南朝梁）释僧祐《出三藏记集》，苏晋仁、萧炼子点校，中华书局，1995，第 436 页。
③ （南朝梁）释慧皎：《高僧传》，汤用彤校注，中华书局，1992，第 283 页。
④ （南朝梁）释慧皎：《高僧传》，汤用彤校注，中华书局，1992，第 131 页。此事亦见于《出三藏记集》卷十四《求那跋陀罗传》、《华严经传记》卷二，可见这则传说在当时颇为流行。

"颖尝患癣疮，积治不除，房内恒供养一观世音像，晨夕礼拜，求差此疾。异时忽见一蛇从像后缘壁上屋，须臾有一鼠子从屋脱地，涎涶沐身，状如已死。颖候之，犹似可活，即取竹刮除涎涶。又闻蛇所吞鼠，能疗疮疾，即刮取涎涶，以傅癣上。所傅既遍，鼠亦还活。信宿之间，疮痍顿尽。方悟蛇之与鼠，皆是祈请所致。于是精勤化导，励节弥坚。"① 此外，与张融、张卷相游的释法献亦如此。不仅如此，张氏子弟还曾亲身经历或谈论观音的神力，如陆杲《系观世音应验记》第三十四条记载张畅本人在南谯王之难中因为诵念《观音经》脱难之事。第三十八条唐永祖事则是张融与张绪"同闻其说"。

### 三　家族文化、佛教信仰对六朝佛教灵验类小说创作的影响

如上所述，吴郡张氏、陆氏家族不仅是六朝著名土著士族，还是六朝佛教灵验类小说创作的重要力量，其深厚的家族文化、佛教信仰对六朝佛教灵验类小说创作产生了深远的影响，主要表现在以下几个方面。

#### （一）家族文化对六朝佛教灵验类小说创作的影响

著名人类学家威廉·A. 哈维兰（William A. Haviland）在《文化人类学》中指出："因为文化是被创造出来的，是习得的，而不是经由生物遗传而来的，所以任何社会必须以某种方式确保文化适当地从一代传递到下一代。这一传递过程就被称为濡化（enculturation），个人通过这个过程成为社会成员，而且濡化是从个人一出生就开始的。在所有社会，濡化的第一个媒介是个人出生之家的成员。……当年轻人长成时，家庭外的个人加入到这个过程中来。这些个人通常包括其他家属，而且肯定包括个人的同龄伙伴。"② 这个"濡化"的过程实质就是一个沉淀、积累的过程，这个过程对个人的影响既是潜移默化的，又是显而易见的。因此，我们不妨借鉴"濡化"这一概念来考察张演、陆杲与家族文化之间的关系，看家族文化是如何影响张演、陆杲等人的小说创作，张演、陆杲的著述又对家族文化产生了怎样的影响。笔者认为可归纳为以下三点。

---

① （南朝梁）释慧皎：《高僧传》，汤用彤校注，中华书局，1992，第511页。
② 〔美〕威廉·A. 哈维兰：《文化人类学》，瞿铁鹏、张钰译，上海社会科学院出版社，2006，第130页。

　　第一，家族良好的文化氛围，为佛教灵验类小说创作人才的成长提供了必要的环境。

　　如前所述，吴郡张氏、陆氏家族不仅是政治世家，还是文化世族，皆以文学才能著名。张凭、张玄之、张敷、张演、张镜、张畅、张悦、张永、张辨等人均有文集传世。① 其中"演、镜、永、辨、岱"还被时人誉为"张氏五龙"，"五龙"之中又以张永为突出代表，史书称"涉猎书史，能为文章，善隶书，骑射杂艺，触类兼善"。② 钟嵘《诗品》认为"虽谢文体，颇有古意"。③ 其后，张融、张率等人亦是该时期代表性人物，他们将家族尚文的传统推向巅峰，使张氏成为可与王、谢比肩的文学大族。至于吴郡陆氏一门之中有文集流传于世的将近 30 人，其中不乏陆云、陆机、陆澄、陆倕、陆厥这样的文学大家。他们自幼便因文采出名，由此形成了世代相承的家族文学群体。

　　可见，经过长期的累积，吴郡张氏和陆氏家族已形成良好的教育和读书氛围，为佛教灵验类小说创作人才的成长提供了必要的环境。张演、陆杲之作虽篇什大多短小，但文笔简洁流畅，叙事宛转曲折，体现出家族"善文辞"的特点。现兹举陆杲《系观世音应验记》"彭城妪"条与刘义庆《宣验记》"车母"条进行对比，以睹其貌。

　　刘义庆《宣验记》"车母"条：

　　　　车母者，遭宋庐陵王青泥之难，为虏所得，在贼营中。其母先来奉佛，即然七灯于佛前，夜精心念观世音，愿子得脱。如是经年，其子忽叛还。七日七夜，独行自南走。常值天阴，不知东西，遥见有七段火光；望火而走，似村欲投，终不可至；如是七夕，不觉到家，见其母犹在佛前伏地；又见七灯，因乃发悟。母子共谈，知是佛力。自后恳祷，专行慈悲。④

　　陆杲《系观世音应验记》"彭城妪"条：

---

① （唐）魏征、（唐）令狐德棻：《隋书》，中华书局，1973，第 1066～1077 页。
② （唐）李延寿：《南史》，中华书局，1975，第 805 页。
③ （南朝梁）钟嵘著，曹旭集注《诗品集注》，上海古籍出版社，2011，第 568 页。
④ （南朝宋）刘义庆：《宣验记》，载《鲁迅全集》第 8 卷，人民文学出版社，1973，第 551 页。

彭城姬者，家世事佛，姬唯精进。亲属并亡，唯有一子，素能教训。儿甚有孝敬，母子慈爱，大至无伦。元嘉七年，儿随到彦之伐虏。姬衔涕追送，唯属戒归依观世音。家本极贫，无以设福，母但常在观世音像前然灯乞愿。儿于军中出取获，为虏所得。虑其叛亡，遂远送北堺。及到军复还，而姬子不反，唯归心灯像，犹欲一望感激。儿在北亦恒长在念，日夜积心。后夜，忽见一灯，显其百步。试往观之，至径失去。因即更见在前，已复如向，疑是神异，为自走逐。比至天晓，已百余里。惧有见追，藏住草中。至暝日没，还复见灯。遂昼停村乞食，夜乘灯去。经历山险，恒若行平。辗转数千里，遂还乡。初至，正见母在像前，伏灯火下。因悟前所见灯即是像前灯也。远近闻之，无不助为悲憙。其母子遭荷神力，倍精进。儿终卒供养，乃出家学道，后遂寻师远遁，不知所终。

一说姬既失子，恒燃灯观音像前，昼夜诵《观世音经》，希感圣神，望一相见。又恐或已亡没，兼四时祠之。虏以姬子为奴，放牧草泽。当母祭祠之日，辄梦还临飨。母积诚一年，昼夜至到。后儿在山中，忽见一光如柱形，长一丈，去己十步。疑是非常，便往就之。恒县十步，而疾走不及。逐之不已，得十日至家。至家，见光直归像前，母正稽颡在地。有二本如此云。杲抄《宣验记》，得此事，以示南豫州别驾何意。意，笃学厚士也。语杲：此姬，其外氏。固从己小时数闻家中叙其事，云姬失儿，恒沾泪，泪下灯爆，两颊遂烂，其苦至如此。①

两书皆述儿子被俘为奴，因其母亲虔诚信奉观音，助其解困，而后儿子在佛灯导引下脱离困厄，母子团聚之事，宣扬了佛法灵验。相较之下，刘书至为简朴，重在传主母亲默念观音名号而让儿子脱离困厄，只是寥寥数语述及灵验具体效果。陆书则不同，其一为篇幅是刘书的两倍，叙事则更为宛转，分两条既平行又交叉的线索同步进行：一条写母亲在家至诚奉佛，"母但常在观世音像前然灯乞愿"，"唯归心灯像，犹欲一望感激"；另一条则写儿子在北魏被俘及逃归路上的情况。陆杲像一个技术高超的摄

①　董志翘译注《〈观世音应验记三种〉译注》，江苏古籍出版社，2002，第194～195页。

像师，自由地在时空中拉伸、转换镜头。两条线索最终在母子团聚时聚合，相形之下，陆书描写更为生动感人。其二是陆书增添了不少细节描写，如写母亲送儿子去前线，"妪衔涕追送"，儿子归家看到母亲"伏灯火下"，无疑刻画更加细腻、生动，也更合乎事理。最后是在对"灯"这一神奇意象的处理上比刘书更为繁复，摇曳多姿，"灯"时而出现又时而隐没，反复在前引路，最后与母亲所奉佛像前的灯合而为一，虚实相生之间，诗一般的情愫丝丝缕缕地流淌出来，宛如电影里的特写镜头，形成很强的视觉冲击力。然而，所有这些却并不因双线叙事而显得散乱，而是始终围绕"陷入困厄—归心释氏—获致灵验"从容不迫地展开，体现出作者非凡的审美营构能力。

第二，强烈的家族认同感，激发了家族成员延续家族文化传统的使命感，这就为传承佛教灵验类小说提供了可能。

张演、陆杲之书有很大的相似性，创作主旨都是宣扬观音威神之力，成书都是为了取悦"同信之士"并"传诸同好"，寻求身份上的认同和精神上的共鸣。故作品题材内容上十分相近，题材内容的相似性不是偶然的，而是他们共同的家族文化陶淑的结果。张演与陆杲有姻亲关系，陆杲《系观世音应验记·序》中自称"杲祖舅太子中舍人张演"，① 可知张演应是陆杲之堂外祖。另《梁书·陆杲传》载："杲少好学，工书画，舅张融有高名，杲风韵举动，颇类于融，时称之曰：'无对日下，惟舅与甥。'"② 又可知吴郡张氏家族文化已被陆杲很好地继承过来，张演、陆杲留意同类题材也就是水到渠成的事了。

不仅如此，这类作品材料来源上还具备了家族化和地域化的特点。比如张演《续光世音应验记》有三则发生在荆州一带，分别是"惠简道人"、"释僧融"和"江陵一妇人"。"个人化的文化空间书写，往往都与记述者的生活地域和人生阅历有着密切的关联：记述者一般都只记述自己周围的、熟悉的地域，而对于那些他们不熟悉、不了解的地域则较少涉及。"③ 检索史料，《宋书·张裕传》载张裕曾有两次在荆州为官的经历，

---

① 董志翘译注《〈观世音应验记三种〉译注》，江苏古籍出版社，2002，第59页。
② （唐）姚思廉：《梁书》，中华书局，1973，第398页。
③ 解陆陆：《家族记忆、文化空间与地方信仰——鲁应龙〈闲窗括异志〉中的宋末嘉兴书写》，《北京社会科学》2018年第4期。

分别是任荆州刺史司马休之的司马："出为司马休之平西司马、河南太守"，① 以及刘道怜任荆州刺史期间为咨议参军："江陵平，骠骑将军道怜为荆州，茂度仍为咨议参军，太守如故"，② 则张演很有可能是早年跟随父亲到荆州任职时听闻或者是从父亲那里得知各种故事的。荆州地区素来巫风昌炽，民间信仰根基深厚。王逸的《楚辞章句》有："昔楚国南郢之邑，沅、湘之间，其俗信鬼而好祠，其祠，必作歌乐鼓舞以乐诸神。"③ 这几则故事在拓宽观音信仰地域表现空间的同时，也让我们看到这类小说家族化和地域化的特点。

　　这种对家族记忆的书写，在陆杲的《系观世音应验记》中也有体现。比如"唐永祖"条末"郢州僧统释僧显，尔时亲受其请，具知此事，为杲说之。杲舅司徒左长史张融、从舅中书张绪同闻其说"，④ 除了流露出怀恋家族往昔生活场景的个人情感外，张、陆二人记述这类灵验传闻，恐怕还有深层次的现实考虑，那就是对家族文化地位的维护。东晋政权的实质，史家早有概述——"门阀政治"。刘宋以降，高门垄断的局面虽被打破，然政权实质仍由侨姓士族掌握，⑤ 故欲改变张氏、陆氏等土著士族尴尬的政治地位，就必须增强家族凝聚力。正如罗时进所强调的，"'家族'不仅仅指向物质生产、生活层面的意义，也意味着凝聚文化倾向、人文情感和文学经验的文化共同体"。⑥ 宗教长期以来都是维系这一文化共同体的重要手段，佛教尤其是观音信仰一直是吴郡张氏、陆氏士族表达自身政治诉求的主要方式，从而通过信仰传播来提升家族地位。具体到张演、陆杲身上，表现为不为时风所囿，对不居于主要地位的观音信仰予以关注。搜集、整理、记录观音信仰灵验传闻，显示出他们迥异于佛教主流的兴趣

---

① （南朝梁）沈约：《宋书》，中华书局，1974，第1509页。

② （南朝梁）沈约：《宋书》，中华书局，1974，第1510页。

③ （宋）洪兴祖：《楚辞补注》，白化文点校，中华书局，1983，第55页。

④ 董志翘译注《〈观世音应验记三种〉译注》，江苏古籍出版社，2002，第135～136页。

⑤ 关于这一方面，可以举若干史事加以说明。比如《晋书·周处》载周勰之父因谋叛不成忧愤而死，临死前对周勰说："杀我者诸伧子，能复之，乃吾子也。"［参见（唐）房玄龄《晋书》，中华书局，1974，第1574页。］这种北方侨姓士族把持政权的境况，一直持续到南齐时期。《南齐书》卷五十二《文学·丘灵鞠》："我应还东掘顾荣冢。江南地方数千里，士子风流，皆出此中。顾荣忽引诸伧渡，妨我辈涂辙，死有余罪。"［参见（南朝梁）萧子显《南齐书》，中华书局，1972，第890页。］

⑥ 罗时进：《家族文学研究的逻辑起点与问题视阈》，《中国社会科学》2012年第1期。

点和对时代风气的敏锐感知。从表面上看，张演、陆杲撰写佛教灵验类小说似乎充满了偶然因素。比如，家族有共同的信仰和爱好，经常聚集在一起切磋观音信仰，谈论观音灵验事迹，《系观世音应验记》"张会稽使君"条末即云"此杲家中事也"。但究其根本而言，重视修行实践的家学门风才是主导因素。家族文化哺育了张演、陆杲等人，反过来他们也在其编撰的作品中彰显了家族文化，后来的家族成员或显性或隐性地接受这些家族文化的影响，对家族传承延续起着重要作用。

第三，家族传统的精神特质，潜移默化地影响个体成员秉性气质的形成，在佛教灵验类小说创作中则表现为两点。

一是相近的小说观念，即讲求辅教、务求征信的小说观，这在很大程度上决定了六朝佛教灵验类小说的文风称道灵异又质实无华的特点。以陆杲《系观世音应验记》为例，在陆杲看来，撰写佛教灵验类小说是一件严肃的事情，反对过分渲染。比如该书"释法纯道人"条："山阴县显义寺主竺法纯，晋元兴时人也。起寺行枦买柱，依暮，将一手力载柱渡湖。半涨，便遭狂风，船重欲覆。法纯无计，一心诵《观世音经》。寻有一空船，如人乘来，直进相就。法纯得便分载人柱，方船徐济。后以船遍示郭野，竟自无主。临川康王《宣验记》又载竺慧庆、释道听、康兹、顾迈、俞文、徐广等遭风，杲谓事不及此，故不取。"[1] 他还对不认真的写作态度进行了批评，比如该书"梁声"条、"南公子敖"条、"释慧标"条和"有一人姓台"条，有他对刘义庆《宣验记》、萧子良《冥验记》等书的批评。陆杲认为这些著述所载之事比不上他记录的，在很大程度上是因为他认为刘义庆、萧子良等人记述过于简略，如"车母""顾迈""俞文"等条，有的则又过分渲染，如"卞说之""孙道德求男"等条，对同类小说的批评实际上隐含着陆杲的编撰思想，即务求真实。正是因为强调信而有征，陆杲在选材上秉持严谨、真实的态度，[2] 尽可能交代故事的讲述者、经历者或目击者的信息，故事大多是自己的亲人、师友、同僚所见所闻所

---

① 董志翘译注《〈观世音应验记三种〉译注》，江苏古籍出版社，2002，第75~76页。

② 陆杲秉持严谨、真实的态度，还可以从其编撰《系观世音应验记》所花的时间窥知一二。据陈洪考证，"陆杲穷二十年左右光景收集、撰写《应验记》"，这"从另一个侧面体现了陆杲严肃而认真的撰集态度"。具体详情参阅陈洪《佛教与中古小说》，学林出版社，2007，第105页。

历。比如"北彭城有一人"条末尾："德藏尼亲闻、本师释慧期所记。"①
又"裴安起"条末尾："蒋山上定林寺阿练道人释道迁，在蜀识裴，恒闻
其自序此事，为杲具说。"② 关于这一点，诚如热奈特所言，"当叙述者指
出他获得信息的来源，他本人回忆的准确程度，或某个插曲在他心中唤起
的情感时，该关系可表现为单纯的见证，似可称为证明或证实职能"，③
从而给人留下真实可信的印象。

　　二是陆杲通过"济七难"的分类方法辑录观音灵迹以实现弘扬佛法的
编撰意图。这种编撰体例既是对前代文献分类的继承，④ 也有陆杲自己的
创造。现存最早的关于观音灵验传说的著述是谢敷的《光世音应验》。
据傅亮《光世音应验记·序》介绍，该书最初为"一卷十余事"，谢敷
撰毕，赠予同信之士傅瑗，后者在孙恩之乱中遗失，傅瑗之子傅亮遂凭
记忆追述七条，是为《光世音应验记》。从现存的这七条来看，傅书的
编撰体例只是简单地按照史传体辑录观音灵验传说，并没有明确的分
类。张书亦如此，只是在数量上略增添三条。此后的《幽明录》《宣验
记》《冥祥记》等一批佛教灵验类小说亦是如此，皆继承史传写法，而

① 董志翘译注《〈观世音应验记三种〉译注》，江苏古籍出版社，2002，第85页。
② 董志翘译注《〈观世音应验记三种〉译注》，江苏古籍出版社，2002，第155页。
③ 〔法〕热拉尔·热奈特：《叙事话语　新叙事话语》，王文融译，中国社会科学出版社，
　1990，第181页。
④ 自东汉以来，便有好事者辑录文献编纂成书。《四库总目提要·别集总叙》云："集始于
　东汉。荀况诸集，后人追题也。其自制名者，则始于张融《玉海集》。其区分部帙，则
　江淹有《前集》，有《后集》。"〔（清）永瑢等：《四库全书总目》，中华书局，1965，第
　1271页。〕归类收录的先例则可追溯到三国时期，《三国志·魏志·文帝纪》云："使诸
　儒撰集经传，随类相从，凡千余篇，号曰《皇览》。"〔（晋）陈寿：《三国志》，中华书
　局，1959，第88页。〕《皇览》已佚，其分类情况，现无法知晓。晋代挚虞撰《文章流
　别集》，此书亦亡佚，但从现辑录本来看，全书是以13种文体分门别类编纂的。南北朝
　时期，佛教方面分类编纂整理文献亦呈现趋于精细的特点。对此，姚名达在《中国目录
　学史》中指出："东晋中叶，支敏度撰《经论都录》、《经论别录》于前，释道安撰《综
　理众经目录》于后，佛录之基础始得成立。宋元嘉八年《秘阁目录》遂收佛经四百三十
　八卷，而王俭《七志》且特辟《佛经录》，并为书名立传。同时有释王宗（？）者撰
　《众经别录》，分教义为大、小乘，判文裁为经、论、律、数，更提出阙本、疑经，各自
　独立。体例之精，非特凿空，抑且垂后。谓佛录至斯，乃得成学，亦无不可。而齐、梁
　间，释僧祐撰《出三藏记集》，踵安《录》而增序、传、记三体。宝唱继之，分类更细。
　阮孝绪又摄众录为《佛法录》，包罗弥广。其在北朝，则魏末有李廓，齐初有法上，收
　录虽少，部勒反精。"（姚名达：《中国目录学史》，上海古籍出版社，2002，第188页。）
　分类编纂对于内容繁杂的总集和类书来说，成为必选的编纂体例之一。

无分类之意识。

陆杲的《系观世音应验记》则不同，他依据《观世音菩萨普门品》所宣扬的"济七难"对数量相当可观的观音灵验传闻辑录并归类整理，创造性地分为"设入大火，火不能烧""大水所漂""罗刹之难""临当被害""检系其身""满中怨贼""设欲求男""示其道径""接还本土""遇大恶病""恶兽怖畏"11 类。其中这 11 类收录条目多少不一，有一条一类者，如"罗刹之难"和"设欲求男"；也有几十条一类者，如"检系其身"多达 22 条，"满中怨贼"亦有 14 条。分门别类的过程，实际上是编撰者行使权力的过程。在这个过程中编撰者划定主次、抬升或者突出某些人、物、事，贬低或者忽略某些人、物、事。进而可以看出陆杲的知识谱系，即"自然—鬼—人"，由自然逐渐向上攀升。在这一过程中，自然力量处于最基础的位置，其次是鬼神，再次是人，这也反映了观音信仰是一个动态的发展过程。关于这一点，本书的第三章第二节已有论述，此不赘。这种编撰体例，既整理了当时流传的观音灵验传说，又拓展了弘扬佛法的宗教视野和文化范围。

事实上，陆杲这种分类意识与家族文化在学术上敢于创新有关。无论是早期的陆绩，还是后起之秀陆澄，皆是富于创新的代表性人物。这种家学特点一方面可以继续保持其家族崇尚儒学的文化传统，"不陨家声"；另一方面又可以积极地吸收新思想与新学术，有助于形成创新而又不媚于时俗的家族文化特点。

**（二）家族佛教信仰对六朝佛教灵验类小说创作的影响**

不仅家族文化哺育了张演、陆杲等人，促进了六朝佛教灵验类小说的蓬勃发展，家族深厚的佛教信仰同样促进了这类小说的编撰成书。

一方面，吴郡张氏、陆氏家族深厚的佛学素养强化了他们对这类小说的认识。

如前所述，吴郡张氏、陆氏和佛教关系密切，不仅结交僧人，还协助僧人修建寺庙、铸造佛像，甚至还有出家为僧者。正如张融《门律》所言，"吾门世恭佛"。在这种浓郁的家族佛教氛围下，家族成员对佛学的理解也呈现新的变化，即从佛理研习发展到撰写佛学著述，体现出深厚的佛学素养。

家族这种深厚的佛学素养，强化了张演、陆杲二人对这类小说的认知，他们意识到他们的小说创作既是绍继家族文化，又负有弘扬佛法的神圣使命，因此他们在编撰述这类小说的时候是怀着"钦服""恭敬"的心态的。"右十条。演少因门训，获奉大法，每钦服灵异，用兼绵慨"。① 可知张演自幼深受家庭影响，笃信佛法，对于这类关于敬奉菩萨而获知灵验的传闻持认同并肯定的态度。而由于这种"钦服"的心理遂萌生了搜集、记录的想法。陆杲亦云："杲幸邀释迦遗法，幼便信受，见经中说光世音，尤生恭敬，又睹近世书牒及智识永传其言，威神诸事，盖不可数。"② 亦可证他自幼信奉佛法，对观音尤为恭敬。再加上当时观音灵验传闻和弘法著述数量激增，激发了他们编撰观音灵验传闻的积极性。故在宗教情感和宗教体验上既要比谢敷、傅亮等人来得深刻，也要比后来者唐临、郎余令、萧瑀等人更加虔诚。因此《续光世音应验记》和《系观世音应验记》的宗教神学色彩要比《光世音应验记》浓厚。

那么如何看待张演、陆杲等人的这一行为？阿莱达·阿斯曼（Aleida Assmann）认为文化记忆具有面向过往和当下的双重功能：一是"家属有义务在记忆中保留死者的名字，使其流传后世"，③ 构建其尘世中的声望；二是记忆"寻找着被埋没、已经失踪的痕迹"，④ 重构当下的意义，为生者提供身份认同。扬·阿斯曼（Jan Assmann）也认为，"它被外化、对象化并以符号的形式储存，不像言语的声响或手势的视觉，这些符号形式是稳定的、超越情境的：它们可以从一种情境向另一种情境迁移，并从一代传递给另一代"。⑤ 从这个意义上说，张演、陆杲等人编撰佛教灵验类小说可以触发并延续那些有可能被家族成员淡忘的集体文化记忆。即让抽象的家族文化精神获得一种具体可观可感的形式与内容，对隐藏在其中的文化记忆进行直观展示，进而激活后人对家族文化价值的认同，构建起理想中的家族集体文化记忆。事实上，在张演、陆杲编撰佛教灵验类小说的过程中，家族集体文化记忆"不断地被形塑、重组和更新，不断

---

① 董志翘译注《〈观世音应验记三种〉译注》，江苏古籍出版社，2002，第 28 页。
② 董志翘译注《〈观世音应验记三种〉译注》，江苏古籍出版社，2002，第 59 页。
③ 〔德〕阿莱达·阿斯曼：《回忆空间：文化记忆的形式和变迁》，潘璐译，北京大学出版社，2016，第 33 页。
④ 〔德〕阿莱达·阿斯曼：《回忆空间：文化记忆的形式和变迁》，潘璐译，北京大学出版社，2016，第 45 页。
⑤ 〔德〕扬·阿斯曼：《交往记忆与文化记忆》，管小其译，《学术交流》2017 年第 1 期。

派生出新的形式和内容，并在意义共享的过程中实现文化记忆的演化和社会文化的变迁"。① 集体文化记忆经过时间的沉淀，具有代际的共通性，因此提供了一条家族文化价值实现代际传递的重要途径。对共同历史文化记忆的发掘、激活和强化，不仅有助于维系家族成员之间的亲缘性，增强其身份认同，也有利于塑造家族成员对家族认同趋向的心理建构。

另一方面，吴郡张氏、陆氏家族成员积极与僧人结纳，尤其是与游方僧人接洽，这些僧人不仅为他们提供了大量鲜活而生动的素材，还参与了这类小说的生产与传播过程。

如前所述，吴郡张氏、陆氏与僧人来往密切，有不少僧人还亲身体验过观音灵验。如与张悦关系密切的释道汪，《高僧传》载有他与弟子为羌贼所围，后默念观音名号，平安脱险之事。又如张畅所结纳的求那跋陀罗及释昙颖，《高僧传》亦记载了他们的不少灵验之事。② 此外，与张融、张卷相游的释法献亦如此。

正是这些高僧大德对《观世音经》及观音灵验传说的敷演弘扬，为张演、陆杲等人的创作提供了大量鲜活的素材。比如《续光世音应验记》"徐义"条末云："义走归邺寺投众僧，具为惠严法师说其事"，③ 又"义熙中士人"条末亦曰："祖为法宋法师说其事"。④ 《系观世音应验记》"释道汪法师"条末云："上定林道仙道人即是汪公弟子，尔时正同行，为杲说之"，⑤ 又"韩睦之"条末云："释道宾道人时是建安太守王叔之子，本名播，仕官有次第，妻子为居，遂以后悟出家，甚有苦节。为杲说此事。"⑥ 这些都明确指出是从僧人那里听到的。其他故事虽未点明传播者是谁，但应该也是从相识的僧人那里得知的。这些记录下来的灵验故事，首先会在士僧之间、家族成员之间进行传阅，这也意味着这些口头传说已经变成了书面传播。将僧人闲谈之语记录下来，并编而成册，就传播

---

① 李昕：《从文化记忆到人类记忆共同体——论意义生产中的道德固守》，《学术研究》2019 年第 10 期。
② （南朝梁）释慧皎：《高僧传》，汤用彤校注，中华书局，1992，第 131 页。
③ 董志翘译注《〈观世音应验记三种〉译注》，江苏古籍出版社，2002，第 30 页。
④ 董志翘译注《〈观世音应验记三种〉译注》，江苏古籍出版社，2002，第 53 页。
⑤ 董志翘译注《〈观世音应验记三种〉译注》，江苏古籍出版社，2002，第 168 页。
⑥ 董志翘译注《〈观世音应验记三种〉译注》，江苏古籍出版社，2002，第 191 页。

目的而言，"神奇世传，庶广浇信"，其意在于扩大闲谈异事的传播范围。"若来哲续闻，亦即缀我后"，闲谈异事亦可以跨时代传播。

不仅如此，从小说文本来看，这些僧人与小说编撰者在一种相对平等自由的氛围中进行交流、分享、传播，从而让讲者、听者与作者围绕这些灵验传闻形成一个亲密性的信仰共同体。这个具有共享性质的文化空间"着意于提供一种可供大家分享的故事经验，以及关于未来图景的展望"。① 这也决定了六朝佛教灵验类小说的叙事姿态不是高高在上的说教，而是与潜在的读者进行平等的交流、分享，以此来强化讲述者、听者、作者、读者这种亲密性共同体。

此外，这些僧人不只是中立的信息提供者，他们还作为叙述者直接参与到故事的叙述中。我们依照热奈特的定义，根据叙述者与故事之间的关系，可以将其分为异故事叙述者（heterodiegetic narrator）和同故事叙述者（homodiegetic narrator）。异故事叙述者是指叙述者不是故事的亲历者，他们往往是以见闻者的面目出现在故事中，支配故事的走向。比如《续光世音应验记》"徐义"条，叙苻秦尚书徐义被叛军抓获，叛军将其囚禁起来，派人严加看管，徐义默念观音名号，后为观音感应而获救脱险，徐义将其经历讲给寺庙的惠严法师。很显然在这个故事中，惠严法师只是叙述者，扮演着旁观者的角色，虽然参与了故事的进程，但始终处于次要地位。同故事叙述者则是强调叙述者既是观音灵验的亲历者又是叙述者，这种叙述者"除了他或她存在这一事实之外，其余的几乎一无所知"。② 虽然不如异故事叙述者叙事灵活，但这样的双重身份，往往赋予故事以真实感，比如《续光世音应验记》"道泰道人"条、《系观世音应验记》"释道汪法师"条皆如此。

## 四　小结

总之，这些小说文本，作为记忆媒介，不仅是保存家族文化、佛教信仰的储存器，也是不断引导家族成员凝聚共识、建构认同的发酵器。张

---

① 胡安定：《民国"时事型"历史演义小说的创作机制与传播效应》，《西南大学学报》（社会科学版）2018 年第 6 期。

② 〔美〕杰拉德·普林斯：《叙述学词典》，乔国强、李孝弟译，上海译文出版社，2011，第 155 页。

演、陆杲利用小说这一载体，将家族独有的宗教信仰以一定的形态固定下来，不仅成为情感的寄托、追溯的象征、维系家族信仰的精神纽带，也为后人了解六朝家族与佛教及文学之间的关系提供了研究的标本，为评价家族文化、地位和影响提供了依据。两者相辅相成，共同推动家族向文化世家、奉佛世家演进。

# 第三章　六朝佛教灵验类小说所见
## 佛教信仰的发展

　　前面两章就六朝佛教灵验类小说生成的历史文化语境和文体特征、编撰成书等情况进行了探讨，倘若还想更加细致深入地观照六朝佛教灵验类小说的历史意义，我们就有必要走出这种单纯依靠材料考订的研究套路。六朝佛教灵验类小说不单单是文学作品，更有宗教使命，作为辅教的重要形式，用来吸引信徒、弘扬佛法。因此，在某种程度上，它也见证了佛教在本土是如何一步步发展壮大的。鉴于此，我们将从宗教社会史层面对其进行多视角的观照，以便更好地理解这类小说与六朝佛教信仰之间的关系。

## 第一节　六朝佛教灵验类小说所见佛教
### 与本土宗教的冲突与融合

　　作为六朝佛教信仰的实态记录，六朝佛教灵验类小说不仅极力宣扬了佛法灵验，而且还保存了不少当时佛教与本土宗教①冲突和融合的材料。尽管这种保存可能更多是无意识的，但无疑有助于我们对六朝时期佛教是如何与本土文化相融合以及佛教中国化等问题有一个更为细致的了解和把握。鉴于此，本节主要侧重于对六朝佛教灵验类小说所见佛教与本土宗教

---

① 这里有必要说明本书所使用的"本土宗教"这一概念。笔者认为本土宗教既包括道教，也包括民间宗教。关于民间宗教，学术界已有不少学者如王铭铭、杨庆堃、金泽、马西沙、贾二强、乌丙安等都参与了对这一问题的讨论。笔者比较认可赵世瑜的观点："所谓民间宗教，指的是不被官方认可的、有民众组织和参与的宗教体系和组织，它们有自己的组织系统、自己的教义，在思想内容上与官方认可的佛教、道教有一定的联系，可是往往被官方视为危险的邪教和异端。"参见赵世瑜《狂欢与日常——明清以来的庙会与民间社会》，生活·读书·新知三联书店，2002，第13页。

的冲突和融合予以探讨。佛教与本土宗教之间的冲突在这类小说的记述中如何体现？佛教与本土宗教冲突的本质是什么？佛教又是如何处理与本土宗教的矛盾的？考虑到六朝时期是佛教文化作为一种外来输入的文化与本土文化互动的时期，因此探讨上述问题需要结合相关文献有关佛教与本土宗教之间冲突的记载进行多方面的考察。

## 一　六朝佛教灵验类小说所见佛教与本土宗教冲突的表现形式

一般来说，一种外来文化传入本土，要想树立自己的权威，就不可避免地要与本土宗教信仰发生碰撞、冲突，佛教信仰也不例外。综观六朝佛教灵验类小说所记载的灵验传闻，其实质就体现了佛教信仰与本土宗教碰撞、冲突、融合的过程，这个过程也是佛教信仰的权威逐渐得以建立的过程。佛教有两类与本土宗教冲突的表现形式：第一类是佛教积极介入本土泛自然崇拜；第二类是佛教主动介入现实利益冲突，为百姓提供庇护。申之如下。

### （一）佛教与本土泛自然崇拜的冲突

早在佛教信仰传入本土之前，民众对泛自然的崇拜由来已久，《墨子·明鬼下》"古之今之为鬼，非他也，有天鬼，亦有山水鬼神者，亦有人死而为鬼者，"① 即代表了这一看法。因此，佛教信仰传入后，要想在民众中树立自己的宗教权威，就不可避免地与自然力量发生碰撞。从现有的材料来看，佛教对自然力量的征服主要体现在对火、水、恶鬼、恶兽等的征服，其中自然灾害在佛教信仰面前失去威力是最常见的一种。傅亮《光世音应验记》中西域商人竺长舒的故事最典型，竺长舒邻家遭遇火灾，"长舒家是草屋，又正在下风"，在这样的紧急情况下，竺长舒至心诵念《光世音经》，最终"火亦际屋而止。于时咸以为灵应"。不惧怕火难是观音信仰塑造权威的第一步，接下来是对旧有崇拜力量的降伏："里中有凶险少年四五，共毁笑之云：'风偶自转，此复何神？伺时燥夕，当爇其屋，能令不燃者可也。'其后天甚旱燥，风起亦驶，少年辈密共束炬，掷其屋上，三掷三灭，乃大惊惧，各走还家。明晨相率诣长舒家，自说昨事，稽颡辞谢。长舒答曰：'我了无神，政诵念光世音，当是威灵所佑。诸君但

① （清）孙诒让：《墨子间诂》，上海书店，1986，第153页。

当洗心信向耳。'邻里乡党，咸敬异焉。"① 佛教信仰对泛自然崇拜的削弱可见一斑。比及陆杲《系观世音应验记》中释法力遭遇火难时，"因举声称'观'，未得言'世音'，便自应声风转火灭"，② 佛教信仰的权威与自然的权威便高下立见了。

佛教信仰不仅对自然力量如此，对恶鬼、恶兽亦如此。张演《续光世音应验记》记载了两则关于观音驱逐鬼怪之事，看似寻常，然仔细推敲，别有深意。为论述方便，现将相关引文兹录如下。

"惠简道人"条：

> 荆州听事东有别斋三间，由来多鬼，恒恼人。至王建武时，犹无能住者。唯王周旋惠简道人素有胆识，独就居之。以二间施置经像，自住一间。既涉七日，因夜坐，忽见一人，黑衣无目，从壁中出，便来喷简上。简目开心了，唯口不得语。独专念光世音。良久，鬼乃谓道人曰："闻君精进，故来相试。神色不动，岂久相逼？"豁然还入壁中。简起澡漱，礼拜讽诵，然后还眠。忽梦向人谓之曰："仆以汉末居此，数百年矣。为性刚直，多所不堪。君有净行，特相容耳。"于此遂绝。简住弥年安稳，余人犹无能住者。③

惠简道人传说表达出的是佛教面对当时民间宗教信仰时的立场和态度，它通常不是借助官方的力量，而是以宣扬僧人神通的方式进行。此后，这类故事大量出现，比如"释僧融"条：

> 道人释僧融，笃志泛爱，劝江陵一家，令合门奉佛。其先有神寺数间，以与之，充给僧用。融便毁撤，大小悉取，因留设福七日。还寺之后，主人母忽见一鬼，持赤索，欲缚之。母甚忧惧，乃便请沙门转经，鬼怪遂自无。融后还庐山，道中独宿逆旅。时天雨雪，中夜始眠。忽见鬼兵甚众，其一大者带甲挟刀，形甚壮伟。有举胡床者，大鬼对己前据之。乃扬声厉色曰："君何谓鬼神无灵耶？"便使曳融下地。左右未及加手，融意大不意，称念光世音，声未及绝，即见所住

---

① 董志翘译注《〈观世音应验记三种〉译注》，江苏古籍出版社，2002，第3~4页。
② 董志翘译注《〈观世音应验记三种〉译注》，江苏古籍出版社，2002，第63页。
③ 董志翘译注《〈观世音应验记三种〉译注》，江苏古籍出版社，2002，第36页。

床后，有一人状若将帅者，可长丈余，著黄染皮裤褶，手提金杵以拟鬼，鬼便惊惧散走，甲胄之卒忽然粉碎。《经》云："或现将军身，随方接济。"其斯之谓与？①

在释僧融的故事中，观音不仅帮助其脱离鬼害，还亲自现身驱赶鬼怪："状若将帅者，可长丈余，著黄染皮裤褶，手提金杵以拟鬼"。释僧融的经历，其实质是"以佛教神异应对民间神异的具体表现"。② 通过佛教宣传，从而实现感化地方信仰群体。

此外，王琰《冥祥记》"董吉条"亦载有与鬼神冲突之事："吉所居西北有一山，高峻，中多妖魅，犯害居民。吉以经戒之力，欲伐降之。于山际四五亩地，手伐林木，构造小屋，安设高座，转《首楞严经》。百余日中，寂然无闻，民害稍止。后有数人至吉所，语言良久。吉思惟此客言者，非于潜人；穷山幽绝，何因而来，疑是鬼神，乃谓之曰：'诸君得无是此中鬼耶？'答曰：'是也。闻君德行清肃，故来相观。并请一事，想必见听。吾世有此山，游居所托。君既来止，虑相逆冒，恒怀不安。今欲更作界分，当杀树为断。'吉曰：'仆贪此寂静，读诵经典，不相干犯。方为卿比，愿见祐助。'鬼答：'亦复凭君，不见侵克也。'言毕而去，经一宿，前所芟地，四际之外，树皆枯死，如火烧状。"③ 连恼人多年的恶鬼都能被佛成功地收服，民众还有什么顾虑呢？这既是对"王者郊祀天地，祭奉百神，载在祀典，礼有尝飨。佛出西域，外国之神，功不施民，非天子诸华所应祠奉"④ 质疑的回应，也是佛教信仰权威的谋求与建立逐渐从自然力量向自然神灵的扩展。虽同样是敷演《观世音菩萨普门品》经文"若三千大千国土，满中夜叉罗刹，欲来恼人，闻其称观世音菩萨名者，是诸恶鬼尚不能以恶眼视之，况复加害"，⑤ 但《冥祥记》不同于刘义庆《幽明录》"罗刹食人"和陆杲《系观世音应验记》"外国有百余人"所

---

① 董志翘译注《〈观世音应验记三种〉译注》，江苏古籍出版社，2002，第44页。
② 〔日〕小南一郎：《六朝隋唐小说史的发展与佛教信仰》，载〔日〕福永光司编《中国中世的宗教与文化》，京都大学人文科学研究所，1982，第415~500页。
③ （南朝齐）王琰：《冥祥记》，载《鲁迅全集》第8卷，人民文学出版社，1973，第582~583页。
④ （南朝梁）释慧皎：《高僧传》，汤用彤校注，中华书局，1992，第352页。
⑤ 〔印〕鸠摩罗什：《妙法莲华经》，《大正藏》第9册，台湾财团法人佛陀教育基金会出版部，1990，第56页。

述。这些故事具有浓郁的本土化色彩，不仅亲历者皆为本土僧人，而且发生地点也在本土尤其是荆州一带，恶鬼也是本土传说中常见的悍鬼。

由此可见，这一时期佛教与本土民间宗教之间存在激烈的冲突。从目前已知的文献记载来看，这种冲突又可细分为两种类型。一种是僧人占领原始宗教信仰的领地，并将其驱逐出境，可称为驱逐型。如《高僧传》卷三《宋京师中兴寺求那跋陀罗》："后于秣陵界凤皇楼西起寺，每至夜半，辄有推户而唤，视之无人，众屡厌梦。跋陀烧香咒愿曰：'汝宿缘在此，我今起寺，行道礼忏，常为汝等。若住者，为护寺善神；若不能住，各随所安。'既而道俗十余人，同夕梦见鬼神千数，皆荷担移去，寺众遂安。今陶后渚白塔寺，即其处也。"① 同书卷十一《晋剡隐岳山帛僧光》所载亦与之相似。而上文所引《续光世音应验记》"释僧融"条就属于这一类型，僧融不仅成功地驱除了鬼害，还将之粉碎，由此也可见佛教之法力威猛。

另一种则记述以前宗教信仰中的神灵转而信奉佛教，可称为收服型。如《高僧传》卷四《晋剡葛岵山竺法崇》："尝游湘州麓山，山精化为夫人，诣崇请戒，舍所住山为寺。"② 又同书卷六《晋庐山释昙邕》："与弟子昙果澄思禅门。尝于一时，果梦见山神求受五戒。果曰：'家师在此，可往谘受。'后少时，邕见一人著单衣帽，风姿端雅，从者二十许人，请受五戒。邕以果先梦，知是山神，乃为说法授戒。神赠以外国匕筋，礼拜辞别，倏忽不见。"③ 上文所引的"惠简道人"亦属于这一类型。而这一类型在《齐琅琊嵫山释法度》中得到更为生动的体现：

宋末游于京师，高士齐郡明僧绍，抗迹人外，隐居琅琊之嵫山。挹度清徽，待以师友之敬。及亡，舍所居山为栖霞精舍，请度居之。先有道士欲以寺地为馆，住者辄死，及后为寺，犹多恐动。自度居之，群妖皆息。住经岁许，忽闻人马鼓角之声，俄见一人持名纸通度曰靳尚。度前之，尚形甚都雅，羽卫亦严，致敬已，乃言："弟子王有此山七百余年，神道有法，物不得干。前诸栖托，或非真正，故死

---

① （南朝梁）释慧皎：《高僧传》，汤用彤校注，中华书局，1992，第133页。
② （南朝梁）释慧皎：《高僧传》，汤用彤校注，中华书局，1992，第171页。
③ （南朝梁）释慧皎：《高僧传》，汤用彤校注，中华书局，1992，第237页。

病继之，亦其命也。法师道德所归，谨舍以奉给，并愿受五戒，永结
来缘。"度曰："人神道殊，无容相屈。且檀越血食世祀，此最五戒所
禁。"尚曰："若备门徒，辄先去杀。"于是辞去。明旦，度见一人送
钱一万，香烛刀子，疏云："弟子靳尚奉供。"至月十五日，度为设
会，尚又来，同众礼拜，行道受戒而去。嶞山庙巫梦神告曰："吾已
受戒于度法师，祠祀勿得杀戮。"由是庙用荐止菜脯而已。度尝动散
寝于地，见尚从外而来，以手摩头足而去。顷之复来，持一琉璃瓯，
瓯中如水以奉度，味甘而冷，度所苦即间，其征感若此。①

此处值得留心的是，这则故事不仅记载了佛教占领了原始宗教信仰
的领地，而且还特意点出道教徒没有这种法力。尤其是结尾处神庙的巫
祝改用"菜脯"祭祀，可见佛教戒杀生观念的传播已经深入人心，直接
改变了其他民间宗教信仰中的祭祀礼仪。这也反映出佛教经过日积月累
的传教活动已经进入当时民众的深层意识之中，其中的宗教意味是十分重
要的。

### （二）佛教主动介入民众现实利益冲突

仅对自然力量的征服是远远不够的，佛教信仰要想获得更多的民众支
持，谋求信仰的建立，还须对这一时期民众的切身利益保持密切的关注，
具体而言表现在"临当被害""检系其身""满中怨贼""设欲求男""示
其道径""接还本土""遇大恶病"等方面，其中"临当被害"、"检系其
身"和"遇大恶病"最为突出。之所以出现这一情况，在很大程度上与
当时的社会环境密切相关，"宗教奇迹是以人的某种愿望、某种需要为其
前提"。② 众所周知，六朝时期南北割据，朝代更迭频频，战乱不止。广
大民众处于水深火热之中，朝不保夕，对于生命的渴望超过历史上任何一
个时期，他们乞求神灵，希望有神人出现助其脱离苦难。"一般说来，凡
是愿望都是超自然的东西，至少在形式上，在其希图借以实现的方式上是
如此。譬如当我在远乡漂泊的时候，我想望回到家里去。这个愿望的对象
并不是什么非自然的和超自然的东西，因为我循着自然的道路可以达到这
个愿望，我只消动身回家去就够了。但是愿望的本质，恰恰在于我想

---

① （南朝梁）释慧皎：《高僧传》，汤用彤校注，中华书局，1992，第331页。
② 《费尔巴哈哲学著作选集》，荫庭等译，商务印书馆，1984，第737页。

要无需耗费时间马上就到家里，恰恰在于我想心里愿意怎样事实上立刻就怎样。……愿望不受空间和时间所限制，它是自由的，像神一般。"①正是这种"超自然性"心理，不仅为佛教灵验传闻提供了动力和动机，也为这种愿望的实现提供了主观的可能性。兹以"遇大恶病"为例，进行说明。

　　佛教一直以来强调僧人应积极治病救人，《梵网经》云"见病不救者犯轻垢罪"。② 东晋僧人于法开认为僧人治病，不仅有利于自己佛法事业的修行，同时也救治他人于病苦之中。"明六度以除四魔之病，调九候以疗风寒之疾，自利利人，不亦可乎？"③ 因此，六朝佛教灵验类小说记载了不少僧人治病救人的传说。比如刘义庆《宣验记》"安荀"条，叙安荀身患重病，四处寻医求药都无济于事，后来在僧人释法济的指点下，"于宅内设观世音斋，澡心洁意，倾诚载仰"，最终观音显灵，"沈疴豁然消愈"。④ 但并非所有的病人都会自觉地寻求僧人帮助，比如荀氏《灵鬼志》"晋南郡议曹掾"条，叙晋南郡议曹掾姓欧，得病经年，骨消肉尽；巫医备至，无复方计。后来他的儿子在梦中见数沙门来视其父。第二天找到僧人，邀请"诸道人归，请读经。再宿，病人自觉病如轻。昼得小眠，如举头，见门中有数十小儿，皆五彩衣，手中有持幡仗者，刀矛者，于门走入。有两小儿在前，径至帘前，忽便还走，语后众人：'小住小住！屋中总是道人。'遂不复来前"。⑤ 自此之后，他父亲的病渐渐痊愈。这位欧议曹患病多年，遍寻巫医，无计可施。"如此情形，都未曾想到去寻找佛教的帮助，可见佛教在当时的影响还不是很深入。于是佛教主动出击，入病人之子的梦中，按梦中所引，其子找来沙门帮助，最终治好病人。"⑥ 无独有偶，《冥祥记》"张应"条也是类似的情况，传主张应"本事俗神，

① 《费尔巴哈哲学著作选集》，荫庭等译，商务印书馆，1984，第737～738页。
② 〔印〕鸠摩罗什：《梵网经》，《大正藏》第24册，台湾财团法人佛陀教育基金会出版部，1990，第1005页。
③ （南朝梁）释慧皎：《高僧传》，汤用彤校注，中华书局，1992，第168页。
④ （南朝宋）刘义庆：《宣验记》，载《鲁迅全集》第8卷，人民文学出版社，1973，第550页。
⑤ （晋）荀氏：《灵鬼志》，载《鲁迅全集》第8卷，人民文学出版社，1973，第314页。
⑥ 储晓军：《巫佛道之争与魏晋南北朝民间佛教信仰》，《宝鸡文理学院学报》（社会科学版）2016年第2期。

鼓舞淫祀",其妻得病之后,巫医之术无法治愈,无奈之下,只好求助于佛教。在僧人的帮助下,最终"妻病即间,寻都除愈"。① 此外,同书的"刘龄"条亦如此。上述故事都表明在"遇大恶病"这一点上,佛教和以巫医为代表的民间宗教信仰之间存在激烈的竞争。因为这些故事出自佛教信徒之手,佛教与本土宗教角力的结局自然可想而知,这些角力反映了当时佛教与本土宗教的正面冲突。

## 二　六朝佛教灵验类小说所见佛教与本土宗教冲突的处理方式

如上所述,佛教与本土宗教存在如此激烈的冲突,究其原因是早期佛教传入本土,为最大限度地争取信众,不惜对本土宗教信仰强势介入,从而形成水火不相容之势。那么佛教又是如何处理和化解这种冲突的呢?结合小说文本和其他相关文献记载,大致可总结为三种方式。

第一,面对这种冲突,佛教为了体现自身的优越性,往往通过积极主动的方式介入,凸显佛教优势。比如,面对鬼神侵扰,佛教僧侣往往在游方的途中表现出果敢刚毅的态度,不回避鬼神,帮助当地百姓驱除鬼神精魅的祸害。如上文所引的《续光世音应验记》中"素有胆识"独居鬼屋的惠简道人和"独宿逆旅"的释僧融就是很好的例子,这些僧人面对鬼神,并未表现出丝毫的恐惧情绪,而是专念观音名号,寻求帮助。这里所谓的不避,是指僧人修行到一定程度,实际上有信心不惧怕鬼神,所以无须采取回避的态度躲开鬼神。在驱逐鬼神的过程中,僧人通常采取诵咒、诵经、称名等方式驱除鬼神。不过,无论是《续光世音应验记》还是其他文献材料均直接指出僧人的修行法力可以驱除鬼神之害。如"惠简道人"中鬼就对道人说:"君有净行,特相容耳。"② 又《高僧传》"释僧亮"中鬼神亦对僧亮云:"闻法师道业非凡,营福事重,今特相随喜。"③ 这里特别提及鬼神被降伏乃是僧人道业非凡所致。

第二,面对这种冲突,佛教作为一种外来宗教,它还吸收和融摄本土宗教尤其是道教的理论主张。比如"增寿益算"是六朝乃至整个佛教灵验

---

① （南朝齐）王琰:《冥祥记》,载《鲁迅全集》第 8 卷,人民文学出版社,1973,第581 页。

② 董志翘译注《〈观世音应验记三种〉译注》,江苏古籍出版社,2002,第 34 页。

③ （南朝梁）释慧皎:《高僧传》,汤用彤校注,中华书局,1992,第 485 页。

类小说常见的主题，但在印度佛教中只有延命的思想，没有增寿益算的观念。事实上，这种观念肇始于本土道教。《太平经》云："前后除算减年；其恶不止，便见鬼门。地神召问，其所为辞语同不同，复苦思治之，治后乃服。上名命曹上对，算尽当入土。"① 六朝时期上至帝王将相下至平民百姓都心怀希冀，追求长生不老乃至羽化成仙。前者往往通过寻求仙药、服食丹药及其他法术实现长生不老，后者则试图通过"增寿"来实现长寿。这种思想在刘义庆的《幽明录》中已见端倪："晋元帝世，有甲者，衣冠族姓，暴病亡。见人将上天，诣司命，司命更推校，算历未尽，不应枉召。主者发遣令还。"② 不过，这个故事中传主的宗教信仰尚不明晰。到了张演的《续光世音应验记》"道泰道人"条，叙道泰道人梦中被一人告知"其年命当终于四二"，③ 后在友人的提醒下，专心默念观音名号，最终得到观音相助，不仅渡过 42 岁难关，还增了寿命。此后，"增寿益算"频频出现在六朝隋唐佛教灵验类小说中。比如《宣验记》"郑鲜"条、《冥祥记》"僧钦"条等，都表现了在追求长生不老的过程中，佛教灵验类小说中所包含的"增寿益算"思想"基本上是融摄了道教的思想学说而形成，体现出佛教对中国本土宗教的融摄"。④

　　第三，佛教在处理与本土宗教冲突的过程中，还借鉴和运用本土宗教的传播手段，扩大在民众中的影响。兹以巫术治病疗疾为例，魏晋南北朝时期，巫风昌炽，巫术是疗疾的一种重要方式。譬如干宝《搜神记》"孙休"载："吴孙休有疾，求觋视者，得一人，欲试之。"⑤ 同书"戴氏女"条，叙豫章戴氏久病不差，后见一小型人形石块，便向之祈祷，结果得到神助，病愈，"戴氏为巫，故名戴侯祠"。⑥ 可见当时巫术在民众心中的影响力。佛教入华之初，高僧们也都或多或少地借鉴过这一形式进行布道，譬如《魏书·清河王怿传》载沙门惠怜用咒水为百姓治疗。这类故事亦见于六朝佛教灵验类小说，如《冥祥记》"晋沙门耆域"条，叙耆域"以应

① 王明编《太平经合校》，中华书局，1960，第 540 页。
② （南朝宋）刘义庆：《幽明录》，郑晚晴辑注，文化艺术出版社，1988，第 135 页。
③ 董志翘：《〈观世音应验记三种〉译注》，江苏古籍出版社，2002，第 41 页。
④ 张淼：《佛教疑伪经对道教思想的融摄——以敦煌遗书为考察对象》，《南京晓庄学院学报》2012 年第 2 期。
⑤ （晋）干宝编《搜神记》，汪绍楹校注，中华书局，1979，第 26 页。
⑥ （晋）干宝编《搜神记》，汪绍楹校注，中华书局，1979，第 55 页。

器置腹上，绎布覆之。梵呗三偈讫，为梵咒可数千语。寻有臭气满屋。病人曰：'活矣。'域令人举布，见应器中如污泥者。病人遂瘥"。① 后来他又用同样的咒术治好了长沙太守滕永文两脚风挛。总之，佛教通过这种巫术拯危救疾，博得民众的好感与认同。

### 三 六朝佛教灵验类小说所见佛教与本土宗教冲突的缘由

通过对六朝佛教灵验类小说和其他相关文献材料的爬梳，可以看出这一时期佛教与本土宗教之间既有冲突又有融合。笔者认为这一现象的出现，既与佛教自身发展特点有关，也与本土传统观念有关，以下试论之。

在印度佛教产生的初期，佛教就与其他不同宗派以及思想存在冲突、斗争。有时为了降伏某些外道，佛教就不得不运用各种咒语、神通，这一点从佛教典籍中可以窥知。如《舍头谏太子二十八宿经》载佛与一名女巫师斗法，巫师行咒，"以牛屎涂舍中庭，因便然火。化造屋舍，储八瓶水，示十六两，应而生诸华，持华转咒。以一一华，散于水中。并说神咒，而叹颂曰……"佛亦不甘示弱，"彼时世尊，寻念阿难。以觉意慧，坏除凶咒。即时颂曰：'绨抵，阿周啼羞尼抵，舍抵，萨波尼那，萨和修绨抵。'令一切安，使众欢悦。无暇寂然，除诸恐惧。又离煌灼，常获不动。为天见叹，一切吉祥。于是至诚，所言不虚，使阿难定"。② 正如杨庆堃所言："在佛教发展的早期阶段，它主要表现为一种巫术仪式。宣称佛教的神灵具有魔力，这点成为获得统治集团的支持和普通民众追随的一个重要原因。"③

而中国自古淫祠众多，巫风尤炽，这一点从曹丕于黄初五年所下的诏书中可以知晓。《魏书·文帝纪》载："先王制礼，所以昭孝事祖，大则郊社，其次宗庙，三辰五行，名山大川，非此族也，不在祀典。叔世衰乱，崇信巫史，至乃宫殿之内，户牖之间，无不沃酹，甚矣其惑也。"④

---

① （南朝齐）王琰：《冥祥记》，载《鲁迅全集》第8卷，人民文学出版社，1973，第572页。

② （晋）竺法护：《舍头谏太子二十八宿经》，《大正藏》第21册，台湾财团法人佛陀教育基金会出版部，1990，第410~411页。

③ 杨庆堃：《中国社会中的宗教：宗教的现代社会功能与其历史因素之研究》，范丽珠译，上海人民出版社，2006，第120页。

④ （晋）陈寿：《三国志》，（南朝宋）裴松之注，中华书局，1959，第84页。

而在民间，巫术和其他泛灵论崇拜更是渗入生活的每个角落，"街巷有巫，闾里有祝"，① 因此佛教与民间信仰之间为争夺信众的冲突就无法避免。而从现有的文献记载来看，这些冲突的焦点主要集中在对信徒和资源的抢夺上。从这类小说文本来看，一旦佛教与本土宗教争胜处于上风，其结果是"乡里敬信异常，咸信奉佛法"，② "莫不惧然，皆即奉法也"。③

　　至于冲突主要发生在会稽、荆州和庐山地区，这是因为这些地方素来巫风盛行。如应劭《风俗通义》之《怪神》篇载："会稽俗多淫祀，好卜筮，民一以牛祭。巫祝赋敛受谢，民畏其口，惧被祟，不敢拒逆；是以财尽于鬼神，产匮于祭祀。"④ 荆楚地区则见于《楚辞章句·九歌序》："昔楚南郢之邑，沅、湘之间，其俗信鬼而好祠。其祠，必作歌乐鼓舞以乐诸神。"⑤《汉书·地理志》载："（楚地）信巫鬼，重淫祀。"⑥ 而九江庐山一带，同样盛行鬼神祠祀。《后汉书·宋均传》："迁九江太守……浚遒县有唐、后二山，民共祠之，众巫遂取百姓男女以为公妪，岁岁改易，既而不敢嫁娶，前后守令莫敢禁。均乃下书曰：'自今以后，为山娶者皆娶巫家，勿扰良民。'于是遂绝。"⑦ 正因为会稽、庐山、荆州地区巫风昌炽，原始的民间信仰根基深厚，故在此地产生许多僧人降伏鬼神的传闻则别有宗教意味。通过称名念佛、诵经造像，佛的威力便可以庇佑信奉佛法之人，佛教的神祇体系逐渐被营造起来。我们从中亦可以看到佛教传播的环境以及传播的活动。由于佛教自身具备了民间宗教所缺乏的系统性、理论性等特点以及僧人无畏的精神，故能冲破本土民间信仰的阻碍获得长足的发展。如《冥祥记》载：

　　　　晋阙公则，赵人也。恬放萧然，唯勤法事。晋武之世，死于洛

---

① 王利器校注《盐铁论校注》，中华书局，2015，第391页。
② 董志翘译注《〈观世音应验记三种〉译注》，江苏古籍出版社，2002，第16页。
③ （南朝齐）王琰：《冥祥记》，载《鲁迅全集》第8卷，人民文学出版社，1973，第569页。
④ （汉）应劭著，王利器校注《风俗通义校注》，中华书局，1981，第401页。
⑤ （宋）洪兴祖：《楚辞补注》，白化文点校，中华书局，1983，第55页。
⑥ （汉）班固：《汉书》，中华书局，1962，第1666页。
⑦ （南朝宋）范晔：《后汉书》，中华书局，1965，第1412~1413页。此外，（南齐）祖冲之《述异记》"赤鳞鱼"条载："桓冲为江州刺史，乃遣人周行庐山，冀睹灵异。"参见《鲁迅全集》第8卷，人民文学出版社，1973，第284页。可见，庐山在当时不仅是风景胜地，也是酝酿鬼神灵异之事之地。

阳。道俗同志，为设会于白马寺中。其夕转经，宵分，闻空中有唱赞声。仰见一人，形器壮伟，仪服整丽，乃言曰："我是阙公则，今生西方安乐世界，与诸菩萨共来听经。"合堂惊跃，皆得睹见。①

又，同书载：

晋史世光者，襄阳人也。咸和八年，于武昌死。七日，沙门支法山转《小品》，疲而微卧，闻灵座上，如有人声。史家有婢，字张信，见世光在灵上，著衣恰，具如平生。语信云："我本应堕龙中。支和尚为我转经，昙护、昙坚迎我上第七梵天快乐处矣。"护、坚并是山之沙弥，已亡者也。后支法山复往为转《大品》，又来在座。世光生时，以二幡供养，时在寺中，乃呼张信："持幡送我。"信曰："诺。"便绝死。将信持幡，俱西北飞上一青山，上如琉璃色。到山顶，望见天门。世光乃自提幡，遣信令还；与一青香，如巴豆，曰："以上支和尚。"信未还，便遥见世光直入天门。信复道而还，倏忽醒活；亦不复见手中香也；幡亦故在寺中。世光与信，于家去时，其六岁儿见之，指语祖母曰："阿爷飞上天，婆为见不？"世光后复与天人十余，俱还其家，徘徊而去。每来必见簪恰，去必露髻。信问之，答曰："天上有冠，不著此也。"后乃著天冠，与群天神，鼓琴行歌，径上母堂。信问："何用屡来？"曰："我来欲使汝辈知罪福也；亦兼娱乐阿母。"琴音清妙，不类世声；家人大小，悉得闻之。然闻其声，如隔壁障，不得亲察也。唯信闻之，独分明焉。有顷去，信自送，见世光入一黑门。有顷来出，谓信曰："舅在此，日见榜掠，楚痛难胜。省视还也。舅生犯杀罪，故受此报。可告舅母会僧转经，当稍免脱。"舅即轻车将军报终也。②

按照六朝以前民众的认知，"众生必死，死必归土，此之谓鬼"。③ 人

---

①　（南朝齐）王琰：《冥祥记》，载《鲁迅全集》第 8 卷，人民文学出版社，1973，第 578 页。

②　（南朝齐）王琰：《冥祥记》，载《鲁迅全集》第 8 卷，人民文学出版社，1973，第 580~581 页。

③　（汉）郑玄注，（唐）孔颖达正义《礼记正义》，载《十三经注疏》，中华书局，1980，第 1595 页。

死为鬼，但因阙公则和张应生前信奉佛教，勤于法事，即便死后现身亦为宣讲佛法，我们由此可见在佛教与民间信仰的冲突中，佛教已占据了上风。不过需要说明的是，无论是佛教还是民间信仰，两者并没有谁彻底征服谁的问题，而是彼此之间相互影响。就佛教而言，它以特有的方式逐渐占领了中国民众信仰的世界，在其扩展自己领地的同时，传统的本土文化亦不断影响着佛教。当佛教的僧侣采取那些为本土民众可以接受的传播方法，并且自发或自觉、有意或无意地对佛教进行改造，以迎合、适应六朝民众的需求时，佛教实际上已经孕育了中国民间信仰化的倾向。

**四　结语**

绾结而论，通过对六朝佛教灵验类小说和其他相关文献中关于佛教与本土宗教的互动考察，我们可以看出这种互动在六朝时期出现得较为频繁，究其本质是外来佛教与本土民间信仰之间的冲突，而造成这种冲突的根由是佛教最大限度地争夺信众，抢夺在民众中的话语权，从而树立自身的权威。佛教对本土原始宗教信仰的"征服"主要有收服和驱逐两种方式，其"征服"主要通过称名、诵经。而佛教在与中国传统思想的碰撞中，一方面对本土文化产生了强烈的冲击，甚至改变了民众原有的认知，如因果轮回、灵魂不死等；另一方面则在这种碰撞、冲突中又被本土文化影响，从而孕育了佛教中国民间信仰化的倾向。此外，我们还可以从这些看似荒诞离奇的记载中看到佛教在魏晋南北朝的发展，除了我们在一般佛教史中看到的佛经传译、义理研讨之外，其实最重要的还是在普通民众中的传教活动。这种活动的开展方式、遇到的困难、解决的办法和途径以及最终达到的效果等这些重要的信息却是以往撰述佛教史时常常忽略的部分，因此对六朝佛教灵验类小说和相关文献的分析有助于揭开这些沉埋的历史。

## 第二节　六朝佛教灵验类小说与观音信仰的谋求与建立

### ——以《观世音应验记三种》为中心

如第一章所述，伴随观音相关经典的输入，加上其宣扬的救济思想与当时的民众精神诉求相契合，故观音信仰在六朝广泛流行，对当时大众的社会生活、道德规范、思想观念等方面均产生了深远影响，而出于六朝士大夫阶层之手的《观世音应验记三种》尤为重要。目前，学界关于这一时期的观音信仰不乏讨论，然相关成果多集中在观音形象、观音本土化、观音信仰成因等方面，① 而对于六朝观音信仰建构的一些具体问题，比如观音信仰在当时是如何传播、衍变的，讲述者、阅读者是如何调节听讲者接受度的，它又是如何进入公共性知识体系进而上升为一种大众的信仰，等等，却缺少细致的、必要的梳理。基于此，我们将从传播学角度出发，借鉴并运用传播学相关的理论对六朝观音信仰的建构问题进行考察。与此同时，成书于这一时期的《观世音应验记三种》不仅仅宣扬观音的威神之力，而是在很大程度上是僧人、士大夫及民众对观音信仰历史意识的回响。它们以集中书写的方式，展现了当时佛教发展真挚热烈的时代景象以及士大夫们对观音灵验的诠释。因此我们不妨以《观世音应验记三种》为研究对象，通过对僧侣、士大夫和民众之间关系的考察，了解六朝观音信仰传播的具体情况。这些新的视角或许会帮助我们重估《观世音应验记三种》的写作在历史发展过程中所具有的自觉和达到的层次。

## 一　《观世音应验记三种》传播与再传播及受众关系之考察②

一种宗教文化的兴盛离不开传播活动，观音信仰亦不例外。宗教传播的实质是对宗教信息的交流与分享，在这个过程中传播者与受众的关系尤为重要。如上所述，《观世音应验记三种》不仅为我们提供了诸多观音灵验的细节，还展现了所处时代的社会景象，因此我们不妨对《观世音应验记三种》进行细致解读，通过考察僧侣、士大夫和民众之间的关系，以便更好地了解六朝观音信仰传播的具体情况。

---

① 关于观音形象的探讨，有孙昌武的《中国文学中的维摩诘与观世音》（《社会科学战线》1993 年第 1 期）、《中国汉地观音信仰与文学中的观音》（《传统文化与现代化》1995 年第 3 期）；关于观音信仰原因的探讨，段友文的《观音信仰成因论》［《山西师大学报》（社会科学版）1998 年第 2 期］、郑筱筠的《观音信仰原因考》（《学术探索》2001 年第 1 期）可以参详；关于观音信仰中国化的研究，李利安的《观音信仰的中国化》［《山东大学学报》（哲学社会科学版）2006 年第 4 期］做出了详细的阐述。
② 本节主体部分已发表，具体参见谷文彬《六朝时期观音信仰如何成为大众信仰》，《中国社会科学报》2018 年 4 月 17 日，第 5 版。

## （一）传播者：普通僧人发挥主导作用

首先就传播者来说，是传播行为的发起人，在一个完整的传播活动中，它处于首端，是信息的制造者和发布者，也是整个传播过程中最为活跃和最为重要的因素，决定着传播的内容及流向。综观《观世音应验记三种》，只有少数条目是作者从亲朋好友那里听闻的，如"吕竦""张会稽使君""彭子乔"等，其余大多则是从相识的僧人那里获知的，如"沙门帛法桥""窦傅""义熙中士人""杜贺敦妇""道豫道人说癞人"等条。即便有少数条目出处不详，如"外国有百余人""韩当""毛德祖"条，但仔细揣忖，也应是从僧人那里听闻的。这充分说明了在观音信仰的传播过程中，僧人"作为佛教的'实践主体'，是推动来自印度和中亚的佛教被中华文明接受、在与中华文明激荡交流过程中转型和传播的核心力量"，① 这与这一时期的其他文献记载亦相符合。如《高僧传》载："（沙门昙无竭）复行向中天竺界。路既空旷，唯赍石蜜为粮，同侣尚有十三人，八人于路并化，余五人同行。无竭虽屡经危棘，而系念所赍《观世音经》未尝暂废。将至舍卫国，野中逢山象一群，无竭称名归命，即有师子从林中出，象惊惶奔走。后渡恒河，复值野牛一群，鸣吼而来，将欲害人，无竭归命如初。寻有大鹫飞来，野牛惊散，遂得免之。其诚心所感，在险克济，皆此类也。"②

需要强调的是，《观世音应验记三种》提及的僧人中，除了竺法义、道泰道人、释僧融、释法力、释道冏、法禅、释僧洪、释道汪等 13 人见于僧传外，余者像支道蕴、支道山、惠严法师、惠简道人、道豫道人、游敬安等人皆身名不显，事迹不详，更有甚者连姓名、法号都未留下。这进一步说明在观音灵验传闻的传播过程中，普通僧人或许发挥着更为重要的作用。至于为何是普通僧人，笔者认为在很大程度上是因为《观世音经》短小简洁，其中涉及佛学理论较少，故对于当时学识渊博的高僧来说兴趣不大。但是对于那些粗通经论的一般僧人来说，则与他们"志在游化，居无求安"的志向相符合。③

---

① 圣凯：《生活、主体、内在——中国佛教社会史研究的三种转向》，《清华大学学报》（哲学社会科学版）2020 年第 2 期。

② （南朝梁）释慧皎：《高僧传》，汤用彤校注，中华书局，1992，第 94 页。

③ 例如《高僧传》卷十三《兴福》篇云："入道必以智慧为本，智慧必以福德为基。譬犹鸟备二翼，倏举千寻；车足两轮，一驰千里。"［（南朝梁）释慧皎：《高僧传》，汤用彤校注，中华书局，1992，第 496 页。］这就说明了佛家认为弘法与修习同等重要。

如果我们对这类僧人的身份做更具体的考察，则不难发现这些人大部分是游方僧人，游方宣化是他们传播佛理的重要途径。据侯旭东考证，游方宣化之风源自西域，如安世高"游方弘化，遍历诸国，以汉桓之初，始到中夏"。① 又昙柯迦罗"常贵游化，不乐专守，以魏嘉平（公元二四九至二五四年）中，来至洛阳"。② 又竺法护"志弘大道，遂随师至西域，游历诸国，外国异言三十六种"。③ 正是因为有了这样一批批不畏艰险、矢志不渝的僧人，才会有"传法宣经，初化东土"的情况出现。游化之风，传入本土，又与中土的儒生游学访师问道的传统相结合，促使僧人游化之风盛行。④ 不仅如此，他还将这类游方僧人分为三种：游方宣化、游学和"邦乱则振锡孤游"式的避难逃亡。考之《观世音应验记三种》，其中涉及的游方僧人，以游方宣化和"邦乱则振锡孤游"式的避难逃亡为主。前者有《光世音应验记》中的竺法义、《续光世音应验记》中的释僧融、《系观世音应验记》中的游敬安等；后者则有《光世音应验记》中的支道山、《系观世音应验记》中的智生道人等。虽然两者宣化的对象不同，讲述的内容和层次有别，但均为扩大观音信仰影响的重要途径。兹举一例，加以说明。《光世音应验记》"窦傅"条：

> 窦傅者，河内人也。永和中，高昌、吕护各拥部曲，相与不和。傅为昌所用，作官长。护遣骑抄击，为所俘执。同伴六七人共系一狱，锁械甚严，克日当杀之。沙门支道山时在护营中，先与傅相识。闻其幽执，至狱候视之，隔户共语。傅谓山曰："困厄，命在漏刻，何方相救？"山曰："人事不见其方，唯光世音菩萨救人危难。若能至心归请，必有感应。"傅亦先闻光世音，及得山语，遂专心属念，昼夜三日，至诚自归。……乡里敬信异常，咸信奉佛法。道山后过江，为谢庆绪具说其事。⑤

窦傅因为上司之间的矛盾而受牵连，被关入牢中，命悬一线之际，幸

---

① （南朝梁）释慧皎：《高僧传》，汤用彤校注，中华书局，1992，第4页。
② （南朝梁）释慧皎：《高僧传》，汤用彤校注，中华书局，1992，第13页。
③ （南朝梁）释慧皎：《高僧传》，汤用彤校注，中华书局，1992，第23页。
④ 侯旭东：《十六国北朝时期僧人游方及其作用述略》，《佳木斯师专学报》1997年第4期。
⑤ 董志翘译注《〈观世音应验记三种〉译注》，江苏古籍出版社，2002，第16页。

遇故人支道山前来看望，并得其点拨："人事不见其方，唯光世音菩萨救人危难。若能至心归请，必有感应"，遂"专心属念"，"至诚自归"。在这则故事中，支道山作为游方僧人不受政治和地域的束缚，在窦傅危难时刻对其弘法宣化，不仅助其脱离困境，而且通过窦傅的亲身经历证明观音菩萨的存在，进一步扩大佛法的影响力，"乡里敬信异常，咸信奉佛法"。这则传闻后又被支道山带到南方，得以在南方士人中流传。类似的事例在《观世音应验记三种》中俯拾即是。

不仅如此，《观世音应验记三种》中还有不少僧人亲身经历观音灵验的记载，如《续光世音应验记》"道泰道人"条：

> 道泰道人，住常山衡唐精舍。尝梦人云，其年命当终于四二，泰心恶之。后至其年，遂便遇笃病，意甚忧惧，悉以附身资物为福施。友人谓之："《经》云：'供养六十二亿菩萨，与一称光世音福同。'君将不为归心向，庶可得增寿益算，妖梦不践耶？"泰乃感悟，遂昼夜四日精心。所座床前垂帷，忽于帷下见光世音从户外入，足跌及踝间金色照然，曰："汝念光世音耶？"比及褰开，便不复见。泰乃憙悦流汗，便觉体轻，所患即差。后人见之，已年四四，具自说如此。①

道泰道人因为梦见自己寿命短促，"意甚忧惧"，在友人的提醒下，昼夜不停地称念光世音，不仅"所患即差"，而且益寿延年。这种用亲身经历来证实观音威神之力的方式，无疑更有说服力。

**（二）再传播者：士大夫扩大传播覆盖范围**

值得注意的是，观音信仰在传播的初级阶段"并非能全数直达阅听人之处，有时候它只是到达它所欲传播对象的一部分，再由一部分的人，把讯息传给他们周围——最普遍的大众"。② 因此这些僧人在游方宣化后，又与士大夫交往，并在交往过程中将这些灵验传说进一步向知识阶层传播。如《系观世音应验记》"裴安起"条就记录下这一情形："蒋山上定林寺阿练道人释道仙，在蜀识裴，恒闻其自序此事，为杲具说。"③ 这些

---

① 董志翘译注《〈观世音应验记三种〉译注》，江苏古籍出版社，2002，第41页。
② 郑贞铭：《新闻学与大众传播学》，台湾三民书局股份有限公司，1994，第340～341页。
③ 董志翘译注《〈观世音应验记三种〉译注》，江苏古籍出版社，2002，第155页。

知识阶层，大多具备一定的文学和佛学素养，兴趣和思想相近，因此能够成为灵验传说的再传播者。

不过，不同于游方僧人采取口头传播的方式，① 士大夫阶层首先将原本的口头传说进行收集、整理，并行诸文字，这样就有效地避免了口头传播带来的缺陷，比如覆盖面窄、传授双方必须处于同一时空等，从而使得观音灵验传闻以书面文字的方式再次在社会传播，有利于促进观音信仰在各个阶层传播，扩大了传播覆盖范围。其次，作为文化精英的士大夫阶层，如前所述，他们具备良好的文化素养和审美趣味，因而对这些灵验传闻的认识也就不同于一般民众。他们虽"钦服灵异"，但也对这些灵验传闻进行甄别、筛选，这一点在陆杲的《系观世音应验记》中尤为明显。此外，士大夫阶层还是"帝国政治中最有能量和活力的阶层，对帝国政治的运作乃至君主的意志具有深刻的影响力"。② 如前所述的何尚之回答宋文帝奉佛利与弊的问题，就是极好的例子。因此他们对观音灵验传闻的弘扬就与僧人存在本质的区别，一为政治教化，一为弘扬佛法。

那么，如何看待僧侣与士大夫、传播者与再传播者在六朝观音信仰过程中的作用与意义呢？"要知道，佛法传入流传中国的最大障碍，就是中国传统价值与帝国政治，而士大夫知识阶层正是传统价值之最有力的维护者和帝国政治之实际操作者。"③ 游方僧人虽然处于传播活动的首端，活跃在六朝各个地区，依托经典弘扬宣化，并在下层民众中逐渐形成一定的气候，但如果没有取得"传统价值之最有力的维护者和帝国政治之实际操作者"的认同，这种传播将始终难以进入主流文化中，而仅在边缘文化圈徘徊。这也是观音经典早在东晋时期就已译出，但直到六朝中后期才得以广泛流行的最根本的原因。只有经过知识阶层的认同并自觉地作为该阶层的文化事业"若来哲续闻，亦即缀我后。神奇世传，庶广浍信"，④ 这种

---

① 口头传播方式是佛教一种常见的传播方式，对此梁启超认为这与佛教早期传教布法有关，"印土僧徒，凤贵呗诵，所治经典，类能暗记。最初移译，率凭口传"。具体详情可参阅梁启超《佛典之翻译》，载《佛学研究十八篇》，上海古籍出版社，2001，第270页。
② 刘莘：《论汉晋时期的佛教》，《中国史研究》1994年第2期。
③ 刘莘：《论汉晋时期的佛教》，《中国史研究》1994年第2期。
④ 董志翘译注《〈观世音应验记三种〉译注》，江苏古籍出版社，2002，第59~60页。

传播才能真正被社会各个阶层接纳。由此观之，东晋以来，观音信仰潮流的勃兴，自然离不开得道高僧于晨鼓暮钟黄卷青灯中孜孜不倦地从事着辛苦的翻译工作，用生命去冲破文化的篱笆。但也不能忽略那些振锡孤游的普通僧人，也正是因为他们身怀弘化诸国、解救众生之伟大志向，颠沛流离、辗转多地仍持之以恒地从事宣化事业，使艰深的佛理以通俗易懂的方式流播于民众中，遂使得观音信仰这种外来文化成功地移植于本土文化中，最终形成"半个亚洲地区的信仰"。应当特别指出的是，任何一种外来文化想要跨越政治和文化的障碍，就必须获得本土精英文化阶层的认可，只有这样才不至于流于文化的表层，处于被批判、被轻视、被打压的尴尬地位。观音信仰之所以能在本土成功传播，与取得当时士大夫阶层的支持有很大的关系，尽管这种支持可能出于不同的目的。

**（三）受众：民众决定观音信仰传播的策略和方式**

以上是就传播者与再传播者、僧侣与士大夫两者关系的考察，接下来我们对处在传播活动的另一端——受众予以考察。传播学通常认为受众是一对多的传播对象与接受者，同时也是传播活动的目的地。可以说，受众是传播的方向和目的，没有受众的传播活动和传播体系是不完整的。除此之外，"文学作品从根本上讲注定是为这种接受而创作的"，① 因此受众还是传播效应的最终鉴定者，他们在一定程度上决定了传播的策略和方式。统观《观世音应验记三种》，除了《系观世音应验记》"张会稽使君"中的张畅为吏部尚书外，其余为太守、刺史、县令、库吏、参军、主簿等中下层官员和僧人、渔夫、商人、寡妇、屠夫、猎人、士兵等普通百姓。这说明下层民众才是观音信仰传播的主要受众。

民众是宗教的基础，只有重视在民众中的传播，外来宗教才能得到群众的支持并产生最广泛的社会影响，这一点已成为学界共识。不过，下层民众受教育程度低，大多数人甚至一字不识，因此对佛教理论的理解与接受就存在障碍，再加上繁重的生存压力，他们没有也不具备条件去参与佛事。然而，当时恶劣的政治环境和生存环境，又迫使他们去佛门寻求精神上的慰藉。"济俗亦为要务"，如何最大限度地争取这些信众，成为当时佛

---

① 〔联邦德国〕H. R. 姚斯、〔美〕R. C. 霍拉勃：《接受美学与接受理论》，周宁、金元浦译，辽宁人民出版社，1987，第 23 页。

学界思考的问题。对此，慧皎在《高僧传》中提出："如为出家五众，则须切语无常，苦陈忏悔。若为君王长者，则须兼引俗典，绮综成辞。若为悠悠凡庶，则须指事造形，直谈闻见。若为山民野处，则须近局言辞，陈斥罪目。凡此变态，与事而兴。可谓知时知众，又能善说。"① 由此可见，面对六朝时期的社会状况，观音信仰的传播者采取了通俗明了、简便易行的传播策略。如《续光世音应验记》"江陵一妇人"条：

> 僧融又尝与释昙翼于江陵劝一人夫妻戒，后其人为劫所引，因遂越走。执妇系狱。融遇途见之，仍求哀救，对曰："惟当一心念光世音耳，更无余术。"妇人便称念不辍。②

传播者释僧融可能考虑到信徒的文化背景，便将信仰观音的仪式简化到称念名号即可，而无须其他仪式。这种只需称念名号的方式充分考虑到下层民众的实际情况，自然极大地满足了他们的信仰需求，从而广泛流行于南北朝各个角落。《观世音应验记三种》便记录了不少这方面的事例，其中又以《系观世音应验记》所载"王桃"最典型：

> 王桃，京兆杜人也。性好杀害，少为猎师。年造三，复于林中结罟张鹿。尝一遇虎食己所获，即牵弩射虎。此虎伤走。复有一虎从啮，桃两髀皆碎，犹不自置。桃忽忆先闻道人说观世音，仍至心归念。便见放桃，因得起。虎犹怒目愤怒，大叫绕之。桃愈锐心至念，虎遂置之而去。桃还家自誓云："若不疮死，当奉佛受戒！"寻得差愈，竟成精进人。③

传主王桃本是一名猎师，性好杀害，在一次打猎中遭遇老虎的袭击，生死攸关之际"桃忽忆先闻道人说观世音，仍至心归念"，这个细节足以反映出当时的民众对这类传播策略的接纳程度，结尾王桃"竟成精进人"，则证实了传播的最终效果。

不过需要指出的是，受众并不是被动地接受传播者传播给他们的信

① （南朝梁）释慧皎：《高僧传》，汤用彤校注，中华书局，1992，第521页。
② 董志翘译注《〈观世音应验记三种〉译注》，江苏古籍出版社，2002，第48页。
③ 董志翘译注《〈观世音应验记三种〉译注》，江苏古籍出版社，2002，第205页。

息。恰恰相反，他们的读者意识和期待视野也在无形中影响着传播者、再传播者的创作，迫使传播者不得不根据民众的需求和状况随时调整传播的内容，以期收到更好的传播效果。从《观世音应验记三种》不难看出，当时民众的需求和关注点主要集中在三个方面：一是六朝时期天灾人祸频出，战乱频仍，生命朝不保夕，人们普遍渴望能在神秘力量的帮助下脱离苦难，而这种神秘力量又要让人们真切地感受到；二是这些受众基本上都是普通百姓，对佛教缺少必要的了解，信奉观音的好处及方式都是他们最为关心的问题；三是他们更加倾向于一种无须思考的轻松式阅读。因此，《观世音应验记三种》的读者群体有对救苦救难的神秘力量的精神寻求，阅读者的身份地位、知识层次也决定了《观世音灵验记三种》必须具有通俗、真实、劝化等特点。于是《观世音应验记三种》的传播者不得不进行调整改动，具体表现在如下几个方面。

第一，就内容而言，这些传播者和再传播者善于在六朝特定历史时期的生存体验中取材，故反映刑杀、狱难和盗贼等社会苦难的最为突出，共计 52 条，占全书比重的 60% 以上。而这些材料大部分来源于日常生活，年代相去不远，甚至有不少还是亲身经历的，如《光世音应验记》"邺西寺三胡道人"、《续光世音应验记》"义熙中士人"、《系观世音应验记》"北彭城有一人"等等，都是这方面的例子，故在某种程度上给受众营造出一种生活化、真实化的情境。

第二，就形式而言，传播者和再传播者有意识地运用通俗易懂的甚至有些夸张的话语叙述故事，力图让受众能够理解。

第三，就教理而言，传播者对观音信仰自身进行了部分的调适和改变，这一点《系观世音应验记》表现得尤为突出。如果进一步细分，又可分为两点。一是对佛教教义的改变。如上文所引王桃"性好杀害"，然在一次捕杀猎物的过程中，遇到猛虎的袭击，生命垂危之际，"忽忆先闻道人说观世音"，情急之下归念观音名号。而观音亦不计较王桃先前之作为，闻声相救，助其脱离困厄。佛家持因果报应之说，认为善有善报、恶有恶报，而在这则故事里，观音所为无疑违反了佛教教义，但为了显示观音威力，获得民众的信仰，即使是"性好杀害"的王桃仍能因归念观音而获得救助。二是为获取更多的受众不惜与传统伦理道德产生冲突。如《系观世音应验记》中的"高度""孙钦""王谷""唐永祖"

以及《续光世音应验记》中的"张展"等人，本违反律法，理应当斩，但因为诸人诚心向观音求救，最终竟能平安脱罪。简言之，传播者和再传播者的这些行为充分展现了他们为迎合受众而做出的改变。《观世音应验记三种》也因充分满足了受众群体阅读期待中渴求救难的心理而风靡一时。

但是这种迎合受众期待的行为是一把双刃剑。一方面，六朝的社会现状、佛教的勃兴以及受众阅读心理的渴求，都为《观世音应验记三种》及同类小说的兴盛提供了条件。但另一方面，受众期待具有一定的时效性。随着时代语境的变化，受众群体的阅读期待也会随之改变，如果只是重复传播观音灵验的传闻，固然能够重塑舆论场①，形成舆论波的回旋，促成大面积的舆论环境，但终归会有产生审美疲劳的那一天。佛教灵验类小说越来越大同小异，新的奇异因素和叙事模式无法产生，读者的阅读视野缺乏新的刺激，审美疲劳感就会油然而生，这也是《观世音应验记三种》以后同类小说逐渐走向式微的根本原因。

戴元光曾在《佛教传播》一文中指出：佛教在中国传播过程中提高因应性，就是通过比附、迎合、改造、创新、调和、融摄等途径，去适应中国本土文化，适应中国特定的政治、经济和社会制度。② 我们通过对六朝时期观音信仰建构过程的考察，亦不难看出观音信仰也是通过比附、迎合、改造、创新、调和、融摄等多种途径进行传播与建构的。在这个具体过程中，僧人固然发挥着主导作用，但必须取得知识阶层的认可，"使它成为本土文化精英的自觉事业，不然，它必将仍然长期处于文化表层，而在文化深层结构中无立足之地，处于被批判、被阻碍、被排斥、被挑战的地位"。③ 观音信仰在本土的成功传播，士大夫阶层的认同是关键。而民众作为受众在观音信仰的传播过程中所起的作用以及所产生的影响同样不

---

① "场"最初是物理学概念，被引入人文社会科学领域后，更多是指与现存事物相联系的外在环境的总体。而所谓"舆论场"，则是指一种包含若干相互刺激的因素，从而能使许多人形成共同意见的时空环境。具体详情可参阅刘建明《基础舆论学》，中国人民大学出版社，1988。
② 戴元光：《佛教传播》，载孙旭培主编《华夏传播论：中国传统文化中的传播》，人民出版社，1997，第468页。
③ 张晓华：《从佛教景教传播中国的成与败看外来宗教本土化的若干理论问题》，《史学理论研究》1999年第4期。

能忽视。他们不仅为观音信仰提供了深厚的群众基础，产生了广泛的社会影响，反过来也刺激僧侣、士大夫阶层对观音信仰认知的提升。因此，三者缺一不可，只有三者有机地结合，才能构成一个完整的传播体系，观音信仰才能在本土真正立足。

## 二　《观世音应验记三种》所见六朝观音信仰的地域分布及其特点

《观世音应验记三种》中关于观音灵验的传闻大多记载了发生的地点，因此我们可以分析出当时观世音信仰流传的地域分布格局（见表 1）及形成原因，进而探讨佛教文化地理研究中不同学风对《观世音应验记三种》成书的影响。

表 1　《观世音应验记三种》所见六朝观音信仰地理分布

| 条目 | 发生地点 | 出处 | 条目 | 发生地点 | 出处 |
| --- | --- | --- | --- | --- | --- |
| 竺长舒 | 河南洛阳 | 《光》 | 沙门帛法桥 | 河北中山 | 《光》 |
| 邺西寺三胡道人 | 河北邺城 | 《光》 | 窦傅 | 河南河内 | 《光》 |
| 吕竦 | 浙江始丰 | 《光》 | 徐荣 | 浙江定山 | 《光》 |
| 沙门竺法义 | 浙江始宁 | 《光》 | 徐义 | 河北邺城 | 《续》 |
| 张展 | 河北广宁 | 《续》 | 惠简道人 | 湖北荆州 | 《续》 |
| 孙恩乱后临刑二人 | 沿海地区 | 《续》 | 道泰道人 | 河北常山 | 《续》 |
| 释僧融 | 江陵、庐山 | 《续》 | 江陵一妇人 | 湖北江陵 | 《续》 |
| 毛德祖 | 陕西关中 | 《续》 | 义熙中士人 | 不详 | 《续》 |
| 韩当 | 山东平原 | 《续》 | 释法力道人 | 山东鲁郡 | 《系》 |
| 释法智道人 | 不详 | 《系》 | 吴兴郡吏 | 浙江吴兴 | 《系》 |
| 海盐一人 | 浙江海盐 | 《系》 | 刘澄 | 江西宫亭 | 《系》 |
| 释道冏道人 | 河南孟县 | 《系》 | 伏万寿 | 江苏广陵 | 《系》 |
| 释法纯道人 | 浙江山阴 | 《系》 | 梁声 | 山西河北 | 《系》 |
| 外国百余人 | 扶南 | 《系》 | 北有一道人 | 山西寿阳 | 《系》 |
| 关中道人法禅等五人 | 陕西关中 | 《系》 | 北彭城有一人 | 江苏彭城 | 《系》 |
| 蜀有一白衣 | 四川蜀郡 | 《系》 | 高荀 | 河南荥阳 | 《系》 |
| 杜贺敕妇 | 山东青州 | 《系》 | 南公子敖 | 陕西兴平 | 《系》 |
| 慧和道人 | 安徽新林 | 《系》 | 盖护 | 江苏山阳 | 《系》 |
| 凉州妇人李氏 | 甘肃凉州 | 《系》 | 会稽库吏姓夏 | 浙江会稽 | 《系》 |

续表

| 条目 | 发生地点 | 出处 | 条目 | 发生地点 | 出处 |
|---|---|---|---|---|---|
| 释僧洪道人 | 江苏南京 | 《系》 | 王球 | 湖北江陵 | 《系》 |
| 郭宣 | 湖北荆州 | 《系》 | 超达道人 | 河南荥阳 | 《系》 |
| 庱中寺主 | 北魏辖区 | 《系》 | 王葵 | 山东阳平 | 《系》 |
| 高度 | 山东渤海 | 《系》 | 于阗王女婿 | 新疆于阗 | 《系》 |
| 关中人 | 陕西关中 | 《系》 | 僧苞道人所见劫 | 不详 | 《系》 |
| 朱龄石 | 浙江吴兴 | 《系》 | 山阳一人名僧儒 | 江苏山阳 | 《系》 |
| 张会稽使君 | 湖北荆州 | 《系》 | 张达 | 不详 | 《系》 |
| 王谷 | 辽宁龙城 | 《系》 | 孙钦 | 辽宁龙城 | 《系》 |
| 唐永祖 | 江苏建康 | 《系》 | 幼宗兄子 | 湖南长沙 | 《系》 |
| 彭子乔 | 湖南益阳 | 《系》 | 益州一道人 | 四川益州 | 《系》 |
| 河北一老尼 | 山西河北 | 《系》 | 刘度 | 山东聊城 | 《系》 |
| 释慧标 | 山东冀州 | 《系》 | 栾苟 | 陕西富平 | 《系》 |
| 释开达 | 甘肃陇上 | 《系》 | 裴安起 | 山西闻喜 | 《系》 |
| 毛氏女 | 江苏秦郡 | 《系》 | 张崇 | 陕西京兆 | 《系》 |
| 吴乾钟 | 江苏西海 | 《系》 | 法智道人 | 不详 | 《系》 |
| 李儒 | 河南虎牢 | 《系》 | 释道汪法师 | 四川益州 | 《系》 |
| 释道明道人 | 江苏邳县 | 《系》 | 有人姓台 | 不详 | 《系》 |
| 毕览 | 山东东平 | 《系》 | 刑怀明 | 河南滑台 | 《系》 |
| 符坚败时八人 | 安徽石城 | 《系》 | 释僧朗 | 甘肃凉州 | 《系》 |
| 释道囧道人 | 河南霍山 | 《系》 | 潘道秀 | 山东广固 | 《系》 |
| 韩睦之 | 江苏彭城 | 《系》 | 彭城妪 | 江苏彭城 | 《系》 |
| 池金罡 | 山东平原 | 《系》 | 道豫道人说癫人 | 不详 | 《系》 |
| 月氏国人 | 月氏国 | 《系》 | 释惠缘道人 | 山东青州 | 《系》 |
| 王桃 | 陕西京兆 | 《系》 | 法领道人 | 山西上党 | 《系》 |

注：

1. 《光世音应验记》简称《光》，《续光世音应验记》简称《续》，《系观世音应验记》简称《系》。

2. 本表依据的是故事发生的地点，而不是传主所在的籍贯。以"王球"为例，《系光世音应验记》载其本是"太原人"，后任涪陵太守，然而发生灵验体验则是在湖北江陵监狱中，故统计时既不按籍贯，也不按所任官职地点，而依据的是灵迹发生的地点。

3. 彭城，从当时的地域上看，属于北方。具体可参考汤用彤《汉魏两晋南北朝佛教史》第二十章"北朝佛学"之"彭城佛学"。

资料来源：董志翘译注《〈观世音应验记三种〉译注》，江苏古籍出版社，2002。

由上述统计可以看出，六朝时期观音灵验传闻发生地已遍布南北朝各地。具体而言，陕西七则，主要在富平、京兆、关中等地；河北五则，主要在中山、邺城、广宁、常山；河南八则，主要在洛阳、河内、孟县、荥阳、滑台、虎牢、霍山；浙江八则，分别为始丰、定山、始宁、吴兴、海盐、山阴、会稽；湖北五则，主要在荆州、江陵等地；山东十一则，主要在平原、翼州、青州、渤海、阳平、东平、鲁郡；山西五则，主要在寿阳、上党、河北、闻喜；江苏十则，主要在彭城、山阳、秦郡、建康、西海、广陵；四川三则，主要在蜀郡、益州；安徽两则，主要在新林和石城；甘肃三则，主要在凉州等地；辽宁两则均在龙城；湖南两则，主要在长沙和益阳；江西一则，在宫亭；新疆一则，在于阗。除此之外，尚有四则未明确点名地点的，如南方沿海地区、北魏、某一大泽、北方等地；发生在外国的有百济、月氏国和扶南国；完全没说明地点的有七则，分别是"义熙中士人"、"释法智道人"、"有人姓台"、"道豫道人说癞人"、"僧苞道人所见劫"、"张达"和"法智道人"。

倘若我们再仔细看，六朝观音信仰的地域分布呈现三大特点：第一，六朝观音信仰以长安、洛阳等地为发源地向四周辐射并遍及全国；第二，六朝观音信仰在传播的过程中逐渐形成几大信仰中心，如长安地区、荆州地区、彭城地区、建康地区和凉州地区；第三，六朝观音信仰传播呈现由北向南的趋势，且出现了南北比例不协调的现象，其中北方约为 50 则，南方仅约为 30 则。

这三大特点中，第一个特点应该与竺法护、鸠摩罗什在长安翻译观音经典有很大关系，如《出三藏记集》卷十三《竺法护传》云："后立寺于长安青门外，精勤行道。于是德化四布，声盖远近，僧徒千数，咸来宗奉。……于是四方士庶，闻风响集，宣隆佛化二十余年。"[1] 又慧观《法华宗要序》亦云："有外国法师鸠摩罗什，……秦弘始八年（406）夏，于长安大寺集四方义学沙门二千余人，更出斯经，与众详究。"[2] 早期的观世音信仰主要以长安为发源地，其后再由他们的弟子将其带至全国各地。

① （南朝梁）释僧祐：《出三藏记集》，苏晋仁、萧炼子点校，中华书局，1995，第 518~519 页。
② （南朝梁）释僧祐：《出三藏记集》，苏晋仁、萧炼子点校，中华书局，1995，第 306 页。

　　第二个特点则与上述这几个地区是当时的佛教文化兴盛区有密切的关系。我们不妨以荆州地区①为例，早在三国时期荆州地区就有高僧传播佛教。据《高僧传》卷一《魏吴武昌维祇难》载"以吴黄武三年（公元二二四年），与同伴竺律炎来至武昌，赍昙钵经梵本。昙钵者，即《法句经》也。时吴士共请出经，难既未善国语，乃共其伴律炎译为汉文"。②不仅如此，孙权还在武昌修建昌乐寺，这也是荆州地区最早的佛寺。这些举措无疑为荆州地区奠定了良好的佛教基础。此后佛教在荆州地区进一步发展，如《佛祖统纪》卷三十六便载有羊祜任荆州都督期间供给武当山寺一事。③十六国时期，北方政权更替频繁，大批僧人南下，其中最有影响的是道安及其僧团。道安在襄阳翻译佛经，编订佛经目录，同时还与各地僧侣保持密切的联系，④一度让襄阳成为跨越地域的佛教传播中心。

　　除此之外，他还多次派遣弟子在荆州辖区内修建寺庙、⑤讲论佛法，不仅有力地推动了荆州地区佛教的兴盛，而且还促进了荆州地区佛学水平的提高，吸引越来越多的高僧前来驻锡弘法，如《高僧传》卷二《晋寿春石磵寺卑摩罗叉》："罽宾人，……以伪秦弘始八年（公元四○六年）

① 这里所指的荆州地区不等同于今天所指的荆州地区，而是以《晋书·地理志》所载的荆州地区行政区划分为基准，大体包括今天的湖北、湖南两省和河南南部的部分地区。

② （南朝梁）释慧皎：《高僧传》，汤用彤校注，中华书局，1992，第22页。

③ 《佛祖统纪》卷三十六载："荆州都督羊祜，日供给武当山寺，有问其故，祜曰：'前身多有诸过，赖造此寺故获中济，所以供养之情，偏重于此。'"参见（南宋）释志磐《佛祖统纪》，《大正藏》第49册，台湾财团法人佛陀教育基金会出版部，1990，第338页。

④ 如《渐备经十住梵名并书叙第三》云："泰元元年，岁在丙子，五月二十四日，此经达襄阳。释慧常以酉年，因此经寄互市人康儿，展转至长安。长安安法华遣人送至互市，互市人送达襄阳，付沙门释道安。襄阳时齐僧有三百人，使释僧显写送与扬州道人竺法汰。《渐备经》以泰元元年十月三日达襄阳。……《首楞严》、《须赖》并皆与《渐备》俱至凉州，道人释慧常，岁在壬申，于内苑寺中写此经，以酉年因寄，至子年四月二十三日达襄阳。"〔（南朝梁）释僧祐：《出三藏记集》，苏晋仁、萧炼子点校，中华书局，1995，第333页。〕

⑤ 如《高僧传》卷五《晋荆州长沙寺释昙翼》："翼尝随安在檀溪寺，晋长沙太守滕含，于江陵舍宅为寺。安求一僧为纲领，安谓翼曰：'荆楚士庶，始欲师宗，成其化者，非尔而谁。'翼遂杖锡南征，缔构寺宇，即长沙寺是也。"〔（南朝梁）释慧皎：《高僧传》，汤用彤校注，中华书局，1992，第198页。〕又，《法苑珠林》卷三十九引唐道宣《感应记》曰："昔苻坚伐晋，荆州北岸并没属秦。时桓冲为荆牧，邀翼法师度江，造东寺，安长沙寺僧，西寺安四层寺僧。苻坚殁后，北岸诸地还属晋家。长沙、四层诸僧各还本寺，西东二寺因旧广立。"〔（唐）释道宣著，周叔迦、苏晋仁校注《法苑珠林校注》，中华书局，2003，第1257页。〕

达自关中。……及罗什弃世，又乃……南适江陵，于辛寺夏坐，开讲十诵。既通汉言，善相领纳，无作妙本，大阐当时。析文求理者，其聚如林，明条知禁者，数亦殷矣。律藏大弘，又之力也。道场慧观深括宗旨，记其所制内禁轻重，撰为二卷，送还京师，僧尼披习，竞相传写。时闻者谚曰：'卑罗鄙语，慧观才录，都人缮写，纸贵如玉。'今犹行于世，为后生法矣。"[①] 又，同书卷七《宋京师彭城寺释僧弼》："本吴人……游长安，从什受学。……后南居楚郢，十有余年。训诱经戒，大化江表。河西王沮渠蒙逊远挹风名，遣使通敬，贶遗相续。"[②] 不仅如此，一般僧尼或游方僧人亦慕名前来，如《法苑珠林》卷二十四载："宋尼释慧玉，长安人也。行业勤修，经戒通备。尝于长安薛尚书寺见红白光，十余日中……慧玉后南渡樊郢，住江陵灵收寺。"[③] 这些无形之中为观音信仰的弘传营造了一个良好的地方氛围。

至于第三个特点，有不少学者认为与南北政治环境有关。[④] 笔者则认为政治环境只是造成这种现象的一个外在因素，[⑤] 更多的是与当时南北方理解、接受佛教的侧重点不同有密切关联。试申之如下。

关于南北方接受佛教的差异，汤用彤在《汉魏两晋南北朝佛教史》中已有精辟的论断：

> 南统偏尚义理，不脱三玄之轨范。而士大夫与僧徒之结合，多袭

---

① （南朝梁）释慧皎：《高僧传》，汤用彤校注，中华书局，1992，第63~64页。
② （南朝梁）释慧皎：《高僧传》，汤用彤校注，中华书局，1992，第269~270页。
③ （唐）释道宣著，周叔迦·苏晋仁校注《法苑珠林校注》，中华书局，2003，第547页。
④ 如孙昌武认为，"这是因为当时北方在少数族劫夺杀戮之下，民众的苦难更为深重，观音信仰也更为普及"。当然，他也提到了"由于北方佛教也有重视修持、重视实践的特色，像《观世音经》那样宣扬信仰的简短经典更易于流行"。详情参阅孙昌武《中国佛教文化史》第2册，中华书局，2010，第809页。不过，仔细揣忖孙氏之意，他似乎更为强调的是前者。
⑤ 当时北方政权不稳定、社会动荡不安是事实，但是南方政权似乎也好不到哪里去。仅以刘宋王朝为例，初期政治相对稳定，但到了宋文帝末年，政权开始动荡不安，内部争夺十分激烈。如江州刺史刘骏杀掉文帝之子刘邵及其子嗣，即位为宋孝帝后又先后杀戮兄弟数人，此后宋明帝变本加厉，不仅杀掉武帝诸子，还杀掉自己的兄弟。当时的大臣亦受牵连，"举朝惶惶，人人危怖"。[（南朝梁）沈约：《宋书》，中华书局，1974，第1579页。] 王公大臣如此，更遑论一般民众呢？因此，在笔者看来，所谓的北方政治动乱，民众苦难更为深重，这只是一个外在的因素刺激观音灵验传闻产生，究其本质，南北方对待佛教的不同才是导致这一现象的根本原因。

支许之遗风。……佛义与玄学之同流，继承魏晋之风，为南统之特征。①

自后政治上形成南北之对立，而佛教亦且南北各异其趣。于是南方偏尚玄学义理，上承魏晋以来之系统。北方重在宗教行为，下接隋唐以后之宗派。②

换言之，由于南北朝在政治上对立、地域上阻隔，加上南北两地文化素质、自然、人文环境等诸多差异，从而形成了南北佛教不同的学风，即：南方注重佛学义理，讲经说法风行，以玄思拔俗为高；北方则崇尚佛学实行，富于践履品格，以修习禅定为胜场。

南朝佛教继承东晋以来的风气，注重玄谈义理。对此，赵翼早已指出：

梁时五经之外，仍不废老、庄，且又增佛义，晋人虚伪之习依然未改，且又甚焉。风气所趋，积重难返，直至隋平陈之后，始扫除之。盖关陕朴厚，本无此风，魏、周以来，初未渐染。③

故南朝僧人多为义学僧人，"江东佛法，弘重义门"。④ 这一点在释慧皎《高僧传》和释道宣《续高僧传》相关著录中可以看出：《高僧传》之《义解篇》载南北朝僧人共 58 人，其中南朝就有 56 人；《续高僧传》之《义解篇》则载南北僧人共 75 人，南朝亦占绝大的比重。不仅如此，名僧与名士交往过密，《世说新语》和刘孝标注的《〈世说新语〉注》就为我们提供了相当可观的例子，此不赘。在这样注重玄思的学术文化氛围里，自然标榜玄学义理，特别是那些南渡的僧侣，要想在南方的佛学思想界立足，就必须趋附于玄学清谈。⑤ 于是南朝佛学界谈义说玄，崇尚般若学，并形成了六家七宗，即本无宗、本无异宗、即色宗、识含宗、

---

① 汤用彤：《汉魏两晋南北朝佛教史》，北京大学出版社，2011，第 231 页。
② 汤用彤：《汉魏两晋南北朝佛教史》，北京大学出版社，2011，第 272 页。
③ （清）赵翼著，王树民校证《廿二史劄记校证》，中华书局，2013，第 177 页。
④ （唐）道宣：《续高僧传》，郭绍林点校，中华书局，2014，第 622 页。
⑤ 最能说明这种现象的例子莫过于《世说新语·假谲》："愍度道人始欲过江，与一伧道人为侣，谋曰：'用旧义往江东，恐不办得食'，便共立'心无义'。既而此道人不成渡，愍度果讲义积年。后有伧人来，先道人寄语云：'为我致意愍度，无义那可立？治此计，权救饥尔！无为遂负如来也。'"参见余嘉锡笺疏《世说新语笺疏》，中华书局，1983，第 859 页。

幻化宗、心无宗和缘会宗。①

不仅如此，南方还注重讲经说法。上自帝王，下至普通僧侣，概莫能外。齐竟陵王萧子良任司徒期间常于西邸召集名僧讲经，宣扬佛理。对此，沈约在《齐竟陵王发讲疏》中写道："乃以永明元年二月八日置讲席于上邸，集名僧于帝畿，皆深辨真俗，洞测名相，分微靡滞，临疑若晓，同集于邸内之法云精庐，演玄音于六宵，启法门于千载。济济乎，实旷代之盛事也。"② 梁武帝萧衍则不仅"自兹以来，躬亲讲说"，还把自己所注的经解用制旨的形式颁发给朝臣和僧众。有学者认为"陈、隋之际天台宗的形成和隋代三论宗的建立，无疑在很大程度上受惠于梁武帝对佛教义理的积极提倡"。③ 至于一般僧人则更是指摘义理，言气挺畅，聚听纷纭。如法瑶"首尾十有九年，自非祈请法事，未尝出门。居于武康，每岁开讲，三吴学者负笈盈衢"。④ 又智林"四十余年。东西讲说，谬重一时"。⑤ 也正是因为如此，南方佛学关于佛理的探讨和辩论成为佛教理论活动的轴心。如关于"白黑论"之争、"夷夏之辨"、神灭神不灭之争、三论宗与成实论之辩等贯穿整个南朝，"就其激烈的程度和深刻的程度来说，在中国古代思想史上也是罕见的"。⑥ "南方佛学正是在讲解与论难过程中，义理日益精致，思辨渐臻深微。"⑦

此外，就佛教著述而言，南方士人僧侣更多倾向于对经典进行思想自由的阐释，故南方的佛学著述数量远远超过北方，如谢灵运撰《答纲琳二法师书》、刘勰著《灭惑论》、周颙作《三宗论》、张融作《门律》等等。总之，南方重视义理，偏重理论发挥。

---

① "六家七宗"的说法最早见于刘宋昙济《六家七宗论》，不过，该书已佚，梁释宝唱曾加以援引，见唐人元康撰《肇论疏》："梁朝释宝唱撰《续法论》一百六十卷云：宋庄严寺释昙济作《六家七宗论》。论有六家，分成七宗。第一本无宗，第二本无异宗，第三即色宗、第四识含宗、第五幻化宗、第六心无宗，第七缘会宗。本有六家，第一家分为二宗，故成七宗也。"［（唐）元康：《肇论疏》，《大正藏》第45册，台湾财团法人佛陀教育基金会出版部，1990，第163页。］后人沿其说。

② （南朝梁）僧祐、（唐）道宣：《弘明集·广弘明集》，上海古籍出版社，1991，第232页。

③ 潘桂明：《智颛评传》，南京大学出版社，1996，第13页。

④ （南朝梁）释慧皎：《高僧传》，汤用彤校注，中华书局，1992，第298～299页。

⑤ （南朝梁）释慧皎：《高僧传》，汤用彤校注，中华书局，1992，第310页。

⑥ 方立天：《魏晋南北朝佛教》，中国人民大学出版社，2012，第369页。

⑦ 孔定芳：《南北朝佛教文化之地域分野》，《梧州师专学报》1997年第3期。

北方佛学则恰恰相反，由于少数民族统治者长期致力于用儒学来巩固政权，故学风保守，从而呈现注重礼忏、净行、皈依、诵读和兴建佛寺等宗教实践特点，而对空谈义理、坐而论道持鄙薄态度。最能说明这种学风的例子莫过于杨衒之《洛阳伽蓝记》卷二"崇真寺"条所载惠凝地狱巡游故事：

> 崇真寺比丘惠凝，死一七日还活，经阎罗王检阅，以错名放免。惠凝具说过去之时，有五比丘同阅。一比丘云是宝明寺智圣，坐禅苦行，得升天堂。有一比丘是般若寺道品，以诵四十卷《涅槃》，亦升天堂。有一比丘云是融觉寺昙谟最，讲《涅槃》、《华严》，领众千人，阎罗王云："讲经者心怀彼我，以骄凌物，比丘中第一粗行。今唯试坐禅、诵经，不问讲经。"其昙谟最曰："贫道立身以来，唯好讲经，实不谙诵。"阎罗王敕付司。即有青衣十人送昙谟最向西北门。屋舍皆黑，似非好处。有一比丘是禅林寺道弘，自云教化四辈檀越，造一切经，人中金象十躯。阎罗王曰："沙门之体，必须摄心守道，志在禅诵，不干世事，不作有为。虽造作经像，正欲得它人财物；既得它物，贪心即起；既怀贪心，便是三毒不除。具足烦恼。"亦付司，仍与昙谟最同入黑门。有一比丘云是灵觉寺宝明，自云出家之前，尝作陇西太守，造灵觉寺成，即弃官入道；虽不禅诵，礼拜不缺。阎罗王曰："卿作太守之日，曲理枉法，劫夺民财，假作此寺，非卿之力，何劳说此！"亦付司，青衣送入黑门。太后闻之，遣黄门侍郎徐纥依惠凝所说，即访宝明寺。城东有宝明寺，城内有般若寺，城西有融觉、禅林、灵觉三寺。问智圣、道品、昙谟最、道弘、宝明等，皆实有之。议曰："人死有罪福。即请坐禅僧一百人，常在殿内供养之。"诏："不听持经象沿路乞索；若私有财物造经象者，任意。"凝亦入白鹿山居隐修道。自此以后，京邑比丘，悉皆禅诵，不复以讲经为意。①

正是由于"唯试坐禅、诵经，不问讲经"，故在北方弥陀和观音信仰十分流行。观音信仰，上文已有介绍，此不赘述。这里就弥陀信仰略做概述。弥陀信仰最初源于东晋庐山慧远大师，北朝时期，由于昙鸾等

---

① （北魏）杨衒之著，杨勇校笺《洛阳伽蓝记校笺》，中华书局，2006，第76～77页。

人的大力弘扬，逐渐得以流行。弥陀净土信仰与观音信仰有诸多相似之处，"其教义精简，而重在修行方法，致力于'观察念佛'与'称名念佛'相并用的修行之道，其教义认为，欲往生净土，只要'一心专念'阿弥陀佛名号，死后就能往生充满'极妙乐事'的'清静国土'。所谓观察念佛，就是要在禅定时，专心念佛的名字、法相、光明、神力、功德、智慧、本愿等；称名念佛就是不但心中念佛，而且要'令声不绝'，'声声相次'地念出'阿弥陀佛'名号"。① 弥陀净土信仰和观音信仰之学说迥异于南方的般若学、涅槃学、成实学和三论学，它几乎不涉及精奥渊深的义理，只是一种只有简单教义而又便于操作的学说，故能得到当时僧俗普遍欢迎。

不仅如此，北方佛教注重宗教实践的特点，促进了禅学、律学、净土信仰和观音信仰的广泛流行，并相继涌现出许多著名的禅师。如北魏时佛陀跋陀罗的弟子玄高（402~444），专精禅律，妙通禅法。又，北齐时传佛陀禅师禅法的僧稠（480~560），有"自葱岭以东，禅学之最"② 之誉。又，北周时传勒那摩提禅法的僧实（476~563），名重一时。特别值得一提的是，被后世禅宗奉为初祖的南天竺僧人菩提达摩在嵩山洛阳一带修习禅法并逐渐形成规模，以至于出现了"相从跨险而到者填聚山林""归从如市"③的盛况。此外，天台宗的先驱慧文、慧思也是北方著名的禅师。故北方禅学、律学一枝独秀，远非南方所能比及。总之，"禅学所倡'专注一境'的'凝住'和'观心如壁'的'壁观'等修行之道，律学所奉行的戒、定、慧等宗教践履观"，④ 以及弥陀、观音信仰所营造的种种宗教吸引力，彼此呼应，致使北方佛教注重皈依和修行。这种南北佛教差异性无疑对《观世音应验记三种》成书造成了一定的影响，就材料来源而言，北方材料多达50余则，南方仅为30余则。另外《观世音应验记三种》还保存了当时北方佛教的一些特点，如造像、诵经、持斋等，这些都和北方佛教重视修行有关。

不过，需要注意到一个现象，那就是北方虽注重宗教实践，但关于观音灵验传闻收集并整理成书却是由南方士人阶层完成的。针对这一现象，

① 孔定芳：《南北朝佛教文化之地域分野》，《梧州师专学报》1997年第3期。
② （唐）道宣：《续高僧传》，郭绍林点校，中华书局，2014，第574页。
③ （唐）道宣：《续高僧传》，郭绍林点校，中华书局，2014，第620页。
④ 孔定芳：《南北朝佛教文化之地域分野》，《梧州师专学报》1997年第3期。

有学者认为与吴越一带的学术背景有关:"关于这三部观音应验记形成的背景,以往的研究基本上忽视了谢敷、张演、陆杲等士人所具有的共同的家族学术背景。如前所述,这些江东士族相对于顾氏、孔氏等家族而言,在吸收玄学方面颇有成就;但与琅邪王氏、陈郡谢氏等侨姓士族相比,江东文化传统的积淀,则使得他们更多地保留了'经明行修'的儒家文化。儒家文化重视道德实践,这使得他们极为重视佛教的修行层面。……谢敷奉持观音信仰,收集记录观音灵迹,也当是出于同样的文化选择。观音信仰几乎没有什么理论色彩,侧重于对佛典的诵念和信仰的虔诚。谢敷的佛学原本就有修行胜于义理的特点,因此他能够不为时风所囿,对观音应验故事给予较多关注。张演、陆杲记载观音故事的学术背景,与谢敷大同而小异。"① 刘鹏则在上述论断的基础上又从吴越地区神祇崇拜的心理进行分析,认为"观音信仰在当地的接受和流传是水到渠成的事"。②

　　然而上述两家的论述只是对观世音信仰在南方的流行予以解释,但是对《观世音应验记三种》的成书缘由未能予以充分揭橥。在笔者看来,《观世音应验记三种》甚至同一时期同类佛教灵验类小说,如刘义庆《宣验记》、萧子良《宣明验》、王琰《冥祥记》等都成书于南方,在很大程度上得益于南方的文化环境远比北方更优。具体表现在两个方面:一是南方的史学文化要比北方发达,二是南方的文学创作要比北方活跃。申之如下。

　　首先,就南方史学来说,由于统治者大力提倡、史官制度完备,再加上士人积极参与,故私人撰史、修史盛行一时,无论是在种类还是在数量上这一时期的史学著述都令北方望尘莫及。这一时期史学著述呈现一个最突出的特点:人物传记层出不穷且多为纪传体。③ 仅《隋书·经籍志》著录的就有217部,其中大部分为南方士人所为。这种传记的兴盛无疑对佛教史传文学产生了极大的影响,我们可以看到《观世音应验记三种》的体例就是严格依循纪传体来撰述的,交代人物、地点、时间、事件及出处,力求予人以真实感。但这种人物传记在北方并不流行,故导致北方佛教传

---

① 吴正岚:《六朝江东士族的家学门风》,南京大学出版社,2003,第71~73页。
② 具体详情可参阅刘鹏《梁代僧尼传记中的话语权力——以〈高僧传〉、〈比丘尼传〉为中心的研究》,博士学位论文,复旦大学,2010,第77~78页。
③ 这一特点是魏晋以来门阀制度的产物,门阀制度选拔人才主要以清议和人物品评为标准,故东晋以来关于人物传记的著述数量颇多。而纪传体既有人物传记又有人物点评,故成为当时人物传记常运用的体裁。

记枯竭，虽产生了不少观音灵验传说，但仅限于口头流播，未能诉诸文字。不仅如此，南方史学发达还促使史学意识的增强，这一点在《观世音应验记三种》中也有相当明显的表现。不仅表现在编撰者针对这种灵验传闻是抱之以实录的态度记下，还表现为在宣扬观音救难理念和遵循本土固有的史学创作传统之间努力寻求一种平衡：一方面依靠僧人的传闻来想象观音的威神之力，另一方面又要不露痕迹地与本土史传写作传统相融合。这种努力无疑具有示范作用，此后同类小说均继承这一体例。因此从这个意义上来说，士大夫阶层的意图与其说是渲染观音威神之力、塑造观音救难形象，不如说是寻求对他们自身身份与佛教信仰的认同，所以他们的这种努力也是一种史学意义上的努力。

其次，就南方的文学创作而言，这一时期无论是参与人数还是文学题材都是十分可观的。不仅如此，由于玄学的风靡还衍生出大量的志怪小说，无论其作者的创作意图如何，客观上都为《观世音应验记三种》及其同类小说的产生做好了准备，而这也正是北方所不具备的。

最后，相比其他历史时期，南朝时期是"正史中对于佛教人物事件记录较多的时期，……对于此一类非政治事件与人物的逐渐重视"，[1] 可以说是《观世音应验记三种》出现的另一个重要条件。总之，《观世音应验记三种》及其他佛教灵验类小说都选择了类传而不是别的传记，这和当时南方的文化环境密不可分。从以上可以看到，《观世音应验记三种》及其同类小说产生在南方实际上是历史的必然选择，并且由此产生了与一般志怪小说不同的佛教灵验类小说。作为一种小说，随着时间的推移，这类小说沉淀下来，成为后代佛教信仰建构中一股不能忽视的力量。

## 三　小结

总之，《观世音应验记三种》作为一种典型的佛教文化景观，是具体表现六朝观音信仰文化的明显而重要的社会载体，其数量和分布反映了六朝时期观音信仰传播、发展的时空演进过程。它不仅为我们提供了观音信仰的第一手宝贵资料，还启发我们不应该将观音灵验传闻简单地等同于宗教迷信故事，而是应该充分重视和挖掘其文化内涵。

---

① 纪赟：《慧皎〈高僧传〉研究》，上海古籍出版社，2009，第 45 页。

# 第四章 六朝佛教灵验类小说的
文化阐释

日本学者小南一郎曾就《观世音应验记三种》指出："当时的佛教信仰的内容十分真挚，所以它具有向信徒们赋予对待社会和生活的视点的能力。用这样的视点来记录外界事实时，虽然常常为了保护佛教而有意无意地歪曲事实，但在被歪曲了的事实背后仍然存在着真正的事实。所以只要透视到佛教性故事的背后，我们就会接触到当时社会的生动情景。"① 以往学术界讨论六朝佛教灵验类小说时，大多认为这类小说是荒诞不经之谈，忽略了这类故事所蕴含的价值。事实上，这些灵验故事在当时社会中流传，反映的是一定的社会图景、民众日常生活经历与相互关系以及他们的信仰心理、习俗等多方面的信息。换言之，我们并不执着于这些灵验传闻及其景象的真伪问题，而是侧重于探究各类关于民众与灵验的见闻、体验和想象的碎片是如何将编撰者的价值、情感和心态投射到文本之上，即"虚构的历史事件中也可以体现某种成熟的历史观念"，② 因此可用于研究六朝的社会史。鉴于此，本章以诵经灵验与经典崇拜以及六朝四月八祈子习俗为例，聚焦这些日常灵验体验是如何将外来文化与本土文化相结合的，这些习焉不察的细节又反映了哪些社会文化心理。将灵验传闻与文献资料相互发明，旨在充分阐明六朝佛教灵验类小说丰富的文化价值，同时对我们理解和细化相关的历史知识，窥见更为细致的历史事实和时空脉络，均不无裨益。

---

① 〔日〕小南一郎：《〈观世音应验记〉排印本跋》，载孙昌武点校《观世音应验记三种》，中华书局，1994，第 84 页。
② 陆扬：《解读〈鸠摩罗什传〉：兼谈中国中古早期的佛教文化与史学》，载刘东主编《中国学术》，商务印书馆，2007，第 33 页。

## 第一节　诵经灵验与经典崇拜的文化解读①

六朝以来，由于佛教民众化，志怪小说的叙事对象开始从帝王贵胄转向平民百姓，叙事对象的变化迫使小说家们调整创作视角，把目光投向更广大的人群。为了缩短佛教与民众之间的心理距离，将"抽象虚幻的释家义理广泛地渗透到国人的灵魂深处"，② 于是诸多带有幻异色彩的佛教灵验类小说便成为这一时期重要的一类小说。这类小说中保存了许多获致灵验的方式，如称名、造像、归心、供养、礼忏、燃灯乞愿等等。不仅如此，它们还记录了一种新的灵验形态——诵经灵验③，它是佛教信仰传入本土后在印度原有的基础上衍生出来的，这其实是当时社会流行观念的一种反映。佛教最初传入本土时，凡弘扬佛法的僧徒、所译的经文均需要适应当时的社会文化，即需面对民众对本土传统经典的崇信，尤其是当时正值道教处于创发力的形成阶段。因此，诵经灵验既反映了印度佛教自身重视讽诵的传统，也是适应、依附当时社会的一种权宜之策，值得我们从历史文化的脉络中加以梳理。

### 一　六朝佛教灵验类小说所见"诵经灵验"记述

六朝佛教灵验类小说记录了大量的"诵经灵验"的故事，譬如《光世音应验记》载：

> 竺长舒，其先西域人也。世有资货为富人。居晋元康中，内徙洛阳。长舒奉佛精进，尤好诵《光世音经》。其后邻比有火，长舒家是

---

① 本节主体部分已发表，具体参见谷文彬《中古志怪小说中诵经灵验的文化渊源》，《中国社会科学报》2018 年 8 月 28 日，第 7 版。

② 俞晓红：《佛典流播与唐代文言小说》，人民出版社，2017，第 138 页。

③ 最早注意到这一现象的是李利安，他在《古代印度观音信仰的演变及其向中国的传播》中指出，"对《观世音经》的极度推崇导致了一种不同于印度的观音信仰形态，这就是诵经感应信仰"。参见李利安《古代印度观音信仰的演变及其向中国的传播》，博士学位论文，西北大学，2003，第 133 页。随后乌宗玲在《灵验记中的佛典信仰》中也注意到这一现象："灵验记是中国僧俗编撰的，深受大乘佛教尊经倾向的影响，不同于原始佛教的语言崇拜。追溯其根源，则是中土很早就形成的典籍崇拜。"参见乌宗玲《灵验记中的佛典信仰》，《世界宗教研究》2011 年第 5 期。但上述两家皆只注意到这一问题，并未对这一问题产生之因由、社会意义、文化心理等予以充分的阐释。

草屋，又正在下风。自计火已逼近，政复出物，所全无几。《光世音经》云："若遭火，当一心诵念。"乃敕家人不复辇物，亦无灌救者，唯至心诵经。有顷，火烧其邻屋，与长舒隔篱，而风忽自回，火亦际屋而止。于时咸以为灵应。①

又，《祥异记》云：

前齐永明中，杨都高坐寺释慧进者，少雄勇游侠。年四十，忽悟非常，因出家，蔬食布衣，誓诵《法华》，用心劳苦，执卷便病。乃发愿造百部，以悔先障。始聚得一千六百文，贼来索物，进示经钱，贼惭而退。尔后遂成百部，故病亦愈。诵经既广，情愿又满，回此诵业，愿生安养。空中告曰："法愿已足，必得往生。"无病而卒，八十余矣。②

又，《冥祥记》云：

宋沙门竺惠庆，广陵人也，经行修明。元嘉十二年，荆扬大水，川陵如一。惠庆将入庐山，船至小，而暴风忽起，同旅已得依浦，唯惠庆船未及得泊；飘扬中江，风疾浪涌，静待沦覆。庆正心端念，诵《观世音经》，洲际之人，望见其船迎飙截流，如有数十人牵挽之者，径到上岸，一舫全济。③

从上述记载来看，在佛教信仰刚传入本土时就产生了因"诵经"而获救的现象，如"竺长舒"条所载之事，此时距离竺法护译出《正法华经》还不到十年。此后在一系列佛教灵验事迹的反复渲染下，其出现的频率仅次于"称名灵验"④，并逐渐成为六朝时期社会普遍流行的一种获致灵验的方式。各种著作之中，又以《观世音应验记三种》书写最为集中。为更好地说明问题，笔者现将它们整理如下（见表2）。

---

① 董志翘译注《〈观世音应验记三种〉译注》，江苏古籍出版社，2002，第3页。
② （南朝梁）佚名：《祥异记》，载《鲁迅全集》第8卷，人民文学出版社，1973，第546页。
③ （南朝齐）王琰：《冥祥记》，载《鲁迅全集》第8卷，人民文学出版社，1973，第622页。
④ 所谓称名灵验，是指遭遇天灾人祸时，人们只需在心中默念观音或其他菩萨名号，便可脱离困厄。操作简单易行，故在民众中广泛流行。

表2 《观世音应验记三种》所见"诵经灵验"情况

| 条目 | 资料来源 | 条目 | 资料来源 |
|---|---|---|---|
| 竺长舒 | 《光世音应验记》 | 张会稽使君 | 《系观世音应验记》 |
| 邺西寺三胡道人 | 《光世音应验记》 | 张达 | 《系观世音应验记》 |
| 释僧融 | 《续光世音应验记》 | 王谷 | 《系观世音应验记》 |
| 释法纯道人 | 《系观世音应验记》 | 孙钦 | 《系观世音应验记》 |
| 慧和道人 | 《系观世音应验记》 | 唐永祖 | 《系观世音应验记》 |
| 盖护 | 《系观世音应验记》 | 幼宗兄子 | 《系观世音应验记》 |
| 凉州妇人李氏 | 《系观世音应验记》 | 彭子乔 | 《系观世音应验记》 |
| 释僧洪道人 | 《系观世音应验记》 | 释开达 | 《系观世音应验记》 |
| 王球 | 《系观世音应验记》 | 邢怀明 | 《系观世音应验记》 |
| 王葵 | 《系观世音应验记》 | 彭城妪 | 《系观世音应验记》 |
| 于阗王女婿 | 《系观世音应验记》 | 释惠缘道人 | 《系观世音应验记》 |

注：三种《观世音应验记》共收录86则灵验故事，其中"诵经灵验"就有22则，约占全书的26%。

资料来源：董志翘译注《〈观世音应验记三种〉译注》，江苏古籍出版社，2002。

这些故事主要讲述传主们突遭横祸，如火难、刑杀、鬼害、病害、牢狱之灾等等，只需虔诚地诵读经文尤其是《观世音经》便可脱离险境。这种获取灵验的原理实际上来自原始的"交感巫术"，即通过神秘的感应可以超越时间、距离而发挥作用。

不过，与"称名灵验"的方式相比，"诵经灵验"存在如下几个特点。一是这些传主大多具有一定的佛教信仰背景，如"释僧融"条中的"主人母"就曾被僧融劝善而"合门信佛"；又"凉州妇人李氏"条："家本事佛，恒遂斋会。每听经罢，辄诵之"；此外，"王葵"条亦交代："本事佛，先谙《观世音经》"。而"称名灵验"一类则有相当部分传主不具备佛教素养，或佛教信仰背景模糊，如"徐荣""吴兴郡吏""海盐一人""高荀"等等。因此，两者在灵验事迹上存在差异："称名灵验"主要体现在火难、水难、鬼难、贼害和刑杀之难等一系列突发事件上，如惠简道人、韩当、释法力等人的故事；而"诵经灵验"则主要表现在牢狱之灾和恶疾方面，如释僧洪、张绪、释惠缘等人的故事。前者表现范围相对要广泛，后者则更强调信奉之心的坚定和虔诚。由此也可以看出佛教在面对有不同佛教信仰基础的民众时采取不同的传播策略。二是"诵经灵验"的效果并不像"称名灵验"那样能立竿见影地呈现，它甚至在信奉者寻求救助的过程中反复考验其信仰态度，这一点在僧人释开达的身上得到淋漓尽致的展现：

> 道人释开达，以晋隆安二年，北上垄掘甘草。时羌中大饿，皆捕生口食之。开达为羌所得，闭置栅里，以择食等伴肥者，次当见及。开达本谙《观世音经》，既急，一心归命，恒潜讽诵，日夜不息。羌食栅人渐欲就尽，唯余开达与一小儿，以拟明日当食之。开达急，夜诵经，系心特苦，垂欲成晓，羌来取之。开达临急愈至，犹望一感。忽然见有大虎从草趋出，跳距大叫，诸羌一时怖走。虎因栅作一小穿，足得通人，便去。开达仍将小儿走出，逃叛得免。①

释开达被羌人抓去关在栅栏中准备被生食，在这样的情况下，开达不分昼夜至心诵念《观世音经》，尽管如此，他一直所期待的观音却迟迟未曾出现，直到被杀的那一瞬间，观音才化为大虎助其逃脱。但在这期间，释开达并未对观音产生怀疑或失去信心，而是反复诵经，"系心特苦"。另外"韩睦之"条也是类似情况，韩睦之因为战乱与儿子分离，于是请人转经，希冀能早日找回儿子，然而"已得六千遍，都无感动"。即便如此，韩氏仍然坚定地认为，"圣人宁不应众生？直是我心未至尔"。此后，"日夜不得数此遍，其唯自誓，以感激为期"，② 最终观音显灵找回其子。在这反复试探与被试探的互动中，民众的信仰态度无比的坚定和虔诚，而观音信仰也在六朝尤其是中后期得以确立。

需要指出的是，"诵经灵验"的方式不是一成不变的，其在佛教信仰的传播过程中不断地进行自我调适。譬如在最初的"诵经灵验"故事中，信徒只需至心"诵经请乞"便可获得帮助，但发展到一定阶段后，则不仅突出"至心""一心""专心"，还强调诵经的次数。故"诵经千遍""诵经得三百篇""已得六千遍""诵此经一千遍"的记载，③ 在六朝佛教灵验类小说中俯拾即是。这恰好也印证了佛教信仰权威从谋求到确立的过程。

---

① 董志翘译注《〈观世音应验记三种〉译注》，江苏古籍出版社，2002，第 152～153 页。
② 董志翘译注《〈观世音应验记三种〉译注》，江苏古籍出版社，2002，第 190 页。
③ 对此，于君方认为"这种对行仪严谨的考究，可能反映出密教经典中所记载的各种仪轨规范所造成的影响"。见〔美〕于君方《观音——菩萨中国化的演变》，陈怀宇、姚崇新、林佩莹译，商务印书馆，2012，第 177 页。

## 二　"诵经灵验"的历史渊源

介绍完这类小说中"诵经灵验"的原理、方式和特点后，接下来我们探讨"诵经灵验"产生的因由，即追溯"诵经灵验"这种信仰形态的历史渊源。在笔者看来，"诵经灵验"的产生，就其历史文化背景而言，是佛教重视讽诵的传统与本土的经典崇拜结合的产物。

### （一）"诵经灵验"与佛教重视讽诵之关系①

进入讨论之前，我们必须明确的一点是，在早期的印度佛教传承体系中，佛典一直采取的都是口传而非书写的方式。南传佛教认为，直到锡兰王毗多伽摩尼（前43～前17年在位）时，佛经文本才得以书写。②这种独特的传承方式促使佛教格外重视诵经，并将其作为僧侣们的日常功课。关于这一点，我们不妨从当时的僧传窥知一二。如《高僧传·汉洛阳支楼迦谶》："讽诵群经，志存宣法。"③ 又《晋长安竺昙摩罗刹》："诵经日万言，过目则能。"④ 又《晋长安帛远》："诵经日八九千言。"⑤ 又《晋长安鸠摩罗什》："什年七岁，亦俱出家，从师受经，日诵千偈，偈有三十二字，凡三万二千言。"⑥ 也正是缘于这种注重讽诵的传统，故僧人记忆力惊人，《高僧传》卷二《晋长安佛陀耶舍》对此有生动的记录："耶舍先诵《昙无德律》，伪司隶校尉姚爽请令出之，兴疑其遗谬，乃请耶舍，令诵羌籍药方可五万言经。二日，乃执文覆之，不误一字，众服其强

---

① 本节主体内容已发表，具体参见谷文彬《"外来和尚会念经"考》，《中国社会科学报》2017年6月21日，第6版。

② 至于为何会出现这一文化现象，纪赟从两个方面予以揭示。一是印度自身的文化传统。非常不重视书面记录，人们更加崇尚的是把知识传统以记忆的形式存放于自己的脑海里。主要宗教团体都强烈反对将宗教教义诉诸书面形式，他们声称经典的神圣性有很大一部分是附属于声音，一旦书写下来就会失去神圣性。二是佛教本身的特殊因素，比如佛陀生活和传教的一些主要地区，比如摩揭陀，并没有多少适合书写的材料。另外，他们认为宗教真理主要是通过师徒之间的直接交流，而不是文字所能传递。一旦书写下来，就失掉了本来应该传达的部分神圣性。还有一点，佛教通过口头传播，也是化俗的需要。具体详情可参阅纪赟《早期佛教之口传文献研究》，载陈允吉《佛经文学研究论集续编》，复旦大学出版社，2011，第1～7页。

③ （南朝梁）释慧皎：《高僧传》，汤用彤校注，中华书局，1992，第10页。

④ （南朝梁）释慧皎：《高僧传》，汤用彤校注，中华书局，1992，第23页。

⑤ （南朝梁）释慧皎：《高僧传》，汤用彤校注，中华书局，1992，第26页。

⑥ （南朝梁）释慧皎：《高僧传》，汤用彤校注，中华书局，1992，第46页。

记。"① 这让初次接触佛教的皇室贵胄惊叹不已。在这种"不误一字,众服其强记"的惊叹中,无疑饱含了当时的士人对外来弘法僧人的钦佩,无形之中也推动了佛法的流播。

佛教发展到大乘阶段,信徒则开始在经文中强调诵经之功德。如《小品般若经》云:"佛告释提桓因言:'憍尸迦!若有善男子、善女人,教阎浮提人令行十善道。于意云何?是人以是因缘,得福多不?'释提桓因言:'甚多,世尊!'佛言:'憍尸迦!不如善男子、善女人,以般若波罗蜜经卷,与他人令得书写读诵,其福甚多。'"② 又《妙法莲华经》云:"若善男子、善女人,受持是《法华经》,若读、若诵、若解说、若书写,是人当得八百眼功德、千二百耳功德、八百鼻功德、千二百舌功德、八百身功德、千二百意功德。以是功德,庄严六根,皆令清净。"③ 又《维摩诘所说经》云:"'世尊!若有受持读诵,如说修行者,我当与诸眷属,供养给事!所在聚落城邑,山林旷野,有是经处,我亦与诸眷属,听受法故,共到其所。其未信者,当令生信,其已信者,当为作护。'佛言:'善哉!善哉!天帝!如汝所说,吾助尔喜。此经广说过去未来现在诸佛,不可思议阿耨多罗三藐三菩提。是故天帝!若善男子善女人,受持读诵供养是经者,则为供养去来今佛。'"④

反之,"其有诽谤如斯经典,见有读诵、书持经者,轻贱憎嫉而怀结恨"者,死后将下地狱、堕畜生道,即便转世为人也受贫穷、恶疾、愚钝、丑陋等楚毒。对此,日本学者水谷幸正指出,"在阿含经典中最后以闻法者欢喜奉法作为说示的终结,而大乘教典则强调对经典受持、读诵、解说与书写的功德,努力向大众传播流布,为其使命"。⑤ 此外,其他佛经亦如此。如《大般涅槃经》"若有众生于八恒河沙等佛所发菩提心,然

---

① (南朝梁)释慧皎:《高僧传》,汤用彤校注,中华书局,1992,第 67 页。
② 〔印〕鸠摩罗什:《小品般若经》,《大正藏》第 8 册,台湾财团法人佛陀教育基金会出版部,1990,第 545 页。
③ 〔印〕鸠摩罗什:《妙法莲华经》,《大正藏》第 9 册,台湾财团法人佛陀教育基金会出版部,1990,第 47 页。
④ 〔印〕鸠摩罗什:《维摩诘所说经》,《大正藏》第 14 册,台湾财团法人佛陀教育基金会出版部,1990,第 556 页。
⑤ 〔日〕水谷幸正:《初期大乘经典的成立》,载张曼涛主编《现代佛教学术丛刊》,大乘文化出版社,1979,第 55 页。

后乃能于恶世中不谤是法，受持、读诵、书写经卷，亦劝他人令得书写"。"供养是经，亦劝他人令其供养恭敬尊重，读诵礼拜亦复如是。"①

据此可知，早期佛教重视口承方式，从而使诵经成为当时主流的接受方式，而经文中反复强调诵经的种种好处，则又为"诵经灵验"提供了理论支撑。《观世音经》短小精悍，朗朗上口，便于诵读。六朝佛教灵验类小说所载"诵经灵验"之现象，既沾溉了这一亘古习俗，又承续了这一传统。

需要说明的是，这里所涉及的"诵经"，包括讽诵和诵读两种方式，对此隋章安灌顶法师在《大般涅槃经疏》卷十已有解释："临文曰读，背文曰诵，传文曰写。"② 这两种诵经方式在六朝佛教灵验类小说中都有体现，前者如"沙门帛法桥"条有"常欲讽诵众经"，又"释开达"也"恒潜讽诵"；后者则有"刘度"条、"于阗王女婿"条。

**（二）"诵经灵验"与本土经典崇拜之关系**

以上是从佛教自身的发展角度对"诵经灵验"产生之因由进行了梳理，接下来我们还将结合本土的经典崇拜习俗予以考察。

所谓经典崇拜，"是人们对某种典籍图书的尊崇和敬拜，它产生于敬畏、仰慕、感恩、祈求甚至恐惧的心理，由此产生一些祭祀仪式和禁忌习惯"。③ 本土经典崇拜源远流长，可追溯到先秦时期的文字信仰，《韩非子·五蠹》："古者仓颉之作书也，自环者谓之私，背私谓之公，公私之相背也，乃仓颉固以知之矣。"④ 稍后，《吕氏春秋·君守》亦云："奚仲作车，仓颉作书。后稷作稼，皋陶作刑，昆吾作陶，夏鲧作城，此六人者所作当矣。"⑤ 此后，这一传说在其他文献中也反复出现且不断地被神化，如《春秋元命苞》："天为雨粟，鬼为夜哭，龙乃潜藏。"⑥ 此外，《淮南子》《说文解字》亦有相应的内容。这些文献记载显示出先民对文字浓厚

① （北凉）昙无谶：《大般涅槃经》，《大正藏》第 12 册，台湾财团法人佛陀教育基金会出版部，1990，第 398～399 页。
② （隋）灌顶：《大般涅槃经疏》，《大正藏》第 38 册，台湾财团法人佛陀教育基金会出版部，1990，第 96 页。
③ 胡先媛：《再论典籍崇拜：人类认识的盲点和心态误区》，《图书馆学研究》1997 年第 4 期。
④ 陈奇猷集释《韩非子集释》，上海人民出版社，1974，第 1057～1058 页。
⑤ 许维遹集释《吕氏春秋集释》，中华书局，2009，第 443 页。
⑥ （三国魏）宋均注，（清）黄奭辑《春秋元命苞》，广陵书社，2004，第 2206 页。

的崇拜心理。需要说明的是，在很长时间里文字一直为贵族阶层所垄断，士人都很难有机会接触，更不用说一般百姓了，但这无形之中也强化了先民对文字神圣化的认知。对此，叶舒宪指出："在中国，到了书写文明兴盛和书籍普及之后，无论是《周易》中的谣占方式，还是引诗证明的理性风气，都在悄然之中向引书为证的方式转化。……书写的文本一旦被法典化，文字记录本身就必然会被神话化。因而，随着象形汉字的普及而来的，不是古希腊式的'哲学突破'以后形而上学思考的发展方向，而是文字崇拜及新兴的汉字神话的大繁衍。"①

两汉以后随着"罢黜百家，独尊儒术"运动的发展以及对儒术及其经典的提倡，文字崇拜开始向经典崇拜转变。最具代表性的例子，莫过于《汉书》卷八十一《匡衡传》：

> 臣闻《六经》者，圣人所以统天地之心，著善恶之归，明吉凶之分，通人道之正，使不悖于其本性者也。故审《六艺》之指，则人天之理可得而和，草木昆虫可得而育，此永永不易之道也。②

匡衡的这段话，在肯定经典的权威性、神圣性、永恒性和适用性的同时，也将其提升到一定的地位，由此出现了"上无异教，下无异学。皇帝诏书、群臣奏议，莫不援引经义，以为依据"③ 的局面，甚至出现了以"《春秋》为断"的现象。如《后汉书》卷四十八《应劭传》载："故胶西相董仲舒老病致仕，朝廷每有政议，数遣廷尉张汤亲至陋巷，问其得失。于是作《春秋决狱》二百三十二事，动以经对，言之详矣。"④ 这种现象的背后实际上折射出的是社会上下对经典的过度推崇。

东晋以后，人们对经典的崇拜已不仅局限于经典的内容，还包括对经典本身的崇拜，甚至举行一定仪式来祭拜。如《南齐书》卷五十四《臧荣绪传》载："荣绪惇爱五经，谓人曰：'昔吕尚奉丹书，武王致斋降位，李、释教诚，并有礼敬之仪。'因甄明至道，乃著《拜五经序论》。常以

---

① 叶舒宪：《国学考据学的证据法研究及展望——从一重证据法到四重证据法》，《证据科学》2009 年第 4 期。
② （汉）班固：《汉书》，中华书局，1962，第 3343 页。
③ （清）皮锡瑞：《经学历史》，周予同注释，中华书局，2008，第 103 页。
④ （南朝宋）范晔：《后汉书》，中华书局，1965，第 1612 页。

宣尼生庚子日，陈《五经》拜之。"① 南朝齐著名史学家臧荣绪酷爱"五经"，特意选在孔子生日这天陈列"五经"祭拜。这一举动将经典崇拜推向了新的层次。在这样的文化传统和社会风气下，这一时期的宗教信徒利用经典来传播某种宗教便是顺理成章的事情了。尤其是当人处于一种无法理解自身运动和自我归宿时，就会寻求一种舆论崇拜物来崇拜、信仰。这种舆论崇拜物须具有权威性和支配力，能唤起人们的想象、思索，具备向往、敬仰和遵从行为等特点，经典无疑满足了上述的条件。仅就这一层面来说，道教信徒无疑要敏锐得多。他们早已洞察到大众对经典的崇拜和对文字迷信的心理，利用民众期盼"权威话语"的心理，将经典崇拜从仪式转变为行动。如《太平经》"王者赐下法第一百"中说："但拘上古中古下古之真道文文书，取其中大善者集之以为天经，以赐与众贤，使分别各去诵读之。"② 又云："诵吾书，灾害不起，此古贤圣所以候得失之文也。"③ 佛教在和道教争夺信徒的过程中，很可能也受此启发，④ 利用《观世音经》来阐扬佛法灵验，于是衍生出一种印度佛教所不具备的灵验形态——"诵经灵验"，并成为佛教初期吸引信众的重要途径。

由上观之，六朝佛教灵验类小说中的"诵经灵验"既是佛教重视诵经习俗的遗留，又是本土经典崇拜观念的延续，推动着佛法传播。

## 三　"诵经灵验"的文化整合意义

那么如何看待"诵经灵验"这种社会现象呢？欲回答这一问题，我们不妨从两个层面加以观照。

第一，就小说及小说史角度而言，"诵经灵验"的意义具体体现在以下几个方面。

首先，就六朝佛教灵验类小说的文本而言，"诵经"与"称名""造

① （南朝梁）萧子显：《南齐书》，中华书局，1972，第937页。
② 王明编《太平经合校》，中华书局，1960，第237~238页。
③ 王明编《太平经合校》，中华书局，1960，第9页。
④ 佛教最初传入中国时依附于道教，故在传播的过程中借鉴和吸收了不少道教传播的手段，比如吸收本土的神仙方术来制造佛教效果，这一点在佛图澄身上有明显的体现。《高僧传》卷九《晋邺中竺佛图澄》载："即取应器盛水，烧香咒之。须臾生青莲花，光色曜目，勒由此信服。"参见（南朝梁）释慧皎《高僧传》，汤用彤校注，中华书局，1992，第346页。由此就不排除有吸收道家宣教时的"诵经灵验"的可能。

像""礼忏""燃灯"等其他方式无疑形成了多维视角，借助这些多维视角，观音的"闻声即救"的威神之力得以立体地呈现，从而构建观音信仰多维渗透的格局。

其次，就"诵经灵验"叙述方式而言，主要遵循"遭遇困厄→诵经→获致灵验→平安脱险"的结构，这一结构对当时的同一类型的小说产生了重要的影响。例如侯白的《旌异记》载北魏定州人孙敬德折刀一事就有诵经灵验的情节："依稀如梦：见一沙门，教诵《观世音救生经》。经有佛名，令诵千遍，得度苦难。敬德欻觉，起坐缘之，了无参错，比至平明，已满一百遍。有司执缚向市，且行且诵，临欲加刑，诵满千遍。执刀下斫，折为三段，不损皮肉，易刀又折。凡经三换，刀折如初。监当官人，莫不惊异，具状闻奏"。① 另外，这一结构对六朝以后的小说也产生深刻的影响，如唐人张读《宣室志》："宁勉者，云中人也，年少，有刚勇气，善骑射，能以力格猛兽，不用兵仗。北都守健其勇，署为衙将。后以兵四千军于飞狐城。时蓟门帅骄悍，弃天违法，反书闻阙下，唐文宗皇帝诏北都守攻其南。诏未至，而蓟门兵夜伐飞狐，钲鼓震地。飞狐人恟然不自安，谓宁勉曰：'蓟兵豪健不可敌，今且至矣，其势甚急，愿空其邑以遁去。不然，旦暮拔吾城，吾不忍父子兄弟尽血贼刃下，悔宁可及！虽天子神武，安能雪吾冤乎？幸熟计之。'勉自度兵少，固不能折蓟师之锋，将听邑人语，虑得罪于天子；欲坚壁自守，又虑一邑之人悉屠于贼手；忧既甚，而策未有所决。忽有谍者告曰：'贼尽溃矣。有弃甲在城下，愿取之。'勉即登城垣望，见星月明朗，有贼兵驰走，颠踬者不可数，若有大兵击其后。勉大喜，开邑门，纵兵逐之，生擒卒数千人，得其遗甲甚多。先是，勉好浮屠氏，常诵佛书《金刚经》，既败蓟师，擒其虏以讯焉曰。虏曰：'向者望见城上有巨人数百，俱长三丈余，雄猛可惧，怒目呿吻，袒肱执剑。蓟人见之，尽惨然汗伏，遂驰走远避，又安有斗心乎？'勉始悟巨人乃金刚也，益自奇之。勉累官至御史中丞，后为清塞副使也。"②

像这样的事例在唐宋笔记中反复出现，甚至明清长篇小说中也能窥见其踪迹。如《西游记》第十九回叙唐僧师徒途经浮屠山，乌巢禅师口传唐

---

① （隋）侯白：《旌异记》，载《鲁迅全集》第8卷，人民文学出版社，1973，第656页。
② （唐）李冗、（唐）张读：《独异志·宣室志》，张永钦、侯志明点校，中华书局，1983，第98～99页。

僧《心经》一卷，并嘱咐唐僧："若遇魔障之处，但念此经，自无伤害。"后来唐僧在西行途中每次遇到危险时，就急忙背诵《心经》以定心神。又如《醒世姻缘传》述狄希陈两世因缘、轮回报应的故事，其中有这样一处情节：晁夫人为被晁源逼死的发妻叶氏和被猎杀的狐仙建醮，念诵《观音解难经》《金刚经》《莲花经》各千卷，计氏得以超生。这样就形成一个稳定的"诵经灵验"主题，丰富了古小说的题材。

此外，"诵经灵验"实际上传递的还是因果报应思想。这种因果报应思想既是一种宗教观念，又是一种思维方式。这种思维方式"有利于小说将纷繁凌乱的现象整饰成前后呼应的情节，从而提高小说结构的严密性"。① 关于这一点，明拟话本小说《二刻拍案惊奇》第一卷《进香客莽看金刚经　出狱僧巧完法会分》无疑为我们提供了生动的注脚。小说主要围绕嘉靖年间太湖洞庭山一佛寺藏有白居易手写的百卷《金刚经》的存亡得失展开，在这篇小说中诸人对《金刚经》的不同态度也造就了他们不同的结局。其中一位不识字的打鱼老者平时"宝惜字纸，'不敢亵渎，将来粘在壁间，时常顶礼'"。他即有"守护经文，完成全卷"之功，不仅生前的"罪业尽消"，而且"今生且赐延寿一纪，正果而终"，来生则"在文字中受报，福禄非凡"。② 在这篇小说中，字纸信仰与佛典信仰有机融合，由此我们既可以了解经典崇拜在小说发展过程中是如何深入地影响了小说的编撰，又可以看出六朝佛教灵验类小说与明清小说之间的隐晦关系："虽号称富于长篇巨制，然一察其内容结构，往往为数种感应冥报传记杂糅而成"。③

第二，就社会文化层面而言，这一社会现象所蕴含的社会文化意义可概括为以下几个方面。

一是诵经便可获致灵验这一行为扩大了《观世音经》在民众中的接受面，如《宋书》卷七十六《王玄谟传》："始将见杀，梦人告曰：'诵《观音经》千遍，则免。'既觉，诵之得千遍，明日将刑，诵之不辍，忽传呼

---

① 刘勇强：《中国古代小说史叙论》，北京大学出版社，2007，第15页。
② （明）凌濛初：《二刻拍案惊奇》，陈迩冬、郭隽杰校注，人民文学出版社，1996，第19页。
③ 陈寅恪集《金明馆丛稿二编》，上海古籍出版社，1980，第291~292页。

停刑。"① 以残暴恶毒、背信弃义见于史传的奸佞小人侯景竟然也能诵《观世音经》，《观世音菩萨普门品》的普及程度由此可以想见，则《续高僧传》所言"《观世音经》，小儿童子皆能诵之"不是虚妄之词。与此同时，《观世音经》在民众心中的地位也不断攀升，甚至出现了比拟《孝经》的现象，如《梁书》卷四十七《刘霁传》载："母明氏寝疾，霁年已五十，衣不解带者七旬，诵《观世音经》，数至万遍，夜因感梦，见一僧谓曰：'夫人算尽，君精诚笃志，当相为申延。'后六十余日乃亡。"② 又《梁书》卷四十八《皇侃传》云："性至孝，常日限诵《孝经》二十遍，以拟《观世音经》。"③ 这些无疑都是观音经典崇拜的产物，而"诵经灵验"在这个过程中起着关键作用。

二是"诵经灵验"间接地刺激了一批重要的疑伪经如《观世音三昧经》《高王观世音经》的出现。其中《高王观世音经》所附会的传说中就有"诵经灵验"这一细节。④ 不仅如此，它还在经文中反复强调诵持此经的功效："高王观世音，能救诸苦厄，临危急难中，死者变成活。诸佛语不虚，是故应顶礼，持诵满千遍，重罪皆消灭。薄福不信者，专贡受持经。"又："愿以此功德，普及于一切，诵满一千遍，重罪皆消灭。"⑤《观世音三昧经》亦如此，不仅强调了诵经的妙处，"一者离生死苦，灭烦恼贼；二者常与十方诸佛同生一处，出则随出，生生之处，不离佛边；三者弥勒出世之时，当为三会初首；四者不堕恶道地狱、饿鬼、畜生、阿修罗中；五者生处常值净妙国土"，而且还对诵经提出相关要求："若欲行此经，应净房舍中，悬诸幡盖，散花烧香，端坐七日，念无异想，诵此《观世音三昧经》。"⑥ 上述经文虽然都是后人伪造的，但毕竟也是当时社会风

---

① （南朝梁）沈约：《宋书》，中华书局，1974，第 1974 页。
② （唐）姚思廉：《梁书》，中华书局，1973，第 657 页。又，此事亦见于《南史》卷四十九。
③ （唐）姚思廉：《梁书》，中华书局，1973，第 680 页。又，此事见于《南史》卷七十一。
④ 具体详情可参阅《魏书》卷八十四《卢景裕传》："景裕之败也，系晋阳狱，至心诵经，枷锁自脱。是时又有人负罪当死，梦沙门教讲经，觉时如所梦，默诵千遍，临刑刀折，主者以闻，赦之。此经遂行于世，号曰《高王观世音》。"参见（北齐）魏收《魏书》，中华书局，1974，第 1860 页。此外，《北史》卷三十亦有记载。
⑤ 佚名：《高王观世音经》，《大正藏》第 85 册，台湾财团法人佛陀教育基金会出版部，1990，第 1425~1426 页。
⑥ 〔日〕牧田谛亮：《疑经研究》，京都大学人文科学研究所，1976，第 243 页。

气的产物，对此，陈寅恪的一段话或许会给我们不少启发："盖伪材料亦有时与真材料同一可贵。如某种伪材料，若径认为其所依托之时代记作者之真产物，固不可也。但能考出其作伪时代及作者，即据以说明此时代及作者之思想，则变为一真材料矣。"① 观音伪经的陆续出现恰好印证了这一时期"诵经灵验"现象对社会思潮的影响。

三是诵读《观世音经》便可获致灵验的行为对其他经典亦有启发。如段成式《酉阳杂俎续集》第七卷《金刚经鸠异》就记录了不少诵念《金刚经》灵验的故事，其中"陈昭"一事，就是因为之前"转《金刚经》"有功德，便免除罪业，被放回阳间。② 此外，《大方广佛华严经感应传》和《集神州三宝感通录》则记述大量关于诵持《华严经》和《法华经》灵验的故事。

除此之外，"诵经灵验"还有助于巩固和加强重视经典的文化心理。如《沙弥尼律仪要略》"习学经典"条就规定了僧人学习经典"不得汗手持经卷，不得口吹经上尘，不得案上狼藉卷帙，不得经案上包藏茶末杂物。对经典如对佛。不得借人经看不还及不加爱重，以至损坏。不得笑经语。凡读经律时，先礼拜经律三拜，放双手请卷于案。将开卷，先必合掌诵开经偈。掩卷已，仍请供佛像前，作礼三拜乃却。读经律案，应净洁焚炉香。不得沙弥尼律仪放大乘经上，不得以帽置经律卷上。不得二人戏笑读经律。读经不得抚案、曲身、翘足、累踝，不得高声动众，不得卧读出声"。究其原因，是"经籍，即经典也，乃圣贤之血脉，亦吾人之父母"，③ 不能不重视。否则就会遭到惩罚，获盲报，堕入地狱道、畜生道，《法苑珠林》卷十七《敬法篇·谤罪部》便记录了不少这方面的事例。

## 四　小结

美国著名文化人类学家露丝·本尼迪克特（Ruth Benedict）认为，"文化的发展是一个整合的过程。在历史发展中，一些文化特质被选择、吸收，逐渐规范化、制度化、合法化，并被强化为人的心理特征和行为特

---

① 陈寅恪集《金明馆丛稿二编》，生活·读书·新知三联书店，2001，第 280 页。
② （唐）段成式著，许逸民校笺《酉阳杂俎校笺》，中华书局，2015，第 1981 页。
③ （明末清初）读体：《沙弥尼律仪要略》，载〔日〕前田惠云、〔日〕中野达慧《卍新纂续藏经》第 60 册，台湾新文丰出版社，1977，第 444 页。

征；另一些文化特质被抑制、排除、扬弃，丧失其整体意义和价值。文化的这种内聚和整合渐渐形成一种风格，一种理想，一种心理和行为模式"。① 通过对六朝佛教灵验类小说所载"诵经灵验"社会文化现象的探讨，我们也可以看出这一现象的背后实质是"一个整合的过程"。在这个过程中信徒有意识地将佛教重视讽诵的传统和本土的经典崇拜等习俗选择、吸收进来，并日趋规范化、体系化，形成本土所独有的灵验形态，成为弘扬佛法的重要途径。

## 第二节　六朝"四月八"祈子习俗渊源探论②

陆杲《系观世音应验记》载有一则台氏求子的故事："有一人姓台，无儿息，甚自伤悼。于是就观世音乞子。在众僧前誓曰：'若以余日生儿，更非瑞应。唯以四月八日生者，则是威神之力。'果以四月八日产一男，即字为观世音。"③ 这则故事有一处细节引起我们注意，那就是台氏为何在众僧前发誓"唯以四月八日生者"，方显"威神之力"？"四月八日"有何特别之处？它又是如何与祈子习俗产生关联的？学界对这些问题尚无专文探讨。这大概是由于祈子活动过于平常，难以激发大家的兴趣，人们往往以为自古皆然。

其实事实并非如此。简言之，最初的"四月八"并无"祈子"这一活动，祈子大约出现在南朝后期，此后便逐渐固定下来，成为浴佛节习俗的核心之一。笔者探讨"四月八"祈子习俗，并非有考据癖，或满足人们的好奇心，而是借助这个问题，可以考察中古时期民俗、民风的来历，考察在佛教文化传播的过程中外来文化与本土文化是如何融合的，加深我们对佛教中国化的认识。总之，这一细节为我们揭示出了许多值得思考的问题，故本书尝试对上述问题做一探讨。需要指出的是，考察一种风俗的源流，保留下来的直接材料是很有限的，难免有推测的成分。

---

① 〔美〕露丝·本尼迪克特：《文化模式》，王炜等译，生活·读书·新知三联书店，1988，第47～58页。

② 本节主体内容已发表，具体可参见谷文彬、毛慧敏《"四月八"祈子习俗源流考》，《中国社会科学报》2019年11月5日，第6版。

③ 董志翘译注《〈观世音应验记三种〉译注》，江苏古籍出版社，2002，第173页。

## 一 "四月八"祈子习俗与浴佛节之关系

众所周知,"四月八"即浴佛节,因此我们欲探讨"四月八"与祈子之间的关联,就不得不先来考察"四月八"祈子习俗与浴佛节之关系。浴佛节,又称浴佛会、佛诞节、龙华会、灌佛会等,是从佛诞生的神话传说中引申出来的一个节仪。印度的鹿野苑和阿摩罗伐底出土的佛传雕刻均绘有浴佛这一情景,可见这一节俗由来甚早。早期的汉译佛经亦常常涉及这一传说,如三国支谦译《佛说太子瑞应本起经》卷上:

> 到四月八日夜明星出时,化从右胁生堕地。即行七步,举右手住而言:"天上天下,唯我为尊。三界皆苦,何可乐者。"是时天地大动,宫中尽明。梵释神天,皆下于空中侍。四天王接置金机上,以天香汤,浴太子身。①

西晋竺法护译《佛说普曜经》卷二亦云:

> 尔时菩萨从右胁生。忽然见身,住宝莲华。堕地行七步,显扬梵音。无常训教:"我当救度,天上天下,为天人尊,断生死苦,三界无上,使一切众,无为常安。"天帝释梵,忽然来下。杂名香水,洗浴菩萨。九龙在上,而下香水。洗浴圣尊。洗浴竟已,身心清净。②

此外,西晋法炬译《佛说灌洗佛形像经》、聂道真译《异出菩萨本起经》、北凉昙无谶译《佛所行赞》、刘宋宝云译《佛本行经》以及求那跋陀罗译《过去现在因果经》等佛经文献均有提及,内容虽然存在细微的差别,但无非都强调以下几点。第一,佛诞日多为四月八日。第二,于佛诞日从事纪念庆祝活动可以获致福德。法炬所译《佛说灌洗佛形像经》即声称:"浴佛形像,如佛在时,得福无量,不可称数。"③第三,有关太子出

---

① 《佛说太子瑞应本起经》,(三国吴)支谦译,《大正藏》第3册,台湾财团法人佛陀教育基金会出版部,1990,第473页。
② 《佛说普曜经》,(晋)竺法护译,《大正藏》第3册,台湾财团法人佛陀教育基金会出版部,1990,第494页。
③ 《佛说灌洗佛形像经》,(晋)法炬译,《大正藏》第16册,台湾财团法人佛陀教育基金会出版部,1990,第796页。

生时的种种神异描述，如龙王以香汤为太子浴身、散花、作天乐供养庆贺，最终都成为浴佛节的主要内容。总之，浴佛节在形成之初就具有浓厚的宗教色彩。

浴佛节何时传入中国，史无明文。然《后汉书》卷七十三《陶谦传》载："谦使（笮融）督广陵、下邳、彭城运粮。遂断三郡委输，大起浮屠寺，上累金盘，下为重楼，又堂阁周回，可容三千许人，作黄金涂像，衣以锦彩。每浴佛，辄多设饮饭，布席于路，其有就食及观者且万余人。"① 则至晚东汉末年，浴佛节就已出现。两晋以后逐渐发展成为一个上至皇室贵胄下至平民百姓全民参与的宗教性节日。如《魏书·释老志》："于四月八日，与诸佛像，行于广衢，帝亲御门楼，临观散花，以致礼敬。"② 《高僧传·晋邺中竺佛图澄》："（石）勒诸稚子，多在佛寺中养之。每至四月八日，勒躬自诣寺灌佛，为儿发愿。"③《宋书·刘敬宣传》："敬宣八岁丧母，昼夜号泣，中表异之。……四月八日，敬宣见众人灌佛，乃下头上金镜以为母灌。"④ 宗懔《荆楚岁时记》："四月八日，诸寺各设会，香汤浴佛，共作龙华会。"⑤《宋书·沈道虔传》："累世事佛，推父祖旧宅为寺。至四月八日，每请像。请像之日，辄举家感恸焉。"⑥ 上述皆为其证。该时期的浴佛节一方面沿袭了印度传统佛诞的节仪，如浴佛、行像、散花、伎乐表演；另一方面又增衍出一些新的活动，如施斋、抄经、造像等。例如，北魏正始三年高阿兴造铜佛坐像之发愿文记："正始三年四月八日，为七世父母，所生父母，建造真容。缘此敬因，愿前往生处，所离三途，不遭八难，龙华树会以为首，广及一切，共同斯愿。"⑦ 这些增衍出来的新习俗，已与本土文化的孝亲观念相粘连，为祈子习俗被纳入浴佛节庆中提供了契机。

中国自古以来就有"重生""贵生"的传统，"不孝有三，无后为大""无子不孝""多子多福"等一些耳熟能详的俗语便是对这种"重生""贵

---

① （南朝宋）范晔：《后汉书》，中华书局，1965，第2368页。
② （北齐）魏收：《魏书》，中华书局，1974，第3032页。
③ （南朝梁）释慧皎：《高僧传》，汤用彤校注，中华书局，1992，第348页。
④ （南朝梁）沈约：《宋书》，中华书局，1974，第1409页。
⑤ （南朝梁）宗懔：《荆楚岁时记》，宋金龙校注，山西人民出版社，1987，第102页。
⑥ （南朝梁）沈约：《宋书》，中华书局，1974，第2292页。
⑦ 金申：《中国历代纪年佛像图典》，文物出版社，1994，第461页。

生"文化最通俗的诠释。"祈子"行为是这一传统最世俗、最直接的表现，并衍生出多种神秘而复杂的形式，譬如对多籽植物的崇拜、对多子动物的崇拜、被禊活动等，这些在《诗经》中都有相关的描述。祈子习俗是原始社会重视血缘关系和传统人伦观的产物，在漫长的历史演变中，作为一种民间信仰，已渗透到岁时风俗、人生礼仪、神话传说、交际游乐、器物佩饰乃至衣食住行各方面，成为我国民俗活动中一个突出的事象。

到了魏晋南北朝时期，"宜男"与"子孙蕃昌"仍然是当时社会的主流观念。为保证家族香火旺盛，上至皇室贵胄、下至平民百姓纷纷进行求子活动，祈子习俗蔚然成风。其中既有以皇室为代表的高谋之祀，以世家大族为代表的山水神祇祭祀，也有以平民百姓为代表的佛教、道教等神祇之祀，呈现多重信仰兼容并蓄的时代特色。

祈子习俗为何与"浴佛节"产生关联？文献匮乏，但我们可以从其他风俗和礼仪中推想出一点影子。如上文所言，浴佛节是从佛诞生的神话传说中引申出来的一个节仪。这种由神祇诞生而引发的生殖崇拜，在历史上屡见不鲜，如女娲崇拜、西王母崇拜、伏羲崇拜等等，人们相信这些天赋异常的神祇生殖力量一定强旺，因此要在这天借助佛力祈求子嗣。

这样的例子在史传中俯拾即是，不胜枚举。如《高僧传·宋伪魏平城释玄高》："释玄高，姓魏，本名灵育，冯翊万年人也。母寇氏，本信外道。始适魏氏，首孕一女，即高之长姊。生便信佛，乃为母祈愿，愿门无异见，得奉大法。母以伪秦弘始三年（公元四〇一年），梦见梵僧散华满室，觉便怀胎。至四年（公元四〇二年）二月八日生男。家内忽有异香，及光明照壁，迄旦乃息。母以儿生瑞兆，因名灵育。时人重之，复称世高。"[1] 亦为佛诞日而生之例。

关于佛诞日，南传、北传佛教记载不一，又涉及与汉地历法换算，因此有二月八日、四月八日两种说法。而上文已提及的浴佛仪式中有香水灌佛的行为，"在当时的民众看来具有抑阳助阴的含义"。[2] 民众以阴阳五行的观念来理解浴佛仪式，灌佛可能成为施行巫术的手段，因此，佛的诞生礼与阴阳和合之间有着潜在的关联。此外，后秦释圣坚译《佛说摩诃刹头

---

[1]　（南朝梁）释慧皎：《高僧传》，汤用彤校注，中华书局，1992，第409页。
[2]　萧放：《浴佛节谈片》，《百科知识》2005年第9期。

经》（亦名《佛说灌洗佛经》）又为其提供了坚实的理论依据："欲在世间豪贵可得，欲求财富巨亿万家生可得，欲求百子千孙可得，欲求长寿无病可得。"① 故"台氏"感念佛法的威力，希望在四月八日浴佛节这天能有一子的心情亦能理解。其结局自然是皆大欢喜，观世音为彰显其法力，果真为其在四月八日浴佛节这天赐子。这则故事看似平淡，仔细推敲，耐人寻味。它一方面反映了当时佛教信徒自神其教的迫切心情，另一方面又从侧面证实了当时浴佛节影响之大、流播之广。

## 二　"四月八"祈子习俗与本土文化之关系

除了上文论及的以外，"四月八"祈子习俗还与本土的传统文化有着密切的联系。这个问题又涉及上古时期的生殖崇拜和星宿崇拜，即高禖崇拜和九子母信仰。这两方面的情形都可以从现存的文献材料中窥知一二。

### （一）高禖崇拜

高禖，又称"郊禖"，② 是上古时期掌管婚配、生嗣的重要神灵。据闻一多考证，所祀神灵即各族先妣，夏人祀涂山氏，殷人祀简狄，周人祀姜嫄。③《周礼·地官·媒氏》云：

> 媒氏掌万民之判。……于是时也，奔者不禁。若无故而不用令者，罚之。司男女之无夫家者而会之。④

《尔雅·释诂》曰："会，合也。"令会合男女，自相婚配。并且规定，不听媒氏之言的，还要接受处罚。这样做的目的乃在于婚姻的本质是上事宗庙、下继后世的，为此就必须婚娶，而且婚后要有子嗣，否则就会背上"不孝有三，无后为大"的精神负担。高禖崇拜的要义就是祈子。

---

① 《佛说灌洗佛经》，（后秦）释圣坚，《大正藏》第16册，台湾财团法人佛陀教育基金会出版部，1990，第798页。
② 如《诗·大雅·生民》："厥初生民，时维姜嫄，生民如何？克禋克祀，以弗无子。"《毛亨传》："去无子，求有子，古者必立郊禖焉。"参见（唐）孔颖达等《毛诗正义》，载《十三经注疏》，中华书局，1980，第528页。
③ 闻一多：《高唐神女传说之分析》，载闻一多《伏羲考》，上海古籍出版社，2006，第115页。
④ （汉）郑玄注，（唐）贾公彦疏《周礼注疏》，载《十三经注疏》，中华书局，1980，第732～733页。

《礼记·月令》则对这一仪式有较为详细的记载："是月也，玄鸟至；至之日，以大牢祠于高禖，天子亲往。后妃帅九嫔御，乃礼天子所御，带以弓韣，授以弓矢，于高禖之前。"郑玄注曰："变媒言禖，神之者。"①蔡邕《月令章句》云："高禖，神名也；高犹高也，禖犹媒也，古事先见之象，谓人之先，所以祈子孙之祀也。……后妃将嫔御，皆会与高禖，以祈孕妊。御者，进也。凡衣服加于身，饮食入于口，接于寝，皆曰御。天子所御，谓后妃以下，至御妾，孕妊有萌牙者也。韣，弓衣也；祝以高禖之命，饮之以醴，带以弓衣，尚使得男也。"②《汉书》卷六十三《武五子传》："初，上年二十九乃得太子，甚喜，为立禖，使东方朔、枚皋作禖祝。"③颜师古注："禖，求子之神也。"西汉时期，仍保留这一习俗。

祭祀高禖通常是在仲春之月举行，这是因为仲春之月万物萌生，正是祭祀的好时节。"故作大事，必顺天时"，一方面体现了古人敬天顺时、顺时而动的特点，另一方面也反映了古人朴素的生命观。古人认为阴阳之气是包孕万物的神灵之物。《礼记·乐记》称："地气上齐，天气下降，阴阳相摩，天地相荡。"④《曾子·天圆》谓："阳之精气曰神，阴之精气曰灵，神灵者，品物之本也。"⑤《中庸》说："君子之道，造端乎夫妇，及其至也，察乎天地。"⑥《春秋繁露》卷十二《基义》云："凡物必有合……阴者阳之合，妻者夫之合，子者父之合，臣者君之合，物莫无合，而合各有阴阳。"⑦而仲春之月正是地气上升、阳气发动之时，阴阳谐和，故宜孕子嗣。然高禖之祀并没有具体规定在哪一天，故有学者提出春分说、社日说、上巳节说。虽说法不一，但也从另一个角度证实了高禖崇拜在节俗活动中存在交叉与重叠。我们从中可以看出高禖之祀的影响之大，

---

① （汉）郑玄注，（唐）孔颖达正义《礼记正义》，载《十三经注疏》，中华书局，1980，第 1361 页。

② （汉）蔡邕：《月令章句》，载（清）黄奭辑《黄氏逸书考》第 21 册，江苏广陵古籍刻印社，1984，第 13~16 页。

③ （汉）班固：《汉书》，中华书局，1962，第 2741~2742 页。

④ （汉）郑玄注，（唐）孔颖达正义《礼记正义》，载《十三经注疏》，中华书局，1980，第 1531 页。

⑤ 《曾子十篇》，（清）阮元注释，中华书局，1985，第 73 页。

⑥ （汉）郑玄注，（唐）孔颖达正义《礼记正义》，载《十三经注疏》，中华书局，1980，第 1626 页。

⑦ （清）苏舆：《春秋繁露义证》，钟哲点校，中华书局，1992，第 350 页。

同时又可以看出高禖之祀的包容性。故而，高禖崇拜融入"四月八"浴佛节中，也是极有可能的。

**（二）九子母信仰**

"四月八"祈子与民间九子母信仰也有着密切的关系。九子母是上古时期妇女生产的庇护之神。《汉书·成帝纪》云："孝成皇帝，元帝太子也。母曰王皇后，元帝在太子宫生甲观画堂，为世嫡皇孙。宣帝爱之，字曰太孙，常置左右。"应劭曰："甲观在太子宫甲地，主用乳生也。画堂画九子母。"[1] 王先谦《汉书补注》引沈钦韩《汉书疏证》曰："'应所言指产舍也。画九子母，盖应所目知。'案《玉海》，洛阳宫、螽斯堂、则百堂，盖此类也。"[2] 螽斯、则百分别见《诗·周南·螽斯》和《诗·大雅·思齐》，为颂人多子的典故，故二堂皆是产舍，甲观亦应是产舍。汉成帝时，九子母就已被视为生育之神画于产舍。关于九子母的传说可追溯到《楚辞·天问》："女岐无合，夫焉取九子？"王逸注曰："女岐，神女，无夫而生九子也。"[3] 闻一多认为"女歧即九子母，本星名也"，[4] 与尾宿"九子星"有关。《史记·天官书》："尾为九子。"宋均云："属后宫场，故得兼子，子必九者，取尾有九星也。"张守节称："尾九星，为后宫，亦为九子星。"又"尾为九子，曰君臣；斥绝，不和。"《春秋元命苞》亦云："尾九星，箕四星，为后宫之场也。"[5]《晋书·天文志》承袭上述诸家说法："尾九星，后宫之场，妃后之府。上第一星，后也；次三星，夫人；次星，嫔妾。第三星傍一星名曰神宫，解衣之内室。尾亦为九子，星色欲均明，大小相承，则后宫有叙，多子孙。"[6] 值得指出的是，《晋书》在这里并没有记述"明暗不常"的情况，而是突出"大小相承，则后宫有叙，多子孙"的特点。这意味着"多子孙"的九子星，降落在地则为"九子母"神，就具有生育崇拜的意义。

司马迁《史记·封禅书》则为这种天上的星宿转化为地上的人格化神祇提供了相关的线索，其云：

---

① （汉）班固：《汉书》，中华书局，1962，第301页。
② （汉）班固著，（清）王先谦补注《汉书补注》，上海古籍出版社，2012，第417页。
③ （宋）洪兴祖：《楚辞补注》，白化文点校，中华书局，1983，第89页。
④ 闻一多：《古典新义》，商务印书馆，2011，第293页。
⑤ （三国魏）宋均注《春秋元命苞》，（清）黄奭辑，广陵书社，2004，第2219页。
⑥ （唐）房玄龄：《晋书》，中华书局，1974，第300页。

雍有日、月、参、辰、南北斗、荧惑、太白、岁星、填星、〔辰星〕、二十八宿、风伯、雨师、四海、九臣、十四臣、诸布、诸严、诸逑之属，百有余庙。西亦有数十祠。于湖有周天子祠。于下邽有天神。沣、滈有昭明、天子辟池。于杜、亳有三社主之祠、寿星祠；而雍菅庙亦有杜主。杜主，故周之右将军，其在秦中，最小鬼之神者。各以岁时奉祠。①

九子星所在之尾宿是二十八星宿之一，理应有庙祠供以祭祀。唐李吉甫《元和郡县图志》卷三十八则为这种推测提供了更直接的证据："交州故城，在县东十四里。吴时刺史陶璜所筑。石九子母祠，在县东十四里。"② 这个"石九子母祠"也见于《交趾记》："石九子母者，坐高七尺，在今州寺中，九子悉附于石体。传云浮海而至，士庶祷祀，求子多验，于今不绝。"③ 此处值得注意的是，此时的九子母被供奉在"州寺中"，已与佛教产生了某种联系。故宗懔《荆楚岁时记》亦云"长沙寺阁下有九子母神"，这种联系或许是导致后来的鬼子母与九子母二者混为一谈的一个原因。关于这一问题，已超出本书论及的范围，容另撰文论述。

不过，不同于《交趾记》的是，宗懔在《荆楚岁时记》里明确指出向"九子母神"祈子是在四月八日。针对这一点，我们需要了解四月这个时间点在当时的意义。在佛典文献中，之所以是四月八日，乃在于"以春夏之际，殃罪悉毕，万物普生，毒气未行。不寒不热，时气和适，正是佛生之日"。④ 而在本土传统的时间观念中，孟夏四月正是东方的"苍龙星座跃出了地平线，苍龙为阳物，苍龙的出现象征着阳气的旺盛。而苍龙的尾宿在古代被视为主掌生育的星辰"，⑤ 则于此时祈子或较之平日更易获致灵验的效果。此外，古人还认为"四月是阳气上升的时节，亦是长养的

---

① （汉）司马迁：《史记》，中华书局，1959，第 1375 页。
② （唐）李吉甫：《元和郡县图志》，贺次君点校，中华书局，1983，第 959 页。
③ （北宋）乐史：《太平寰宇记》，王文楚点校，中华书局，2007，第 3255 页。
④ （晋）法炬：《佛说灌洗佛形像经》，《大正藏》第 16 册，台湾财团法人佛陀教育基金会出版部，1990，第 796 页。
⑤ 萧放：《浴佛节谈片》，《百科知识》2005 年第 9 期。

时节，人们的生活习性要适应这一自然环境的变化，达到与天道的协调"。① 《管子・五行》云"人与天调，然后天地之美生"，② 故六朝民众巧妙地依托"四月八"的时间点，将上古时期遗留下来的生殖崇拜和祈子习俗纳入浴佛节体系中。

通过对相关文献材料的梳理，我们对"四月八"祈子习俗的历史渊源有了更清晰的认识。历史上的某种传说或个人见解可能是真实的，并同时作为这一习俗的共同背景之一，而这一习俗牵涉的事象还需要我们从历时性和共时性中去加以观照、把握。

### 三　六朝"四月八"祈子方式、特点及其社会文化心理

以上对六朝"四月八"祈子习俗产生的源流进行了相关的梳理，接下来我们将结合具体的事例，对六朝"四月八"祈子的方式和特点进行归纳和总结，这对我们理解该习俗背后的社会文化心理无疑会有所帮助。

从现存的文献记载来看，"四月八"祈子的方式大致可分为两类。一类是向诸佛祈子，如上文所援引的《系观世音应验记》中关于台氏求子的故事。其中又主要是向观世音祈子，如王琰的《冥祥记》"宋居士卜悦之"条、"孙道德求男"条等均是向观世音祈子的故事。其祈子的方式一般是通过祈祷观音或礼诵《观世音经》而获孕产子。这种祈子方式的理论依据主要来源于《妙法莲华经・观世音菩萨普门品》："若有女人设欲求男，礼拜供养观世音菩萨，便生福德智慧之男；设欲求女，便生端正有相之女。"③ 这种"求男得男""求女得女"的理论或许就是促使救世观音向后来的送子观音转化的一个重要依据。

另一类是向民间神灵祈子，六朝时期主要是向九子母神祈子。不过，由于文献匮乏，关于这个"九子母神"的形象是隐晦的，我们从《交趾记》零星的记载中大概得知是"坐高七尺""九子悉附于石体"，其获致身孕的办法十分简单——"供薄饼以乞子"。由此我们大致可以推测出这位神灵是一位深具平民性的生嗣之神，无怪乎当时的人们"浮海而至"，

---

① 萧放：《浴佛节谈片》，《百科知识》2005 年第 9 期。
② 黎翔凤：《管子校注》，梁运华整理，中华书局，2004，第 865 页。
③ 〔印〕鸠摩罗什：《妙法莲华经》，《大正藏》第 9 册，台湾财团法人佛陀教育基金会出版部，1990，第 57 页。

"士庶祷祀"。

这两种祈子之道各有特色，然究其本质都源于节俗礼拜，向神佛祈子是原始生殖崇拜在中古时期的延续。据此可概括出该时期的祈子之道存在如下几个特点。

第一，宗教色彩浓厚。人们无子嗣不是去寻求医方治疗，而是寄希望于神、佛，虔诚地诵经念佛、供奉祭品，希冀他们强大的神力能给自己送来子嗣。

第二，民间信仰与宗教信仰并存，且二者相互转化。九子母神与观音菩萨本属于不同的文化体系，但两者"相安无事"。这既反映出民间信仰的复杂性，同时也反映出佛教与本土文化相互包融。而九子母神与观音菩萨都具备送子的功能，这种重叠性功能最终导致两者合二为一，即送子观音。

第三，操作仪式简便易行，不需要太多的仪式和禁忌，不受地点、环境的制约，既可以在家举行，也可以到寺院祈祷，无须投入过多的财力、人力和物力，无论贫富贵贱都能接受。故祈子习俗逐渐发展为浴佛节习俗的核心之一，如明崇祯六年江苏《泰州志》载："四月八为浴佛日，妇女有相约诣尼庵拜礼及祈子息还愿者。"① 清乾隆十五年江苏《如皋县志》载："四月八日，士大夫之姑姊妹率新妇祈子。"② 此外，明清文人笔记中亦有相关的记载。③ 由此可见，"四月八"祈子习俗流传广远。

六朝时将祈子习俗与浴佛节联系起来，反映出时人对香火继承和子嗣前景的关注与期待。众所周知，中国社会包含一系列等级分明的族群体系，具有坚实的宗法传统，有子才能传宗接代，无子则会招致世人的非议，孟子的"不孝有三，无后为大"可谓是这种观念的典型概括。而在注

---

① 丁世良、赵放主编《中国地方志民俗资料汇编（华东卷）》上册，书目文献出版社，1995，第507页。

② 丁世良、赵放主编《中国地方志民俗资料汇编（华东卷）》上册，书目文献出版社，1995，第521页。

③ 如明人沈榜《宛署杂记》卷十七云："俗传四月八日，娘娘神降生，妇人难子者宜以是日乞灵，滥觞遂至倾城妇女，无长少竞往游之。各携酒果音乐，杂坐河之两岸，或解裙系柳为围，妆点红绿，千态万状，至暮乃罢。"[（明）沈榜：《宛署杂记》，北京古籍出版社，1980，第191页。]清人于敏中等所编《日下旧闻考》："四月八日，燕京高梁桥碧霞元君庙……往乞灵祈生子。"[（清）于敏中等编《日下旧闻考》，北京古籍出版社，1985，第2355页。]

重血统阀阅的中古时期，这种意识会更加凸显。例如北朝时期的李象，"从容风素，有名于时"，[①] 但因丧妻无子，又不续娶，而受到时人的非议。由于传统宗法制度下强烈的承宗嗣续观念，而相关的法律补救措施如立嗣、纳妾、出妻等又存在诸多问题，才会衍生出绵延不绝的各种祈子之术。六朝时期佛教炽盛，无子夫妇拜佛礼神，诵经日忏来祈子自然也是情理之中的事情，"设获苏息，必释教是赖"。[②] 而佛教徒为了自神其教、吸引信众，不惜在佛典和相关佛教灵验类小说中大肆宣扬修身立德和"随欲求子"，以便更好地迎合和适应本土文化。世俗生活中的承宗嗣续观念与佛教中教人行善修福积德的观念相契合，进一步强化了六朝民众向佛教祈子的意向。

总之，"四月八"祈子习俗的盛行，反映了无子夫妇对后代的强烈企盼，而这种强烈的祈子愿望又大大加深了民众对宗教的依赖，扩大了宗教的影响。"四月八"祈子习俗的长期存在，正是宗教与民俗相结合所产生的必然结果。

## 四　小结

浴佛节原本是佛教徒为纪念佛的诞生而引申出来的宗教性节日，信徒根据佛典记载形成一套包括浴佛、行像、散花、伎乐表演在内的具有神圣庄严的节仪。但在传入中国的过程中，中国民众又移入新的节俗，比如施斋、造像、抄经等，这些新增衍出的节俗具有浓郁的本土化特点——孝亲思想突出，这为祈子习俗的形成提供了基础和条件。这一历史的演变固然可以看出中国民众对佛教信仰的实用性态度，但更重要的是，民俗节日和民俗文化巨大的包容性，这正是六朝民众将外来的宗教时间纳入中国传统时间系统，将佛教的浴佛节纳入中国传统节俗体系的根本原因。

"四月八"祈子固然与佛的生殖力量崇拜有关，但更多是与本土的高禖崇拜和九子母信仰有紧密的联系。而中古时期的民众又巧妙地将上古时期遗留下来的生殖崇拜习俗以及他们对四月时间点的感受纳入浴佛节体系中，最终使祈子习俗成为浴佛节核心习俗之一，并流传至今。这既说明了

---

① （唐）李延寿：《北史》，中华书局，1974，第 1676 页。

② （南朝梁）僧祐、（唐）道宣：《弘明集·广弘明集》，上海古籍出版社，1991，第 71 页。

本土民间信仰的复杂性，也体现了在节日的深层底蕴下隐藏着民众对承宗嗣续的殷切期盼，让我们对"四月八"祈子习俗的多源性和事象的交叉性有了更清晰的认识。

　　佛教中国化是一个宏观的命题，而这个命题实际上是由无数个点组成的，通过梳理"四月八"祈子的源流、方式和特点，我们可以看到佛教传入中土之后，如何一步步迎合中国文化而本土化，使本土神灵与西方菩萨同时成为生嗣之神，接受民众的顶礼膜拜。无疑，《系观世音应验记》所载"四月八"祈子这个点为我们提供了一个很好的观察视角。

# 第五章　六朝佛教灵验类小说的意义及影响

以《观世音应验记三种》为代表的六朝佛教灵验类小说，在当时较为流行，形成一股强劲的创作风潮和群体声势，以集中文学书写的方式，将当时民众渴求神灵庇护的心理淋漓尽致地表现出来。它们不仅丰富了六朝隋唐志怪小说的类型，而且推动了当时佛教信仰通俗化、大众化的进程。与此同时，通过对小说文本的考察，我们又可以觇视当时民间社会的文化生态，为大众思想史的研究提供相关的材料。

## 第一节　六朝佛教灵验类小说的小说史意义及影响

六朝佛教灵验类小说在中国古代小说史的地位及影响，总的来说体现在以下四个方面。

### 一　开创一种小说类型并建立了佛教文学新发展格局

六朝佛教灵验类小说问世以来，不仅在当时得到文人们的积极响应，如王琰著《冥祥记》、颜之推撰《冤魂志》、侯白编《旌异记》等，而且在唐代亦获得遥相呼应，比如唐临的《冥报记》、萧瑀的《金刚般若经灵验记》、段成式的《酉阳杂俎·金刚经鸠异》等，皆是这一风气的产物。我们在这里不妨以段成式的《金刚经鸠异·序》为例：

> 贞元十七年，先君自荆入蜀，应韦南康辟命。洎韦之暮年，为贼辟谮构，遂摄尉灵池县。韦寻薨，贼辟知留后。先君旧与辟不合，闻之，连夜离县。至城东门，辟寻有帖，不令诸县官离县。其夕阴风，及返，出郭二里，见火两炬夹道，百步为导。初意县吏迎候，且怪其不前，高下远近不差，欲及县郭方灭。及问县吏，尚未知府帖也。时

先君念《金刚经》已五六年，数无虚日，信乎至诚必感，有感必应，向之导火，乃《经》所著迹也。后辟逆节渐露，诏以袁公滋为节度使。成式再从叔少从军，知左营事，惧及祸，与监军定计，以蜡丸帛书通谋于袁。事旋发，悉为鱼肉，贼谓先君知其谋于一时。先君念经夜久，不觉困寐，门户悉闭。忽觉，闻开户而入，言"不畏"者再三，若物投案，暴然有声。惊起之际，言犹在耳，顾视左右，吏仆皆睡。俾烛桦四索，初无所见，向之关扃，已开辟矣。先君受持此经十余万遍，征应事孔著。成式近观晋、宋已来，时人咸著传记彰明其事。又先命受持讲解有唐已来《金刚经灵验记》三卷，成式当奉先命受持讲解。太和二年，于扬州僧栖简处，听《平消御注》一遍。六年，于荆州僧靖奢处，听《大云疏》一遍。开成元年，于上都怀楚法师处，听《青龙疏》一遍。复日念书写，犹希传照罔极，尽形流通，摭拾遗逸，以备阙佛事，号《金刚经鸠异》。①

从段序可知，他的父亲段文昌两次遇险都是因为信奉《金刚经》而成功解厄，这无疑给他带来了很大的精神震撼，此外，"晋、宋已来，时人咸著传记彰明其事"的风气，促使他留心收集、整理《金刚经》灵验传闻，并编撰成书。就这一点而言，段成式此举无疑是继承了六朝以来士人整理佛教灵验故事的传统。此后，这类小说层出不穷，除了上文提到的这些作品外，该时期尚有《金刚经灵验记》《报应记》《续冥报记》《持诵金刚经灵验功德记》《弘赞法华传》《往生西方净土瑞应传》《华严经传记》《大方广佛华严经感应传》《释门自镜录》等。

不仅如此，编撰这类小说的风气一直持续到清末，比如宋代有《净土往生传》《三宝感应要略录》《法华经显应录》《金刚经受持感应录》，元代有《补陀洛迦山传》，明代有《法华灵验传》《皇明金刚经新异录》《金刚经新异录》《现果随录》，清代则有《观世音持验记》《观音慈林集》《法华持验记》《金刚经持验记》等，连绵不断。随着时代的推移，佛教灵验类小说成为佛教文学中除佛经故事、僧人传记文学外另一个重要类型，丰富和发展了佛教文学。

① （唐）段成式著，许逸民校笺《酉阳杂俎校笺》，中华书局，2015，第1959～1960页。

此外，它还对日本的说话文学①产生了重要的影响。比如《日本灵异记》和《今昔物语集》也有不少奉佛灵验的故事，对此景戒在《日本灵异记·序》中曾直言不讳地写道："昔汉地造《冥报记》，大唐国作《般若验记》，何唯慎乎他国传录，弗信恐乎自土奇事。粤起自瞩之，不得忍寝。居心思之，不能默然。故聊注侧闻，号曰《日本国现报善恶灵异记》，作上中下三卷，以流季业。"②由此可见，他是受到了唐临《冥报记》和孟献忠《金刚般若经集验记》等书的启发而编撰的。倘若我们追溯其源头，六朝佛教灵验类小说导夫先路之功不能忽视。

## 二　规范并确立了相关作品的叙事模式

六朝佛教灵验类小说记录奉佛灵验传闻的叙述体例，可概括为两种。第一种是以人为中心，采取的是传统的史传笔法，比如《光世音应验记》"窦傅"条云：

> 窦傅者，河内人也。永和中，高昌、吕护各拥部曲，相与不和。傅为昌所用，作官长。护遣骑抄击，为所俘执。同伴六七人共系一狱，锁械甚严，克日当杀之。沙门支道山时在护营中，先与傅相识。闻其幽执，至狱候视之，隔户共语。傅谓山曰："困厄，命在漏刻，何方相救？"山曰："人事不见其方，唯光世音菩萨救人危难。若能至心归请，必有感应。"傅亦先闻光世音，及得山语，遂专心属念，昼夜三日，至诚自归。因观其锁械，如觉缓解，有异于常。聊试推荡，攉然离体。傅乃复至心，曰："今蒙哀佑，已令桎梏自解，而同伴尚多，无情独去。光世音神力普济，当令具免。"言毕，复牵挽余人，

---

① 说话文学"一般指用文字记载下来的传说、故事等。它偏于叙事，多是一些题材短小而具有纪实特征的短篇故事，其内容则明显地传达出人们的喜怒哀乐和思想尚好。通常情况下，说话文学是指将这样一些短小故事按照一定的意图或目的编辑成集的作品。例如《日本灵异记》、《今昔物语集》、《宇治拾遗物语》、《三国传记》等就是平安时代至室町时代日本说话文学的代表之作"。具体详情参见李铭敬《日本说话文学中中国古典作品接受研究所存问题刍议——以〈日本灵异记〉和〈今昔物语集〉为例》，《日语学习与研究》2009年第2期。关于日本说话文学与本土佛教灵验类小说的渊源与发展，可参详刘九令《日本佛教说话文学中的〈金刚经〉灵异记》，《东北亚外语研究》2018年第3期。

② 〔日〕景戒编《日本灵异记》，〔日〕出云路修校注，岩波书店，1996，第201~202页。

皆以次解落，若有割剔之者。遂开户走出，行于警檄之间，莫有觉者。便逾城径去。时夜已向晓，行四五里天明，不敢复进，共逃隐一冢中。须臾，觉有失囚。人马络绎，四出寻捕，焚草残林，无幽不遍。唯傅所隐处一亩许地，终无至者，遂得免脱还。乡里敬信异常，咸信奉佛法。道山后过江，为谢庆绪具说其事。①

该故事开头先交代主人公窦傅的籍贯、身份和职务，接着便是叙述中心事件：窦傅和同伴被俘虏，定下日子将要问斩，只因崇信观音菩萨，最终和同伴成功出逃。这种体例，作者会不厌其烦地交代灵验发生的时间、地点、相关人物，包括当事人、目击人、见证人、讲述人，甚至作者和他们的关系，从而形成一条清晰完备的证据链，诱导受众的认知方向。

第二种是以事件为中心，围绕核心情节展开叙述，这样的例子在六朝佛教灵验类小说中也有很多，比如《宣验记》"佛佛虏破冀州"条：

佛佛虏破冀州，境内道俗，咸被奸戮。凶虐暴乱，残杀无厌。爰及关中，死者过半，妇女婴稚，积骸成山。纵其害心，以为快乐。仍自言曰："佛佛是人中之佛，堪受礼拜。"便画作佛像，背上佩之，当殿而坐。令国内沙门："向背礼像，即为拜我。"后因出游，风雨暴至，四面暗塞，不知所归，雷电震吼，霹雳而死。既葬之后，就冢霹雳其棺。引尸出外，题背为"凶虐无道"等字。国人庆快，嫌其死晚。少时，为索头主涉圭所吞，妻子被刑戮。②

在这则故事里，作者跳过了对传主籍贯、身份的介绍，直接进入核心情节的叙述：佛佛凶虐暴乱，残杀无厌，最终雷电震吼，霹雳而死。在这两种体式结尾处作者有时还会特意说明下传闻的来源，一方面是为了证实传闻的真实性、客观性，另一方面也丰富了小说的叙述角度。"尽管这种角度的意义可能还没有达到后世小说家有意识自我限制全知叙述的程度，但它的个人化特点，还是为小说的叙述提供了一种与人们自身体验更为切

---

① 董志翘译注《〈观世音应验记三种〉译注》，江苏古籍出版社，2002，第16页。
② （南朝宋）刘义庆：《宣验记》，载《鲁迅全集》第8卷，人民文学出版社，1973，第558～559页。

近的题材及叙述方式。"① 总之，可以说六朝佛教灵验类小说确立并规范了这类小说的叙述体式，此后的佛教灵验类小说基本上都是在这两种体例下敷演各种灵验传闻，只是内容、篇幅上有所区别而已。囿于篇幅，此处不再一一展开。

在情节设置方面，六朝佛教灵验类小说更具有首创、开启之功。综观这类小说，其情节设置整体上呈现相似的结构，故事情节通常是沿着以下三个环节展开。第一个环节，交代传主的奉佛背景，或礼佛虔诚，或诵念经文，或称念佛号，等等，② 以此来显示这类人物有自觉的习惯行为。不过作为故事的开端，这种叙述往往只是一两句话带过。第二个环节，传主遭遇困厄，或是突遇大火，或是水难，或是蒙受冤屈，或是与家人失散，或是遭逢恶兽，等等，不一而足。需要指出的是，不同时期的佛教灵验类小说家描写的困境各有其侧重点。以六朝佛教灵验类小说为例，这一时期的小说家们更多关注的是因战乱而导致的牢狱之灾，而唐宋时期的佛教灵验类小说则更多关注生活以外的事情，比如科举功名、延年益寿等，从而直接或间接展示了不同时期民众的精神诉求和社会文化生态。第三个环节，是解厄、获救，传主处于险境、命悬一线之际，因为有之前礼佛的功德，佛最终彰显神力帮助他们平安脱险，或无恙而返，或与家人团聚，或大病痊愈，或平反冤屈。由此便形成了固定的情节模式："遭遇困厄→奉持佛法→获致灵验。"此后的佛教灵验类小说基本上都承袭这一模式，如段成式的《金刚经鸠异》"张镒相公先君齐丘"条，作者先交代传主张齐丘崇信佛法，再叙述他所遭遇的困厄——被逆贼追杀，危难之际，《金刚经》化为二甲士助其化险为夷。

值得注意的是，明清中长篇小说中亦可以窥见这种情节设置模式，比如明凌濛初的《二刻拍案惊奇》之"进香客莽看金刚经　出狱僧巧完法会分"即这种模式之显例。小说讲述明嘉靖四十三年，吴中大水，太湖洞庭山某寺，因荒年米少，檀越不来布施，寺中和尚无法度此荒年，只好把镇寺之宝白居易亲手书写的《金刚经》当与王相国府，得米五十石。相国夫人好善敬佛，又把《金刚经》奉还山寺。途中船上众人欲看《金刚

---

① 刘勇强：《中国古代小说的叙事学研究反思》，《明清小说研究》2011 年第 2 期。

② 当然，也不是所有传主都信奉佛教，比如《系观世音应验记》中"海盐一人""王桃"。

经》，不想被风吹去首页。常州府柳太守欲得《金刚经》，便陷害寺僧。柳太守愚蠢不识古迹，又因少得首页，就将寺僧放出牢狱，归还经书。寺僧归途中，遇一打鱼老者还经书首页。那老者也因敬惜字纸，延寿一纪。

在这个故事中，经卷的当出与收回是故事的发端，首页的失去与找回是故事的发展，打鱼老者献经则是故事的高潮。最终，老者不仅生前的"罪业尽消"，而且"今生且赐延寿一纪，正果而终"，来生则"在文字中受报，福禄非凡"。[①] 由此可知，陈寅恪关于佛教灵验类小说对后世小说情节之影响的推论，"当取自金刚经、法华经、观音经卷首之序文而别行者。寅恪初不知广记诸条之来源，兹因读此敦煌卷子，始豁然通解，故并附及之，以告世之研究小说源流者"，[②] 洵为卓识。

在主题思想方面，六朝佛教灵验类小说主要是以因果报应为准绳，倘若进一步细分，则是以现报为主。比如《光世音应验记》"沙门竺法义"条，叙僧人竺法义患有重疾，于是一心称念观世音菩萨，最终观音显灵，化为僧人在梦中为其医好。这一点与后来的佛教灵验类小说有所区别，这无疑既有六朝佛教灵验类小说自身发展不足之缘故，也有时代的影响在其中。但无论如何，这种因果报应思想贯穿整个佛教灵验类小说发展阶段，它既是一种宗教观念，又是一种思维方式。这种思维方式"有利于小说将纷繁凌乱的现象整饰成前后呼应的情节，从而提高小说结构的严密性"。[③]

### 三　凸显和完善了小说劝善惩恶的社会功能

六朝佛教灵验类小说庞大的作家队伍中，有不少出身于当时的世家大族，且担任过不同级别的政府官员。他们撰写这类小说就不仅只是宣扬佛法灵验，还有劝善惩恶的政治寓意在其中。比如《系观世音应验记》"王桃"条，述王桃生来喜好杀生，年轻的时候以捕猎为生。有一次王桃在捕猎的过程中，遇到一只老虎，王桃当即向这只老虎射了一箭，老虎受伤跑了，没想到另一只老虎跳出来咬他，咬得鲜血淋漓，仍不松口。在这危难之际，王桃想起了之前听人说过观世音，于是拼命称念观音名号，最终虎

---

① （明）凌濛初：《二刻拍案惊奇》，陈迩冬、郭隽杰校注，人民文学出版社，1996，第19页。

② 陈寅恪集《金明馆丛稿二编》，生活·读书·新知三联书店，2001，第199页。

③ 刘勇强：《中国古代小说史叙论》，北京大学出版社，2007，第15页。

口逃生。经历了这件事之后，王桃变成一个精诚修道之人。又同书"刘度"条，叙"房主木末"得知有人叛逃，一怒之下想要杀死全城的人以示惩罚，危急关头，刘度带领大家一起念诵观世音的名号，祈求救助。房主忽然看到有一件东西从天上飘落下来，缠绕在他的房柱上，原来是一卷《观世音经》。他让人读了一遍，听后非常喜欢，特意降恩减少杀戮。王桃、刘度二人因为敬佛而得善报，我们不难体会到故事背后作者劝善惩恶的良苦用意。此后，这类小说家都自觉地将劝善惩恶作为撰述目的，其中最为典型的当属唐临，他在《冥报记》序言中说道：

> 昔晋高士谢敷、宋尚书令傅亮、太子中舍人张演、齐司徒从事中郎陆杲，或一时令望，或当代名家，并录《观世音应验记》，及齐竟陵王萧子良作《宣验记》、王琰作《冥祥记》，皆所以征明善恶，劝戒将来，实使闻者深心感寤。临既慕其风旨，亦思以劝人，辄录所闻，集为此记，仍具陈所受及闻见由缘，言不饰文，事专扬确，庶人见者能留意焉。①

这种试图通过劝善惩恶来实现道德教化，实际上是古代功利主义文艺观的外在表现。古代历来重视文学的政治教化作用，比如孔子谈到《诗经》的时候，就提出诗具有"兴观群怨"的功能。此外，《诗大序》亦指出诗歌可以"正得失、动天地、感鬼神"，"先王以是经夫妻、成孝敬、厚人伦、美教化、移风俗"，② 从而形成了功利主义的文艺观。在这种文艺观的影响下，文人创作作品就不得不考虑到政治、社会的影响，以求有补于世。这对于小说家来说更是如此，因为小说一直被视为小道，"君子弗为"。为了提升小说的地位，小说家们格外重视政治教化，从而使"劝惩"成为"广见闻""娱心""补史"之外小说的另一个重要功能，凸显和完善了古代小说的社会功能。

### 四　为考察佛教灵验类小说生成提供了相关材料

目前，学界对佛教唱导和唐代变文、话本小说生成关注得比较多，但

---

① （唐）唐临：《冥报记》，方诗铭辑校，中华书局，1992，第2页。
② （唐）孔颖达等：《毛诗正义》，载《十三经注疏》，中华书局，1980，第270页。

对佛教与六朝佛教灵验类小说的生成，讨论得似乎还不够充分。曹道衡先生曾推测《冥祥记》的故事可能取材于"唱导"，① 刘惠卿则指出"佛教唱导师在唱导时的因缘譬喻之说直接启发了宣佛小说的大量产生"。② 事实上，不仅唱导影响了这类小说，讲经亦对此有影响。比如《光世音应验记》"沙门竺法义"条：

> 沙门竺法义者，山居好学。后得病积时，攻治备至，而了自不损，日就绵笃。遂不复治，唯归诚光世音。如此数日，昼眠，梦见一道人来候其病，因为治之。剖出肠胃，湔洗府藏，见有积聚不净甚多。洗濯毕，还内之，语义曰："病已除也。"眠觉，众患豁然，寻便复常。义住始宁保山，余先君少与游处。义每说事，辄憟然增肃。案其经云："或现沙门、梵志之像。"意者义公之梦是乎？③

竺法义系著名高僧竺道潜之弟子，因对《论语》中一处有争议的文义见解独到而为竺道潜所赞赏，并劝其出家。他精通众经，而对《法华经》尤为注重，大开讲席，得到当时名流王导、孔敷等人的敬重，受业弟子众多。从这则材料中我们可以得知，竺法义既是《法华经》的宣讲者，又是观音灵验的亲历者，他在讲解《法华经》的时候，会经常以自己亲身经历的灵验传闻为佐证，传播效果可想而知。和唱导不同的是，正式讲经主要面对的是僧人及具备一定佛理基础的信徒。联系傅亮父子的佛教背景，确实如此。由此可知，讲经对六朝佛教灵验类小说的影响还是很大的。

不仅如此，六朝佛教灵验类小说还记载了大量僧人唱导的情形，比如《光世音应验记》"窦傅"条、《续光世音应验记》"道泰道人"条、《系观世音应验记》"僧苞道人所见劫"条等，所讲内容或亲历，或亲闻，皆为"近事"，且专门为"不及妙义，不达深理"的人设计，从而达到开悟俗心、吸引信众的目的。由此也旁证了慧皎在《高僧传》卷十三《唱导篇》提出的"若为悠悠凡庶，则须指事造形，直谈闻见；若为山民野处，则须近局言辞，陈斥罪目"。④ 不仅如此，《系观世音应验记》"唐永祖"

---

① 曹道衡：《论王琰和他的"冥祥记"》，《文学遗产》1992 年第 1 期。
② 刘惠卿：《佛教唱导与六朝宣佛小说的产生》，《浙江社会科学》2009 年第 1 期。
③ 董志翘译注《〈观世音应验记三种〉译注》，江苏古籍出版社，2002，第 25 页。
④ （南朝梁）释慧皎：《高僧传》，汤用彤校注，中华书局，1992，第 521 页。

条结尾处 "永祖出，即推宅为寺，请道人斋会，郢州僧统释僧显，尔时亲受其请，具知此事，为杲说之。杲舅司徒左长史张融、从舅中书张绪同闻其说"，① 似乎还透露出听僧人唱导已是士人集体爱好了。要之，"讲经、唱导加强了佛经文学与世俗文学的融会贯通，从而为中古释氏小说创造了良好的生成场所"。②

## 五　小结

综上所述，六朝佛教灵验类小说处于魏晋南北朝志怪小说蓬勃发展时期，发挥过渡作用。尽管它们所记载的故事很简单，情节结构单一，篇幅短小，艺术性不强，讲述技巧尚为生涩，但它们毕竟是处于佛教灵验类小说的发轫期，在题材内容、编撰旨趣和艺术形式上，为开创佛教灵验类小说奠定了基础，为这类小说积累了较为丰富的艺术经验，对后世小说产生了直接而又深远的影响，在中国古代小说史上具有不容忽视的历史意义。

## 第二节　六朝佛教灵验类小说的宗教史意义及影响③

如前所述，六朝佛教灵验类小说既是志怪小说，又是宗教宣传品。因此，接下来我们还需结合相关文献记载，对它在古代佛教史乃至宗教史上的意义予以阐发。具体来说，它对宗教史的贡献和影响可概括为以下几个方面。

### 一　为高僧宣讲提供底本并间接刺激了疑伪经的产生

如上所述，六朝佛教灵验类小说既是当时僧人唱导、讲经的产物，同时也为后来的高僧宣讲佛经提供了材料。比如，隋朝的天台宗智𫖮大师以《法华经》为天台宗立说的主要依据，故智𫖮大师对《观世音菩萨普门品》格外重视，著有《观音玄义》二卷、《观音义疏》二卷、《请观音经

① 董志翘译注《〈观世音应验记三种〉译注》，江苏古籍出版社，2002，第 135 ~ 136 页。
② 李小荣：《论晋唐佛教小说生成的三种场所》，《福建师范大学学报》（哲学社会科学版）2015 年第 5 期。
③ 本节主体部分已发表，具体参见谷文彬《〈观世音应验记三种〉的宗教史意义探赜》，《中国佛学》2021 年第 2 期。

疏》一卷。其中，《观音义疏》又称《普门品疏》《别行义疏》《观音经疏》，为天台五小部之一，它主要是解释《法华经》卷七《观世音菩萨普门品》之文句，其结构主要是：帖文—约证—观释。大师每讲一段经文后会援引观音灵验传闻来加以印证，力求行解兼具，明示观音信仰的观解。从现有的文献记载来看，智𫖮大师引用六朝佛教灵验类小说中竺长舒、海盐溺水者、刘澄、道冏、彭城人、盖护等的传闻，共计 17 条。稍晚于智𫖮的三论宗创始人吉藏大师（549～623），在其著述《法华义疏》卷十二中亦曾援引竺长舒一事：

> 《应验记》非一，会稽高士谢敦（敷）字庆绪，吴郡长（张）影（景）玄，陆璋（杲）等并撰《观音验记》，宋临川王刘义庆撰《宣验义记》，太原王琰撰《冥详记》，皆出火事。昔有西域人，竺长舒居住茅屋忽值邻人失火，又正在风下，便诵念观音，四邻荡尽其舍犹存。尔时有诸年少不信此事，仍于风下数夜以炬火掷其屋上，三掷三灭。①

此外，释僧祥撰《法华传记》，在宣讲《法华经》之由来、传译及灵验传闻时，亦经常引用六朝佛教灵验类小说所载的灵验传闻，计有慧和、盖护、凉州妇人、释僧洪和王球五条。上述事例既充分证实了高僧采用六朝佛教灵验类小说灵验传闻以宣讲的事实，又说明了六朝佛教灵验类小说不仅结集成书，以书面的形式流传，而且还被运用到实际的宣讲活动中，发挥吸引信徒、弘扬佛理、警示世人的作用。而这也恰好证实了"讲故事"对宗教的意义非同一般，诚如张国刚指出的："佛教界要发动和宣传群众，必须借助于舆论的力量。古代的舆论传播不是通过新闻媒体，而是通过口耳相传，形诸文字就是故事和小说。南北朝隋唐五代有许多志怪与传奇，内容是关于报应灵验故事，反映了佛教信仰在民间特别是下层民众中传播的内容和实态。"②

与此同时，伴随六朝佛教灵验类小说的广为流传，标示特定个人名

---

① （隋）吉藏：《法华义疏》，《大正藏》第 34 册，台湾财团法人佛陀教育基金会出版部，1990，第 626 页。

② 张国刚：《佛学与隋唐社会》，河北人民出版社，2002，第 184 页。

义，或强调治病、迎福等信念，以"观音"为名而撰造的伪经亦接踵而至。据唐代智昇《开元释教录》记载，唐以前社会上流行的观音类伪经有：《观世音三昧经》（又名《观音三昧经》）、《弥勒下生遣观世音大势至劝化众生舍恶作善寿乐经》、《高王观世音经》、《观世音十大愿经》（又名《大悲观世音经》《大悲观世音弘猛慧海十大愿品第七百》《弘猛慧海经》《雄猛慧海经》《大悲雄猛观世音》）、《弥勒下生观世音施珠宝经》、《观世音咏托生经》、《新观世音经》、《日藏观世音经》、《观音无畏论》等。①诸多伪经之中，以《高王观世音经》最负盛名。接下来，我们不妨以此经为典型来探讨六朝佛教灵验类小说与疑伪经之关系。

《高王观世音经》又名《佛说观世音经》《大王观世音经》《救生观世音经》《小观音经》《佛说观世音折刀除罪经》。关于此经，最早见于《魏书》卷八十四的记载：

> 景裕之败也，系晋阳狱，至心诵经，枷锁自脱。是时又有人负罪当死，梦沙门教讲经，觉时如所梦，默诵千遍，临刑刀折，主者以闻，赦之。此经遂行于世，号曰《高王观世音经》。②

卢景裕，史书有传，范阳涿郡人，自幼钻研经学，勤于著述。曾任北魏伍国子博士，后与堂兄卢仲礼一同反叛高欢，被高欢囚于晋阳监狱，此事当发生在这期间。不过，唐法琳对此事进行过辨析，认为此经与卢景裕没有什么关系。法琳还特意将此事件命名为"高王行刑而刀折"，并云："齐世有囚罪当极法，梦见圣僧口授其经，至心诵念数盈千遍，临刑刀折，因遂免死，今《高王观世音经》是也。"③

① （唐）智昇：《开元释教录》，《大正藏》第55册，台湾财团法人佛陀教育基金会出版部，1990，第672~678页。日本学者镰田茂雄认为，当时流行的观音类伪经除了上述列举之外，尚有《观世音忏悔除罪咒经》、《观世音菩萨救苦经》（又名《救苦观世音经》）、《观世音菩萨往生净土本缘经》。具体详情可参阅〔日〕镰田茂雄《中国佛教通史》第4卷，佛光出版社，1993，第267页。此外，李利安进一步补充，认为还有《观世音所说行法经》《观世音成佛经》《瑞应观世音经》以及敦煌写经之《佛说观音普贤经》《佛顶观世音菩萨救难神愿经》等。参见李利安《古代印度观音信仰的演变及其向中国的传播》，博士学位论文，西北大学，2003，第155页。
② （北齐）魏收：《魏书》，中华书局，1974，第1860页。此事又见《北史》卷三十。
③ （唐）法琳：《辨正论》，《大正藏》第52册，台湾财团法人佛陀教育基金会出版部，1990，第537页。

道宣《续高僧传》则将此经与一个叫孙敬德的人联系起来："又，高齐定州观音瑞像及《高王经》者，昔元魏天平，定州募士孙敬德于防所造观音像，及年满还，常加礼事。后为劫贼所引，禁在京狱，不胜拷掠，遂妄承罪，并处极刑，明日将决。心既切至，泪如雨下，便自誓曰：'今被枉酷，当是过去曾枉他来，愿偿债毕了，又愿一切众生所有祸横，弟子代受。'言已少时，依稀如睡，梦一沙门教诵《观世音救生经》，经有佛名，令诵千遍，得免死厄。德既觉已，缘梦中经了无遗谬，比至平明，已满百遍。有司执系向市，且行且诵，临欲加刑，诵满千遍。执刀下斫，折为三段，三换其刀，皮肉不损。怪以奏闻，丞相高欢表请免刑，仍敕传写，被之于世，今所谓《高王观世音经》是也。德既放还，观在防时所造像，项有三刀迹，悲感之深，恸发乡邑。"①

无论是卢景裕还是孙敬德，其实都不重要，重要的是上述诸家关于《高王观世音》诞生过程的叙述，比如"至心诵经，枷锁自脱"，"临刑刀折，因遂免死"，"执刀下斫，折为三段，三换其刀，皮肉不损"等等，在六朝佛教灵验类小说中俯拾即是。比如"窦傅"条有"专心属念，昼夜三日，至诚自归。因观其锁械，如觉缓解，有异于常"，"慧和道人"条有"遂尔日斩之，三斫三跌"，似乎可以看出六朝佛教灵验类小说的若干影子。不仅如此，还在经文中反复强调诵持此经的功效："高王观世音，能救诸苦厄，临危急难中，死者变成活。诸佛语不虚，是故应顶礼，持诵满千遍，重罪皆消灭。薄福不信者，专贡受持经。"又："愿以此功德，普及于一切，诵满一千遍，重罪皆消灭。"② 这一点也与六朝佛教灵验类小说所宣扬的一致。因此，我们虽无直接证据证实六朝佛教灵验类小说促使《高王观世音经》的出现，但通过上述诸多细节的比对，似乎可以察觉到两者之间的隐晦关系。疑伪经和灵验记作为佛教中国化重要的宣传工具，为佛教信仰的建立做出重要贡献。

## 二 推动和见证了佛教信仰在六朝的发展

用今天的眼光来衡量，六朝佛教灵验类小说所载之事无疑是荒诞不经

---

① （唐）道宣：《续高僧传》，郭绍林点校，中华书局，2014，第 1204 页。
② 《高王观世音经》，《大正藏》第 85 册，台湾财团法人佛陀教育基金会出版部，1990，第 1425～1426 页。

的，但在当时是被视为真实发生的，撰述者是怀着实录的态度记下来的。在弘教护法的过程中，涉及与佛教相关的人或事的时候，还保存了一些佛教史实，因此被赋予了史实的功能。比如，六朝佛教灵验类小说中的"帛法桥""沙门竺法义""释道冏"等人，就被以"校其有无，取其同异"相标榜的《高僧传》采用，"惠简道人"和"道泰道人"则为《续高僧传》所采纳。"释僧融"先后为《高僧传》《续高僧传》采用，我们不妨以此为例，加以说明。首先看《续光世音应验记》"释僧融"条：

> 道人释僧融，笃志泛爱，劝江陵一家，令合门奉佛。其先有神寺数间，以与之，充给僧用。融便毁撤，大小悉取，因留设福七日。还寺之后，主人母忽见一鬼，持赤索，欲缚之。母甚忧惧，乃便请沙门转经，鬼怪遂自无。融后还庐山，道中独宿逆旅。时天雨雪，中夜始眠。忽见鬼兵甚众，其一大者带甲挟刃，形甚壮伟。有举胡床者，大鬼对己前据之。乃扬声厉色曰："君何谓鬼神无灵耶？"便使曳融下地。左右未及加手，融意大不惠，称念光世音，声未及绝，即见所住床后，有一人状若将帅者，可长丈余，著黄染皮裤褶，手提金杵以拟鬼，鬼便惊惧散走，甲胄之卒忽然粉碎。《经》云："或现将军身，随方接济。"其斯之谓与？①

《高僧传》卷六《晋庐山释慧永》附《僧融传》云：

> 时庐山又有释僧融。亦苦节通灵，能降伏鬼物云。②

《续高僧传》卷二十六《梁九江东林寺释僧融传》：

> 释僧融，梁初人，住九江东林寺。笃志泛博，游化己任。曾于江陵劝一家受戒奉佛为业，先有神庙，不复宗事，悉用给施，融便撤取送寺，因留设福。至七日后，主人母见一鬼持赤索欲缚之，母甚遑惧，乃更请僧读经行道，鬼怪遂息。融晚还庐山，独宿逆旅，时天雨雪，中夜始眠，见有鬼兵，其类甚众，中有鬼将带甲挟刃，形奇壮

---

① 董志翘译注《〈观世音应验记三种〉译注》，江苏古籍出版社，2002，第44页。
② （南朝梁）释慧皎：《高僧传》，汤用彤校注，中华书局，1992，第233页。

伟。有持胡床者，乃对融前踞之，便厉色扬声曰："君何谓鬼神无灵耶？"速曳下地，诸鬼将欲加手，融默称观世音，声未绝，即见所住床后有一天将可长丈余，著黄皮裤褶，手捉金刚杵拟之，鬼便惊散，甲胄之属碎为尘粉。融尝于江陵劝夫妻二人俱受五戒，后为劫贼引，夫遂逃走，执妻系狱。遇融于路，求哀请救。融曰："惟至心念观世音，更无言余道。"妇入狱后称念不辍，因梦沙门立其前，足蹴令去。忽觉身贯三木自然解脱，见门犹闭，阇司数重守之，计无出理，还更眠，梦见向僧曰："何不早出，门自开也。"既闻即起，重门洞开，便越席而出。东南数里将值民村。天夜暗冥。其夫先逃，夜行昼伏，二忽相遇，皆大惊骇，草间审问，乃其夫也。遂共投商者远避，竟得免难。①

不难看出，《续高僧传·梁九江东林寺释僧融传》几乎可以说是全文采用了《续光世音应验记》，只是在个别细节上略有增饰。而《高僧传》对此记述则要简略得多，这可能是慧皎在撰写的时候要兼顾到个人生平活动及佛学成就等方面，故对《续光世音应验记》的征引有所取舍。不过这也从侧面说明了六朝佛教灵验类小说兼有记述佛教史实的功能，得到佛教史学家的认可。

作为六朝观音信仰的产物，六朝佛教灵验类小说还集中收录和保存了大量的观音灵验传闻，通过这些灵验传闻，我们可以对《观世音经》的翻译和流传过程有一个比较直观的认识。比如，《光世音应验记》载竺长舒诵《光世音经》灭火一事是发生在"晋元康中"，这就揭示出一个历史事实：在竺法护译出《正法华经》不到十年时间，社会上就开始流传观音灵验的传说，并且《正法华经》中的《光世音菩萨普门品》被单独抽出以《光世音经》之名流行。而"光世音"也成为这一时期民众最普遍接受的观音名号。比如《光世音应验记》《续光世音应验记》皆称"光世音"。但是竺法护本译文存在不少问题，故鸠摩罗什于后秦弘始八年再次重译为《妙法莲华经》，并对观音之名做出新的解释："世有危难，称名自归，菩

① （唐）道宣：《续高僧传》，郭绍林点校，中华书局，2014，第985～986页。需要特别指出的是，释道宣将释僧融的生活年代弄错，即时代跨度太大，由宋至梁跨80年，即便释僧融高寿，但由晋入梁的可能性是极小的，因此可以肯定《续高僧传》所载有误。

萨观其音声即得解脱也。亦名观世念，亦名观自在也。"① 和竺法护的"若有众生，遭亿百千垓困厄、患难、苦毒无量，适闻光世音菩萨名者，辄得解脱，无有众恼"② 相比，这种解释无疑更加清晰地凸显了观世音称名救难的特点，得到了时人的认同，并取代了竺法护译本。这一点在《系观世音应验记》里得到了印证，《系观世音应验记》均称作"观世音"。不仅如此，《系观世音应验记》所录灵验之事多达 69 则，是傅、张二书的数倍，这也间接地说明了鸠摩罗什译本在《法华经》的流传和信仰中占据着绝对的主导地位。

与此同时，六朝佛教灵验类小说还提供了六朝佛教信仰尤其是观音信仰建构的诸多细节。例如，通观六朝佛教灵验类小说我们会发现，在弘扬佛法的过程中，僧人尤其是普通僧人往往扮演着重要角色，他们用亲身经历或亲耳闻见的方式四处游方宣化，并且针对不同的对象，采取不同的宣化策略。比如针对不信奉者，僧人会初扬佛法，促使其信奉，如《系观世音应验记》"僧苞道人"条中无名阿练、"唐永祖"条中无名道人；如果是有一定信仰基础的信徒，僧人则主要是阐扬经典要义，如《光世音应验记》中"支道山""释僧融""惠简道人"等等。总之，他们将深奥的佛理以通俗易懂、简便易行的方式让民众接受，遂使得佛教信仰这种外来文化成功地移植于本土文化中，最终形成"家家弥勒佛，户户观世音"的局面。

不过民众对于佛理的接受并不是被动的，恰恰相反，他们往往以主动者的姿态出现。与士大夫阶层不同的是，他们并非出于对佛理钻研的目的，而只是把佛教信仰视为实现自己愿望的工具，他们追求的是看得见、摸得着的效果，关注的重点是该信仰能否满足自己的某种期待，如果发现不再灵验，他们就会果断放弃。因此，佛教为了争取到信徒，就不得不对佛教信仰进行部分的调适和改变，这种调适和改变主要表现为两点。一是对自身教义的改变，如《系观世音应验记》中的王桃"性好杀害"，在一

---

① （晋）僧肇：《注维摩诘经》，《大正藏》第 38 册，台湾财团法人佛陀教育基金会出版部，1990，第 331 页。这几句话在敦煌文献《维摩诘经·序》中文字略有出入："观世音菩萨，什曰：世有危难，称名自归，菩萨观其音声即解脱也。亦名观世念，亦名观世自在。"

② （晋）竺法护：《正法华经》，《大正藏》第 9 册，台湾财团法人佛陀教育基金会出版部，1990，第 128 页。

次捕杀猎物的过程中遇到猛虎的袭击，生命垂危之际，"忽忆先闻道人说观世音"，情急之下称念观音名号，观音亦不计较王桃先前之作为，闻声相救，助其脱离困厄。佛家持因果报应之说，认为善有善报、恶有恶报，反对杀生，而在这则故事里，为了显示观音威力，争取民众的支持，观音亦不惜违背佛理。二是为获取更多的受众不惜与传统伦理道德产生冲突，如《系观世音应验记》中"高度""孙钦""王谷""唐永祖"等人的故事，这些人触犯法令，按律当斩，但只因为他们诚心向观音求救，竟然也可以平安脱险。

### 三 勾勒出佛教中国化的发展轨迹

外来佛教在中国得以生存、扎根，逐步"中国化"是必要条件，那么佛教中国化是如何进行的呢？六朝佛教灵验类小说无疑为我们提供了一个独特而真实的视角。比如，通过解读六朝佛教灵验类小说中"诵经"灵验的故事，我们可以看到其实在早期的印度观音信仰中，并不具备这一灵验方式。这种灵验方式其实是佛信徒有意识地吸收了佛教自身重视讽诵的传统和本土的经典崇拜的习俗，并逐渐地规范化、体系化，从而形成了本土所独有的一种灵验形态。隋唐以后的各种佛教灵验记都有大量的"诵经"灵验故事，由此可以看出它已成为民众一种喜闻乐见的操作方式。

不仅如此，六朝佛教灵验类小说还为我们展示了佛教是如何一步步与本土的孝亲文化联系起来的。比如为了获取民众的支持，六朝佛教灵验类小说收录了若干与传统伦理相关的灵验故事。比如"韩睦之"条述韩睦之与子失散，后因虔诚诵经，得到观音的帮助，最终父子团聚。又比如"彭城妪"条载彭城老妇因战乱被迫和儿子分离，最终也是在观音的引导下，母子重逢。"有人姓台""孙道德求男"条则突出了观音送子的功能，当然，这类故事和后面的佛教灵验类小说相比，还不是很多，但也可以看出当时的僧侣和士大夫阶层已经注意到这一点，开始有意识地和本土孝亲观念联系起来。虽然这些灵验传闻所传递的佛理已经和印度佛义存在很大的差异了，但是这些具备浓厚的本土色彩的灵验传闻无疑更有说服力，史书所载当时已出现《观世音经》比拟《孝经》的现象。如《梁书》卷四十七《刘霁传》载："母明氏寝疾，霁年已五十，衣不解带者七旬，诵《观世音经》，数至万遍。夜因感梦，见一僧谓曰：'夫人算尽，君精诚笃志，当相为申延。'"① 又,《梁书》卷四十八《皇侃传》云:"性至孝,常日限诵《孝经》二十遍,以拟《观世音经》。"② 这些无疑从侧面证实了民众对这种佛教中国化故事的接受程度。

## 四 为道教灵验类小说提供了生动的范本

从现有的文献记载来看,道教弘法的作品其实早在魏晋时期就已出现,比如《穆天子传》《汉武帝内传》《汉武帝外传》《列仙传》等就被视为道教辅教之书。③ 但这些作品和六朝佛教灵验类小说之类的作品相比,宗教色彩和弘法目的没有那么明确清晰,致使影响范围有限。与之相反的是,佛教高度重视辅教作品的创作,在六朝时期创造了大量的佛教灵验类小说,如《观世音灵验记三种》《冥祥记》《宣验记》等作品,通行于教内外,为大众喜闻乐见。六朝佛教灵验类小说的出现以及所产生的社会效应,为道教徒提供了可资参考的范本。由于文献匮乏,我们没有直接的证据可以证实道教徒一定是受到佛教信徒的启发而编撰道教灵验记,但我们可以通过文献比对,从中窥知一二。以唐人杜光庭的《道教灵验记》为例,来分析两者之间有无关联。首先我们来看杜氏《道教灵验记·序》:

> 道之为用也,无言无为;道之为体也,有情有信。无为则任物自化,有信则应用随机。自化则冥乎至真,随机则彰乎立教。《经》曰:"善者吾善之,不善者吾亦善之,德善。"此明太上浑其心而等观赤子也。《书》曰:"不独亲其亲,天下皆亲;不独子其子,天下皆子。"此明圣人体其道而慈育苍生也。恶不可肆,善不可沮,当赏罚以评之。《经》曰:"人之不善,何弃之有? 故立天子,置三公。"此圣人教民舍恶从善也。又曰:"为恶于明显者,人得而诛之;为恶于幽暗者,鬼得而诛之。"又曰:"为善者善气至,为恶者恶气至。"此太上垂惩劝之旨也。《书》曰:"惟上帝不常,作善降之百祥,作不善降之百殃。"此圣人法天道福善祸淫之戒也。由是论之,罪福报应,犹

---

① (唐) 姚思廉:《梁书》,中华书局,1973,第 657 页。又,此事亦见于《南史》卷四十九。

② (唐) 姚思廉:《梁书》,中华书局,1973,第 680 页。又,此事见于《南史》卷七十一。

③ 蒋振华:《"道藏"集部文献编纂、整理的文学思考》,《湖南师范大学社会科学学报》2019 年第 1 期。

响答影随，不差毫末，岂独道、释言其事哉？抑儒术书之，固亦久矣。宣王之梦杜伯，晋侯之梦大疠，恭世子之非罪，浑良夫之无辜，化豕之报齐侯，结草之酬魏氏，良宵之殂驷带，郑玄之捽刘兰，直笔不遗，良史攸载，足可以为罪福之鉴戒，善恶之准绳者也。况积善有余福，积恶有余殃，幽则有鬼神，明则有刑宪，斯亦劝善惩恶至矣。大道不宰，太上好生，固无责于刍狗，而示其报应。直以法宇像设，有所主张；真文灵科，有所拱卫。苟或侵侮，必陷罪尤。故历代以来，彰验多矣！成纪李齐之《道门集验记》十卷，始平苏怀楚《玄门灵验记》十卷，俱行于世。今访诸耆旧，采之见闻，作《道教灵验记》，凡二十卷。庶广慎征之旨，以弘崇善之阶，直而不文，聊记其事。①

再来看陆杲的《系观世音应验记·序》：

　　陆杲曰：昔晋高士谢敷，字庆绪，记光世音应验事十有余条，以与安成太守傅瑷，字叔玉。傅家在会稽，经孙恩乱，失之。其子宋尚书令亮，字季友，犹忆其七条，更追撰为记。杲祖舅太子中舍人张演，字景玄，又别记十条以续傅所撰，合十七条，今传于世。杲幸邀释迦遗法，幼便信受，见经中说光世音，尤生恭敬，又睹近世书牒及智识永传其言，威神诸事，盖不可数。益悟圣灵极近，但自感激。申人人心有能感之诚，圣理谓有必起之力，以能感而求必起，且何缘不如影响也。善男善女人，可不勖哉！今以齐中兴元年，敬撰此卷六十九条，以系傅、张之作，故连之相从，使览者并见。若来哲续闻，亦即缀我后。神奇世传，庶广澄信，此中详略，皆即所闻知，如其究定，请俟澄识。②

通过对这两篇序文的比对，我们可以看到杜氏和陆氏二人都援引经典，也都是受前人的启发，材料的来源也大致相同，希望通过这些灵验故事达到劝诫世人为善去恶的目的，都有着鲜明的护法宣教和提升教派尊严

---

① 罗争鸣辑校《杜光庭记传十种辑校》，中华书局，2013，第154～155页。
② 董志翘译注《〈观世音应验记三种〉译注》，江苏古籍出版社，2002，第59～60页。

的目的。不同的是，杜氏是以道教的罪福报应为指导思想，而陆氏以佛教的因果报应为理论基石。

其次，从杜氏《道教灵验记》所载灵验故事的体例，亦可看出端倪。如"李昌遐念升主护命经验"条：

> 李昌遐者，后汉兖州刺史之裔也。生而奉道，常诵《太上灵宝升玄消灾护命经》，而禀性柔弱，每为众流之所侵虐。忽因昼寝，梦坐烟霞之境，四顾而望，皆能黑虎豹，围绕周匝，莫知所措，不觉伤叹：何警戒之甚邪！谓积善之无验。于时空中有一道士，呼其名而语之曰："吾即救苦真人也，汝勿惊骇，吾奉太上符命，与诸神将密卫于汝。且汝常念者经云：'流通读诵，则有飞天神王、破邪金刚、护法灵童、救苦真人、金精猛兽，各百亿万众，俱侍卫是经。'"昌遐既觉，豁然大悟，因知自前侵虐我者，未有无祸患殃咎，盖诵经之所验也。[①]

据此可知，杜氏一书也是采用纪传体方式，先是交代传主籍贯、身份、宗教背景，再接着叙述其所遭遇困厄之事，最后成功脱险或解除厄难，叙事模式亦可归纳为：遇厄—诵经—解难。不仅如此，杜光庭亦借鉴佛教灵验类小说创作技巧，从现实角度入手，以动荡不安的社会现实为背景，勾勒艰难的生存环境。小说中的人物和事件均立足于世俗生活，贴近现实，辅以佛教灵验类小说长于想象、极力构造奇异场景的手法，旨在诱导世人诸恶莫作，众善奉行，实现"庶资训范，克畅淳风"[②]的教化功能。杜氏是否一定受到佛教灵验类小说的启发，虽未可知，但至少可以肯定，佛教灵验类小说为他提供了可参考和可操作的范本。

## 五　小结

总之，六朝佛教灵验类小说作为建构佛教信仰的重要载体，它使一度为上层社会垄断的佛教文化知识，以一种喜闻乐见的方式流播于民众之间，不仅推广、普及了佛教，还见证了佛教在六朝的发展，勾勒出佛教中

---

① 罗争鸣辑校《杜光庭记传十种辑校》，中华书局，2013，第247页。
② 罗争鸣辑校《杜光庭记传十种辑校》，中华书局，2013，第153页。

国化的发展轨迹。与此同时，它还为道教弘法提供了可资参考的样本，在宗教史的发展上有一定的价值。

## 第三节　六朝佛教灵验类小说的社会史意义及影响

作为一种文化或思想遗存，六朝佛教灵验类小说不仅是志怪小说，是宗教资料，而且客观反映了六朝时期的社会面貌和历史变迁。如果我们转换视角，就会发现其中蕴含着丰富多元的社会思想史方面的价值，具体来说，可概括为以下几个方面。

### 一　缓和阶级矛盾，维护社会稳定

六朝佛教灵验类小说以佛教的因果报应思想为理论基石，洞悉时人希冀庇佑的心理，以神异故事的形式，宣扬神佛灵验，诱导世人劝善惩恶，既是佛教宣扬的有力工具，也是缓和社会矛盾、维护社会稳定的有力手段。具体来说，六朝佛教灵验类小说编撰者们主要通过以下几种途径来实现"神道设教"的目的。

一是借助入冥故事来证实鬼神和地狱是真实存在的，以此来约束社会道德规范。这一点在《幽明录》和《冥祥记》中有突出表现，这类故事往往通过传主现身说法，对地狱所闻所见进行细致入微的描写，令人毛骨悚然，以此劝导人们去恶行善。为了让入冥故事更具真实性，编撰者们不仅严格记录材料的来源，还精确了故事的时间、地点、人物，内容虽然荒诞悖妄，但能起到震慑人心、警醒世人的作用。正如《冥祥记》唐遵叔父所言，"天堂地狱，苦乐报应；吾昔闻其语，今睹其实。汝宜深勤善业，务为孝敬。受法持戒，慎不可犯。一去人身，入此罪地。幽穷苦酷，自悔何及。勤以在心，不可忽也"。[①] 作者巧借"入冥者穿行生死之界，完整呈现出不为人所觉察的因果报应链条和冥界赏罚规则，给现实世界提供行为指南"。[②] 当读者阅读这类作品时，必然会产生模仿或反省的行为，勤

---

① （南朝齐）王琰：《冥祥记》，载《鲁迅全集》第 8 卷，人民文学出版社，1973，第590 页。

② 田宁：《乾嘉文人的社会治理构想——基于文言入冥小说的整体研究》，《学术探索》2018 年第 9 期。

修善业将会获得平安、健康等福报，反之则招来厄运，以此来约束自身行
为和意识。

　　二是通过礼敬三宝获致灵验故事的流通，宣扬佛法的全知全能。无
障碍知悉众生的菩萨环伺在每个人的周围，每个人都处于神佛监督的视
线内，从而引导和规范个人的行为。比如佛教一直宣扬五戒，即不杀
生、不偷盗、不邪淫、不妄语、不饮酒，其中又以杀生罪孽深重，一旦
违反必然招来厄运。譬如《宣验记》中的王导兄弟三人，只因嫌宅有鹊
巢，且夕翔鸣，十分聒噪，于是将其"断舌而杀之"，结果招致"兄弟悉
得暗疾"① 的恶报。同书的北方君主佛佛"凶虐暴乱，残杀无厌，爰及关
中。死者过半，妇女婴稚，积骸成山"，后被"雷电震吼，霹雳而死"。
即便下葬了，仍然"就冢霹雳其棺。引尸出外，题背为'凶虐无道'等
字"。② 小说家们试图通过这些故事，使杀生得报的佛教理念深入人心，
以因果报应的理念来约束人们的行为，树立人们诸恶莫作、诸善奉行的信
念，"福祸穷通主动权就在每个人的意识和行动中"，③ 要想改变命运，只
能去恶行善。

　　三是借由鬼魂复仇的故事宣扬果报不爽的主张，从而实现维护传统伦
理道德和社会秩序的目的。佛教认为善恶报应是不受时空限制的，"天地
之间，五道分明，恢廓窈冥，浩浩茫茫，善恶报应，祸福相承"。④ 佛教
灵验类小说家则进一步认为"好杀之人，临死报验，子孙殃祸，其数甚
多"。⑤ 比如《冤魂志》中的"徐铁臼"条，叙后母陈氏虐待徐铁臼：
"捶打铁臼，备诸苦毒，饮不给食，寒不加絮"，"悠意行其暴酷"，最终
导致铁臼"冻饿病杖而死，时年十六。"⑥ 其后，铁臼的鬼魂成功复仇。
小说家意在表达即便人死后化为鬼魂，身处冥冥之中，也在监视着人们的

---

① （南朝宋）刘义庆：《宣验记》，载《鲁迅全集》第 8 卷，人民文学出版社，1973，第
　　553 页。
② （南朝宋）刘义庆：《宣验记》，载《鲁迅全集》第 8 卷，人民文学出版社，1973，第
　　558～559 页。
③ 田宁：《乾嘉文人的社会治理构想——基于文言入冥小说的整体研究》，《学术探索》
　　2018 年第 9 期。
④ （三国魏）康僧铠：《无量寿经》，《大正藏》第 12 册，台湾财团法人佛陀教育基金会出
　　版部，1990，第 277 页。
⑤ 王利器集解《颜氏家训集解》，中华书局，1996，第 399 页。
⑥ （北齐）颜之推著，罗国威校注《〈冤魂志〉校注》，巴蜀书社，2001，第 75～76 页。

行为，让人们普遍产生一种恐惧的心理，教化世人向善去恶。这种严厉而公正的审判和惩罚观念一旦广为流传，必定会对整个社会产生非同一般的影响，不仅可以安抚底层受苦民众的不平之情，还在一定程度上缓和阶级矛盾、维护社会稳定，从而达到"心安是国安也，心治是国治也"①的教化社会的目的。

总之，六朝佛教灵验类小说以丰富而多样的事例，为时人提供了参照，发挥了维护社会稳定的作用，将小说"劝善惩恶"的教化功能发挥到了极致，从而具有更深远的社会价值。也正因为如此，统治者和高僧大德对这类小说的功用有着极为透彻的认识。比如唐太宗曾对傅奕说："佛道玄妙，圣迹可师，且报应显然，屡有征验。卿独不悟其理，何也？"②同时代高僧道宣亦言："光瑞出没，开信于一时。景像垂容，陈迹于万代。或见于既往，或显于将来。昭彰于道俗，生信于迷悟。"③上述观点无疑深刻认识到这种强大的柔性渗透力。

## 二　为了解一般知识、思想和信仰世界提供鲜活的样本

葛兆光先生曾有感于当前的思想史只是关于精英和经典的思想史，指出："在人们生活的实际的世界中，还有一种近乎平均值的知识、思想与信仰，作为底色或基石而存在，这种一般的知识、思想与信仰真正地在人们判断、解释、处理面前世界中起着作用，因此，似乎在精英和经典的思想与普通的社会和生活之间，还有一个'一般知识、思想与信仰的世界'，而这个知识、思想与信仰世界的延续，也构成一个思想的历史过程，因此它也应当在思想史的视野中。"④接着他又强调了这些一般知识、思想与信仰的传播"并不在精英之间的互相阅读、书信往来、共同讨论，而是通过各种最普遍的途径，比如观看娱乐性演出中的潜移默化（如宗教的仪式法会、商业集市中的演剧说唱）、一般性教育中的直接指示（如私塾、小学、父母与亲友的教导对经典的世俗化演绎）、

---

① 黎翔凤：《管子校注》，梁运华整理，中华书局，2004，第781页。
② （后晋）刘昫等：《旧唐书》，中华书局，1975，第2717页。
③ （唐）道宣：《集神州三宝感通录》，《大正藏》第52册，台湾财团法人佛陀教育基金会出版部，1990，第404页。
④ 葛兆光：《一般知识、思想与信仰世界的历史》，《读书》1998年第1期。

大众阅读（如小说、选本、善书以及口头文学）等等，因此，这种传播的范围远远超过经典系统，而这些传播的途径又恰恰是任何一个精英都会经历的，所以它可以成为精英与经典思想发生的真正的直接的土壤与背景"。①

六朝佛教灵验类小说无疑符合葛兆光先生所言的"一般知识、思想与信仰的世界"，是极好的分析材料，因为它"并不讨论那些玄虚的'空'、'性'，而是在种种切身的愿望中坦率地表示着信仰的意义"。② 在研读六朝佛教灵验类小说的过程中，我们会发现，六朝佛教灵验类小说提供给我们的历史图景，与以往魏晋南北朝佛教思想史所描述的历史图景并不一样。我们从这类小说中看到，魏晋南北朝时期，真正对民众产生直接影响的并不是当时上层社会流行的那一套"佛性""本空""顿悟"理论，而是能够满足他们现实利益的救难观音；民众对于佛理的接受，也并不像思想史中描绘的士大夫阶层那样，学习梵文、研讨辨析，而是越方便践行越容易受到欢迎，这也是为什么《观世音菩萨普门品》会从《法华经》独立出来，成为当时流传最广的佛经。因为它几乎不涉及佛学义理方面的讨论，只需称名、诵经便可获取菩萨庇佑，从而使观音信仰在民间迅速扩散，成为六朝民众的信仰主流。从六朝佛教灵验类小说中我们还可以了解到当时人们普遍的信仰期待主要集中在消灾、解厄、延寿、灭罪等现实层面上，由此可以大致判断当时一般人的佛教知识与思想水平。尽管这种思想粗糙、简陋、质朴，甚至对佛教思想还有所歪曲，但它毕竟来自高深的佛教思想体系，是佛教思想普及之后，被大众理解、接受的一种具体呈现。因此，从这个层面来说，六朝佛教灵验类小说为我们提供了研究大众思想的直接依据。

## 三 参与民族意识的建构，增强了民众的文化认同感

作为建构佛教信仰的重要载体，六朝佛教灵验类小说的意义不仅体现在面向大众宣扬佛教，它还包括"通过书面语言叙事，使民众得以突破地域、方言的限制，在阅读、共享其建构的文化知识体系时，形成一种对本

---

① 葛兆光：《一般知识、思想与信仰世界的历史》，《读书》1998 年第 1 期。
② 葛兆光：《一般知识、思想与信仰世界的历史》，《读书》1998 年第 1 期。

民族文化的认同感"。① 那么，如何构建这种民族文化认同感呢？对此，美国著名学者本尼迪克特·安德森（Benedict Anderson）认为，"两种最初兴起于 18 世纪欧洲的想象形式——小说与报纸……为'重现'民族这种想象的共同体，提供了技术上的手段"。② 换句话说，一旦有民众阅读小说作品，即可在读者心中召唤出一个"想象的共同体"，从而建立起他们的家国想象和民族认同感。就这个层面来说，我们也可以说六朝佛教灵验类小说在一定程度上参与了这种意识的建构，帮助世人构建起民族想象的"国家共同体"。具体来说，主要包含两个方面：对正统政权的崇敬、认定和对敌对政权的贬斥、丑化。③

就对正统政权的崇敬和认定而言，六朝佛教灵验类小说表达得相对比较隐晦。比如"毛德祖"条，写毛德祖当初携带家眷归附南朝的时候，刚出关没多久，就被敌人追杀，危难之际，毛氏一家一起诚心诵念观音名号，最终平安脱险。又如"张崇"条，述晋孝武帝太元年间，关中地区有 1000 多家人口投奔晋朝，半路上被地方长官抓走了，男丁被杀、妇女和孩子被抢。张崇和他的同伴亦不能免，无计可施之时，张崇只好念观音名号，到了半夜，张崇身上镣铐忽然自行脱落，他得以逃脱。他为那些无辜受难的百姓感到痛心，于是他再次祈祷观音，又礼拜十方的菩萨，将一块石头放在面前，发誓说："我今欲过江东，诉晋帝，理此冤魂及其妻息。若心愿获果，此石当破为二。"④ 果然，石头立即破为两半。张崇到了江东之后，把人们受冤屈的事情一一向孝武帝做了陈述。从表面上看，这与其他观音灵验故事没什么不同，但不能忽略其中隐含的政治意图，即归附南方才是正途，这就在客观上起到了维护当时正统政权的作用。

与隐晦地去维护正统政权形成鲜明对比的是，六朝佛教灵验类小说对敌对政权的贬斥和丑化是明显的，并且呈现模式化趋势。六朝佛教灵验类

---

① 纪德君：《明代通俗小说对民间知识体系的建构及影响》，《南京大学学报》（哲学·人文科学·社会科学）2017 年第 3 期。

② 〔美〕本尼迪克特·安德森：《想象的共同体》，吴叡人译，上海人民出版社，2005，第 23 页。

③ 此处受刘泰廷《文本中的政治秩序：对六朝志怪小说书写的新考察》（《北京社会科学》2017 年第 4 期）一文的启发。

④ 董志翘译注《〈观世音应验记三种〉译注》，江苏古籍出版社，2002，第 159 页。

小说对北方政权君主的塑造,多是凶狠残暴、滥杀无辜之人。比如"邺西寺三胡道人"条记,"冉闵杀胡。无少长,悉坑灭之。晋人之类胡者,往往滥死"。① 又如"刘度"条记,"虏主木末大怒,尽欲杀一城"。② "南公子敖"条载,"戍新平城,为佛佛虏儿长乐公所破。城中数万人一时被杀",③ 等等,皆是佐证。不仅如此,从六朝佛教灵验类小说的编撰者们对北国君主的称谓亦可以看出他们的情感倾向,比如"梁声"条言"梁声居河北虏界","高荀"条称高荀"居北荒中","裴安起"条记其"从虏中叛归",等等,都可以看出编撰者们的态度。

法国著名思想家米歇尔·福柯认为,对混乱的事物类别命名"动摇了我们用来安顿大量存在物的所有秩序井然的表面和所有的平面"。④ 六朝佛教灵验类小说的编撰者们通过命名和称谓,表达了正统观念下对敌对政权的鄙夷和蔑视,从而试图确立一种正确的政治秩序。然后再通过民众阅读、共享其所建构的政治秩序,从而达到增强大众的民族文化和国家认同感的政治目的。

当然我们也要看到,称敌对势力为"虏""贼""荒"带有强烈的蔑视,是一种民族狭隘心理的表现,具有一定的片面性和局限性。这也提醒我们在阅读相关文献时,必须谨慎对待。

此外,在我们考察六朝佛教灵验类小说对民间文化知识的建构和传递的过程中,其作为一面镜子,能够照见六朝民间社会的文化生态。比如这类小说记载了不少佛教与道教、民间信仰的冲突,关于这一点,本书第三章已有论述,此不赘。这一文化现象,实质上为我们呈现了一幅波澜壮阔的跨文化传播画卷,也展示了冲突发生、发展、消弭和融合的全过程。

## 四　小结

综上所述,六朝佛教灵验类小说不仅为我们提供了研究佛教灵验类

---

① 董志翘译注《〈观世音应验记三种〉译注》,江苏古籍出版社,2002,第12页。
② 董志翘译注《〈观世音应验记三种〉译注》,江苏古籍出版社,2002,第147页。
③ 董志翘译注《〈观世音应验记三种〉译注》,江苏古籍出版社,2002,第96页。
④ 〔法〕米歇尔·福柯:《词与物:人文科学的考古学》,莫伟民译,上海三联书店,2016,第1页。

小说乃至佛教文学的第一手宝贵的材料，还见证了佛教在六朝的发展，勾勒出佛教中国化的发展轨迹，客观反映了六朝时期社会面貌和历史变迁，蕴含着丰富多元的社会思想史方面的价值。这也启发我们对佛教文学研究思路的拓展，让我们深深意识到除了对传统小说个体的研究外，还可更深地向历史、文化、社会的角度延伸，从而更好地把握这类作品的学术价值。

# 结　语

　　无论就文学史还是佛教史而言，六朝都是一个令人瞩目的时期，它既是文学开始自觉的重要时期，同时也是佛教在本土全面兴盛的阶段。两者在不断演变的文化思潮中时有碰撞、交汇。佛教信仰与六朝文学之间的互动对各自的发展均产生了影响，由此便形成了博大精深的佛教文学。佛教文学是在佛教引导下发展起来的，其基本内容始终以护法弘教为根本目的。本书以六朝佛教灵验类小说为佛教文学的代表，来论证两者之间的关系，既是为了尊重历史，也是为了兼顾后来的发展。

　　佛教灵验类小说兴盛于六朝这一时期，从文化脉络中加以审视，我们会发现六朝佛教灵验类小说的生成有相对应的深层文化渊源。一方面编撰者们积极利用佛教文化资源，运用讲故事的形式推广佛教信仰，并积极吸纳佛经文学的叙事结构、夸诞的文风以及救难的菩萨形象，引导并巩固本土民众的佛教信仰；另一方面又借用本土资源如"天人感应"思想、史传文学、民间信仰及传说以助成其事，从而让佛教灵验类小说成为深入六朝民众人心的重要突破口。而从社会语境中考察，则又可以窥见它与当时社会、政治风向密切纠合的状态，其思想内容、表现形式、题材特征无不见证和参与了当时历史的变迁。

　　六朝佛教灵验类小说是以宣扬佛教及其理念为根本的宗教文体，它一方面具备了以功能性为核心导向、以重复性为修辞技巧、以通俗性为表达方式等的文体特征；另一方面，这类小说的编撰者们又以其强烈的宗教情感发挥佛教长于想象的特点，在叙述过程中极力将人物和事件传奇化、故事化，在虚实相生、真幻交织中肆意地进行文学演绎，使这类故事的情节内容大多曲折离奇、玄妙诱人。故而六朝佛教灵验类小说一般均富有浓郁的文学色彩，可读性较强。

　　六朝佛教灵验类小说从表面上看是记述民众奉佛而获致灵验的故事，

但实际上编撰者皆出身于当时奉佛的士族阶层。之所以出现这一有悖情理的状况，是因为这类小说编撰者们虽出身于世家大族，然而与王、谢等侨姓高门大族相比，在当时只能算得上次等士族。虽在学术方面颇有钻研，然其玄学造诣终不及侨姓巨族，故在佛教玄理方面的研讨常常处于下风。可能是出于文化竞争策略上的考虑，加上重视儒学道德实践的家学家风，故其佛学兴趣点放在了佛教修行实践层面，突出表现则是对北方南渡过来的游方僧人所宣扬的观音灵验事迹尤为留心，并编撰成书，赠予同好之人，从而形成了一个"观音信仰交流圈"或"观音信仰共同体"。对编撰者身份进行考察，可以帮助我们更好地理解知识和权力的关系：所有由人所记录和撰写的佛教灵验类小说，都不可避免地体现记录者及其所处的时代、文化背景等对"灵验传闻"的选择、组织和重构，都隐含着小说家教化的目的和弘法的责任。

不仅如此，共同的信仰还是维系当时世家大族婚姻关系的重要纽带，这一点在吴郡张氏和吴郡陆氏之间表现得尤为明显。张演、陆杲利用小说这一载体，将家族独有的宗教信仰以一定的形态固定下来，不仅作为情感的寄托、追溯的象征、维系家族信仰的纽带，也为后人欲了解六朝家族与佛教及文学之间的关系提供了研究的标本，为评价家族文化、地位和影响提供了依据。

此外，六朝佛教信仰发展与六朝佛教灵验类小说之间的互动关系亦值得关注。一方面，从这些看似荒诞离奇的灵验传闻中可以窥见，佛教在魏晋南北朝的发展除了我们在一般佛教史中看到的佛经传译、义理研讨之外，其实最重要的还是在普通民众中的传教活动。这种活动的开展方式、遇到的困难、解决的办法和途径以及最终收到的效果等这些重要的信息是以往撰述佛教史时常常忽略的部分，因此对六朝佛教灵验类小说和相关文献的分析有助于揭开这些沉埋的历史。另一方面，出自士大夫阶层之手的三种《观世音应验记》则不仅提供了六朝观音灵验的丰富细节，还有他们所处时代无比真挚和热烈的景象以及他们自身对观音的诠释。研究表明：观音信仰在本土的成功传播，固然离不开僧人游方宣化，但同时也得到本土文化精英的认同、接纳，成为自觉事业，否则这种信仰将长期流于文化的表层，在文化的深层次结构中无立锥之地，处于被批判、被轻视、被打压的地位。而民众作为受众在观音信仰的传播过程中的作用和影响亦不能忽视，他们不仅为观音信仰提供了深厚的群众基础和广泛的社会影响，反过来也刺激僧侣、士大夫阶层不断提升对观音信仰的认知。因此，三者缺一不可，唯有此，观音信仰方能在本土真正立足。

对此，任继愈曾指出："大凡人文宗教的传播，必赖两种社会力量的支持，一是有影响力的宗教领袖、职业僧侣及强有力的教会组织，这是宗教的核心部分。这一点，历代研究佛教的中外学者及僧传、僧史都给予了足够的注意。但是还应当指出，宗教的传播带有群众性，宗教信仰的根扎在群众之中。没有广泛数量的信徒，光有热心的僧侣，高明的教义，也无法推广。……宗教有地区性、民族性。一定环境的群众的自然条件、文化传统、社会风习对宗教的滋长、传播起着决定性的作用。中国佛教有它的特殊性精神面貌，这不是传教的宗教领袖决定的，而是由中国广大佛教信徒的接纳程度、性情趣向所决定的。"① 综观上述六朝佛教的传播，无疑为此观点提供了一个有力的注脚。

六朝佛教灵验类小说不仅保存了佛教信仰的资料，还保存了不少关于六朝民众社会生活的材料。由六朝佛教灵验类小说入手探讨这类小说对大众文化知识体系生成的影响，可以阐明这类小说所蕴含的丰富的文化价值。譬如六朝佛教灵验类小说记录了大量的诵念灵验的现象，通过对这种现象历史渊源的梳理以及对小说史意义和社会文化价值的阐述，我们不难看出这一现象的背后实际上是一个文化整合的过程。在这个过程中佛教自身注重诵经的传统和中国本土所具备的经典崇拜等习俗被选择、吸收进来，并逐渐规范化、制度化，成为本土所独有的获致灵验的方式，无论对当时还是后来的社会、文化、思想均产生了深远的影响。

又如《系观世音应验记》中载有一则"台氏求子"的故事，虽是为了宣扬观音神力，但透过这则材料对背后的习俗及社会心理的解读，我们不仅认识到民俗节日的复合性和包容性特点，而且能够观察到六朝时期民间信仰的复杂性，进而理解祈子习俗所反映出的社会文化心理，在节日的深层底蕴下，隐藏着民众对承宗续嗣的殷切期盼。

六朝佛教灵验类小说的学术意义及影响已如上文所述，它不仅为我们

① 潘桂明：《中国居士佛教史》（上），中国社会科学出版社，2000，第1页。

提供了研究六朝佛教灵验类小说乃至佛教文学的第一手宝贵的材料，而且启发我们对佛教文学研究思路的拓展。然而，六朝佛教灵验类小说毕竟处于佛教灵验类小说的初始阶段，其情节结构单一，篇幅短小，艺术性不强，讲述技巧尚显生涩等缺陷，也是不容回避的，这是在结束本书时应该指出的。

# 附录一　《观世音应验记三种》著录、流传与整理

作为六朝重要的佛教灵验小说集，《观世音应验记三种》自问世以来，就在教内外产生了较大的反响，频频为《冥祥记》《述异记》《高僧传》《续高僧传》以及正史所征引。它在后世的流传情况如何？又是如何被发现的？它的整理情况如何？这些问题有必要逐一梳理。

## 第一节　《观世音应验记三种》历代著录、流传情况

### 一　《观世音应验记三种》官方目录著录、流传情况

《观世音应验记三种》，由于其自身质量较高，且社会功能突出，故问世不久就在社会上产生了较大的反响，关于这一点，目录是不能忽视的领域。对官私目录的梳理，不仅可以帮助我们了解到它在六朝以后的传播情况，还可以管窥古人小说观念的变化以及古人对这类小说的认识。

从现有的文献记载来看，最早著录《观世音应验记三种》的应是隋费长房所撰的《历代三宝记》，其中的卷十一"译经（齐梁周）"载："《验善知识传》一卷拟陆果（杲）《观音应验记》。"[①]

为何此处仅提陆杲的《系观世音应验记》，而不言傅亮、张演等人的著述？可能是《观世音应验记三种》问世以后，后人将此三种著述合称为《观音应验记》，并署以陆杲的名字。像这样的情况，在其他典籍中亦存在。

费长房的生平最早见于唐道宣《大唐内典录》：

---

① （隋）费长房：《历代三宝记》，《大正藏》第 49 册，台湾财团法人佛陀教育基金会出版部，1990，第 101 页。

《开皇三宝录》一十五卷。右一部，翻经学士成都费长房所撰。房本出家，周废僧侣，及隋兴复，仍习白衣。时预参传，笔受词义。①

另，《续高僧传》卷二《隋东都雒滨上林园翻经馆南贤豆沙门达摩笈多传》中亦附录有费长房的资料：

> 时有翻经学士成都费长房，本预缁衣，周朝从废，因俗博通，妙精玄理。开皇之译，即预搜扬，敕召入京，从例修缉。以列代经录散落难收，佛法肇兴，年载芜没，乃撰《三宝录》一十五卷，始于周庄之初，上编甲子，下录年号，并诸代所翻经部卷目，轴别陈叙，亟多条例。然而瓦玉杂糅，真伪难分，得在通行，阙于甄异。《录》成陈奏，下敕行之，所在流传，最为该富矣。②

此外，像《开元释教录》《贞元新定释教目录》《四分律搜玄记》《释门正统》《释氏通鉴》《佛祖统纪》《四分律行事钞资持记》《释氏稽古略》《华严悬谈会玄记》《历朝释氏资鉴》《佛法金汤编》《释文纪》《金刚三昧经通宗记》《锦江禅灯》等，均涉及费长房的生平，不过大部分都是承袭道宣的说法。

由此我们可以得知，费长房，四川成都人，生卒年不详，本为北周僧人，后因北周武帝宇文邕灭佛，被迫还俗。隋开皇初，因精通佛理，敕召入京。费氏考虑到当时佛典散落难收，年代芜没，遂编撰《历代三宝记》一书。《历代三宝记》又名《开皇三宝录》，简称《长房录》《三宝记》《房录》等，计 15 卷，包括帝年、代录、入藏录和序目四部分，是一部具史传与经录双重性质的佛教著作。

唐贞观年间诏修《隋书·经籍志》。《隋书·经籍志》是继《汉书·艺文志》之后，第二次对古籍进行全面的清理和总结，在学术史上有着深远的影响。它分为经、史、子、集四部，其中将史部分为正史、古史、杂史、霸史、起居、旧史、职官、仪注、刑法、杂传、地理、谱系、薄录等 13 类，而《观世音应验记三种》被归入杂传类。《隋书·经籍志》曰：

---

① （唐）道宣：《大唐内典录》，《大正藏》第 55 册，台湾财团法人佛陀教育基金会出版部，1990，第 279 页。
② （唐）道宣：《续高僧传》，郭绍林点校，中华书局，2014，第 47 页。

"《应验记》一卷，宋光禄大夫傅亮撰。"①

《隋书·经籍志》不将"称道灵异"的《观世音应验记三种》著录于子部小说类，而是纳入杂传类，这其实与唐人对小说的认识有关。《隋书·经籍志》子部小说序云："儒、道、小说，圣人之教也，而有所偏。兵及医方，圣人之政也，所施各异。世之治也，列在众职，下至衰乱，官失其守。或以其业游说诸侯，各崇所习，分镳并骛。若使总而不遗，折之中道，亦可以兴化致治者矣。"② 将小说与儒、道并称，认为可以"兴化致治"，为政教服务。而《观世音应验记三种》不被视为小说，原因在于这类小说"因其事类，相继而作者甚众，名目转广，而又杂以虚诞怪妄之说。推其本源，益亦史官之末事也"。③ 无论是成书体例，还是行文表达，甚至书名多含有"记""志""传"字眼，说明这类小说尚未完全独立出来，依然依附于史学。

五代后晋天福六年（941），刘昫奉命编撰《旧唐书》。《旧唐书·经籍志》文献分类沿袭《隋书·经籍志》，"卷部相沿，序述无出前修"，④ 变化较少。依然将《观世音应验记三种》著录于史部杂传类，不过不是称"《应验记》"，而是称"《系应验记》一卷，陆果撰"。⑤ 寻检史料，《梁书》《南齐书》并未有陆果之名，而"杲"与"果"字形相似，应为史官笔误，此处应为陆杲。

《旧唐书·经籍志》虽然沿袭了《隋书·经籍志》的做法，但也并非没有新的变化。刘昫将"杂传"细分为"褒先贤耆旧""孝友""忠节""列藩""良史""高逸""鬼神"等14个小类，该书被归入"鬼神"类。这个细节说明了经过数百年的流传，虽然还是被视为杂史，但人们开始重视这类小说的鬼神怪异色彩，不再像唐人那样当作真实的历史看待了，这或许也为后来由史部入子部做好了预备工作。

直到北宋欧阳修编撰《新唐书·艺文志》，局面才真正发生改变。《新唐书·艺文志》部类划分和《隋书·经籍志》《旧唐书·经籍志》一

① （唐）魏征、（唐）令狐德棻：《隋书》，中华书局，1973，第980页。
② （唐）魏征、（唐）令狐德棻：《隋书》，中华书局，1973，第1051页。
③ （唐）魏征、（唐）令狐德棻：《隋书》，中华书局，1973，第982页。
④ （后晋）刘昫等：《旧唐书》，中华书局，1975，第1964页。
⑤ （后晋）刘昫等：《旧唐书》，中华书局，1975，第2005页。

样，但是子部小说的著录却很不一样，一个最突出的变化便是小说数量激增，从《旧唐书》的 14 部扩充到 123 部，其中唐前 39 部，唐代 84 部。这些小说并非《新唐书·艺文志》新辑的作品，而是将《旧唐书·经籍志》中的"史部杂传类"转移到"子部小说类"，其中有不少佛教灵验类小说，《观世音应验记三种》也在其中。① 这种变化实际上体现了宋人鬼神观念、史学观念、小说观念的变化。

欧阳修认为正史是载"君臣善恶之迹"，"要其治乱兴废之本，可以考焉"，② 传记是"或详一时之所得，或发史官之所讳，参求考质，可以备多闻焉"。③ 意思是史书应以真实为生命，基本事实是可考的。但小说不同，《崇文总目》"小说类"载：

> 《书》曰"狂夫之言，圣人择焉"，又曰"询于刍荛"，是小说之不可废也。古者惧下情之壅于上闻，故每岁孟春以木铎徇于路，采其风谣而观之。至于俚言巷语，亦足取也。今特列而存之。④

由此可以看出以欧阳修为代表的宋人对小说的一种新的认识：小说可以不受真实的束缚，可以虚构，只要有备采择、观风俗、通下情的社会功能，就有存在的意义和价值。这无疑是对小说观念的突破。正是源于这种新的小说观念，故以《观世音应验记三种》为代表的一大批六朝佛教灵验类小说被移录于子部小说类，从而使这类小说的文体特征和学术价值得到彰显。此后，《观世音应验记三种》未见于其他史志目录，则说明该书已佚。

通过对《观世音应验记三种》史志目录的梳理，我们可以看出不同时期有不同的归类，这些归类反映出不同时期知识分类的标准："学缘与职事是唐以前对载籍理解和知识分类的依据，真实和虚构则是宋以后人对载籍理解和知识分类的依据，而学术价值和政教作用则始终作为评价标准。这一现象与各个时段的社会思想和知识结构直接关联，也与中国传统文化

---

① 《新唐书·艺文志》卷五九子部小说类仍承袭《旧唐书》之误，亦著录为："陆果《系应验记》一卷。"参见（宋）欧阳修、（宋）宋祁《新唐书》，中华书局，1975，第 1540 页。
② （宋）王尧臣等编《崇文总目》，中华书局，2006，第 37 页。
③ （宋）王尧臣等编《崇文总目》，中华书局，2006，第 76 页。
④ （宋）王尧臣等编《崇文总目》，中华书局，2006，第 98～99 页。

的核心价值相一致"。①

## 二　《观世音应验记三种》私人著录、流传情况

以上是关于官方目录的梳理，此外还有一些较为重要的私人著述中亦涉及《观世音应验记三种》的著录、流传情况，现分录如下。

隋天台大师智颉及其门人灌顶所著《观音义疏》卷上载：

> 晋世谢敷作《观世音应验传》。齐陆杲又续之。其传云：竺长舒晋元康年中于洛阳为延火所及，草屋下风，岂有免理。一心称名，风回火转邻舍而灭。乡里浅见，谓为自尔。因风燥日，掷火烧之，三掷三灭。即叩头忏谢。②

智颉（538～597）为天台宗开宗祖师，隋炀帝授予他智者之号，故世称"智者大师"。其生平事迹主要见于灌顶所撰《隋天台智者大师别传》及道宣撰《续高僧传》卷十七《隋国师智者天台山国清寺释智颉传》。著述则有《法华经玄义》二十卷、《法华经文句》二十卷、《观音玄义》二卷、《观音义疏》二卷、《请观音经疏》一卷、《观无量寿佛经疏》一卷、《阿弥陀经义记》一卷、《仁王护国般若经疏》五卷、《金刚般若经疏》一卷、《菩萨戒义疏》二卷等等。其中，《观音义疏》又称《普门品疏》《别行义疏》《观音经疏》，为天台五小部之一。主要是解释《法华经》卷七《观世音菩萨普门品》之文句，其中举事例时，常征引《观世音应验记》，可见智者大师对《观世音应验记》应十分熟悉。

稍晚于智颉的三论宗创始人吉藏大师（549～623），在其著述《法华义疏》卷十二《观世音菩萨普门品第二十五》中亦提及《观世音应验记》：

> 《应验记》非一，会稽高士谢敷（敷）字庆绪，吴郡长（张）影

---

① 王齐洲：《从〈山海经〉归类看中国古代小说观念的演变》，《天津社会科学》2018 年第 2 期。

② （隋）智颉、（隋）灌顶：《观音义疏》，《大正藏》第 34 册，台湾财团法人佛陀教育基金会出版部，1990，第 923 页。

（景）玄，陆璒（杲）等并撰《观音验记》，宋临川王刘义庆撰《宣
验义记》，太原王琰撰《冥详记》，皆出火事。昔有西域人，竺长舒
居住茅屋忽值邻人失火，又正在风下，便诵念观音，四邻荡尽其舍犹
存。尔时有诸年少不信此事，仍于风下数夜以炬火掷其屋上，三掷
三灭。①

需要注意的是，此处论及《应验记》的作者，有谢敷、张演、陆杲等
人，却不曾言及傅亮，大概是因为傅亮的序文称"右七条，谢庆绪往撰
《光世音应验》一卷十余事，送与先君。余昔居会土，遇兵乱失之。顷还此
竟，寻求其文，遂不复存。其中七条具识事，不能复记余事，故以所忆者更
为此记，以悦同信之士云"。② 因此，在吉藏大师等人看来，最初的《观世
音应验记》作者应该是谢敷，傅亮仅仅是根据记忆重录谢氏之文而已。

吉藏大师的生平，主要见于道宣《续高僧传》卷十一《唐京师延兴
寺释吉藏传》："释吉藏，俗姓安，本安息人也。祖世避仇，移居南海，因
遂家于交、广之间，后迁金陵而生藏焉。年在孩童，父引之见于真谛，仍
乞名之。谛问其所怀，可为'吉藏'，因遂名也。历世奉佛，门无两事。
父后出家，名为道谅，精勤自拔，苦节少伦，乞食听法，以为常业。每日
持钵将还，跣足入塔，遍献佛像，然后分施，方始进之。乃至涕唾便利，
皆先以手承取，施应食众生，然后远弃。其笃谨之行，初无中失。谅恒将
藏听兴皇寺道朗法师讲，随闻领解，悟若天真。年至七岁，投朗出家。采
涉玄猷，日新幽致，凡所咨禀，妙达指归。论难所标，独高伦次，词吐赡
逸，弘裕多奇。至年十九，处众覆述，精辩锋游，酬接时彦，绰有余美，
进誉扬邑，有光学众。具戒之后，声闻转高。陈桂阳王钦其风采，吐纳义
旨，钦味奉之。隋定百越，遂东游秦望。止泊嘉祥，如常敷引。禹穴成
市，问道千余。"③ 另外，《佛祖统纪》卷十亦有记载，其中还提到了吉藏
与灌顶过往密切，"后游会稽，止嘉祥寺，讲演《法华》……不赴。暨章
安弘法称心，因求《法华玄义》，发卷一览，即便感悟，乃焚弃旧疏，深

① （唐）吉藏：《法华义疏》，《大正藏》第34册，台湾财团法人佛陀教育基金会出版部，1990，第626页。
② 董志翘译注《〈观世音应验记三种〉译注》，江苏古籍出版社，2002，第1页。
③ （唐）道宣：《续高僧传》，郭绍林点校，中华书局，2014，第392页。

悔前作，来投章安，咨受观法”。①

道宣《续高僧传》卷二十六《魏末鲁郡沙门释法力传》末云："别有《观音感应传》，文事包广，不具叙之。"② 这里提到的《观音感应传》会不会就是《观世音应验记》？欲回答这一问题，我们不妨两书对照。

《系观世音应验记》"释法力道人"：

> 释法力道人，精苦有宗行。欲于鲁郡立精舍，而钱物不足。与沙弥明琛往上谷，乞得一车麻，载行空泽，遂遇野火。车在风下，无得免理。于时，法力倦眠，比觉而火势已及。因举声称"观"，未得言"世音"，便自应声风转火灭，无他而归。③

又，"释法智道人"：

> 释法智道人者，其昔为白衣。尝独行大泽，忽遇猛火，四面俱有。既欲走无向，自知必死，因头面礼光世音，至心称唤名号。俄而火过，一泽草无遗茎，唯法智所在处，容身不烧也。④

又，"北有一道人"：

> 北有一道人，于寿阳西山中行。忽有两人出劫之。缚胛著树，欲杀取衣物。道人至心唤观世音，遂劫斫之不入。因自大怖，放舍而去。⑤

又，"关中道人法禅等五人"：

> 关中道人法禅等五人，当姚家时，山行逢贼。既无逃走处，唯共一心念观世音。贼挽弓射之，遂手不得放。谓言神，怖惧各走。法禅等五人安隐得去。⑥

---

① （宋）释志磐：《佛祖统纪》，《大正藏》第49册，台湾财团法人佛陀教育基金会出版部，1990，第202页。此处的章安就是灌顶，具体可见《天台九祖传》，（《大正藏》第51册）。
② （唐）道宣：《续高僧传》，郭绍林点校，中华书局，2014，第987页。
③ 董志翘译注《〈观世音应验记三种〉译注》，江苏古籍出版社，2002，第63页。
④ 董志翘译注《〈观世音应验记三种〉译注》，江苏古籍出版社，2002，第65页。
⑤ 董志翘译注《〈观世音应验记三种〉译注》，江苏古籍出版社，2002，第82页。
⑥ 董志翘译注《〈观世音应验记三种〉译注》，江苏古籍出版社，2002，第83页。

《续高僧传》之《魏末鲁郡沙门释法力传》：

释法力，未详何人，精苦有志德。欲于鲁郡立精舍，而财不足，与沙弥明琛往上谷乞麻一载，将事返寺，行空泽中，忽遇野火，车在下风，无得免理。于时法力倦眠，比觉而火势已及，因举声称"观"，未逮"世音"，应声风转，火焰寻灭，安隐而还。又沙门法智者，本为白衣，独行大泽，猛火四面一时同至，自知必死，乃合面于地，称观世音，怪无火烧，举头看之，一泽之草纤毫并尽，惟智所伏仅容身耳。因此感悟，出家为道，厉精翘勇，众所先之。又沙门道集，于寿阳西山游行，为二劫所得，缚系于树，将欲杀之，唯念观世音，守死而已。劫引刀屡斫，皆无伤损，自怖而走。集因得脱，广传此事。又沙门法禅等山行逢贼。唯念观音，挽弓射之，欲放不得，贼遂归诚，投弓于地，又不能得，知是神人，舍而逃走，禅等免脱，所在通传。①

从上述对比情况来看，《续高僧传》就是将《系观世音应验记》所载四条合为一则，因此《观音感应传》应该就是《观世音应验记》。由此可知，道宣是见过《观世音应验记三种》的。道宣的生平《宋高僧传》卷十四有较为详细的记载。

此外，唐临撰《冥报记·序》也谈到了《观世音应验记》：

昔晋高士谢敷、宋尚书令傅亮、太子中舍人张演、齐司徒从事中郎陆果，或一时令望，或当代名家，并录《观世音应验记》，及齐竟陵王萧子良作《宣验记》、王琰作《冥祥记》，皆所以征明善恶，劝戒将来，实使闻者深心感寤。临既慕其风旨，亦思以劝人，辄录所闻，集为此记，仍具陈所受及闻见由缘，言不饰文，事专扬确，庶人见者能留意焉。②

这里稍微需要纠正的是，唐临将《宣验记》与《宣明验》二书的作者混淆了，《宣验记》的作者应是宋临川王刘义庆，而不是齐竟陵王萧子良。不过，唐氏对《观世音应验记》编撰者的姓名、官职以及成书流传过

---

① （唐）道宣：《续高僧传》，郭绍林点校，中华书局，2014，第987页。

② （唐）唐临：《冥报记》，方诗铭辑校，中华书局，1992，第2页。

程却十分熟悉。这或许可以说明，在唐朝初年，以唐临为代表的士人对《观世音应验记三种》等佛教灵验类小说有过仔细的研究。

关于唐临的事迹，《旧唐书》卷八十五有传，《新唐书》卷一百一十三亦有传，内容不出《旧唐书》所载。唐临，字本德，京兆长安（今陕西西安）人。贞观中累转黄门侍郎，加银青光禄大夫。高宗立，为御史大夫，迁刑部尚书，加金紫光禄大夫，历兵部、度支、吏部三尚书。显庆四年（659），坐事贬为潮州刺史，年六十卒。撰有《冥报记》二卷。据岑仲勉考证，该书成于永徽四年（653）其任兵部尚书前，① 旨在宣扬惩恶扬善的佛家报应之说，曾"大行于时"。该书可以视为《观世音应验记》等佛教灵验类小说的呼应之作。

僧详撰《法华传记》亦涉及《观世音应验记》流传情况。《法华传记》共十卷，主要记述《法华经》之由来、传译及灵验传闻，该书广征他书，如《大智度论》《道生法华义疏》《西域传》等，其中就有《应验传》② 一部。《法华传记》引书多用简称，这部《应验传》应该就是《观世音应验记》。为更好地说明这一点，现将相关条目兹录如下（见表3）。

表3 《法华传记》与《系观世音应验记》之比较

| 《法华传记》卷五 | 陆杲《系观世音应验记》 |
| --- | --- |
| 都下众造寺慧和十五 | 慧和道人 |
| 司亢少常伯崔义起十六 | 盖护 |
| 山阳盖护十七 | 凉州妇人李氏 |
| 秦州慕容文策十八 | 会稽库吏姓夏 |
| 宋法华台沙弥十九 | 释僧洪道人 |
| 天水陇城志通二十 | 王球 |
| 凉州寡妇二十一 | 郭宣 |
| 隋并州高守节二十二 | 超达道人 |
| 昭果寺释明曜二十三 | 房中寺主 |
| 瓦官寺释僧洪二十四 | 王葵 |
| 大原王球二十五 | 高度 |

---

① 《岑仲勉史学论文集》，中华书局，1990，第771页。

② 李剑国曾以为《应验传》是另一部佛教灵验类小说，具体详情见李剑国《论南北朝的"释氏辅教之书"》，《天津师大学报》1985年第3期。

如果我们撇开《法华传记》第十六、十八、十九、二十、二十二和二十三等条目，剩下的慧和、盖护、凉州寡妇、释僧洪和王球等条目就能与《系观世音应验记》的条目对应起来，且僧详还在"盖护"条后明确点出来自《应验传》，则该《应验传》当是《观世音应验记》无疑。需要说明的是，《法华传记》卷六中还引用了《观世音应验记》补遗中有关百济国沙门发正一则，张学锋认为"释僧祥撰述《法华传记》时所参考的《观世音应验记》已是经过唐人补充以后的本子了"。① 由于释僧详生平履历不详，故《法华传记》的创作年代亦无法知晓。不过，有学者根据《法华传记》卷三引《新录》有关于天台宗第八祖左溪玄朗传，并参照左溪弟子神炯所著的《天台法华疏·序》，推知"此传是根据神炯之作改编而成，其述左溪为北地郡人，与李华《故左溪大师碑》相应，而不为僧传所道，可见取材于当时。又言左溪居清泰寺，为'法门之眉寿，凉池之目足'，此话取自神炯之原文，其述左溪感前代疏文之失序，梦受智者嘱令，再加整理，这一故事也是出自神炯所述。而神炯序文作于天宝七载（748）戊子岁，此传又称新录，可知其作于天宝后期"。由此得出《法华传记》"可能最终完成于天宝末期，安史之乱以前"。②

此外，湛然的《法华文句记》卷十下"释普门品"亦涉及《观世音应验记》流传情况："三灾有大小，大谓火水风，小即命身财。大次第有二，一从小至大，时义可然……事益具如谢敷等《观音应验记》。"③ 湛然，《宋高僧传》有传。《法华文句记》的卷末载有湛然于五台山偶遇不空的门人含光，闻说印度学僧希望将天台教迹译成梵文，并述说弘经者的用心一事。据《宋高僧传》卷二十七所载，含光是在大历九年（774）不空示寂后入五台山的。因此，该书应创作于大历九年至湛然去世的建中三年（782）。

此后，无论是官方史志书目还是私人著述，均不见《观世音应验记三种》的踪迹。有学者将其定为亡佚之书，如程毅中《古小说简目》中载：

① 张学锋：《汉唐考古与历史研究》，生活·读书·新知三联书店，2013，第414页。
② 徐文明：《志远与〈法华传记〉的著作时代》，载《正法研究》，普陀山佛教文化研究所，1999，第209页。
③ （唐）湛然：《法华文句记》，《大正藏》第34册，台湾财团法人佛陀教育基金会出版部，1990，第357页。

"《系应验记》，佚。齐，陆果（杲）撰。"① 古书亡佚的原因有很多，对此陈登原曾在《古今典籍聚散考》一书中将其归结为四个方面，即所谓的"四厄说"：受厄于独夫之专断而成其聚散，受厄于人事之不臧而成其聚散，受厄于兵匪之扰乱而成其聚散，受厄于藏弄者之鲜克有终而成其聚散。② 联系中唐以后的社会政治环境，《观世音应验记三种》"受厄于兵匪之扰乱"而亡佚的可能性较大。

### 三　小结

以上是对《观世音应验记三种》在历代史志书目及私人著述中著录和流传情况的梳理，我们从中可以看出如下几点。

首先，傅亮的《光世音应验记》、张演的《续光世音应验记》以及陆杲的《系观世音应验记》，在后来的著录和流传的过程中已合为一书，称为《观世音应验记》《观世音应验传》《系应验记》，或简称为《应验记》。称名并不一致，同书异称，这或许与古人在撰述过程中率性而为有关。

其次，通过对《观世音应验记三种》史志目录的梳理，我们可以看出不同时期有不同的归类，这些归类反映出不同时期知识分类的标准，但学术价值和政教作用始终是这个评价标准的核心。由此我们也可以看出古代小说观念并不是一成不变的，而是始终处于发展变化之中的。

再次，从现有的文献记载来看，涉及《观世音应验记三种》流传情况的著者，大多数都是天台宗或是与天台宗关系密切的人。众所周知，天台宗以《法华经》为宗旨，故对各种与《法华经》有关的灵验传记亦格外青睐，正如华严宗会重视与《华严经》有关的灵验之作一样。这或许也是《观世音应验记三种》亡佚的一个重要原因，即受众面过于狭隘，尤其是在中唐以后华严宗和净土宗的影响逐渐盖过天台宗。

最后，需要特别指出的是，唐人道世撰《法苑珠林》特辟"感应缘"一目，收集了不少两晋六朝以来有关的灵验传闻，且在卷一百《传记目

---

① 程毅中：《古小说简目》，中华书局，1981，第35页。《观世音应验记三种》中唐以后虽不见于他书著录，但其若干条目仍见于《冥祥记》《续高僧传》《法华经传记》《太平广记》等相关典籍。——笔者注

② 陈登原：《古今典籍聚散考》，华东师范大学出版社，2009，第14页。

录·杂集部》中罗列了不少六朝时期佛教灵验类小说，如《冥祥记》《宣明验》《冤魂志》《杂义记》等等，唯独不言《观世音应验记三种》。针对这一情况，简梅青认为"可能是道世没有见到该书，也没注意唐临的《冥报记序》，或是虽见到《冥报记序》所载，但自认为没亲自见到该书，就不愿意提到该书"。① 张学锋则联系上述所述智𫖮、吉藏、道宣、湛然等人的活动地带大部分为江南一带，推测《观世音应验记三种》的流传地也主要在南方。而道世主要活动范围未曾超出关中地区，其收录标准又是"今随所见闻者"，② 如此一来，很有可能《观世音应验记三种》在北方流布很少，故道世亦未见到，③ 这或许可以解释上述现象。笔者则认为不排除一种可能，道世也许见过《观世音应验记三种》，只是他认为《观世音应验记三种》与《冥祥记》《冤魂志》相比，在内容和情节描述上不及后两者，故弃而不录。当然，我们无法起道世于地下问之，对这一现象仅仅只是一种推测。不过不管怎么说，未见还是未录《观世音应验记三种》对道世这样的学问僧来说都不能不说是一大憾事，对《法苑珠林》这样一部重要的佛教类书来说亦是一大遗憾。

## 第二节　《观世音应验记三种》发现、整理与研究

### 一　《观世音应验记三种》的发现与研究

《观世音应验记三种》在晚唐以后消失了，但侥幸在邻邦日本的京都青莲院保存下来。至于《观世音应验记三种》为何会流传到日本，又是以何种方式和途径传入日本的，对此，张学锋在《〈观世音应验记〉的发现、研究及其在六朝隋唐时期的著录与流布》之"《观世音应验记》的东传"一节中已探讨。他认为："青莲院本的原本应该是在中国转抄并直接被带到日本，而不是先经由朝鲜半岛，由百济或新罗人加进两条后再传入日本的。"④ 他推测很有可能是由留唐的学问僧最澄在唐转抄回去的，时

① 简梅青：《晋唐间民众佛教信仰的若干问题探讨——侧重于〈法苑珠林〉及诸种佛教灵验记之文献分析与唐代民众佛教信仰研究》，博士学位论文，武汉大学，2004，第12页。
② （唐）释道宣著，周叔迦、苏晋仁校注《法苑珠林校注》，中华书局，2003，第2871页。
③ 张学锋：《汉唐考古与历史研究》，生活·读书·新知三联书店，2013，第414~415页。
④ 张学锋：《汉唐考古与历史研究》，生活·读书·新知三联书店，2013，第416页。

间大约在 9 世纪初。① 虽无确凿的证据，但可备为一说。

不过，《观世音应验记三种》虽由僧人带入日本，但它一直被历史的尘埃所湮没。直到 20 世纪 40 年代才被发现。1943 年涩谷泰亮出版的《昭和现存天台书籍综合目录》一书中曾提及"《观世音应验记》一轴，南北朝写，《吉水藏》——二四"。② 这里需要稍做解释的是，"南北朝"是指日本镰仓末期到室町初期出现了吉野朝和京都朝两个王朝对峙的局面，即 1333～1392 年。吉水藏则是京都府东山区粟田口的佛教寺院——青莲院的经藏名称。

其后，赤松俊秀作为京都府教育委员会文化财保护课的初代课长于 1949 年参与京都文化财调查，并将调查结果公布如下：

> 纸数　表纸浓纸一叶，纵九寸一分，横八寸。本纸白纸，墨界线，二十二行。一纸纵九寸一分，横幅一尺五寸八分，四十叶，全长三十六尺一寸。书写年代推定镰仓时代中期。③

赤松俊秀在涩谷泰亮的基础上，进一步指出这个抄本抄写时间是镰仓时代中期，即 1192～1333 年。④ 所有这些无疑推动了对《观世音应验记三种》的研究。此后，著名佛学名家塚本善隆于 1954 年发表了《古逸六朝观世音应验记研究——晋谢敷、宋傅亮〈观世音应验记〉》一文，公布了《光世音应验记》一书及其研究成果。塚本善隆一文引起日本学界广泛的关注，一系列研究论著和论文相继问世，或是侧重文献整理，或是从小说史着眼。举其要者，有牧田谛亮的《六朝古逸观世音应验记研究》、小南一郎的《六朝隋唐小说史的发展与佛教信仰》、衣川贤次的《傅亮〈光世

① 张学锋：《汉唐考古与历史研究》，生活·读书·新知三联书店，2013，第 417 页。此外，他还在《日本入唐求法僧最澄所携唐代官文书三种》一文中对最澄在唐的活动以及所携带回国的相关文物予以更细致的阐述，可参阅张学锋《汉唐考古与历史研究》，生活·读书·新知三联书店，2013，第 418～428 页。

② 〔日〕涩谷泰亮：《昭和现存天台书籍综合目录》，载孙昌武《中国文学中的维摩与观音》，高等教育出版社，1996，第 134 页。

③ 此处转引自孙昌武《中国文学中的维摩与观音》，高等教育出版社，1996，第 134 页。

④ 1988 年，日本文化厅文化财保护部认为，"据本书的书写风格判断，其年代不晚于平安时代后期"（具体详情可参阅《月刊文化财》1989 年 7 月，第 310 号），这样一来，又把青莲院本的抄写年代提到 749～1192 年。此处转引自孙昌武《中国文学中的维摩与观音》，高等教育出版社，1996，第 135 页。

音应验记〉译注》等等。其中后藤昭雄又在大阪府河内天野山金刚寺发现一本《佚名诸菩萨感应抄》的抄本，其中观音感应部分抄自《观世音应验记三种》的多达 35 条，这就为后来者整理校勘《观世音应验记三种》提供了重要的参考材料，其发现意义非同一般。

　　20 世纪 80 年代中期孙昌武在日本访学期间得知《观世音应验记三种》有抄本存世，于是他与日本相关学者取得联系，并在他们的帮助下，终于使《观世音应验记三种》重新回到了我国，让人们再次看到了在中古时期影响颇大后一度失传的《观世音应验记三种》。对此，卞孝萱给予了高度的肯定："资料工作为研究工作准备粮草，功德无量"，[①] 并认为"这是十分珍贵的六朝小说与佛教文献，对研究社会史、汉语史、民俗史等，亦各有其重要价值"。[②] 稍后，董志翘于日本访学期间得到东京大学史料编纂所的《观世音应验记三种》影印本，其中大量的中古词语、语法和俗字现象，引起董氏极大的兴趣，他当即着手点校、注释、翻译并出版。

　　以上是对《观世音应验记三种》发现及相关研究情况的一个简要概述，接下来我们就相关版本情况再进行细致分析。

## 二　《观世音应验记三种》的整理情况

### 1. 青莲院本

　　青莲院本，顾名思义是指 1943 年在日本京都天台宗寺院青莲院发现的久佚的《观世音应验记三种》写卷。据日本学界研究，该写卷书写时间当不晚于平安时代后期。该卷从字体上看应该是不娴于汉语的日本僧人所抄，故错字、漏字很多，加上年代久远，有不少字已模糊不清。而日本僧人在抄写的过程中又夹杂不少俗写，如果没有别的本子参校，阅读较为困难。但它毕竟是现存最早的《观世音应验记三种》的抄本，对欲觇视唐代《观世音应验记三种》的面貌以及《观世音应验记三种》在日本的流传情况还是具有一定学术价值的。

---

① 卞孝萱：《关于六朝研究的几点思考》，《南京大学学报》（哲学·人文科学·社会科学版）2001 年第 2 期。

② 卞孝萱：《关于六朝研究的几点思考》，《南京大学学报》（哲学·人文科学·社会科学版）2001 年第 2 期。

### 2. 牧田谛亮整理本

鉴于青莲院本阅读不便，故有不少学者着手校勘、注释《观世音应验记三种》抄本，其中影响最大的当属京都大学牧田谛亮的《六朝古逸观世音应验记研究》一书。该书于 1970 年由平乐寺书店出版，牧田对《观世音应验记三种》进行了解说、校勘和注解，学界称之为牧田谛亮本。应该说，牧田谛亮对《观世音应验记三种》所进行的基础文献整理工作，在一定程度上推动了青莲院本的流播，推动了日本学界对《观世音应验记三种》的研究，功不可没。但是需要指出的是，毕竟不是本国的文字，故牧田氏在进行文献整理时亦存在不少纰漏，如对俗字的辨认、对词义的解释、对文句的解读等均存在一定的问题。有鉴于此，孙昌武在牧田谛亮整理本的基础上，重新对其点校、校勘、注释，遂有了下文将要讨论的孙昌武整理本。

### 3. 孙昌武整理本

孙昌武整理本，又称中华书局本，是 20 世纪 80 年代中期孙氏从日本访学归来，将青莲院久佚的《观世音应验记三种》重新标点、断句、注释，并于 1994 年由中华书局出版《观世音应验记三种》。应该说，孙昌武本较之牧田本又取得不小的进步，首先订正了牧田谛亮在汉字识读上的错误，其次修正了牧田谛亮在一些地名注释上的问题，最后，孙氏还对文句的断句错误予以纠正。需要强调的是，孙氏不仅为我们解决了阅读上的困难，提供了一个相对正确的版本，而且指明了研究、利用它的正确方法与途径，使后来者认识到《观世音应验记》的重要学术价值，这集中反映在其书末尾小南一郎写的长篇跋语上。

不过，孙昌武整理本亦存在不少的瑕疵。第一，未充分利用《佚名诸菩萨感应抄》进行校勘。据孙昌武本的《点校说明》，似仅见此本 4 条，未见全本，故在文字校勘上存在不少的问题。第二，对抄本中的中古俗语、口语的理解有待进一步商榷。第三，在对抄本中俗字的识读以及断句方面亦有可探讨的地方。第四，体例上亦存在问题，如《观世音应验记三种》卷首未标出总题。针对这些问题，董志翘《〈观世音应验记三种〉校点志疑》以及张学锋《评点校本〈观世音应验记〉三种》有详细的论述，可参阅。

#### 4. 董志翘整理本

基于孙昌武本存在上述诸多问题，故有学者继续全面地整理，整理的成果就是董志翘的《〈观世音应验记三种〉译注》一书。董书不但纠正了孙昌武本诸多点校上的错误，而且还增加了详细的注释和准确的白话翻译。后出转精，该书是目前《观世音应验记三种》最好的注本。董志翘本精良之处，具体表现在如下几个方面。

首先，就版本而言。董志翘本和孙昌武本的底本均为青莲院本的影印件，不同的是董氏充分利用了日本大阪府金刚寺藏《佚名诸菩萨感应抄》，将其作为主要的参校材料。关于《佚名诸菩萨感应抄》的情况，上文已有论及。该书"观世音菩萨"应验部分有不少内容直接抄自《观世音应验记三种》，它与青莲院本之间的关系尚有待进一步研究，但是可以肯定的是，《佚名诸菩萨感应抄》与青莲院抄本《观世音应验记三种》有 35 条是相同的，加之两书的抄写时代相近，因此它的校勘价值不言而喻。有学者统计，董书独据金刚寺本校改计有 46 处，分别是："特、消（8）、匿、免（12）、材、举（13）、素、胆、刚（37）、庶、刑（39）、音（40）、数、帅（45）、又（48）、甚（49）、侧（据补）、合（52）、问（66）、业、与、沉、诚（据补。68）、县（76）、贮（87）、敖、不（据补。97）、葵、复（117）、羌、特（153）、欲、逐（162）、妪、嘉、愿、反、试、千（196）、徙（202）、宋、然（据删。204）、林、弩（206）、垣、曙（208）。"① 这些修订，纠正了之前牧田谛亮、孙昌武等人点校上的错误，扫清了阅读上的障碍，在一定程度上恢复了该书原貌。不仅如此，他还选择了其他重要的典籍作为参校本，如《冥祥记》《高僧传》《宋书》《晋书》《南史》《法苑珠林》《太平广记》《法华义疏》《观音义疏》《法华传记》《续高僧传》等近 20 种。因为校勘关系到对文本的正确理解，一字之异，有时可能使理解相去甚远，故董氏每一处都反复推敲，详细比勘，力求准确。以《系观世音应验记》"释法力道人"条"灭"字为例，董氏根据金刚寺本，并结合《续高僧传》《法苑珠林》《观音义疏》相关记载而校改。

---

① 于建华：《古籍整理的精品——评董志翘先生的〈观世音应验记三种〉译注》，《泰山学院学报》2009 年第 5 期。括号里的数字代表《〈观世音应验记三种〉译注》的页码。以下皆同，不再赘述。

其次，就体例、方法而言。综观全书，正文下分列参考资料、校记、注释和今译四项。体例清晰、合理，既方便读者阅读，又方便研究者检索相关材料。就方法层面来说，董氏不仅综合运用了他校、对校、本校、理校的校对方法，同时还运用归纳的方法。兹举数例，如下：

　　　　"甚"写本原作"其"，于文意难通。写本中"甚"、"其"字形近似，本书两字相乱者甚众。①

　　　　"数"写本多处均作"如"，径改。②

　　　　"乔"写本均作"高"，据前文目录及《法苑珠林》《法华传记》《太平广记》改。③

这种归纳，不仅有利于《观世音应验记三种》文献的校勘，同时对同时期其他文献的校勘亦不无裨益。

最后，就研究的态度而言。董氏在《〈观世音应验记三种〉译注》一书中始终秉持严谨的态度，力求平实准确，主要表现在两个方面。

一是对那些陌生或隐晦的俗语词、佛教用语，董氏常常会结合多种文献，从社会、历史、文化的背景上说明其意义，使人豁然明晓。如《光世音应验记》"竺长舒"条中"政复"一词，董氏将其解释为"即使、纵然"，表示让步之意，并引《北史》《三国志》《世说新语》等相关内容为旁证，力避主观臆断之嫌。又如《光世音应验记》"沙门帛法桥"条中"叉手"一词，他结合《贤愚经》和《月光王头施品第三十》等佛教文献记载，指出叉手为"两手手掌对合置于胸前，是佛教的一种表敬方式"。④再如《系光世音应验记》"释僧洪道人"条中"一月日"，他联系中古的历日制度，指出"一月日"与"一月"的区别。"一月日"一般表示一个月的时间，而"一月"一般是表示月份的次序，并旁引《宋书》和《高僧传》相关事例，以增加说服力。类似这样的例子，还有很多，限于篇幅，此不一一说明。

二是对于那些不甚清楚又缺乏足够多的事例作为证据的词语和事项，

---

①　董志翘译注《〈观世音应验记三种〉译注》，江苏古籍出版社，2002，第9页。
②　董志翘译注《〈观世音应验记三种〉译注》，江苏古籍出版社，2002，第52页。
③　董志翘译注《〈观世音应验记三种〉译注》，江苏古籍出版社，2002，第142页。
④　董志翘译注《〈观世音应验记三种〉译注》，江苏古籍出版社，2002，第9页。

则宁可付阙存疑，也不妄下判断。如《续光世音应验记》"义熙中士人"条中的"法宋法师"，董氏联系青莲院本常常将"宋"和"宗"混淆，提出可能是"法宗法师"，但仍注为"未详何人"。又如《系观世音应验记》"伏万寿"条中的"欧阳火"，他指出"可能是与阴火、鬼火相对的明火，人为某种目的而烧的火，可能与当地的风俗有关，存疑"。① 这些都是这方面有代表性的例子。对于董氏这一审慎的研究态度和治学特点，陆永峰给予了高度的评价："从小的方面而言，有利于读者全面地了解语词的含义与用法，有利于对文本的深入理解；从大的方面而言，则为我们补充了关于古代汉语的词汇、语法方面，乃至文化方面的广泛知识，有着举一反三、触类旁通的意义。它不仅利于我们纠正谬误，扫除阅读上的障碍，而且也利于其他读者能够更为方便地对之加以利用，推动研究的展开与深入。"② 但是董志翘本亦存在不足，如对孙昌武本体例上的问题仍未纠正，除了上文说的卷首总题外，对补遗的序文的位置亦未能复原。傅书、张书及陆书均是序文在前、正文在后，那么补遗的体例亦应如此，但董书仍是将其放在两则故事之间。另外，董志翘对张演生活年代的推定也存在问题。然微瑕不足以掩瑜，董书资料丰富详备、校勘细致严谨、立论平实稳妥，是近年来《观世音应验记三种》整理本中最好的本子。此书问世后，即被学界广泛引用。就佛教来说，功德无量；就学术而言，泽惠学林。

## 三　小结

综上所述，《观世音应验记三种》自问世后便以合为一书的面目主要在隋唐时期的南方地区流传，其中内典关于该书的著录、流传情况要比外典多，这反映了《观世音应验记三种》受众面较窄。唐中期以后，无论是史志目录还是私人著述均不见其踪迹，则该书应亡佚于此时。不过幸运的是，留唐学问僧人将其带回日本置于青莲院古寺保存，因此《观世音应验记三种》时隔一千年后又重新出现在世人面前。数代学者经过孜孜不倦的努力，在一定程度上恢复了古钞本的原貌，扫清了阅读障碍，为其扩大运用范围与提高学术价值做出了卓越贡献。

---

① 董志翘译注《〈观世音应验记三种〉译注》，江苏古籍出版社，2002，第 75 页。
② 陆永峰：《〈〈观世音应验记三种〉校注〉读后》，《中国俗文化研究》2007 年第 4 期。此处，陆氏误将《〈观世音应验记三种〉译注》写为《〈观世音应验记三种〉校注》。

# 附录二 六朝佛教灵验类小说叙录

## 凡 例

一、"六朝"概念采取文学史习惯所指涉的范围：从魏晋到隋末时期，其范围与李剑国《唐前志怪小说史》大体相同，与之相对应的六朝佛教灵验类小说也主要是这一时间段内所有的佛教灵验类小说。

二、本部分所收，以专书为限。后世割裂专书之篇章，另立名目，一概不著录。

三、本部分分为三类，分别是现存、辑存和亡佚。现存有 3 种，辑存为 9 种，亡佚则计 13 种。

四、本部分编排，大致以作者的时代先后为顺序。成书年代可考者，依成书年代先后次之；成书年代不可考者，依作者生活年代酌处；作者不可考者，则附于每节之末。

五、每部小说的叙录，先列书名和卷数，书名有歧出者，附注其下。再依次为作者、著录、版本、内容等情况介绍。对其主要内容、艺术水准、研究情况亦加以评论和介绍。

六、作者若有两种以上作品者，其生平介绍置于首部（篇）作品。本部分若有谬误，敬祈方家指正。

## 一 现存之属

### 1.《光世音应验记》一卷（简称《应验记》）

南朝宋傅亮撰。傅亮（374～426），字季友，祖籍北地灵州（今陕西耀州东南），晋文学家傅咸之后，刘宋开国功臣，曾任散骑常侍、左光禄大夫，元嘉三年为宋文帝以逆乱之罪诛之。史书称其"博涉经史，尤善文辞"。①《宋书》卷四十三、《南史》卷十五有传。著有《演慎论》《感物赋》《喜雨赋》等文章,《隋书·经籍志》录有《傅亮集》十卷,已佚。明人张溥辑《宋傅光禄集》一卷。

《隋书·经籍志》《通志·艺文略》皆著录一卷。原书久佚,日本京都青莲院有镰仓时期古钞卷子本。现有牧田谛亮、孙昌武、董志翘等人点校本,其中以董志翘本最佳。

本书共载七则灵验故事,分别是"竺长舒"、"沙门帛法桥"、"邺西寺三胡道人"、"窦傅"、"吕竦"、"徐荣"和"沙门竺法义"条,内容皆述传主突遭困厄,诵念观音名号或经文,便可获致灵验,最终平安脱险。傅亮自序即交代了编撰动机:"谢庆绪往撰《光世音应验》一卷十余事,送与先君。余昔居会土,遇兵乱失之。顷还此竟,寻求其文,遂不复存。其中七条具识事,不能复记余事,故以所忆者更为此记,以悦同信之士云。"② 其中"竺长舒""窦傅""吕竦""徐荣""沙门竺法义"五则,并见于王琰的《冥祥记》。《冥祥记》"沙门竺法义"条末云:"自竺长舒至义六事,并宋尚书令傅亮所撰。"③《冥祥记》取材于此书,无疑。此外,梁慧皎撰《高僧传》卷四、卷十三,亦采录于此书。

### 2.《续光世音应验记》一卷

南朝宋张演撰。张演,字景玄,吴郡吴县(今江苏苏州)人,为南朝宋会稽太守张裕之子,曾与弟镜、永、辨、岱"俱知名,谓之张氏五龙"。④ 张演以才学知名,曾任太子中舍人。有文集八卷,已佚。个人事迹,史书无专传,《宋书》卷五十三《张茂度传》略有提及。

此书未见史志著录。国内久佚,日本京都青莲院有镰仓时期古钞卷子本。见于牧田谛亮、孙昌武、董志翘等人整理本,诸本之中,以董志翘本为上乘者。

本书开篇即交代了编撰动机:"演少因门训,获奉大法,每钦服灵异,用兼绵慨。窃怀记拾,久而未就。曾见傅氏所录,有契乃心。即撰所闻,

---

① (南朝梁)沈约:《宋书》,中华书局,1974,第1336页。
② 董志翘译注《〈观世音应验记三种〉译注》,江苏古籍出版社,2002,第1页。
③ (南朝齐)王琰:《冥祥记》,载《鲁迅全集》第8卷,人民文学出版社,1973,第589页。
④ (南朝梁)萧子显:《南齐书》,中华书局,1972,第579页。

继其篇末，传诸同好云。"① 全书凡十则，共计十一人，分别是"徐义"、"张展"、"惠简道人"、"孙恩乱后临刑二人"、"道泰道人"、"释僧融"、"江陵一妇人"、"毛德祖"、"义熙中士人"及"韩当"，所载之事集中体现了观音"济七难"中"临当被害""检系其身""罗刹之难""遇大恶病""大水所漂"等。无论是数量上还是观音救难类型上，较之《光世音应验记》均有所增加，其叙述结构与《光世音应验记》基本一致。其中，"毛德祖"条，孙昌武指出抄自刘义庆《宣验记》"毛德祖"条。"徐义"条，则为王琰《冥祥记》所采用，文字略有不同。唐道宣《续高僧传》亦曾取材于此。

### 3.《系观世音应验记》一卷（又名《观音感应传》）

北齐陆杲撰。陆杲（459～532），字明霞，吴郡吴县（今江苏苏州）人。"少好学，工书画"，② 历任太子舍人、司徒从事中郎、义兴太守、金紫光禄大夫等职。陆杲素信佛法，持戒甚精，撰《沙门传》三十卷，慧皎《高僧传》卷十四《序录》曾言及，已佚。另外，他还曾参与了天监六年驳范缜"无神论"的活动，著有《太子中庶陆杲答》，收录于僧祐的《弘明集》卷十《释法云与王公朝贵书并六十二人答》。《梁书》卷二十六和《南史》卷四十八有传。

此书，《新唐书》《旧唐书》并著录一卷。原书已佚，日本京都青莲院有镰仓时期古钞卷子本。现有日本牧田谛亮校注本，日本平乐寺书店1970年出版。国内有孙昌武校点本，据复印抄本整理，中华书局1994年出版。董志翘译注本，江苏古籍出版社2002年出版，诸本之中，以董志翘本最佳。

卷首自序云："杲幸邀释迦遗法，幼便信受，见经中说光世音，尤生恭敬，又睹近世书牒及智识永传其言，威神诸事，盖不可数。益悟圣灵极近，……今以齐中兴元年，敬撰此卷六十九条，以系傅、张之作，故连之相从，使览者并见。若来哲续闻，亦即缀我后。神奇世传，庶广滄信。"③内容上与《光世音应验记》《续光世音应验记》所载之事大致相似，皆述获致观音灵验。值得注意的是，此书突破了傅、张二书"时间＋事件"的

---

① 董志翘译注《〈观世音应验记三种〉译注》，江苏古籍出版社，2002，第28页。
② （唐）姚思廉：《梁书》，中华书局，1973，第398页。
③ 董志翘译注《〈观世音应验记三种〉译注》，江苏古籍出版社，2002，第59～60页。

编撰体例，创造出《法华经·观世音菩萨普门品》和《请观世音菩萨消伏毒害陀罗尼咒经》所宣扬的"济七难""满二求"的分类编排体例，分为"设入大火，火不能烧""大水所漂""罗刹之难"等11类。书中对刘义庆的《宣验记》和萧子良的《宣明验》多有批评，认为他们所载之事不足为信。全书有部分条目来源于当时的口头传闻，还有部分则取自他书，其中取自王琰的《冥祥记》最多，计有17条，分别为"法智道人""伏万寿""释法纯道人""南宫子敖""释惠缘道人""释僧洪道人""王球""韩睦之""彭子乔""刘度""栾苟""释开达""张崇""毕览""邢怀明""释道囧道人""潘道秀"。唐人道宣撰《续高僧传》曾取材于此。

## 二　辑存之属

### 1.《志怪》二卷

东晋祖台之撰。祖台之（生卒年不详），字元辰，范阳（今河北涿州）人。东晋小说家。晋安帝时官至侍中、光禄大夫，撰《志怪》行于世。《晋书》有传，甚简略。仅云："祖台之字元辰，范阳人也。官至侍中、光禄大夫。撰志怪，书行于世。"[①]

《志怪》记鬼神怪异、佛教灵验之事。《隋书·经籍志》史部杂传类著录二卷，题祖台之撰。《旧唐书·经籍志》杂传类作四卷，《新唐书·艺文志》子部小说家类著录，撰人与卷数同《旧唐书·经籍志》。疑唐前有二卷本和四卷本流行。

此书在唐宋颇流行，诸类书多有征引，如唐《艺文类聚》《法苑珠林》、宋《太平御览》《太平广记》等。《太平御览》引作《志怪》或《志怪集》，题祖台之。《太平广记》征引多题《志怪》或《志怪录》，不题撰人。是祖氏《志怪》，还是孔氏《志怪》，抑或是曹毗《志怪》或殖氏《志怪》，难以分辨。宋以后少有征引，可能已经亡佚。清人编辑《渊鉴类函》有所征引，大概是转引唐宋类书，非此书还在流行。

此书通行有《说郛》宛委山堂本、《古今说部丛书》三集本，均为辑本，一卷。今人辑本两种：一为鲁迅《古小说钩沉》本，辑得十五条；一

---

① （唐）房玄龄：《晋书》，中华书局，1974，第1975页。

为郑学弢《〈列异传〉等五种校注》（文化艺术出版社，1988）本，载祖台之《志怪录》八条，其中"孙弘"条未见于鲁迅辑本，《艺文类聚》卷九十二该条作《志怪》，《太平广记》卷三百三十二引作《志怪录》，皆不题撰人，是否为祖氏《志怪》，还难以确定。

## 2.《幽明录》三十卷（又名《幽冥录》《幽冥记》）

南朝宋刘义庆撰。刘义庆（403～444），彭城（今江苏徐州市）人，长沙景王道怜第二子，后出嗣临川王道规，永初四年袭爵为临川王。曾任侍中、丹阳尹等职，后为荆州、江州、南兖州刺史，并带都督，加开府仪同三司。卒后赠司空，谥康王。刘义庆生性俭朴，寡嗜欲，崇奉佛教，爱好文义。生平履历，见《宋书》卷五十一和《南史》卷十三。著述颇多，本传称文辞"足为宗室之表"。① 撰有《徐州先贤传》十卷、《江左名士传》一卷、《世说新语》八卷、《宣验记》十三卷、《集林》二百卷、《后汉书》五十八卷，文集八卷。小说除《幽明录》外，尚有《宣验记》十三卷，《世说新语》八卷，《小说》十卷，并见《隋书·经籍志》及《旧唐书·经籍志》、《新唐书·艺文志》。

此书《隋书·经籍志》《通志》著录二十卷，《旧唐书·经籍志》《新唐书·艺文志》则作三十卷，盖分卷之异。南宋洪迈《夷坚志辛·序》云："《幽明录》今无传于世。"② 该书当佚于南宋。今世所见《说郛》、重编《说郛》、《五朝小说》等本，篇幅甚少；胡珽《琳琅秘室丛书》（据钱曾述古堂钞本）辑有一百五十八则；鲁迅《古小说钩沉》本，凡收二百六十五则，数量最多。此外，王仁俊《玉函山房辑佚书补编》从《太平寰宇记》卷一一五辑"芦塘"一条。现有郑晚晴辑注本，为目前较好的整理本。

刘义庆以《幽明录》命名，应是取自《周易辞》："是故知幽明之故。"注："幽明者，有形无形之象。"本书所载大抵记历代鬼神灵异故事，也载晋宋时逸闻趣事，涉及社会生活的方方面面。有些故事成为后来小说、戏曲的题材来源和构思基础。如刘晨和阮肇入天台山遇神女事、余杭县男醉入水中枕石梦见富贵事、阮瞻素秉无鬼论因与鬼辩论事，都颇有

---

① （南朝梁）沈约：《宋书》，中华书局，1974，第1477页。
② （宋）洪迈：《夷坚志》，中华书局，2006，第1385页。

情致，对后世小说、戏曲创作深有影响。唐、宋类书《艺文类聚》《太平御览》《类说》《锦绣万花谷》《说郛》等多有征引，《编珠》《法苑珠林》《唐开元占经》《太平广记》等也有征引。引文多署《幽明录》，也有署《幽冥录》者。其搜采早期说部资料，计有《异闻记》、《列异传》、《博物志》、陆氏《异林》、《搜神记》、祖氏《志怪》、孔氏《志怪》、曹氏《志怪》、《续搜神记》、《甄异记》、《灵鬼志》等十余种，李剑国评述此书"若论南朝稗家巨擘，非义庆莫当焉"。①

### 3. 《宣验记》十三卷（又名《冥验记》）

亦为刘义庆所撰。义庆生平见"《幽明录》"条。唐临《冥报记·序》曾云"齐竟陵王萧子良作《宣验记》"。②陆杲撰《系观世音应验记》，多次援引《宣验记》，皆言刘义庆撰，可知作者必非萧子良，当为唐氏误记。今按杨守敬《日本访书志》卷八引古钞本《冥报记》，可知还作《冥验记》。

此书，《隋书·经籍志》《通志》并著录十三卷。原书不传，后人多从《太平御览》《太平广记》辑出，有重编《说郛》本、《五朝小说》本、《古小说钩沉》本三种，其中以《古小说钩沉》本辑录最多，共计三十五则。

"吴兴郡内尝失火""高荀""李儒""太原郡郭宣与蜀郡文处茂"四则，陆杲《系观世音应验记》已录之。又《系观世音应验记》第八条谓《宣验记》载竺慧庆、释道听、康兹、顾迈、俞文、徐广等人遭风获救，第九条云《宣验记》载孙崇、阳元、祖乾、归国人、长安人富阳落水事，第十七条谓《宣验记》载上明二劫事，第四十四条谓《宣验记》载曾普贤入尸下得活事，第五十五条谓《宣验记》载卞说之、孙道德求男事，仅"俞文"一则见于钩沉本，余者皆漏收。其文字虽极简略，亦足供钩稽考索之助也。至于《宣验记》的成书时间，李剑国根据"高荀"条所载之事乃发生在元嘉十六年（439），进而认为此书系刘氏晚年所撰。

### 4. 《冥祥记》十卷

北齐王琰撰。史书无传，今人王青据《冥祥记自序》、《高僧传》、

① 李剑国辑释《唐前志怪小说辑释》，上海古籍出版社，2011，第477页。
② （唐）唐临：《冥报记》，方诗铭辑校，中华书局，1992，第2页。

《宋书》、《系观世音应验记》、王僧虔《为王琰乞郡启》、唐王方庆编《万岁通天进帖》、《隋书·经籍志》古史类等材料，撰有《〈冥祥记〉研究》一文，对其生平履历考订如下：王琰，郡望为太原晋阳王氏家族，为王宝国之曾孙，其家族与佛教关系密切。入齐后担任过三年的太子舍人、义安左郡太守，梁时曾任吴兴令。著有《宋春秋》20卷，见《隋书·经籍志》古史类。

　　此书被《隋书·经籍志》、《旧唐书·经籍志》及《通志·艺文略》所载，并著录十卷。《新唐书·艺文志》小说家类作一卷，疑伪。原书不存，后人有辑本，为重编《说郛》及《古今说部丛书》所收，共七则，皆从《太平广记》辑出；鲁迅《古小说钩沉》则从《三宝感通录》《法苑珠林》《辨正论》《太平广记》等书中辑出，计有自序一篇和正文一百三十一则。台湾学者王国良《冥祥记研究》则在鲁迅辑本的基础上又补辑了两条，是目前较完备者。

　　原书自序即交代了编撰动机。王琰幼年曾赴交趾，从贤法师受戒，并得观世音金像一躯，虔心供养。宋孝武帝大明七年、齐高帝建元元年，两次感金像之异遂成此书，所谓"循复其事，有感深怀，沿此征觌，缀成斯记"。① 所记皆为佛事，文笔委曲，描摹细密，时有可观。关于此书的成书时间，李剑国根据《冥祥记》中"王四娘"条记永明三年（485）事，推定当在永明年间，并评价"南北朝'释氏辅教之书'，此为翘楚"。② 其引用前人著述，今可考者，有《灵鬼志》《幽明录》《宣验记》《观世音应验记》《续观世音应验记》五种。引用王氏之书者，则有《系观世音应验记》《高僧传》《续高僧传》《法苑珠林》。

　　**5.《冤魂志》三卷（又名《北齐还冤志》《还冤志》《还冤记》《冤报记》《报冤记》）**

　　隋颜之推撰。颜之推（约531～591以后），字介，梁湘东王萧绎镇西府谘议参军颜协之子，琅琊（今山东临沂市）人。颜之推博览群书，无不该洽，词情典丽。历仕梁、北齐、北周、隋四代。《北齐书》卷四十五、《北史》卷八十三皆有传。之推曾撰《观我生赋》，概述自己一生，文致

---

① （南朝齐）王琰：《冥祥记》，载《鲁迅全集》第8卷，人民文学出版社，1973，第564页。

② 李剑国辑释《唐前志怪小说辑释》，上海古籍出版社，2011，第558页。

清远，线索明晰，可视为其自传。此外，今人缪钺撰《颜之推年谱》一书可参阅。颜之推著述颇丰，计有《训俗文字略》、《证俗文字音》五卷、《急就章注》一卷、《家训》二十卷、《颜黄门集》三十卷和《集灵记》二十卷，现《集灵记》仅存一条，见于鲁迅的《古小说钩沉》。

　　此书，《隋书·经籍志》、颜真卿《赠秘书少监国子祭酒太子少保颜君庙碑铭并序》、《旧唐书·经籍志》、《新唐书·艺文志》、《崇文总目》、《通志》、《宋书·艺文志》、《四库全书总目》皆作三卷，《直斋书录解题》《文献通考》则作二卷；明刊本《法苑珠林·传记篇》杂集部题为一卷，惟高丽藏本仍作二卷。原书佚于明代。后世辑刻者，有《宝颜堂秘笈》、《续百川学海》、《唐宋丛书》、重编《说郛》、《五朝小说》、《四库全书》、《增订汉魏丛书》、《诒经堂藏书》、《古今说部丛书》等刻本、抄本，均为一卷。敦煌出土了题为《冥报记》的文献，经王重民、关德栋以及日本学者重松俊章等人考订，确为《冤魂志》之残本，共存原文五十则。台湾周法高《颜之推〈还冤记〉考证》，则据今本及《法苑珠林》《太平广记》共辑六十条。王国良《颜之推〈冤魂志〉研究》辑六十条，附录五条。此外，罗国威著《〈冤魂志〉校注》亦辑六十条，附辑佚文六条，为当前整理本最佳者。

　　颜之推笃信佛法，可见于《辨正论》卷三《十代奉佛上篇》。该书是颜氏以佛徒之立场，集录历代经传子史所载鬼魂报冤故事，阐释因果报应之理，以为劝戒者也。《四库全书总目》子部"小说家类三"云："自梁武以后，佛教弥昌，士大夫率皈礼能仁，盛谈因果。之推《家训》有《归心篇》，于罪福尤为笃信。故此书所述，皆释家报应之说。然齐有彭生，晋有申生，郑有伯有，卫有浑良夫，其事并载《春秋传》；赵氏之大厉，赵王如意之苍犬，以及魏其、武安之事，亦未尝不载于正史。强魂毅魄，凭厉气而为变，理固有之，尚非天堂地狱，幻杳不可稽者比也。其文词亦颇古雅，殊异小说之冗滥，存为鉴戒，固亦无害于义矣。"① 所论颇为中肯。从现有的佚文来看，其所载之事上起先秦下至北周，时间跨度很大。取自他书者有《左传》《吴越春秋》《三辅决录》《后汉书》《宋书》《南齐书》《高僧传》《洛阳伽蓝记》《搜神记》《异苑》《述异记》等。此

───────────────

① （清）永瑢等：《四库全书总目》，中华书局，1965，第 1208～1209 页。

外，还有一些来自颜氏耳闻目见之事。内容多涉及现实，惩恶扬善，至为深刻，叙事惨烈痛切，触目惊心。李剑国认为非一般"释氏辅教之书"所能及。

### 6.《集灵记》十卷

北齐颜之推撰。颜之推，生平事迹见"《冤魂志》"条。

《集灵记》，《隋书·经籍志》著录二十卷，入史部杂传类，题颜之推撰。《旧唐书·经籍志》史录杂传类作十卷，撰人同《隋书·经籍志》。《新唐书·艺文志》子部小说家类亦十卷，撰人题颜之推。今存佚文六则，均为灵异之事。《太平御览》卷七百十八录《集灵记》一条，为王誧死后现形事。《说郛》卷一百十八上录有《集灵记》六条，除王誧事外，尚有"瓦棺阁""张仲舒""湖神宫亭""仙父""蚩尤冢"五条，均甚短，长者不足五十字，最短者仅十二字。撰者署"阙名"，未题颜之推。《古今说部丛书》、鲁迅《古小说钩沉》均辑入王誧事。

### 7.《旌异记》十五卷（又名《旌异传》）

隋侯白撰。侯白，字君素，魏郡邺县（今河北临漳县）人。史书称"好学有捷才，性滑稽，尤辩俊"。① 隋文帝开皇中，举秀才，为儒林郎。迁著作佐郎，卒于任上。生平事迹，见于《隋书》卷五十八《陆爽传》、《北史》卷八十三《文苑传》以及《续高僧传》。撰有《启颜录》十卷、《酒律》等，《旧唐书·经籍志》《新唐书·艺文志》皆有著录。

此书，《隋书·经籍志》《旧唐书·经籍志》《新唐书·艺文志》《通志》皆录为十五卷，《大唐内典录》《法苑珠林·传记篇》《续高僧传》则作二十卷，《历代三宝记》《日本国见在书目录》俱作十卷。原书已佚，后人从《三宝感通录》《法苑珠林》《续高僧传》《太平广记》等书辑出，有重编《说郛》本、《龙威秘书》本、《丛书集成初编》本、《古小说钩沉》本四种，其中《古小说钩沉》本辑录最多，共计十条。不过，仍有遗漏，如《大唐内典录》卷十《历代众经应感兴敬录》，摘引《旌异记》"盗发白茅冢"一则，亦应补入。

费长房《历代三宝记》卷十二云："本书乃侯白官儒林郎时奉敕撰。北周武帝继北魏太武帝之后灭佛，隋文帝复弘扬佛法，故命侯白著此书，

---

① （唐）李延寿：《北史》，中华书局，1974，第 2807 页。

以证佛法灵验。"① 其书主要载三国至梁末之礼佛诵经神异之事。需要指出的是，重编《说郛》本、《龙威秘书》及《丛书集成初编》诸本，辑录"青州都监""晏氏媪""鬼巴""崔伯阳""西津渡船""会稽学生""窦氏妾父""潮部鬼""易村妇人""童贯咎证"十条，涉及南宋、北宋时期鬼怪神异之事，今并见洪迈《夷坚志》。

### 8.《灵鬼志》三卷

荀氏撰。荀氏之名字及生平不详，王国良据其书所载"外国道人"事发生在东晋孝武帝太元十二年，疑作者为晋、宋时期的人。

此书的著录情况，《隋书·经籍志》《旧唐书·经籍志》《新唐书·艺文志》《通志·艺文略》云三卷。《太平御览·经史图书纲目》亦提及《荀氏灵鬼志》。原文已佚，不过据《世说新语》之《方正》《容止》《伤逝》等篇刘孝标注所引此书来看，乃分篇记述，各冠以篇名，譬如"谣征"即为其证。此书据佚文及名题，当载鬼神怪异、佛教灵验事。其佚文《世说新语》（刘孝标注）、《法苑珠林》、《艺文类聚》、《太平御览》等唐、宋类书颇有征引，多涉佛教故事。

《灵鬼志》原本早佚，辑本有重编《说郛》本，题唐荀氏，实即《太平广记》卷三百四十二"独孤穆"，出《异闻录》，非《灵鬼志》。今人郑学弢有《〈列异传〉等五种校注》，其《灵鬼志》据鲁迅辑本。李剑国《唐前志怪小说史》以为鲁迅辑本有五条非《灵鬼志》佚文，不该辑入。

### 9.《舍利感应记》三卷（又名《仁寿舍利现瑞记》）

隋王劭撰。王劭，字君懋，太原晋阳人。少沉默，好读书，博物多识。历仕北齐、北周。隋文帝即位，任著作佐郎、著作郎、秘书少监等职；隋炀帝大业初，卒于官。《隋书》卷六十九和《北史》卷三十五有传。著有《齐志》二十卷、《齐书》一百卷、《隋书》八十卷、《读书记》三十卷，《隋开皇二十一年书目》四卷、《平贼记》三卷、《皇隋灵感志》三十卷，见《隋书·经籍志》及《隋书·经籍志补》。

此书，《隋书·经籍志》杂传类著录为三卷，《法苑珠林》卷五十三《舍利篇》则云二十卷，卷数悬殊，疑《法苑珠林》有误。《辨正论》卷四

---

① （隋）费长房：《历代三宝记》，《大正藏》第49册，台湾财团法人佛陀教育基金会出版部，1990，第101页。

书名作《仁寿舍利现瑞记》。原书已佚,《广弘明集》卷十七引录其文,应非全部。

### 三　亡佚之属

#### 1.《征应传》卷数不详（又名《征应集》）

晋朱君台撰。朱君台,生平不详,释法琳《破邪论》卷下云系吴兴人,当有所本。

此书历代史志未见著录,仅《高僧传》和《破邪论》等书提及。

原书不传,亦未见他书征引,故只言片语无存。王国良根据书名"征应"二字,推测应该与神灵证验之事有关。梁慧皎《高僧传》序云:"太原王延秀《感应传》、朱君台《征应传》、陶渊明《搜神录》,并傍出诸僧,叙其风素,而皆是附见,亟多疏阙。……尝以暇日,遇览群作。辄搜检杂录数十余家,及晋、宋、齐、梁春秋书史,秦、赵、燕、凉荒朝伪历,地理杂篇,孤文片记。并博诹古老,广访先达,校其有无,取其同异。"又云:"凡十科所叙,皆散在众记。今止删聚一处,故述而无作。俾夫披览于一本之内,可兼诸要。"① 从君台所记僧人事迹,慧皎尝删取以入《高僧传》可知,惜无从分辨矣。

#### 2.《感应传》八卷

南朝宋王延秀撰。王延秀,太原人,生卒年不详。主要活动于宋、齐间。据《宋书·何尚之传》,宋文帝元嘉十三年（436）,何尚之为丹阳尹,立宅南郊,外置玄学馆,聚生徒教授。王延秀等慕道来学,其时年龄应该不大。《宋书·礼志》又载,宋明帝秦始六年（470）、七年（471）,王延秀时为祠部郎,参与讨论朝廷郊祭和明堂祀典,其意见得到守尚书令袁粲等赞同,被朝廷采纳。另外,《梁书·傅昭传》还载有其荐傅昭于丹阳尹袁粲事。《隋书·经籍志》史部杂传类及子部杂家类并著录《感应传》八卷,题晋尚书郎王延秀撰。此"晋"应为"宋"之误。《旧唐书·经籍志》杂传类亦著录八卷,题王廷秀撰,此"廷"应为"延"之误。另著有《史要》二十八卷,《旧唐书·经籍志》及《新唐书·艺文志》有著录。

此书,《隋书·经籍志》《旧唐书·经籍志》《新唐书·艺文志》《通

---

① （南朝梁）慧皎:《高僧传》,汤用彤校注,中华书局,1992,第524～525页。

志》皆云八卷。原书久佚，后世亦无辑本。

《感应传》所载为佛教感应故事。梁释慧皎《高僧传·序》及唐释法琳《破邪论》均提及太原王延秀撰《感应传》，王曼颖致慧皎信札中提及《幽明录》《感应传》，法琳《破邪论》亦提及"太原王延秀撰《感应传》"，① 说明《感应传》在当时便颇有影响。《太平广记》引齐建安王、张逸二条，考齐建安王萧子真于海陵王延兴元年（494）被杀。若元嘉十三年（436）王延秀入何尚之南学时二十岁左右，则齐建安王约年近八旬，似乎年龄偏高，但也不无可能。因隋释净辩也撰有《感应传》，《太平广记》及释道宣《续高僧传》、释法琳《辨正论》陈子良注引《感应传》数条，究竟哪些是释净辩所撰《感应传》，哪些是王延秀所撰《感应传》，尚难分别。

### 3.《阴德传》二卷

南朝宋范晏撰。范晏，顺阳山阴（今河南省淅川县）人，范泰之子，官至侍中、光禄大夫。生平事迹附见《宋书》卷六十《范泰传》，所著另有文集十四卷，见《隋书·经籍志》。

此书，《隋书·经籍志》《旧唐书·经籍志》《旧唐书·艺文志》《通志》皆著录两卷，原书已亡，后世亦无辑本。

《太平御览》卷五五六引《阴德传》一则，乃记汉陈翼义葬长安魏公卿之事，与《艺文类聚》卷八三、《太平御览》卷八一一引《庐江七贤传》略同，而语尤详。范氏累世信佛，王国良推测此书应是范晏采集杂史传记中有关施行阴德之事迹而成。

### 4.《宣明验》三卷

南齐萧子良撰。萧子良（460~494），字云英，齐武帝第二子。本传称"少游清尚，礼才好士，居不疑之地，倾意宾客，天下才学皆游集焉"。② 又，"劝人为善，未尝厌倦"。③ 著述颇丰，内、外文集数十卷，但"无文采，多是劝戒"。④《南齐书》卷四十、《南史》卷四十四有传。

---

① （唐）法琳：《破邪论》，《大正藏》第 52 册，台湾财团法人佛陀教育基金会出版部，1990，第 485 页。
② （南朝梁）萧子显：《南齐书》，中华书局，1972，第 694 页。
③ （南朝梁）萧子显：《南齐书》，中华书局，1972，第 700 页。
④ （南朝梁）萧子显：《南齐书》，中华书局，1972，第 701 页。

此书历代史志均未著录。《法苑珠林·杂要篇》杂集部载之，云三卷。原书不传，亦无辑本。

杨守敬《日本访书志》卷八引古钞本《冥报记·序》云："齐竟陵王作《冥验记》。王琰作《冥祥记》，皆所以征明善恶，劝戒将来，实使闻者深心感悟。"①《冥验记》《宣明验》究竟是否为同一书之异称，文献不足，无从判定矣。

### 5.《补续冥祥记》一卷（又名《续冥祥记》）

南朝梁王曼颖撰。王曼颖（一作颖或颖），生卒年不详。《梁书》称其为太原（今属山西）人。而《南史》称其为平原人，疑误。《高僧传》《广弘明集》所录其致释慧皎书中自称"弟子"，知其为在家佛门弟子。据其与慧皎往还书信，知其曾参与修订《高僧传》。由慧皎信中所言"檀越既学兼孔释，解贯玄儒，抽文缀藻，内外淹劭"等语，知其学问淹博，儒释二教修养颇高，其年龄或略高于慧皎。由其信中所云"不见旬日，穷情已劳，扶力此白，以代诉尽"②等语，则知其修订《高僧传》和写此信时已有病在身，或在其晚年。《梁书·南平王伟传》载："太原王曼颖卒，家贫无以殡敛，友人江革往哭之，其妻儿对革号诉。革曰：'建安王当知，必为营理。'言未讫而伟使至，给其丧事，得周济焉。"③知其与江革为友，亦为建安王萧伟所赏识。此事见于《梁书》卷二十二和《南史》卷五十二《南平王伟传》。江革死于梁大同元年（535），曼颖去世应在中大通年间（529～534）。

此书，《隋书·经籍志》《通志·艺文略》皆云一卷，《旧唐书·经籍志》《新唐书·艺文志》则作十一卷，姚振宗疑其系与《冥祥记》合编之本。原书不传。

原文未见古注或类书引用，无法获知内容。其书既以"补续"为名，盖与王琰《冥祥记》所撰述相差无几。曹道衡曾撰文指出王曼颖乃为王琰之子，倘若此说成立，则一门之中父子皆作佛教灵验类小说，这种情况在历史上也是罕见的。

---

① 杨守敬：《日本访书志》，辽宁教育出版社，2003，第129～130页。
② （南朝梁）僧祐、（唐）道宣：《弘明集·广弘明集》，上海古籍出版社，1991，第285页。
③ （唐）姚思廉：《梁书》，中华书局，1973，第348页。

### 6. 《搜神论》卷数不详

北魏释昙永撰。事迹不详，仅据《续高僧传》可知，其是北魏年间的人。

此书不见史志著录，久佚。后世无辑本，故内容无考。李剑国认为"书名《搜神论》，盖袭干宝书旧名。书久佚，内容失考，当是释家感通传记"。[①]

### 7. 《验善知识传》一卷

北周释亡民撰。释亡民，俗姓宋，一作宗，本名不详，南郡（今湖北省荆州市）人。事梁元帝，深见礼待。梁亡，潜志玄门，声闻台省。北周大冢宰宇文护屡招不至，后不知所终。生平详见《续高僧传》卷七本传。

此书，《历代三宝记》、《大唐内典录》和《法苑珠林·杂要篇》并著录一卷。原书不传，后世亦无辑本。

费长房《历代三宝记》卷十一云："拟陆杲《观世音应验记》。"[②] 该书记载有关奉佛的灵验事迹，惜原文已佚，其详不可知也。

### 8. 《感应传》十卷

隋释净辩撰。释净辩，俗姓韦，齐州（今山东济南市）人。少涉儒门，后屏迹出家。隋文帝开皇中，入京师依慧远住静影寺习禅，又从昙迁受摄大乘论。大业末年卒。其生平事迹，道宣的《续高僧传》卷二十六有传。

此书的著录情况《续高僧传》云十卷，未见他书著录。原书不传，后世亦无辑本。

《续高僧传·隋京师净影寺释净辩传》云："（隋文帝）敕召送舍利于衡州岳寺，……。行达江陵，风浪重阻，三日停浦，波犹未静，又迫严程，忧遑无计，乃一心念佛，冲波直去，即蒙风止，安流沿下。既入湘水，溯流极难，又依前念，举帆利涉，不盈半月便达衡州。……辩乃执炉发愿：'必堪起塔，愿降祥感。'……道俗称庆，因即构成。初，此山僧颙禅师者，通鉴僧也。曾有一粒舍利。……遍照城邑，道俗同见。……辩欣斯瑞

---

① 李剑国：《唐前志怪小说史》，人民文学出版社，2011，第602页。
② （隋）费长房：《历代三宝记》，《大正藏》第49册，台湾财团法人佛陀教育基金会出版部，1990，第101页。

迹，合集前后见闻之事，为《感应传》一部十卷。"①

**9.《皇隋灵感志》三十卷**

王劭撰，生平事迹见"《舍利感应记》"条。

此书，《隋书·经籍志》、《北史》本传并著录三十卷；《旧唐书·经籍志》《新唐书·艺文志》则云十卷。原书已佚，后世亦无辑本。

《隋书》本传称："劭于是采民间歌谣，引图书谶纬，依约符命，捃摭佛经，撰为《皇隋灵感志》。"②《北史》所载与之相同。释道宣《大唐内典录》卷十载著作郎王劭撰《灵异志》一部二十卷，并注云："隋连者。"王国良推测应是《皇隋灵感志》的别名。

**10.《灵异记》十卷**

隋许善心、崔祖璿奉敕撰。许善心（558～618），字务本，高阳北新城（今河北徐水区）人，多闻默识，为当世所称。历仕陈、隋两朝。后在江都之变中，为宇文化及所害。著有《方物志》二十卷、《皇隋符瑞》十四卷等。《隋书》和《北史》皆有传记。崔赜，字祖璿，博陵安平（河北省安平）人。隋文帝开皇初，射策高第，历任校书郎、晋王记室参军、太子斋帅、起居舍人、越王长史等职。所著颇丰，其中辞赋碑志，十余万言，《洽闻志》七卷、《八代四科志》三十卷，毁于江都之乱中。《隋书》卷七十七、《北史》卷八十八有传。

此书，《隋书·经籍志》和《日本国见在书目录》并录为十卷。原书已佚，后世亦无辑本。许善心本传交代了此书的编撰动机："（隋炀帝）尝言及高祖受命之符，因问鬼神之事，敕善心与崔祖璿撰《灵异记》十卷。"③原书久佚，后世无辑本，不过从书名来看，所载亦应为鬼神灵验之事。

**11.《因果记》十卷**

刘泳撰。刘泳，生平事迹不详。

此书《隋书·经籍志》子部杂家类著录十卷，不题撰人。《旧唐书·经籍志》入史部杂传类，亦十卷，始题刘泳撰。《新唐书·艺文志》入小说家类，卷数和撰人同。《通志·艺文略》入史部传记类，《国史经籍志》

---

① （唐）道宣：《续高僧传》，郭绍林点校，中华书局，2014，第1131页。
② （唐）魏征：《隋书》，中华书局，1973，第1608页。
③ （唐）魏征：《隋书》，中华书局，1973，第1428页。

入史部冥异类。

此书已佚，未见佚文，亦无书征引。姚振宗《隋书经籍志考证》按："刘泳始末未详，《新唐志》于撰人时代先后颇有次第，是书列之王曼颖、颜之推之间，则梁、陈时人也。"[①] 南北朝多"释氏辅教之书"，此书大概也是以因果报应宣传佛理。

### 12.《真应记》十卷

撰人不详。《隋书·经籍志》著录十卷，后世史志未见。原书只言片语未存，内容无考。

### 13.《益部集异记》卷数不详

撰人不详。《续高僧传》卷二十九《僧崖传》记北周广汉人释僧崖诸般神异事，末云："其往往现形，预知人意，率皆此也。具如沙门忘名集，及费氏《三宝录》，并《益部集异记》"，[②] 应是隋时书。

① （清）姚振宗：《隋书经籍志考证》，载《二十五史补编》，开明书店，1937，第5528页。
② （唐）道宣：《续高僧传》，郭绍林点校，中华书局，2014，第1148页。

# 参考文献

## 一　古籍

（汉）司马迁：《史记》，中华书局，1959。

（汉）班固：《汉书》，中华书局，1962。

（汉）许慎著，（清）段玉裁注《说文解字注》，上海古籍出版社，1981。

（汉）应劭著，王利器校注《风俗通义校注》，中华书局，2010。

（三国魏）何晏集解，（北宋）邢昺疏《论语注疏》，载阮元校刻《十三经注疏》，中华书局，1980。

（晋）陈寿：《三国志》，（南朝宋）裴松之注，中华书局，1959。

（南朝宋）傅亮等：《观世音应验记三种》，孙昌武点校，中华书局，1994。

（南朝宋）刘义庆：《幽明录》，郑晚晴辑注，文化艺术出版社，1988。

（南朝宋）范晔：《后汉书》，中华书局，1965。

（南朝梁）沈约：《宋书》，中华书局，1974。

（南朝梁）僧祐：《弘明集校笺》，李小荣校笺，上海古籍出版社，2013。

（南朝梁）释僧祐：《出三藏记集》，苏晋仁、萧炼子点校，中华书局，1995。

（南朝梁）慧皎：《高僧传》，汤用彤校注，中华书局，1992。

（南朝梁）钟嵘著，曹旭集注《诗品集注》，上海古籍出版社，2011。

（南朝梁）萧子显：《南齐书》，中华书局，1972。

（南朝梁）刘勰：《文心雕龙注》，范文澜注，人民文学出版社，1958。

《妙法莲华经》，〔印〕鸠摩罗什译，《大正藏》第9册，台湾财团法人佛陀教育基金会出版部，1990。

（北魏）杨衒之著，杨勇校笺《洛阳伽蓝记校笺》，中华书局，2006。

（北魏）郦道元著，陈桥驿校证《水经注校证》，中华书局，2007。

（北齐）颜之推著，罗国威校注《〈冤魂志〉校注》，巴蜀书社，2001。

（北齐）魏收：《魏书》，中华书局，1974。

（隋）智顗：《观音义疏》，《大正藏》第34册，台湾财团法人佛陀教育基金会出版部，1990。

（唐）姚思廉：《陈书》，中华书局，1972。

（唐）姚思廉：《梁书》，中华书局，1973。

（唐）魏征：《隋书》，中华书局，1973。

（唐）房玄龄：《晋书》，中华书局，1974。

（唐）李延寿：《北史》，中华书局，1974。

（唐）李延寿：《南史》，中华书局，1975。

（唐）许嵩：《建康实录》，上海古籍出版社，1987。

（唐）法琳：《辨正论》，《大正藏》第52册，台湾财团法人佛陀教育基金会出版部，1990。

（唐）道宣：《集神州三宝感通录》，《大正藏》第52册，台湾财团法人佛陀教育基金会出版部，1990。

（唐）玄奘：《大唐西域记校注》，季羡林校注，中华书局，1985。

（唐）道宣：《大唐内典录》，《大正藏》第55册，台湾财团法人佛陀教育基金会出版部，1990。

（唐）道宣：《释迦方志》，范祥雍点校，中华书局，2000。

（唐）道宣：《续高僧传》，郭绍林点校，中华书局，2014。

（唐）道宣：《法苑珠林校注》，周叔伽、苏晋仁校注，中华书局，2003。

（唐）僧详：《法华传记》，《大正藏》第51册，台湾财团法人佛陀教育基金会出版部，1990。

（唐）僧详：《法华文句记》，《大正藏》第34册，台湾财团法人佛陀教育基金会出版部，1990。

（唐）孟献忠：《金刚般若经集验记》，载〔日〕前田惠云、中野达慧《正新纂续藏经》第87册，国书刊行会，1988。

（唐）段成式著，许逸民校笺《酉阳杂俎校笺》，中华书局，2015。

（唐）唐临、（唐）戴孚：《冥报记·广异记》，方诗铭辑校，中华书局，1992。

（后晋）刘昫等：《旧唐书》，中华书局，1975。

（宋）李昉等：《太平御览》，中华书局，1960。

（宋）李昉等：《太平广记》，汪绍楹点校，中华书局，1961。

（宋）欧阳修、（宋）宋祁：《新唐书》，中华书局，1975。

（宋）王钦若：《册府元龟》，中华书局，1960。

（宋）司马光：《资治通鉴》，（元）胡三省音注，中华书局，1956。

（宋）洪兴祖：《楚辞补注》，中华书局，1983。

（宋）志磐：《佛祖统纪》，《大正藏》第49册，台湾财团法人佛陀教育基金会出版部，1990。

（宋）洪迈：《夷坚志》，中华书局，1981。

（明）张溥著，殷孟伦注《汉魏六朝百三家集题辞注》，人民文学出版社，1960。

（明）胡应麟：《少室山房笔丛》，上海书店出版社，2001。

（明）顾炎武著，（清）黄汝成集释《日知录集释》，上海古籍出版社，1985。

（清）郭庆藩：《庄子集释》，王孝鱼点校，中华书局，2006。

（清）浦起龙通释《史通通释》，王煦华整理，上海古籍出版社，2009。

（清）孙诒让：《墨子间诂》，上海书店，1986。

罗争鸣辑校《杜光庭记传十种辑校》，中华书局，2013。

章巽校注《法显传校注》，上海古籍出版社，1985。

## 二　今人著作

徐震堮选注《汉魏六朝小说选》，古典文学出版社，1955。

王重民：《敦煌古籍叙录》，商务印书馆，1958。

周一良：《魏晋南北朝史论集》，中华书局，1963。

《鲁迅全集》第8卷，人民文学出版社，1973。

钱钟书：《管锥编》，中华书局，1979。

吕澂：《中国佛学源流略讲》，中华书局，1979。

程毅中：《古小说简目》，中华书局，1981。

袁行霈、侯忠义：《中国文言小说书目》，北京大学出版社，1981。

季羡林：《中印文化关系史论文集》，生活·读书·新知三联书店，1982。

沈伟方、夏启良：《汉魏六朝小说选》，中州书画社，1982。

何启民：《中古门第论集》，台湾学生书局，1982。

李剑国：《唐前志怪小说史》，南开大学出版社，1984。

《费尔巴哈哲学著作选集》，荣震华、王太庆、刘磊译，商务印书馆，1984。

丁福保编著《佛学大辞典》，文物出版社，1984。

周次吉：《六朝志怪小说研究》，台湾文史哲出版社，1984。

金荣华：《六朝志怪小说情节单元分类索引（甲编）》，中国文化大学中文研究所，1984。

任继愈：《中国佛教史》，中国社会科学出版社，1985。

余嘉锡笺疏《世说新语笺疏》，中华书局，1986。

〔联邦德国〕H. R. 姚斯、〔美〕R. C. 霍拉勃：《接受美学与接受理论》，周宁、金元浦译，辽宁人民出版社，1987。

〔德〕海德格尔：《存在与时间》，陈嘉映、王庆节译，生活·读书·新知三联书店，1987。

王国良：《〈续齐谐记〉研究》，台湾文史哲出版社，1987。

王国良：《六朝志怪小说考论》，台湾文史哲出版社，1988。

〔美〕露丝·本尼迪克：《文化模式》，王炜译，生活·读书·新知三联书店，1988。

侯忠义：《汉魏六朝小说史》，春风文艺出版社，1989。

田余庆：《东晋门阀政治》，北京大学出版社，1989。

《岑仲勉史学论文集》，中华书局，1990。

蒋述卓：《佛经传译与中古文学思潮》，江西人民出版社，1990。

〔日〕竹内敏雄：《艺术理论》，卞崇道等译，中国人民大学出版社，1990。

侯忠义：《中国文言小说史稿》，北京大学出版社，1990。

方北辰：《魏晋南朝江东世家大族述论》，台湾文津出版社，1991。

周一良：《魏晋南北朝史论集续编》，北京大学出版社，1991。

唐长孺：《魏晋南北朝隋唐史三论》，武汉大学出版社，1992。

陈平原：《小说史：理论与实践》，北京大学出版社，1993。

王国良：《魏晋南北朝志怪小说研究》，台湾文史哲出版社，1993。

〔日〕小南一郎：《中国的神话传说与古小说》，孙昌武译，中华书局，1993。

吴志达：《中国文言小说史》，齐鲁书社，1994。

薛惠琪：《六朝佛教志怪小说研究》，台湾文津出版社，1995。

王国良：《颜之推〈冤魂志〉研究》，台湾文史哲出版社，1995。

王利器集解《颜氏家训集解》，中华书局，1996。

宁稼雨：《中国文言小说总目提要》，齐鲁书社，1996。

王枝忠：《汉魏六朝小说史》，浙江古籍出版社，1997。

〔英〕柯林伍德：《历史的观念》，何兆武译，商务印书馆，1997。

欧阳健：《中国神怪小说通史》，江苏教育出版社，1997。

鲁迅：《中国小说史略》，上海古籍出版社，1998。

程章灿：《世族与六朝文学》，黑龙江教育出版社，1998。

侯旭东：《五、六世纪北方民众佛教信仰》，中国社会科学出版社，1998。

王国良：《〈冥祥记〉研究》，台湾文史哲出版社，1999。

谢明勋：《六朝志怪小说故事考论》，台湾里仁书局，1999。

〔美〕克利福德·格尔茨：《文化的解释》，韩莉译，译林出版社，1999。

张庆民：《魏晋南北朝志怪小说通论》，首都师范大学出版社，2000。

孙逊：《中国古代小说与宗教》，复旦大学出版社，2000。

王青：《魏晋南北朝时期的佛教信仰与神话》，中国社会科学出版社，2001。

杜贵晨：《传统文化与古典小说》，河北大学出版社，2001。

陈寅恪集《金明馆丛稿二编》，生活·读书·新知三联书店，2001。

梁启超：《佛学研究十八篇》，上海古籍出版社，2001。

董志翘译注《〈观世音应验记三种〉译注》，江苏古籍出版社，2002。

韩云波：《唐代小说观念与小说兴起研究》，四川民族出版社，2002。

陈文新：《文言小说审美发展史》，武汉大学出版社，2002。

王连儒：《志怪小说与人文宗教》，山东大学出版社，2002。

吴光正：《中国古代小说的原型与母题》，社会科学文献出版社，2002。

楼宇烈：《中国佛教与人文精神》，宗教文化出版社，2003。

〔法〕米歇尔·福柯：《知识考古学》，谢强、马月译，生活·读书·新知三联书店，2003。

〔荷兰〕许理和：《佛教征服中国——佛教在中国中古早期的传播与适应》，李四龙等译，江苏人民出版社，2003。

王永平：《六朝江东世族之家风家学研究》，江苏古籍出版社，2003。

吴正岚：《六朝江东士族的家学与门风》，南京大学出版社，2003。

陈允吉主编《佛经文学研究论集》，复旦大学出版社，2004。

吴海勇：《中古汉译佛经叙事文学研究》，学苑出版社，2004。

严耀东：《中国东南佛教史》，上海人民出版社，2005。

王昊：《敦煌小说及其叙事艺术》，安徽人民出版社，2005。

孙昌武：《中国文学中的维摩与观音》，天津教育出版社，2005。

刘亚丁：《佛教灵验记研究：以晋唐为中心》，巴蜀书社，2006。

王立：《佛经文学与古代小说母题比较研究》，昆仑出版社，2006。

逯耀东：《魏晋史学的思想与社会基础》，中华书局，2006。

〔美〕威廉·A. 哈维兰：《文化人类学》，瞿铁鹏、张钰译，上海科学院出版社，2006。

孙昌武：《佛教与中国文学》，上海人民出版社，2007。

刘勇强：《中国古代小说史叙论》，北京大学出版社，2007。

王永平：《六朝家族》，南京出版社，2008。

钱穆：《中国学术思想史论丛》，生活·读书·新知三联书店，2009。

杨宝玉：《敦煌本佛教灵验记校注并研究》，甘肃人民出版社，2009。

纪赟：《慧皎〈高僧传〉研究》，上海古籍出版社，2009。

郑阿财：《见证与宣传：敦煌佛教灵验记研究》，台湾新文丰出版公司，2010。

孙昌武：《中国佛教文化史》，中华书局，2010。

吕大吉：《宗教学通论新编》，中国社会科学出版社，2010。

〔英〕麦克斯·缪勒：《宗教学导论》，陈观胜、李培茉译，上海人民出版社，2010。

汤用彤：《汉魏两晋南北朝佛教史》，北京大学出版社，2011。

李剑国辑释《唐前志怪小说辑释》，上海古籍出版社，2011。

郑阿财：《郑阿财敦煌佛教文献与文学研究》，上海古籍出版社，2011。

宁稼雨：《先唐叙事文学故事主题类型索引》，南开大学出版社，2011。

〔美〕本尼迪克特·安德森：《想象的共同体：民族主义的起源与散布》，吴叡人译，上海人民出版社，2011。

高文强：《东晋南北朝文人接受佛教研究》，中国社会科学出版社，2012。

〔美〕于君方：《观音——菩萨中国化的演变》，陈怀宇、姚崇新、林佩莹译，商务印书馆，2012。

郭朋：《中国佛教思想史》，社会科学文献出版社，2012。

楼宇烈：《宗教研究方法讲记》，北京大学出版社，2013。

张学锋：《汉唐考古与历史发现》，生活·读书·新知三联书店，2013。

张雪松：《中华佛教史·汉魏两晋南北朝佛教史卷》，山西教育出版社，2014。

〔法〕米歇尔·福柯：《词与物：人文科学的考古学》，莫伟民译，上海三联书店，2016。

〔美〕薛爱华：《撒马尔罕的金桃：唐代舶来品研究》，吴玉贵译，社会科学文献出版社，2016。

俞晓红：《佛典流播与唐代文言小说》，人民出版社，2017。

侯旭东：《佛陀相佑：造像记所见北朝民众信仰》，社会科学文献出版社，2018。

中国古史集刊编委会编《中国中古史集刊》第6辑，商务印书馆，2020。

范晶晶：《缘起：佛教警喻文学的流变》，中西书局，2020。

王东杰：《探索幽冥——乾嘉时期两部志怪中的知识世界》，巴蜀书社，2021。

## 三　论文

### （一）期刊论文

周法高：《颜之推〈还冤记〉考证》,《大陆杂志》1961 年第 9 ~
11 期。

李剑国：《论南北朝的"释氏辅教之书"》,《天津师大学报》1985 年
第 3 期。

孙昌武：《关于中国古典文学中佛教影响的研究》,《文学遗产》1987
年第 4 期。

王启忠：《试论六朝小说创作的自觉意识——兼议"六朝人并非有意
作小说"之说》,《科学社会辑刊》1988 年第 3 期。

袁荻涌：《六朝志怪小说与佛教》,《文史杂志》1989 年第 2 期。

吴维中：《试论志怪演化的宗教背景》,《兰州大学学报》1989 年第
4 期。

张稔穰、刘连庚：《佛、道影响与中国古典小说的民族特色》,《文学
评论》1989 年第 6 期。

蒋述卓：《中古志怪小说与佛教故事》,《文学遗产》1989 年第 1 期。

张先堂：《佛教义理与小说艺术联姻的产儿——论敦煌写本佛教灵验
记》,《社会科学》1990 年第 5 期。

M. 叶尔马克：《论王琰的〈冥祥记〉和佛教短篇小说》,《世界宗教
研究》1991 年第 3 期。

方立天：《中国佛教的因果报应论》,《中国文化》1992 年第 2 期。

郑欣：《魏晋南北朝时期的宣佛小说》,《文史哲》1992 年第 2 期。

曹道衡：《论王琰和他的"冥祥记"》,《文学遗产》1992 年第 1 期。

孙昌武：《关于王琰〈冥祥记〉的补充意见》,《文学遗产》1992 年
第 5 期。

姜光斗：《论魏晋志怪小说与佛教》,《南通师专学报》（社会科学版）
1994 年第 2 期。

范军：《略述佛教哲学对中国古代通俗小说的影响（上）》,《通俗文
学评论》1996 年第 2 期。

郭豫适：《论儒教是否为宗教及中国古代小说与宗教的关系》,《华东

师范大学学报》（哲学社会科学版）1996 年第 3 期。

张瑞芬：《〈观世音应验记〉与〈宣验记〉诸书——论六朝 "释氏辅教之书" 与 "志怪" 之关系》，《逢甲中文学报》1996 年第 4 期。

孙逊：《释道 "转世"、"谪世" 观念与中国古代小说结构》，《文学遗产》1997 年第 4 期。

欧阳健：《从〈观世音应验记〉到〈西游记〉——从一个方面看神怪小说与宗教的关系》，《漳州师院学报》（哲学社会科学版）1998 年第 2 期。

郑筱筠：《观音救难故事与六朝志怪小说》，《社会科学》1998 年第 2 期。

李希运：《论魏晋南北朝士族宗室的宣佛志怪小说创作》，《青岛大学师范学院学报》1999 年第 1 期。

李希运：《论魏晋南北朝志怪小说的宣佛思想倾向》，《东方论坛》1999 年第 3 期。

李鹏飞：《汉译佛典与六朝小说》，《中国文学研究》1999 年第 4 期。

林淑媛：《论观音感应故事叙事结构模式化的原因：一个文学类型的观察》，《圆光佛学学报》1999 年第 6 期。

朱恒夫：《六朝佛教徒对志怪小说兴起的作用》，《明清小说研究》2001 年第 1 期。

普慧、张进：《佛教故事——中国五朝志怪小说的叙事源头》，《中国文学研究》2001 年第 1 期。

陈文新：《近百年来唐前志怪小说综合研究述评》，《学术论坛》2001 年第 2 期。

纪志昌：《东晋居士谢敷考》，《汉学研究》2002 年第 1 期。

普慧：《佛教对六朝志怪小说的影响》，《复旦大学学报》（社会科学版）2002 年第 2 期。

夏广兴：《观世音信仰与唐代文学创作》，《上海师范大学学报》（哲学社会科学版）2003 年第 5 期。

夏广兴：《冥界游行——从佛典记载到隋唐五代小说》，《中华文化论坛》2003 年第 4 期。

夏广兴：《试论六朝隋唐的应验小说》，《上海师范大学学报》（哲学社会科学版）2004 年第 3 期。

魏长领：《因果报应与道德信仰——兼评宗教作为道德的保证》，《郑州大学学报》（哲学社会科学版）2004 年第 2 期。

刘惠卿：《释氏辅教之书：六朝志怪小说的叙事新风》，《西南民族大学学报》（人文社科版）2005 年第 10 期。

张二平：《佛经叙事对中古志怪小说文体特征的渗入与冲击》，《天水师范学院学报》2005 年第 3 期。

范军：《佛教"地狱巡游"故事母题的形式及文化意蕴》，《华侨大学学报》（哲学社会科学版）2005 年第 3 期。

黄东阳：《六朝观世音信仰之原理及其特征：以三种〈观世音应验记〉为线索》，《新世纪宗教研究》2005 年第 4 期。

刘惠卿：《佛经文学与六朝小说感应征验母题——以〈观世音经〉的盛行为考察中心》，《湛江师范学院学报》2007 年第 2 期。

张二平：《中古志怪小说中的佛教故事与外来文化撷谈》，《牡丹江大学学报》2007 年第 6 期。

张二平：《论释氏讲唱与中古小说的关系——以释氏辅教之书的兴起为中心》，《重庆社会科学》2007 年第 12 期。

何清清：《佛教因果观与六朝至初唐志怪小说》，《西南农业大学学报》（社会科学版）2007 年第 2 期。

刘惠卿：《佛教唱导与六朝宣佛小说的产生》，《浙江社会科学》2009 年第 1 期。

徐一智：《从六朝三本观音应验记看观音信仰入华的调适情况》，《成大历史学报》2012 年第 43 期。

郑阿财：《论敦煌文献对中国佛教文学研究的拓展与面向》，《长江学术》2014 年第 4 期。

阳清：《古小说"释氏辅教之书"叙事范式探究》，《兰州学刊》2014 年第 11 期。

李小荣：《论晋唐佛教小说生成的三种场所》，《福建师范大学学报》（哲学社会科学版）2015 年第 5 期。

江明渊：《论六朝观音应身形象及其故事形态——以三本观音应验记为例》，《中极学刊》2016 年第 10 期。

纪德君：《明代通俗小说对民间知识体系的建构及影响》，《南京大学学报》（哲学·人文科学·社会科学）2017 年第 3 期。

刘泰廷：《文本中的政治秩序：对六朝志怪小说书写的新考察》，《北京社会科学》2017 年第 4 期。

王晶波、朱国立：《从敦煌本佛教灵验记看佛教的传播技巧》，《敦煌学辑刊》2017 年第 2 期。

刘九令：《日本佛教说话文学中的〈金刚经〉灵异记》，《东北亚外语研究》2018 年第 3 期。

〔日〕佐野诚子：《〈系观世音应验记〉的构成与观世音应验谭的南北》，《中国古典小说研究》2018 年第 21 期。

田宁：《乾嘉文人的社会治理构想——基于文言入冥小说的整体研究》，《学术探索》2018 年第 9 期。

蒋振华：《"道藏"集部文献编纂、整理的文学思考》，《湖南师范大学社会科学学报》2019 年第 1 期。

王志鹏：《敦煌写卷中佛教灵验记的文学表现》，《石河子大学学报》（哲学社会科学版）2019 年第 5 期。

刘苑如：《追忆与交通——六朝三种观世音应验记叙事研究》，《清华中文学报》2022 年第 28 期。

**（二）学位论文**

林淑媛：《慈航普度——观音感应故事叙事模式及其宗教义涵》，博士学位论文，台湾"中央大学"，2001。

李利安：《古代印度观音信仰的演变及其向中国的传播》，博士学位论文，西北大学，2003。

简梅青：《晋唐间民众佛教信仰的若干问题探讨——侧重〈法苑珠林〉及诸种佛教灵验记之文献分析与唐代民众佛教信仰研究》，博士学位论文，武汉大学，2004。

黄东阳：《唐五代志怪传奇之记异题材研究》，博士学位论文，台湾东吴大学，2005。

刘惠卿：《佛经文学与六朝小说母题》，博士学位论文，陕西师范大学，2006。

徐哲超：《六朝观音应验故事研究》，硕士学位论文，四川大学，2007。

王光容：《两晋南朝佛教小说故事类型研究》，硕士学位论文，西南大学，2008。

王建：《两晋南北朝观世音灵验故事探析》，硕士学位论文，华东师范大学，2009。

刘鹏：《梁代僧尼传记中的话语权力——以〈高僧传〉、〈比丘尼传〉为中心研究》，博士学位论文，复旦大学，2010。

蒋勇：《唐前报应小说叙事研究》，硕士学位论文，西南大学，2011。

刘冠芳：《六朝佛教灵验类志怪小说叙事研究》，硕士学位论文，河南师范大学，2012。

陈家红：《六朝吴郡陆氏家族文化与文学研究》，博士学位论文，上海师范大学，2013。

张传东：《魏晋南北朝志怪小说集成书研究》，博士学位论文，山东大学，2018。

徐胜男：《道教与唐前志怪小说专题研究》，博士学位论文，南京师范大学，2018。

冷艳：《魏晋南北朝佛教与志怪小说研究》，博士学位论文，吉林大学，2019。

田宁：《清代文言小说与佛教信仰关系研究》，博士学位论文，陕西师范大学，2020。

李心苑：《两晋南北朝观音经典感应信仰研究》，博士学位论文，中央民族大学，2020。

# 后　记

　　本书是在我的博士学位论文基础上修订而成的，回想起当初和导师齐洲先生讨论毕业论文选题的情景，一切仿若昨日：文学院古代文学教研室里，慈爱温和的老师听完我的读书汇报后，建议我做六朝的灵验类小说，说这一块目前研究得还不够充分，研究空间较大。我听完面露难色："这一块涉及佛教，我对佛教不懂，我怕……"老师不疾不徐地说："如果什么都懂了，那还要读博干什么。读博不就是开拓自己新的知识领域吗？"我从老师的话语里感受到一种温厚而不失冷峻的批评，羞愧地低下头，暗暗下定决心：我不仅要做完，还要做好。从此以后开启了"泡馆子"的生活，每天天不亮就起床，简单洗漱后，赶到图书馆六楼，一边翻阅佛教典籍、啃各种佛教史，一边研读小说及相关的文献资料。有时一抬头，发现窗外早已是夜幕低垂、月华如水。

　　正是在那段无比充实的日子里，我对英国著名学者麦克斯·缪勒《宗教学导论》中的一段话有了更深的体悟："欣赏'东方圣书'中简朴、真实和美好的内容，是很容易的事，可是满足于得到这些珍品的人，就如同只爱护玫瑰花和百合花的植物学家一样，在他们眼里，刺和荆棘不过是野草和垃圾而已。无论是研究地上的花的自然生长，还是研究人的思想的自然发展，都不应当抱这样的态度。"①

　　麦克斯·缪勒的这段话虽然说的是研究古印度和埃及的宗教学者，提醒他们不应该只注重"严肃的思想"而忽略"幼稚的思想"，但这一点也同样适用于研究六朝佛教灵验类小说。专注于经典文献和经典世界的学者认为这些小说传播的观念过于广泛而注定是肤浅的，或者就因为它们传播

---

① 〔英〕麦克斯·缪勒：《宗教学导论》，陈观胜、李培茱译，上海人民出版社，2010，第106页。

过于广泛而熟视无睹，如同缪勒所描述的"只爱护玫瑰花和百合花的植物学家"一样将其视为"野草和垃圾"，从而与之"交一臂而失之"。数年来反复阅读《观世音应验记三种》《冥祥记》《冤魂志》等文献，我认为这类小说作为一个特别的文化空间，交汇着多元化和层次丰富的历史场景，不同于正史等文献勾勒出来的信仰图景，从中更能真切感知普通个体生命的生存状态。六朝历史进程中的主流与边缘、神圣与世俗、权力与卑微、憧憬与期盼都融入这类小说文本中。

在实际写作过程中，无论是研究思路还是学术资料，齐洲师惠我极多，从论文初稿的写作，到期刊论文的发表，再到博士论文答辩，都离不开老师的悉心指导。小到标点字词，大到框架思路，老师都严格把关，一遍又一遍地帮助我完善论文。老师的每一次指导，都会在提出问题与批评的同时给予我肯定和鼓励，让我既不自傲，也不自卑。甚至毕业多年了，老师还为我提灯引路，不仅拨冗撰写出版推荐意见，还为我的书写序。齐洲师强调做学问要"尊重权威，但不迷信权威"，坚持"把历史的内容还给历史"；还要重视文献，遵循客观历史事实的研究态度，以及坚持"不拼命，不放弃"、宽厚谦和的人生态度。这些对我产生了深远的影响，或许我永远也无法达到齐洲师的高度，但我会努力做一位像齐洲师一样的老师，坚持严谨的治学态度、不倦的求知精神，继续提升自己，不负老师的栽培之恩。

感谢我的硕导，有深度有责任的力之先生，他不仅在硕士论文的选题、写作与答辩方面细心指导，也为我的博士论文写作提供了无私的帮助。记得有一回我把刚完成的论文《东晋名士谢敷奉佛事迹考》发给老师，老师一周后给我打来了电话。在电话里他问我文中有一则材料是出自《出三藏记集》第441页，为何我的注释里是第442页。那一刻我才知道原来老师不仅帮我审读了论文内容，还帮我仔细核对了每一条引文。也许对于老师来说，这只是一件小事，但对我来说，我会深深记住这个细节，也是从那一刻起，我毛躁轻狂的心性开始有所改变。我一直铭记老师说的两句话，"以古还古"和"跳出'研究对象'来考察'研究对象'"，至今其仍是我研究的指导思想，让我获益匪浅。

感谢我的师兄吴劲雄、邵杰、汪超、赵保胜、武良成，师姐吴福秀、向莉，师弟岑贞霈、潘志刚，好友卢清秀等等，同门之间的切磋琢磨，给我无数的启发。尤其要感谢温庆新师兄，他不仅在我得意的时候敲打我，在我失意的时候鼓励我，更重要的是发挥了榜样的引领作用，让我知道一名青年学者应有的学术自觉与学术追求。有时，我也想偷懒，但一想到师兄比我天赋高，还比我勤奋，就觉得没有理由裹足不前、躺平。2015年毕业那会儿，我为找工作，频繁往返于武汉、长沙，因此没少在师兄家蹭吃蹭喝蹭住，那时师兄和他的爱人唐姑娘还住在湖南师大树达学院旁边的一栋小楼里。尽管条件简陋，日子清贫，兰心蕙质的唐姑娘还是为我准备了丰富多样的可口早餐，找工作不顺心，她还为我抄经祈福，我到现在还珍藏着唐姑娘的墨宝。相识于微时的情谊，多年以后回忆起来依然很动容。

感谢国家社科基金项目匿名评审专家对拙著的认可并提出了许多具有建设性的修改建议，这些建议显著地提升了本书的质量。感谢《中南大学学报》（社会科学版）、《中国社会科学报》（"宗教学"版）、《中国佛学》、《华中学术》、《佛教文化研究》等刊物，为我这个无名"小青椒"提供了一次次宝贵的成长机会。感谢社会科学文献出版社的赵晶华老师，她为本书的出版付出了大量的努力，她的细心和专业让我无比感动。感谢我的研究生冉琪铃、范曙郡、朱文静、李雨薇帮我核校部分引文。

从2013年初动笔到2023年9月完成修订，未曾想，竟蹉跎其中，转眼已是十年。这十年间，我也从一名无忧无虑的青春少女成长为一名无忧无虑的中年少女。这还要感谢家人长期以来的默默支持。我虽然出身农家，但很幸运的是拥有眼界开阔、格局大的父母，他们不受世俗观念的影响，认为女孩子也要多读书，他们告诫我："要想尊贵而体面地走出这莽莽武陵群山，有且只有一条路，那就是读书。"我和妹妹读大学的那几年，我的母亲每年养四五头壮猪，天不亮就要出去割猪草。父亲则白天在工地上给人家装修，晚上回来了还要做家具，挑灯到天明是常有的事。即便如此，他们从未在我面前抱怨过什么，父母用超负荷的疲惫误导着我对水温的感知。

走进绾鬓的岁月，爱人不仅替我分担了炊爨之事、洗濯之役，还扛起了抚育孩子、照顾老人的重担，让我可以心无旁骛地继续在自己的精神世界里遨游。此外，我还要感谢我的女儿，她的到来，不仅让我体验到身份的多元化，也给我们平淡的生活带来了很多的欢乐。陪她一起躺在床上讲志怪小说，她扑闪着一双大眼睛，总是会问一些我没有注意到的问题，有的不乏孩子稚嫩的思考，有的仔细揣度，竟然可以衍生出一篇论文、一个课题。正是这些温馨的片段，让我始终觉得做研究是一件有趣、有味的事。

谷文彬

于湘大教师公寓

图书在版编目（CIP）数据

六朝佛教灵验类小说研究／谷文彬著. -- 北京：
社会科学文献出版社，2023.10
国家社科基金后期资助项目
ISBN 978 - 7 - 5228 - 2364 - 5

Ⅰ.①六…　Ⅱ.①谷…　Ⅲ.①志怪小说 - 小说研究 -
中国 - 六朝时代　Ⅳ.①I207.41

中国国家版本馆 CIP 数据核字（2023）第 159864 号

·国家社科基金后期资助项目·

## 六朝佛教灵验类小说研究

著　　者／谷文彬

出 版 人／冀祥德
责任编辑／赵晶华
文稿编辑／顾　萌
责任印制／王京美

出　　版／社会科学文献出版社·联合出版中心（010）59367180
　　　　　地址：北京市北三环中路甲 29 号院华龙大厦　邮编：100029
　　　　　网址：www.ssap.com.cn
发　　行／社会科学文献出版社（010）59367028
印　　装／三河市龙林印务有限公司

规　　格／开本：787mm × 1092mm　1/16
　　　　　印 张：16.75　字 数：272 千字
版　　次／2023 年 10 月第 1 版　2023 年 10 月第 1 次印刷
书　　号／ISBN 978 - 7 - 5228 - 2364 - 5
定　　价／128.00 元

读者服务电话：4008918866